ULLSTEIN

2

Das Buch

Wie bereits in Rebecca Shaws erstem Roman über Turnham Malpas, *Der neue Pfarrer*, ist auch in dieser Geschichte das idyllische Dörfchen Schauplatz höchst spannender, skandalöser und tragischer Ereignisse. Zunächst ist es Venetia, eine neu Hinzugezogene im Dorf, die die Gerüchteküche in Gang setzt: Diese penetrante Person hat offensichtlich ein Auge auf den attraktiven Pfarrer Peter Harris geworfen. Und der Pfarrer? Ist er dabei, die Ehe zu brechen? Warum sonst hätte seine Frau Caroline neulich Venetia eine Riesenszene gemacht?
Doch dann erschüttert ein neuer Skandal die Dorfgemeinschaft: Die beiden Baxter-Schwestern geraten unter einen grauenvollen Verdacht... Was ist passiert im Dorf, dass ein Kind beinahe sein Leben verliert? Pfarrer Peter Harris muss seine privaten Angelegenheiten zunächst beiseite schieben, um mit seinem ganzen Einfluss und Ansehen das Dorf vor dem Auseinanderbrechen zu bewahren.

Die Autorin

Rebecca Shaw besuchte eine Quäker-Schule und arbeitete danach als Lehrerin auf einer Schule für gehörlose Kinder. Nach ihrer Heirat widmete sie sich ganz der Erziehung ihrer vier Kinder. Als diese flügge wurden, fand sie Zeit zum Schreiben und erfand das entzückende Dorf Turnham Malpas und seine Bewohner.
Von Rebecca Shaw ist in unserem Hause bereits erschienen:
Der neue Pfarrer

Rebecca Shaw

Dorfgeflüster

Roman

Aus dem Englischen
von Dietlind Kaiser

Ullstein

Ullstein Taschenbuchverlag
Der Ullstein Taschenbuchverlag ist ein Unternehmen der
Econ Ullstein List Verlag GmbH & Co. KG, München
Deutsche Erstausgabe
1. Auflage 2002

First published by The Orion Publishing Group Ltd, London.
Titel der englischen Originalausgabe: *Talk of the Village*
(Orion Books Ltd, London)
Übersetzung: Dietlind Kaiser
Redaktion: Elvira Willems
Umschlagkonzept: Lohmüller Werbeagentur GmbH & Co. KG, Berlin
Umschlaggestaltung: DYADEsign, Düsseldorf
Titelabbildung: Mauritius, Mittenwald
Gesetzt aus der Sabon, Linotype
Satz: KompetenzCenter, Düsseldorf
Druck und Bindearbeiten: Elsnerdruck, Berlin
Printed in Germany
ISBN 3-548-25302-4

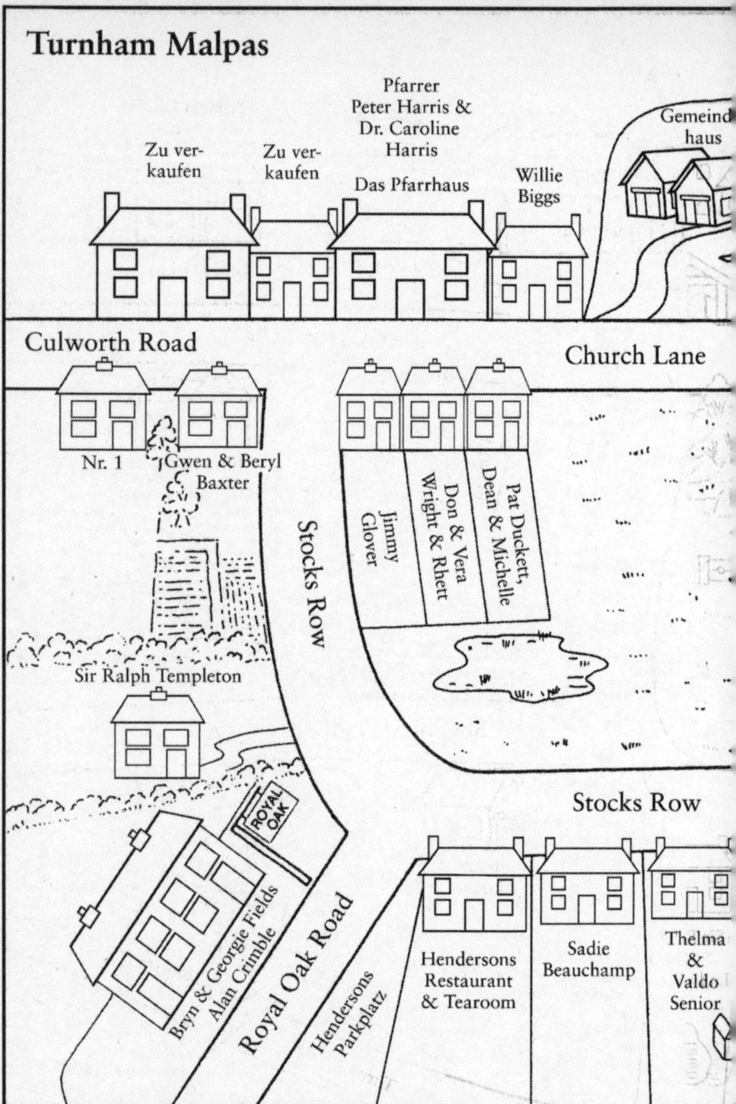
Turnham Malpas
Zu ver-
kaufen
Zu ver-
kaufen
Pfarrer
Peter Harris &
Dr. Caroline
Harris
Das Pfarrhaus
Willie
Biggs
Gemeind
haus
Culworth Road
Church Lane
Nr. 1
Gwen & Beryl
Baxter
Stocks Row
Jimmy
Glover
Don & Vera
Wright & Rhett
Pat Duckett,
Dean & Michelle
Sir Ralph Templeton
ROYAL
OAK
Stocks Row
Bryn & Georgie Fields
Alan Crimble
Royal Oak Road
Hendersons
Parkplatz
Hendersons
Restaurant
& Tearoom
Sadie
Beauchamp
Thelma
&
Valdo
Senior

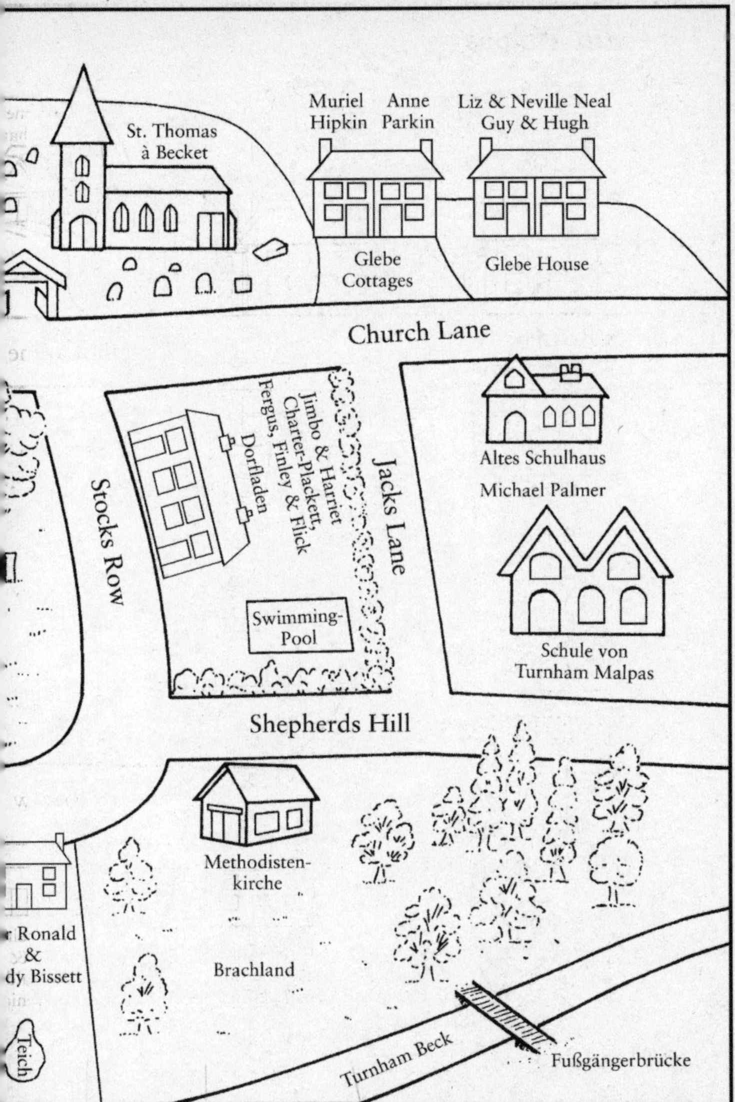

St. Thomas à Becket
Muriel Hipkin
Anne Parkin
Liz & Neville Neal
Guy & Hugh
Glebe Cottages
Glebe House
Church Lane
Jimbo & Harriet Charter-Plackett, Fergus, Finley & Flick
Dorfladen
Jacks Lane
Stocks Row
Altes Schulhaus
Michael Palmer
Swimming-Pool
Schule von Turnham Malpas
Shepherds Hill
Methodistenkirche
Ronald
&
dy Bissett
Brachland
Teich
Turnham Beck
Fußgängerbrücke

Die Bewohner von Turnham Malpas

Gwen Baxter	Alte Jungfer im Dorf
Beryl Baxter	Ihre Zwillingsschwester
Sadie Beauchamp	Verwitwete Rentnerin und Mutter von Harriet Charter-Plackett
Sylvia Bennett	Dorfbewohnerin aus Penny Fawcett
Willie Biggs	Mesner von St. Thomas à Becket
Sir Ronald Bissett	Pensionierter Gewerkschaftsführer
Lady Sheila Bissett	Seine Frau
James Charter-Plackett	Besitzer des Dorfladens
Harriet Charter-Plackett	Seine Frau
Fergus, Finlay und Flick	Ihre Kinder
Alan Crimble	Barkellner im Royal Oak
Pat Duckett	Hausmeisterin der Dorfschule
Dean und Michelle	Ihre Kinder
Bryn Fields	Neuer Wirt im Royal Oak
Georgie Fields	Seine Frau
Jimmy Glover	Wilderer und schwarzes Schaf des Dorfes
Pfarrer Peter Harris, MA (Oxford)	Gemeindepfarrer
Dr. Caroline Harris	Seine Frau

Muriel Hipkin	Pensionierte Anwaltssekretärin. Alte Jungfer im Dorf
Jeremy Mayer	Besitzer des Turnham House Fitnessclubs
Venetia Mayer	Mitbetreiberin des Fitnessclubs
Michael Palmer	Dorfschulrektor
Sir Ralph Templeton	Pensionierter Diplomat
Vera Wright	Putzfrau im Pflegeheim in Penny Fawcett
Don Wright	Ihr Mann

1. Kapitel

Gott sei Dank! Ralph war endlich nach Hause gekommen. Muriel schaute zu seinem Schlafzimmerfenster hinauf. Neben ihr wartete Pericles an der Leine ungeduldig auf seinen Morgenspaziergang. Die Schlafzimmervorhänge waren zugezogen, also war Ralph noch im Bett. In den letzten fünf Tagen hatte Muriel jeden Morgen Ralphs Haus beobachtet, und jetzt war ihre Aufmerksamkeit belohnt worden. Sie schaute auf die Uhr: Viertel vor neun. Sie würde mit Pericles die übliche Runde machen; und wenn sie ihm die Pfoten abgetrocknet und ihn ins Haus gesperrt hatte, stand als nächstes ein Besuch im Laden auf ihrem Terminplan. Ein guter hausgebackener Käsekuchen und frische Brötchen mit Jimbos eichenholzgeräuchertem Knochenschinken würden ein leckeres Mittagessen für sie und Ralph ergeben.

Als Muriel zu Ralphs Schlafzimmerfenster hinaufsah, spürte sie, wie unerwartet Aufregung in ihr aufwallte, ihr Herz erfüllte und sich überall in ihr ausbreitete. Plötzlich wünschte sie sich, Ralph würde sie umarmen, und dachte, das sei das Beste gewesen, was ihr je widerfahren war. So beruhigend, so tröstlich, so richtig, ja, genau, so richtig für sie und, wie sie hoffte, auch für ihn. Muriel versuchte sich vorzustellen, wie Ralphs Gesicht aussah, aber das Bild war fast aus ihrem Gedächtnis verschwunden. Das war doch in einem Monat kaum möglich.

Dann schien der saubere, herbe Geruch seines Rasierwassers sie einzuhüllen, und sein Gesicht war wieder da und wie er sich anfühlte. Er war der erste Mann, nein, der erste Mensch, dessen Nähe sie sich in ihrem ganzen Leben je gewünscht hatte. Wie hatte sie nur so nachdrücklich nein sagen können. Es musste ein Ende damit haben, dass sie nicht wusste, was sie wollte. Manchmal war sie wirklich eine Närrin.

Pericles, den die Warterei langweilte, legte sich auf das Pflaster. Muriel spürte den Ruck an der Leine und sah zu ihm hinunter. »Ralph ist wieder da, Perry, ist das nicht wundervoll? Komm schon, gehen wir. Beeil dich, zum Herumliegen haben wir jetzt keine Zeit.« Pericles stand auf und schüttelte sich, aber durch den roten Wollmantel, in dem er steckte, war das nicht so erfrischend, wie er gehofft hatte. Er trabte hinter Muriel her und war froh, dass es vorbei war mit ihrem Herumgetrödel.

Als sie am Laden vorbeigingen, kam Jimbo heraus, um sein Schaufenster zu mustern.

Er lüpfte den Strohhut. »Guten Morgen, Muriel. Wie geht's denn so?«

»Sehr gut, vielen Dank, Jimbo. Ist es nicht ein wunderschöner Tag?«

»Und ob. Sie wirken heute Morgen so aufgekratzt, freuen Sie sich auf die Neujahrsparty?«

»Neujahr ... o ja, stimmt, da freue ich mich drauf. Ich komme nachher in den Laden.« Sie überließ Jimbo dem Studium seiner neuen Dekoration.

Harriet kam heraus und stellte sich neben ihn. Sie hakte sich bei ihm unter. »Liebling, ich glaube wirklich, dass das die beste Dekoration ist, die dir je gelungen ist. Gefällt mir, wie du den Korb mit den Trockenblumen schräg gestellt und die Käsesorten gestapelt hast, lässig, aber doch mit System, wenn du mir folgen kannst. Sehr wirkungsvoll.« Sie sah sich das Blumenarrangement genauer an. »Die getrockneten Mohnkapseln kenne ich doch. Jimbo! Die sind aus meiner Dekoration auf dem Treppenabsatz, die ist jetzt ruiniert. Wirklich. Die Maiskolben machen sich hübsch, nicht ganz jahreszeitgemäß, aber sie passen gut dazu.«

»Wenn man bedenkt, dass ich vor drei Jahren noch in einer Handelsbank gearbeitet und nie was anderes als Papier gefaltet habe, bin ich doch ein ganz ordentlicher Schaufensterdekorateur geworden, oder?«

»Jedenfalls weiß ich auch nicht, wie wir die Käsesorten von Weihnachten loswerden sollen, wenn das nichts hilft. Sollen wir Probierhäppchen anbieten?«

»Warum nicht? Übernimm du das doch.«

»Gewiss doch, Sir. Oh, da ist Linda. Morgen, Linda.«

Linda winkte den beiden zu. Jimbo, in einer gestreiften Schürze, weißem Hemd und einer farblich zum Band des Strohhuts passenden Fliege, verbeugte sich vor Linda, Harriet, die für die Fahrt mit dem Range Rover angezogen war, um frische Lebensmittel von den Farmen abzuholen, machte einen Knicks, und alle drei lachten.

»Sie stehen schon Schlange wegen der Renten, Linda«, meinte Harriet.

»Entschuldigen Sie, dass ich so spät dran bin.« Linda eilte hinein, um sich an die Arbeit zu machen. Harriet ließ den Range Rover an, und Jimbo ging in den Laden, hoch zufrieden, dass er in der Nacht zuvor bis zwölf an dem Schaufenster gearbeitet hatte.

Eine Stunde später schlug die Glocke an, und Jimbo, der einen Kunden bediente, schaute auf und sah, dass Ralph hereingekommen war. Ralph war magerer, viel magerer, aber braun gebrannt, und sein weißes Haar war noch weißer, falls das möglich war. Aber er sah so aristokratisch aus wie eh und je. Sein

Urlaub oder was auch immer ihn bewogen haben mochte, so überraschend zu verschwinden, hatte ihm offensichtlich gut getan.

Jimbo trat zu ihm, um ihm die Hand zu schütteln.

»Freut mich riesig, dass Sie wieder da sind, Ralph, Sie haben uns gefehlt, vor allem über Weihnachten. Wie geht es Ihnen?«

»Bestens, vielen Dank, Jimbo. Sie scheinen ja in blendender Verfassung zu sein. In meiner Abwesenheit scheint sich nichts verändert zu haben.«

Jimbo schlug sich in gespielter Verzweiflung an die Stirn. »Ich hab' gestern bis Mitternacht geschuftet, und Sie sagen, es hat sich nichts verändert!«

»Schieben Sie es auf den Jetlag, ich bin noch nicht ganz da.«

»Tolle Reise gehabt?«

»Freunde besucht. Ich muss fürs Frühstück einkaufen, Jimbo, ich hab' überhaupt nichts Frisches im Haus.«

»Aha ... hat Ihnen denn Muriel gar nichts besorgt?«

»Nein, sie weiß noch nicht, dass ich wieder da bin.« Ralph nahm einen Einkaufskorb und holte aus den Regalen, was er brauchte. Jimbo bediente einen anderen Kunden.

Als Ralph zur Kasse kam, um sein Frühstück zu bezahlen, hätte Jimbo ihn am liebsten gefragt, warum er so plötzlich abgereist war, aber es wollte ihm keine taktvolle Formulierung einfallen, und deshalb hielt er Ralph widerstrebend die Tür auf und wünschte ihm einen guten Morgen. Im Trubel einer Einkaufsorgie für Neujahr bekam Jimbo kaum mit, dass Muriel fürs Mittagessen einkaufte. Ohne Harriet und die Teilzeitverkäuferin, der er wegen der vielen Arbeit vor Weihnachten einen zusätzlichen Tag freigegeben hatte, war er auf sich allein gestellt und hatte wenig Zeit für Konversation. Muriel war ihrerseits froh, dass sie entkam, ohne erklären zu müssen, warum sie zwei Stücke Käsekuchen kaufte statt wie üblich nur eins.

Zu Hause legte sie den Schinken in den Kühlschrank und stellte den Käsekuchen zum Auftauen auf die Arbeitsplatte.

Nachdem sie sich im Bad fein gemacht und mit dem Parfüm besprüht hatte, das Caroline, die liebe Caroline, ihr zu Weihnachten geschenkt hatte, schlenderte sie so lässig wie möglich zu Ralphs Haus hinüber. Sie trug ihren neuen, jedenfalls neuesten Mantel, weinrot mit einem schwarzen Pelzkragen, und hatte die schwarze Ledertasche dabei, die ihr Ralph aus London mitgebracht hatte. Muriels helles, ehrlich gesagt, fast weißes Haar schaute unter der Kunstpelzmütze hervor. Sie hoffte, dass dunkelroter Lippenstift ihre Haut nicht zu blass wirken ließ. Eines Tages probiere ich es mit Rouge, dachte sie, aber im Moment errötete sie auch ohne künstliche Nachhilfe und zitterte außerdem innerlich. Oh, gut, er ist auf. Sie hatte nicht laut genug an Ralphs Tür geklopft. Sie versuchte es noch einmal. Du meine Güte, das konnte Tote aufwecken. Die Tür ging auf, und da stand er, lächelte sie verhalten an und streckte ihr zur Begrüßung die schönen, feinknochigen Hände entgegen.

»Muriel, meine Liebe, komm herein.« Als er ihre Hand nahm, brach Muriel in Tränen aus. Sie war nicht darauf gefasst gewesen und hatte kein Taschentuch griffbereit. Ralph gab ihr seins, und seine Aufmerksamkeit brachte sie noch mehr zum Weinen.

»Oh, Ralph, ich bin so dumm gewesen. So dumm.«

»Auf keinen Fall dumm, Muriel, auf keinen Fall, meine Liebe.«

»Doch, doch. Total töricht.« Sie wischte sich die Augen trocken und lächelte ihn unsicher an. »Könntest du vielleicht zum Mittagessen kommen?«

»Ich habe eben gefrühstückt, aber dir zuliebe esse ich auch noch zu Mittag.«

»Oh, nicht gleich, ich habe gemeint, später, gegen eins.«

»Soll ich Wein mitbringen?«

Muriel war schockiert. »Am helllichten Tag?«

»In Rom hast du auch tagsüber Wein getrunken.«

»Natürlich, das stimmt. Also gut, bring Wein mit.«

»Abgemacht.«

Muriel musterte sein Gesicht. Sie berührte ihn am Arm. »Ralph, du hast ja abgenommen, warst du krank?«

»Im Herzen.«

»Das Herz? Bist du herzkrank?«

»Erinnerst du dich nicht daran, was du fast als Letztes zu mir gesagt hast?«

Traurig antwortete sie: »Ich habe nein gesagt. Verzeih mir, dass ich dir so wehgetan habe. Wie gesagt, ich war total töricht. Es tut mir Leid, dass ich so schrecklich unfreundlich zu dir war.« Muriel streckte sich, gab ihm ein Küsschen auf die Wange und sagte: »Bis gleich.« Sie wirbelte herum und ging hinaus, bevor sie sich noch mehr von dem anmerken ließ, was sie empfand. Sie eilte die Church Lane entlang, und als sie am Pfarrhaus vorbeikam, kam Caroline gerade heraus und wäre fast mit ihr zusammengestoßen.

Caroline fing sie auf. »Nicht so stürmisch, Muriel.« Sie lachten sich an. »Wo wollen Sie denn so eilig hin?«

»O Caroline, ich werde Ihren Rat beherzigen.«

»Meinen Rat? Welchen?«

»Ralph ist zurück, und ich werde tun, was Sie gesagt haben, und einen Heiratsantrag provozieren.«

»Wird auch Zeit. Peter wird begeistert sein. Er musste in letzter Zeit nicht viele Trauungen halten, neulich hat er gesagt, er kommt noch ganz aus der Übung.«

»Du meine Güte, ja, natürlich. Du meine Güte. Ich muss los, das Mittagessen auf den Tisch bringen. Du meine Güte. Ach, du meine Güte.«

»Muriel, versuchen Sie doch, glücklich zu sein. Das ist der erste Tag vom Rest Ihres Lebens.«

»Natürlich, ja ... was für ein schöner Gedanke. Ja, natürlich. Wiedersehen.«

Caroline sah ihr nach, wie sie die Church Lane entlangrannte. Heute fing auch für Caroline ein neues Leben an, aber sie hatte Muriels Glück nicht dadurch schmälern wollen, dass sie es ihr erzählte. Heute würde sie, Caroline Harris, Mutter werden. Wahr und wahrhaftig, Mutter von zwei Kindern. Sie und Peter würden um zwei losfahren, um die Zwillinge aus dem Krankenhaus zu holen. Caroline würde sich nie wieder Sorgen machen müssen, weil Peter die Kinder, die er sich wünschte, nicht bekam, denn jetzt hatte er zwei eigene Kinder. Alexander und Elizabeth. Alex und Beth. Beth und Alex. Caroline schaute Jimmys Gänsen zu, die auf der Dorfanlage grasten. Vor ihrem geistigen Auge sah sie die Zwillinge, in die Krankenhausbettchen gekuschelt, die winzigen Fäuste fest geballt, mit flatternden Lidern, während sie schliefen. Gott sei Dank hatten sie sich entschlossen, an Gewicht zuzulegen statt abzunehmen. Vielleicht hatten sie nicht eifriger gegessen, weil sie sich nach ihrer Mutter sehnten. Nein, das war unmöglich, oder doch? Wie auch immer, am Ende hatten sie beschlossen, viel zu essen und zuzunehmen, so dass sich Caroline jetzt keine Sorgen mehr um sie machen musste. Sie musste sie nur nach Hause holen. Nach Hause! Wie wunderbar das klang. Sie beschloss, sich beim Aufziehen der Zwillinge wirklich Mühe zu geben. Sie wollte versuchen, jedem das Gefühl zu vermitteln, es sei das einzige Kind, das zähle. Voller Vorfreude stieß sie die Ladentür auf, in der Tasche die Liste mit den Lebensmitteln, die sie in der Tiefkühltruhe lagern musste, bevor sie zum Einkaufen keine Zeit mehr hatte.

Als Caroline einen weiteren Einkaufskorb vor der Kasse abstellte, erkundigte sich Jimbo: »Mal ehrlich, Caroline, ich weiß ja, dass Peter ein stattlicher Mann ist und einen Riesenappetit hat, aber das hier ist lächerlich. Wissen Sie mehr als ich? Steht uns eine Belagerung bevor oder was?«

»Können Sie ein Geheimnis wahren?«

»Hand aufs Herz«, sagte Jimbo und ließ den Worten die Tat folgen.

»Ich packe die Tiefkühltruhe voll, weil ... na ja, wir wagen kaum, es zu glauben, aber die Zwillinge sind wohlauf und dürfen nach Hause, und wir holen sie heute Nachmittag ab. Ich bin mir sicher, dass sie okay sind, aber sie sind noch so winzig, da kann man nie wissen, stimmt's?«

»Caroline, ich freue mich riesig für Sie.« Er kam hinter der Theke hervor und umarmte Caroline.

Harriet, die aus dem Lager kam, lächelte. »Bitte, Jimbo, das reicht. Was soll denn das – die Kunden umarmen? Ist das ein neuer Verkaufstrick? Als Pfarrfrau sollten Sie ihn nicht auch noch ermutigen, Caroline!«

Jimbo flüsterte: »Still, Harriet, Caroline holt heute Nachmittag die Zwillinge ab.«

»Oh, wie wunderbar. Ich verrat's keiner Menschenseele, sonst können Sie sich vor Besuchern nicht retten. Alle sind so aufgeregt, und ich bin neidisch auf Sie, weil Sie Babys im Haus haben. Ich bin ganz süchtig nach Nachwuchs. Wir haben doch auch reichlich Glückwunschkarten ›Zum frohen Ereignis‹ auf Lager, Jimbo?«

Caroline nahm die beiden wegen ihrer Geschäftstüchtigkeit auf den Arm. Als sie die Lebensmittel bezahlt hatte, fiel ihr ein, dass sie mit dem Auto hätte kommen sollen. »Ich weiß heute Morgen einfach nicht, wo mir der Kopf steht. Ich bin völlig daneben, und Peter genauso. Heute früh hat er versucht, sein Auto ohne Zündschlüssel anzulassen, und sich gewundert, warum es nicht anspringt. Dann hat er gemerkt, dass er den Abendmahlswein vergessen hatte, und musste noch mal zurückkommen. Wenn wir uns schon so benehmen, bevor die

Zwillinge zu Hause sind, was wird dann erst hinterher mit uns?«

Harriet versicherte ihr, das komme schon alles in Ordnung, und schlug vor, ihr die Einkäufe im Range Rover, der noch vor dem Laden stand, ins Pfarrhaus zu bringen.

»Vielen herzlichen Dank. Ich weiß das wirklich zu schätzen. Tschüs, Jimbo.«

Mutters Uhr schlug Viertel vor eins, als Muriel Ralph an der Tür hörte. Sie warf in dem kleinen Spiegel, den sie zu diesem Zweck in der winzigen Küche aufbewahrte, rasch einen Blick auf ihre Frisur und ihr Gesicht und hastete durch das Wohnzimmer, um die Tür aufzumachen. Der kleine Esstisch im Erker war schon gedeckt, sie brauchte nur noch das Essen aufzutragen.

Als sie sich an der Haustür gegenüberstanden, verstummten beide einen Moment.

»Darf ich hereinkommen?«

»O ja, entschuldige, bitte, ja, bitte komm herein.«

»Ich bin früh dran, ich weiß, aber ich konnte es nicht erwarten.«

»Spielt keine Rolle, es ist alles fertig. Ich werde nie lernen, zu spät dran zu sein. Setz dich, Ralph, und ich stelle alles auf den Tisch. Oh, du hast tatsächlich Wein mitgebracht.«

»Ja, ich habe ihn in den Kühlschrank gestellt, nachdem du heute Morgen da warst, er müsste genau richtig sein.« Ihre Hände berührten sich, als sie nach der Flasche griff, und Muriel fühlte sich, als hätte sie einen Stromschlag bekommen.

»Oh, Ralph.« Sie stellte sich auf die Zehenspitzen und drückte ihm einen Kuss auf die Lippen. Als sie zurücktrat, war ihr Gesicht rot angelaufen, und sie entschuldigte sich. »Tut mir Leid, bitte, verzeih mir. Setz dich, ich geh' in die Küche und koche Kaffee.« Eine Haarsträhne fiel ihr ins Gesicht. Verwirrt und verlegen wollte sie das Haar zurückstreichen, aber Ralph ergriff ihre Hand, zog sie an seine Lippen und küsste sie.

»Schmeckt nach Schinken, nach Räucherschinken. Moment mal, ja, das stimmt, stammt von Jimbo Charter-Plackett.«

Muriel lachte. »Du hast Recht.« Sie huschte, in der Hoffnung auf eine kurze Atempause, in die Küche, aber Ralph folgte ihr. Weil es eine so kleine Küche war, fühlte Muriel sich durch seine Gegenwart schier erdrückt. Sie war sich seiner Gegenwart überdeutlich bewusst und konnte nicht verhindern, dass sie den Geruch seines Rasierwassers einatmete, oder war es Eau de Toilette oder … Als sie sich nach der Kaffeekanne umdrehte, stieß sie mit ihm zusammen. In dem Moment legte er die Arme um sie, und sie küssten sich, als hinge ihr Leben davon ab.

»Muriel, Muriel, du hast mir gefehlt.« Ralph vergrub das Gesicht an ihrem Hals, und sie fuhr mit der Hand über seinen Kopf.

»Du hast mir auch gefehlt, Ralph. Wenn du immer noch so empfindest, möchte ich unbedingt dieses Nein in ein Ja umwandeln.«

Ralph löste sich von ihr und sah sie eindringlich an. Er umfasste ihr Gesicht mit beiden Händen und sagte: »Muriel Hipkin, machst du mir einen Heiratsantrag?«

»Schon, ja, ich glaube, das muss einer sein.«

»Halleluja. Was für ein Tag. Machen wir den Wein auf und bringen einen Toast aus.«

Er entfernte fachmännisch den Korken, schenkte beiden ein und hob sein Glas zum Trinkspruch.

»Auf Muriel, meine Liebste.«

»Auf Ralph, *meinen* Liebsten.« Muriel trank einen Schluck und sagte dann zögernd: »Du hast mir noch keine Antwort gegeben.«

»Die Antwort, meine Liebe, lautet ja. Aber ich werde dich immer daran erinnern, dass du mir einen Antrag gemacht hast. Wer hätte sich träumen lassen, dass du eines Tages so etwas tun würdest!«

»Wenn meine Mutter das wüsste, würde sie sich für mich schämen.«

»Mütter sind nicht immer die besten Ratgeber. Um dir weitere Schande zu ersparen, frage ich dich: Muriel Hipkin, willst du mich auf der Stelle heiraten?«

»Ja. Tausendmal ja.«

Nach dem Essen, das sie fast nach jedem Bissen unterbrochen hatten, um sich etwas Bedeutsames zu sagen, meinte Ralph mit einem Augenzwinkern: »Weißt du noch, als wir Kinder waren, habe ich dich immer mit dem Buchstaben E in deinem Namen aufgezogen, und du wolltest mir nie sagen, wofür der steht. Ich habe versucht zu raten. Ethel, Eloise, Edna, Enid, Elise, Evadne, Elsie … aber du hast es mir nie verraten. In Anbetracht der Tatsache, dass ich bald, sehr bald, dein Ehemann sein werde, verrätst du es mir jetzt?«

»Ehemann, ach, du liebe Zeit. Du meine Güte. Ich werde Lady Templeton. Oh, Ralph, was habe ich nur getan?«

»Bis jetzt noch nichts, aber du hast mir immer noch nicht gesagt, wofür das E steht.«

»Etwas Geheimnisvolles muss ich doch an mir haben, und außerdem ist es so peinlich, dass ich den Gedanken, dass du es wüsstest, kaum ertrage.«

»Noch etwas Wein, Liebes?« Als er sich zum Einschenken vorbeugte, sagte er: »An unserem Hochzeitstag werde ich es auf jeden Fall erfahren, weil Peter deinen vollen Namen nennen muss. Ich kann warten.«

»Muss er das wirklich? Du meine Güte, dann erfährt es ja das ganze Dorf.«

»Keine Bange, das wird nur eine Eintagsfliege.«

»Ralph!«

»Übrigens, Muriel, ich war in meiner männlichen Arroganz natürlich davon ausgegangen, dass du ja sagst, als ich dir einen Antrag gemacht habe ...«

Muriel langte über den Tisch und streichelte seine Hand. »Das tut mir Leid, aber du hättest doch bestimmt nicht gewollt, dass ich ja sage, bevor ich mir ganz sicher bin, oder?«

»Nein, meine Liebe, das hätte ich nicht gewollt; deshalb habe ich als Überraschung in die Wege geleitet, das Haus von Suzy Meadows zu kaufen ...«

»Oh, wirklich, Ralph? Ich habe gedacht, du wolltest Toria Clarks Cottage kaufen?«

»Das hatte ich auch vor, aber ich habe mir überlegt, dass es für einen verheirateten Mann nicht groß genug ist. Jetzt ist alles unter Dach und Fach, das heißt, spätestens Ende nächster Woche, und ich habe die Absicht, bald umzuziehen. Meinst du, du könntest in Suzys früherem Haus leben, oder wäre dir etwas anderes lieber?«

»O nein, ihr Haus hat mir immer gefallen.«

»Wenn du willst, können wir es jederzeit umbauen.«

»Nein, auf keinen Fall. Es gefällt mir, wie es ist. Es wird mir wirklich Spaß machen, in Suzys Garten zu arbeiten.« Wider Willen machte die Aussicht, ihr geliebtes Cottage zu verlassen, Muriel traurig. »Der Blick auf den Friedhof wird mir fehlen. Ich hoffe, der Käufer wird dieses Haus so lieben wie ich, wenn ich es verkaufe.«

»Wir könnten auch hier wohnen, wenn du willst«, sagte Ralph.

»Auf keinen Fall, das wäre unpassend. Und der Platz reicht nicht für deine Sachen und meine.«

»Na ja, ich habe jede Menge Kisten eingelagert, in die ich seit meiner Rückkehr nach England keinen Blick mehr geworfen habe.«

»Siehst du, wir brauchen Suzys Haus.«

Nach dem Essen räumte Muriel den Tisch ab. Ralph half ihr, und während sie den Abwasch machten, unterhielten sie sich darüber, wo er gewesen war, und überlegten, wo sie ihre Flitterwochen verbringen wollten.

»Was für ein albernes Wort, Ralph, für Leute in unserem Alter.«

»Ich hoffe, wir werden eine herrliche Zeit miteinander verbringen, obwohl wir schon älter sind. Es ist für uns beide das erste Mal, Muriel, und wir haben es in der Hand, ob es aufregend oder langweilig wird.«

Muriel machte sich Sorgen, sie wusste nicht so recht, wie sie in Worte fassen sollte, was sie als nächstes sagen wollte. Um Zeit zu gewinnen, schaute sie nach, ob die kleine Topfpflanze auf dem Fensterbrett Wasser brauchte. Sie spürte Ralphs Hand auf ihrem Arm. Er drehte sie um und hielt sie fest, bevor er einen Schritt zurücktrat. »Du bist so still, ist da etwas, was du sagen möchtest?«

»Nicht jetzt ...«

»Hast du Zweifel bekommen?«

»O nein. Nein. Das ist es nicht.« Muriel spülte die Teekanne noch einmal aus und wienerte sie, bis sie glänzte. Es war Mutters Lieblingskanne gewesen. Sie konnte das Gesicht ihrer Mutter, das sich in der schimmernden, braunen, bauchigen Kanne spiegelte, fast vor sich sehen. Ihre Mutter hatte nie mit ihr darüber gesprochen, was es hieß, eine Frau zu sein, ihr Leben lang nicht. Muriel begriff, dass sie mit vierundsechzig so schlecht auf die Ehe vorbereitet war wie mit sechzehn.

»Ich bin noch da.« Ralph lehnte mit verschränkten Armen an der Waschmaschine und musterte geduldig Muriels Gesicht.

»Ralph, du wirst mir helfen müssen. Ich brauche Hilfe, weißt du, damit ich es richtig mache. Ich kenne mich mit den

Gefühlen in meinem Inneren nicht aus, weil ich nie solche Gefühle hatte. Ich weiß nicht, was es für ein Gefühl ist, einen Mann zu begeh … Ich glaube, Leidenschaft ist das Wort, das ich suche. Es ist ein altmodisches Wort, aber das ist genau das, was ich meine. Ich weiß, du willst, dass wir richtig verheiratet sind, und ich will das auch, aber …« Muriel lief knallrot an, wandte sich von ihm ab und schaute aus dem Fenster. Ihr winterlicher Garten bekam eben ein bisschen Farbe, sie sah, wie die ersten Schneeglöckchen ihre grünen Spitzen aus der Erde schoben. Bald würde sie diesen Ort verlassen und ein ganz neues Leben anfangen, und das Fleckchen Erde würde der winterliche Garten eines anderen Menschen sein. Ihr ging auf, wie ungeheuerlich das war, was sie getan hatte, und sie schreckte vor der Zukunft zurück. Warum hatte sie das Wort Leidenschaft benutzt? Jetzt musste sie sich einem Gedanken stellen, dem sie ihr Leben lang ausgewichen war.

»Muriel«, sagte Ralph sanft und rief sich ins Gedächtnis, dass Muriel ein zartbesaitetes Wesen war, das er nicht mit einem herzhaften Spruch wie »Ruhig Blut, bei Nacht wird's gut« niedertrampeln wollte. »Ich liebe dich, und du liebst mich, und deshalb werden wir unser Eheleben in jeder Hinsicht wunderschön und befriedigend gestalten. Wir werden nichts überstürzen, wir werden behutsam vorgehen, denn so werden wir beide reichen Lohn empfangen. Ich werde dir dabei helfen, Leidenschaft zu empfinden, meine Liebe, und ich liebe dich um deiner Zurückhaltung willen nur noch mehr. Du kannst mir vertrauen.«

»Das kann ich doch, oder? Du wirst dich um mich kümmern, Ralph?«

»Selbstverständlich.«

»Bitte, Ralph, lass uns zu Peter gehen und das Aufgebot bestellen. Meinst du, wir könnten eine Art Sondererlaubnis bekommen? Wenn wir lange warten, kommen mir Zweifel, und ich überlege es mir womöglich anders.«

»Sehr gut, wir sagen Peter, du kannst es nicht erwarten, endlich zu heiraten, und fragen ihn, wann sein erster freier Samstag ist.«

»Ralph! Du darfst nicht sagen, dass ich es nicht erwarten kann.«

»Jedenfalls kann ich es nicht erwarten.«

»Ich auch nicht! Ich hole meinen Mantel.«

Es schien eine Weile zu dauern, bis Peter auf ihr Klopfen reagierte. »Na so was, Ralph, hallo. Caroline hat mir gesagt, dass Sie wieder da sind.« Er schüttelte Ralph die Hand. »Freut mich riesig, Sie sehen gut aus. Hatten Sie eine gute Reise? Sie haben uns über Weihnachten gefehlt. Kommen Sie beide herein. Hallo, Muriel. Gott segne Sie.«

»Hallo, Peter. Ralph hat Ihnen etwas zu sagen.«

»Können wir ungestört miteinander sprechen?«

»Aber ja doch, kommen Sie in mein Arbeitszimmer. Ich würde Ihnen Tee anbieten, aber Caroline ist im Moment beschäftigt. Sind Sie gekommen, um mir etwas Aufregendes zu erzählen? Sie sehen beide sehr glücklich aus.«

Peter ging voraus in sein Arbeitszimmer, platzierte seine Besucher in den beiden Sesseln und setzte sich auf seinen Schreibtischstuhl. Ralph räusperte sich, griff nach Muriels Hand und fragte Peter, ob er in den nächsten Wochen eine Trauung einschieben könne.

»Was? Oh, ich bin begeistert, absolut begeistert. Nichts könnte mich mehr freuen. Das ist wirklich großartig. Wunderbar.« Er stand auf, schüttelte Ralph die Hand und küsste Muriel anschließend auf beide Wangen. »Das ist genau, worauf wir alle gewartet haben. Ist es geheim, oder darf ich es Caroline erzählen?« Muriel nickte.

Er machte die Arbeitszimmertür auf und rief: »Caroline, hast du einen Augenblick Zeit?«

Als Caroline die beiden im Arbeitszimmer sah, wusste sie sofort, dass sie die Trauung besprechen wollten.

»Sagen Sie nichts, lassen Sie mich raten. Sie wollen heiraten. Ich freue mich so für Sie beide, und wie ich mich freue! Peter, das sollten wir mit Champagner begießen.«

»Wir haben doch die Flasche für heute Abend im Kühlschrank. Bis dahin müssen wir doch nicht warten, oder?«

»Ehrlich gesagt, es ist vielleicht am besten, sie jetzt zu trinken, solange noch Ruhe herrscht.«

Muriel sah die beiden neugierig an. »Ruhe herrscht? Was ist denn heute Abend los?«

Caroline und Peter lächelten sich an. »Wir sind eben erst nach Hause gekommen. Wir waren heute Nachmittag im Krankenhaus ...«

Muriel sprang voller Freude von ihrem Sessel auf. »Sie haben die Zwillinge geholt!«

»Ja.« Caroline umarmte Muriel, und Muriel umarmte ihrerseits Caroline und dann Peter.

»Oh, wo sind Sie? Bitte, ich möchte sie sehen.«

»Dann kommen Sie mit, Sie auch, Ralph.« Die vier gingen hinauf ins Kinderzimmer, um Alex und Beth liebevoll und bewundernd zu betrachten. Die beiden lagen fest eingepackt in zueinander passenden Wiegen. Alex schlief ruhig, die winzigen Fäuste an das Gesicht gepresst, über der Decke waren ein paar hellblonde Haarsträhnen zu sehen. Muriel zog sacht die Decke zurück, ihr war bewusst, dass er Peter immer noch stark ähnelte, und ihr war mulmig bei dem Gedanken, was sich die Dorfbewohner wohl zusammenreimen würden. Sie hoffte eigentlich, es werde niemandem auffallen. Lautes Schmatzen drang aus Beths Wiege, und als Muriel hineinschaute, sah sie, dass die kleine Beth den Daumen im Mund hatte.

Muriel klatschte vor Entzücken in die Hände. »Sind sie nicht wunderschön? Schlicht und einfach wunderschön. Wie glücklich müssen Sie beide sein, dass Sie die Kinder wohlbehalten nach Hause gebracht haben.«

»Das sind wir auch, aber ich bin schrecklich nervös. Sie wachen bestimmt gleich auf und wollen gefüttert werden, und ich habe keine Ahnung, wo ich anfangen soll, aber wir werden es lernen, müssen wir ja wohl.« Caroline steckte Alex die Decke bei bisschen fester und strich Beth mit der Hand über den Kopf.

»Wie viel wiegen sie jetzt, Caroline?«

»Bei Alex sind es fast fünf Pfund, bei Beth nur viereinhalb. Aber sie nehmen jetzt jeden Tag ein bisschen zu, dem Herrn sei gedankt. Lassen Sie uns den Champagner holen, bevor sie aufwachen.«

Sie stießen an, und Peter sagte: »Möge Gott uns alle an diesem ganz besonderen Tag in unserem Leben segnen.« Ralph unterstrich das mit den Worten: »Gott segne uns alle und schenke uns für die Zukunft großes Glück.« Muriel stieß noch einmal mit Caroline an und sagte: »Amen.«

2. Kapitel

Jimbo balancierte auf der obersten Stufe der Trittleiter und versuchte, über dem Schild seines neuen Restaurants ein Transparent zu befestigen. Als es schließlich hielt, lehnte er sich so weit wie möglich zurück und las die Worte HERZLICHEN GLÜCKWUNSCH ZUR HOCHZEIT. Eine hübsche Überraschung für Muriel und Ralph, wenn sie heute Morgen ihre Schlafzimmervorhänge aufzogen. Er stieg von der Leiter und trat einen Schritt zurück, um seine Dekoration noch einmal zu bewundern. Mit Wasserstoff gefüllte Ballons in Türkis und Silber, je drei an beiden Enden des Transparents, wehten prall in der frühmorgendlichen Brise. Ein Kunstwerk, das musste Jimbo selbst sagen. Und außerdem so geschmackvoll. Schon gut, jede Menge zu tun, er musste weitermachen. Die Torte war noch nicht fertig, Jimbo sollte Brautführer sein, ganz zu schweigen von dem Essen, das für den Empfang am Abend zuzubereiten war. Er klappte die Leiter zusammen und wandte sich dem Eingang zu, wo er für einen Moment Ruhe am Anfang seines hektischen Tages stehen blieb und über das schlafende Dorf schaute.

Der Umzug nach Turnham Malpas war die beste Idee seines Lebens gewesen. Diese verdammte Handelsbank war eine Tretmühle gewesen. Ein Leben auf Kosten seiner Nerven, und wofür? Ein schickes Haus, schicke Freunde, ein schicker Garten, schicke Klamotten? Das alles für einen Laden auf dem Land aufzugeben hatte damals äußerst unbedacht gewirkt, aber was für ein prächtiges Geschäft hatte er, na ja, gemeinsam mit Harriet, daraus gemacht. Und die Kinder wuchsen in Frieden und Ruhe auf, das war ein zusätzlicher Vorteil. Die Sonne stand jetzt ein gutes Stück über den Clintock Hills; sie beschien die Kirche St. Thomas à Becket und die alten Häuser mit den weißen Mauern und zeigte das Dorf von seiner Schokoladenseite. Es war ein großer Tag für alle. Wohl wahr, Sir Ralph war nicht mehr der Gutsherr, aber er war immer noch von einer aristokratischen Aura umgeben, und die alten Dorfbewohner sahen immer noch den Gutsherrn in ihm, selbst wenn es fast fünfzig Jahre her war, dass sich ihr Leben um das Herrenhaus gedreht hatte. Was Muriel betraf, ihr stand ein aufregender Tag bevor. Jimbo eilte hinein. Jede Menge zu tun, jede Menge zu tun.

Um fünf vor zwölf war die Kirche zum Bersten voll, denn den zur Hochzeit und zu dem anschließenden Frühstück geladenen Gästen hatten sich Dutzende von Dorfbewohnern angeschlossen. Alle erwarteten begierig den Auftritt der Braut. Das Ministerium war zur Stelle, und der Pfarrer, Peter Harris, stand in seinem weißen Messgewand für Trauungen und seinem besten Chorhemd auf den Altarstufen. Die ganze Gemeinde hielt erwartungsvoll den Atem an.

Auf ein Zeichen des Mesners hin intonierte die Organistin, Mrs. Peel, Mendelssohns Hochzeitsmarsch. Sir Ralph stand auf und stellte sich neben seinen Trauzeugen, einen alten Studienfreund, den niemand kannte, als Muriel Hipkin am Arm von Jimbo Charter-Plackett die Kirche betrat. Sie trug ein Kostüm in Blasstürkis, passende Schuhe und einen winzigen, eleganten türkisfarbenen Hut mit einem zarten Schleier, der den Hut weicher wirken ließ und ihr Haar und ihre Stirn bedeckte. In den zitternden Händen hielt sie ein kleines Bukett aus weißen

Blumen. Muriel war nervös, aber innerlich jubelte sie. Sie war im Morgengrauen wach geworden und hatte darüber nachgedacht, dass sie ihr ganzes künftiges Glück in die Hände dieses Mannes legte, in Ralphs Hände. Die ungeheure Entscheidung, Ralph zu heiraten, kam ihr jetzt, wo sie sie getroffen hatte, vollkommen richtig vor.

Als Muriel sich den Altarstufen näherte, drehte Ralph sich um und begrüßte sie. Die Liebe und die reine Freude, die er bei ihrem Eintreffen und beim Anblick ihrer bezaubernden Erscheinung empfand, milderten seine kräftigen Züge. Er streckte die Hand nach ihr aus und Muriel reichte ihm ohne Zögern ihre Hand. Ralph beugte sich näher heran und flüsterte: »Du siehst wunderschön aus, meine Liebe.«

Als es an der Zeit war, die Gelübde zu sprechen, sahen sie sich ins Gesicht und rezitierten die Worte mit fester, ruhiger und zuversichtlicher Stimme. Die Ministranten in ihren besten Chorhemden mit den Rüschenkragen mussten ein Kichern unterdrücken, als sie Peter sagen hörten: »... diese Frau, Muriel Euphemia Hipkin ...« Bei Peters Predigt waren etliche Gemeindemitglieder den Tränen nahe.

»Als erstes verlese ich die Gedanken des Apostels Paulus über die Liebe, aus dem ersten Korintherbrief, Kapitel dreizehn.

›Die Liebe ist langmütig und freundlich; die Liebe eifert nicht; die Liebe treibt nicht Mutwillen, sie blähet sich nicht; sie stellet sich nicht ungebärdig, sie suchet nicht das Ihre, sie lässt sich nicht erbittern, sie rechnet das Böse nicht zu, sie freuet sich nicht der Ungerechtigkeit, sie freuet sich aber der Wahrheit; sie verträgt alles, sie glaubt alles, sie hoffet alles, sie duldet alles. Die Liebe höret nimmer auf.‹

Vor noch nicht allzu langer Zeit erst haben wir Ralph nach langer Abwesenheit wieder im Dorf willkommen geheißen. Seine Arbeit im diplomatischen Dienst hat ihn in die ganze

Welt geführt, aber die Bindung an den Ort, in dem er geboren ist, hat ihn hierher zurückgebracht, als seine Arbeit getan war. Als er die Entscheidung traf, wusste er nicht, dass auch Muriel, eine Kindheitsfreundin, hierher zurückgekommen war. Etliche unter Ihnen werden sich daran erinnern, dass Braut und Bräutigam als Kinder miteinander gespielt haben und dass Moo und Ralphie unzertrennlich waren. Wir durften miterleben, wie sie diese frühen Jahre wieder aufleben ließen. Wir alle haben gehofft, dass sie am Ende vor den Altar treten würden. Es gab Höhen und Tiefen, und einmal sah es danach aus, unser aller Hoffnung sei vergeblich gewesen, aber dann sind sie doch vor Gott getreten und haben sich ihre Liebe erklärt. Muriel und Ralph, Sie haben die Gelübde abgelegt, sicher in der Gewissheit, dass die Liebe zwischen Ihnen keine Grenzen kennt, eine Liebe, die nimmer aufhört. Möge Gott Sie segnen, die Sie jetzt ihr gemeinsames Eheleben beginnen.«

Als die Trauung zu Ende war, traten die Gäste und die Dörfler in die Frühlingssonne hinaus und schauten zu, wie die Hochzeitsfotos aufgenommen wurden. Sie umklammerten die ungeöffneten Konfettischachteln, denn sie wussten, wie böse Willie Biggs werden konnte, falls sie auf dem Kirchengelände Papierschnipsel verstreuten. Die Kinder aus der Dorfschule bildeten zu beiden Seiten des Wegs ein Spalier. Im Sonntagsstaat und von ihren Eltern strikt ermahnt, sich anständig zu benehmen, schwenkten sie Union Jacks und lächelten, bis ihnen die Gesichter wehtaten. Die Glocken von St. Thomas à Becket schallten durch das Dorf und erfüllten die Luft mit Jubel. Alle wollten der Braut und dem Bräutigam die Hand schütteln und ihnen gratulieren.

»Herzlichen Glückwunsch.«

»Alles Gute.«

»Sie sehen wunderschön aus, Miss Hipkin … ups, Lady Templeton, entschuldigen Sie.«

»Wunderschöner Gottesdienst.«

»Hab' jedes Wort von Ihnen hören können, Muriel, und wir haben alle gedacht, Sie wären zu schüchtern.«

»Viel Glück.«

»Sie müssen mit aufs Foto, Herr Pfarrer. Bitte hinten, wo Sie doch so groß sind, Sir.«

»Mit den Ministranten müsste jemand ein Hühnchen rupfen. Haben dauernd gekichert. Aber sie hat schon 'nen komischen Namen. Euphoria, stimmt's?«

»Ob die wohl getrennte Schlafzimmer haben? Die ganzen Herzöge und Herzoginnen haben Zimmer für sich.«

»Halt die Klappe, Pat. Das ist jetzt nicht der richtige Augenblick für so was.«

Kameras in allen Formen und Marken klickten ein ums andere Mal.

Sobald Ralph und Muriel das Friedhofstor durchschritten hatten, stürmten alle auf sie zu, um sie mit Konfetti zu überschütten. Schließlich durften sie unbehelligt zum Empfang abfahren. In der Church Lane wartete eine schöne, offene Kutsche mit zwei Pferden. In die Mähnen und Schwänze waren Bänder in Weiß und Türkis eingeflochten, und der Kutscher trug ein schwarzes Jackett und einen Zylinder. Ralph half Muriel schwungvoll in die Kutsche und setzte sich neben sie. Mit dem Zylinder in der Hand, quittierte er winkend die Jubelrufe und die Glückwünsche, als die Kutsche sich in Bewegung setzte.

Harriet wandte sich Caroline zu und sagte: »Sehen sie nicht prächtig aus? Was für eine Verabschiedung.«

»Stimmt. Und sie sehen so glücklich aus.«

»Ich glaube, Peters Predigt hat den richtigen Ton getroffen.«

»Er hat sich wirklich Mühe gegeben; bei einer Trauung rutscht man leicht in ein sentimentales Fahrwasser, und er wusste, dass das Ralph überhaupt nicht gefallen hätte. Ich schau' bloß mal nach, ob meine Eltern mit den Zwillingen zurechtkommen, also bis nachher im George, Harriet.«

»Gut. Ich suche Jimbo, dann können wir auch fahren. Er ist heute ganz in seinem Element. Bis nachher.«

Während das Brautpaar und die Gäste sich auf den Weg zum Hochzeitsfrühstück im The George in Culworth gemacht hatten, gingen die restlichen Dorfbewohner nach Hause und freuten sich auf den Empfang am Abend. Lady Sheila Bissett sehnte sich danach, nach Hause zu kommen und ihre Schuhe auszuziehen; sie hätte sie auf keinen Fall eine halbe Nummer zu klein kaufen dürfen, bloß weil ihre Größe nicht vorrätig war. Sie wollte sowieso nach Hause, weil Ron wegen ihres Leopardenmantels maulte. Ihm hatte er nie gefallen, aber ihr, und darauf kam es an. Außerdem war es Winter, Hochzeit hin oder her. Heute Abend würde er erst Augen machen; sie würde allen zeigen, was Eleganz war.

Sie hatten zu Mittag gegessen und schliefen fest vor dem Fernseher, als ein wildes Bellen Lady Bissett weckte. O nein, nicht schon wieder Flick Charter-Placketts Katzen. Pom und Pericles führten sich auf wie tollwütig. Sie wusste sowieso nicht, warum Ron Muriel versprochen hatte, Pericles während ihrer Flitterwochen zu sich zu nehmen. Wenn es um die Katzen ging, feuerten sich die beiden Hunde gegenseitig an. Sie brauchten nur eine Katze zu schnuppern, schon drehten sie durch. Sheila war sich sicher, dass Chivers und Hartley bloß spaßeshalber in ihren Garten kamen. Sie schaute aus dem Fenster. Die beiden Katzen hatten sich eben überlegt, wo sie sich am liebsten erleichtern wollten, als Pom und Pericles angriffen. Mitten im Pinkeln waren die Katzen im Nachteil, setzten sich aber mit Kampfgeist zur Wehr. Das Zischen und Fauchen, das Bellen und Knurren waren unüberhörbar.

Sir Ronald kam aus dem Haus, Sheila dicht auf den Fersen. Ihre Stimme war ganz heiser vor Ärger.

»Ron. Ron. Hol sie beide. Die Scheißkatzen kratzen ihnen noch die Augen aus. Oh, Pom, Liebling, komm her.«

Die Protagonisten ignorierten ihre Rufe. Pom und Pericles rasten in wilder Verfolgungsjagd durch den Garten, und die Katzen zischten und fuhren die Krallen aus. Sheila ließ alle Vornehmtuerei fahren und schrie aus vollem Hals.

Sir Ronald rannte mit einem großen Spaten durch den Garten, als wollte er jede Katze, die in Reichweite kam, erschlagen. Inzwischen war Pericles Feuer und Flamme für das Abenteuer und machte Anstalten, Chivers zu ermorden. Sir Ronald, verwirrt von dem Gebell und erst halb wach, strauchelte und fiel der Länge nach in seinen zehn auf acht Meter messenden Glasfiberteich mit zwei verschiedenen Ebenen für Wasserpflanzen; Sein Anzug aus Harris-Tweed, der gekauft worden war, damit er wie ein Landedelmann aussah, saugte sich schnell mit Wasser voll. Sheila vergaß die Hunde und eilte ihm zu Hilfe. Als sie ihm die Hand reichte, um ihm aus dem Teich zu helfen, zogen die Katzen vom Schlachtfeld ab und rannten aus dem Garten. Pom und Pericles, hoch zufrieden mit dem Aufruhr, den sie verursacht hatten, kehrten zum Haus zurück, tranken gierig aus den Wassernäpfen, legten sich dann in ihr jeweiliges Körbchen und rekapitulierten ihren Anteil an der Jagd. Ron und Sheila hatten gar nicht gemerkt, dass Flick den ganzen Vorfall vom Seitentor aus beobachtet hatte. Ihre Protestschreie waren im allgemeinen Durcheinander ungehört verhallt.

Sir Ronald stand auf der hinteren Veranda und zog sich seine nassen Sachen aus, während Sheila ein großes Badetuch holte. Der durch das Scharmützel im Garten und im Teich angerichtete Schaden war zu viel für ihre Nerven. Die Fische würden mindestens vierzehn Tage lang schmollen, und die Staudenrabatte, die eben erst ausgeschlagen war, würde aller Wahrscheinlichkeit nach den ganzen Sommer brauchen, um sich zu erholen. Als sie mit dem Badetuch zurückkam, hatte

Sir Ronald sich bis auf die Unterhose ausgezogen. Eine zornige Stimme schallte über das Tor hinweg.

»Sir Ronald, ich habe ein Wörtchen mit Ihnen zu reden, wenn ich bitten darf.« Jimbo Charter-Plackett, noch im Gehrock, betrat den Garten. »Eben komme ich vom Empfang zurück, und da kommt Flick tränenüberströmt die Stocks Row entlanggerannt und sagt, Sie hätten versucht, ihre Katzen mit einem Spaten zu erschlagen.«

Ungeachtet des lächerlichen Anblicks, den er bot, stürmte Sir Ronald von der Veranda und baute sich vor Jimbo auf. Die nasse Unterhose, die an seinem dicken, übergewichtigen Leib klebte, und das Grünzeug aus dem Teich, das Kopf und Gesicht überzog, taten seiner Würde beträchtlich Abbruch.

Seine Frau lief mit dem Badetuch hinter ihm her, aber er winkte zornig ab.

»Ich hab' Ihre Scheißkatzen satt. Die laufen im ganzen Dorf herum, wir sind nicht die einzigen, die sich beschweren. Die ruinieren meinen Garten, tun, als wäre er eine verdammte Bedürfnisanstalt.«

Sheila versuchte verzweifelt, den kleinen Rest von Rons Würde zu wahren. »Ron, Ron, bitte, leg das Handtuch um.«

»Halt die Klappe, Sheila! Haben Sie mich verstanden, Jimbo? Von jetzt an führen wir Krieg. Ich werde Pulver ausstreuen, das die Viecher abschreckt, und alles, was mir einfällt, tun, um meinen Garten zu schützen.«

»Jetzt machen Sie doch mal halblang, *Sir Ronald*. Es sind doch noch ganz junge Katzen, und Sie haben Flick fast das Herz gebrochen. Es ist nicht recht, den Katzen mit einem Spaten zu drohen. Was haben Sie denn übrigens mit sich angestellt? In diesen Unterhosen sehen Sie total lächerlich aus, Mann. Bedecken Sie sich.«

»Bedecken? Ihre Katzen werd' ich bedecken, mit viel Erde, wenn sie tot sind, wenn's nach mir geht.«

Jimbo trat vor und stach mit dem Zeigefinger in Rons dicke nasse Brust. »Wenn Sie die Katzen auch nur anrühren, zeig' ich Sie an, und das ist mein Ernst. Sie wissen genau, dass schon eine von Flicks Katzen ertränkt worden ist, noch so eine Tragödie verkraftet sie nicht. Und jetzt rein mit Ihnen – sorgen Sie dafür, dass sich jemand um Sie kümmert, ehe Sie sich noch mehr zum Gespött machen.« Jimbo machte wutschäumend kehrt, marschierte festen Schrittes durch das Tor, knallte es hinter sich zu und hätte dabei fast den Riegel abgebrochen. Sir Ronald nahm das Badetuch, wickelte es um sich und betrat mit dem bisschen Würde, das er noch besaß, das Haus.

Sheila wusste, wann sie still zu sein hatte, und jetzt war ein solcher Zeitpunkt. Normalerweise gab sie im Haushalt der Bissetts den Ton an, aber es gab Tage, an denen sogar Sheila merkte, dass Schweigen Gold war. Sie hörte Ron im Bad herumstapfen. Er nahm so wenig Rücksicht auf ihre Badezimmerausstattung: der Himmel allein wusste, wie der Badvorleger und die lavendelblaue Kloumrandung aussehen würden, wenn er fertig war. Sie hatte die Sachen so sorgfältig ausgesucht, damit sie farblich zu den marineblauen Einbauteilen passten. Auch der Klodeckelbezug war lavendelfarben. Sie hatte die Garnitur bei Marks & Spencer gekauft und auf den ersten Blick gewusst, dass sie die richtige Wirkung haben würde. Aber ganz besonders beglückte sie das weiße Korbregal, auf dem die Glasgefäße mit Gästeseifen und Badesalz und der mit Spitze beklebte Spender für Kosmetiktücher standen. Und die Netzvorhänge am Badfenster, an den Rändern gerüscht und geschmackvoll vor der Milchglasscheibe drapiert, waren ebenfalls weiß mit einem Streublumenmuster. Das Badezimmer war einer ihrer Triumphe. Seit ihrer Heirat mit Ron hatte ihr Leben in finanzieller Hinsicht nicht viel zu bieten gehabt, aber in den letzten Jahren hatte sich die Lage durch seine Fernsehhonorare, seine Auslandsreisen für die Gewerkschaft und sein Spesenkonto beträchtlich verbessert.

Sheila saß an ihrem mit Schleifen verzierten Frisiertisch, als die Badtür zuschlug. Ron kam splitternackt herein.

»Wie oft habe ich dir schon gesagt, Ron, dass du nicht so herumlaufen sollst?«

»Wer sieht mich denn?«

»Ich zum Beispiel, und das gehört sich nicht.«

»Mir ist egal, was sich gehört. Mich beschäftigt nur, wie ich diese verdammten Katzen daran hindern kann, dass sie unseren Garten ruinieren.«

»Jimbo hat ja ganz schön vom Leder gezogen. So ein Hitzkopf ...«

»Stacheldraht, das ist die Lösung. Pulver verscheucht sie nur, wenn sie schon drin sind. Ich muss verhindern, dass sie überhaupt reinkommen.«

»Stacheldraht? Soll unser Grundstück aussehen wie ein Straflager?«

»Das ist mir gleich. Stacheldraht muss her. Oder wir schaffen uns einen größeren Hund an, der die elenden Scheißviecher abmurkst.«

»Ron, du weißt, dass ich solche Ausdrücke nicht mag.«

»Unsere Sprache verfügt nicht über das geeignete Wort für diese elenden Scheißkatzen.«

»Jedenfalls würde es Pom nicht gefallen, wenn wir noch einen Hund hätten. Er würde sich schrecklich darüber aufregen.«

»Könnte ihm bloß gut tun, ihn ein bisschen auf Zack bringen. Du verhätschelst ihn zu sehr, Sheila, das habe ich dir schon zigmal gesagt. Er wacht erst auf, wenn Pericles zu Besuch kommt.«

»Das behauptest du. Ich glaube, er kommt allein bestens zurecht. Du hättest auf keinen Fall anbieten dürfen, Pericles zu uns zu nehmen. Drei Monate Flitterwochen in Australien, ich bitte dich. Diese Muriel Hipkin ist bestimmt nie über Bournemouth hinausgekommen, jedenfalls nicht vor Sir Ralphs Rückkehr. Erst Rom und jetzt Australien ... sie hat ihre Karten gut ausgespielt, das kann ich dir flüstern. Hat es endlich geschafft, sich ihn zu angeln. Ich werde nie begreifen, was in aller Welt er in ihr sieht. Ron, glaubst du, dass sie ... du weißt schon?«

»Eh? Ach, das. Keine Ahnung. Eigentlich könnte ich gleich die Sachen anziehen, die ich heute Abend auf dem Empfang tragen will. Wenn's bloß mein Tweedanzug wäre. Scheißkatzen.«

»Der wäre sowieso unpassend gewesen. Leute wie wir müssen den Dörflern zeigen, wo's langgeht. Du musst deinen Beerdigungsanzug anziehen, Schatz. Mit der hübschen Tupfenkrawatte, die dir Bianca zu Weihnachten geschenkt hat.«

»Da drin seh' ich doch beschissen aus. Du weißt, dass ich den Anzug nicht leiden kann. Ich hätte mich nie von dir zum Kauf überreden lassen dürfen.«

»Ein Mann in deiner Stellung muss elegant gekleidet sein. Was sollen die Leute von dir halten, wenn du in einem rotgelben Tweedanzug im Fernsehen auftreten würdest? Du würdest ja aussehen wie ein Landei.«

»Als ich die Tweedsachen bestellt habe, hast du gesagt, ich würde darin aussehen wie ein Gutsherr.«

»Stimmt ja auch, aber die vom Fernsehen sehen das anders, oder?« Sheila konzentrierte sich auf ihren Nagellack. Ein Strich die Nagelmitte entlang, dann je einer seitlich. Dieses helle Apricot passte hervorragend zu ihrem neuen Kleid. Sie konnte es nicht erwarten, es anzuziehen. Sie hatte noch nie zuvor etwas bei Thoms & Curtis gekauft, aber es galt im Dorf Maßstäbe zu setzen. Das Niveau konnte so schnell abrutschen. Was Caroline Harris doch für unglaublich schöne Sachen trug, wenn man bedachte, das sie nur eine Pfarrfrau war. Andererseits war sie jahrelang Ärztin gewesen und hatte bestimmt eine Menge Geld verdient. Und sie hatte Stil. Die hatte es jetzt bestimmt nicht leicht mit den Zwillingen. In manchen Nächten so gut wie kein Schlaf. Es waren reizende Babys. Erstaunlich, wie ähnlich der kleine Junge Peter sah. Von Adoptivkindern hieß es ja, sie würden mit der Zeit den neuen Eltern ähneln. Aber die beiden konnten höchstens acht Wochen alt sein. Was Harriet Charter-Placket wohl heute Abend trägt? Zweifellos eine ihrer Kreationen aus der Sloane Street. Wartet's nur ab, bis ihr mich in meiner Robe seht.

Sobald ihre Nägel trocken waren, stand Sheila vom Frisiertisch auf und nahm das Kleid aus dem Schrank. An allen Bügeln hingen Potpourrisäckchen, damit ihre Sachen frisch blieben. Sheila kaufte die Säckchen bei einer jungen Frau aus dem Dorf, die alle möglichen Sachen mit Spitzen einfasste. Sheila schaute regelmäßig bei ihr vorbei. Sie war eine ihrer besten Kundinnen. Das Kleid war aus limonengrünem geblümtem Brokat mit einem Faltenschößchen am Rücken, das sich an den Hüften und über dem Magen verengte. Der Stehkragen hatte ein breites Revers, das bis zur Busenkerbe reichte. Zu beiden Seiten des Kragens war unterhalb der Schlüsselbeine ein hübsches Perlenmuster in der Form der Brokatblumen aufgenäht. Sie hatte Rons scheelen Blick bemerkt, als sie das Kleid im Laden anprobiert hatte. Sie wusste, dass er es nicht mochte, wenn sie sich zur Schau stellte, aber es war genau das richtige Kleid, und sie konnte nicht widerstehen.

Sie legte es auf den Bettüberwurf aus weißem, gestepptem Satin, schlüpfte aus dem Negligé und entblößte eine mollige, mit einem eine Spur zu engen Slip von Marks & Spencer bekleidete Figur. Als sie das Kleid anhatte, drehte sie sich vor den Spiegeln ihrer Einbauschränke hin und her und musterte sich. Ja, es war genau richtig für den Anlass, und außerdem genau richtig für die Kirche im Sommer. Sie würde dafür sorgen, dass sich die Köpfe nach ihr umdrehten. Die Leute akzeptierten allmählich, dass sie jetzt die dominierende Frau im Dorf war. Ihre Floristikkurse und die Organisation der dörflichen Blumenausstellung hatten ihr zu einer festen Stellung im Dorfleben verholfen. Turnham Malpas kam nicht mehr ohne sie aus, du lieber Scholli, nein. Ihre schwarzen Riemchenpumps waren unbequem, aber sie würde sie bald eingetragen haben.

»Du bist zu früh fertig, Sheila.« Ron gähnte.

»Ich weiß. Ich hab' gedacht, ich setz' mich nach unten und geb' meinen Schuhen die Chance, sich ein bisschen einzutragen. Im Fernsehen läuft ein nettes Programm, das ich mir anschauen kann.«

»Ich möchte den Sport sehen.«

»Schön, dann siehst du hier oben fern, und ich geh' nach unten. Wenn ich mich aufs Bett lege, ruiniere ich mir das Kleid.«

Sheila ließ die Hunde noch einmal in den Garten, denn sie und Ron würden lange auf dem Empfang sein. Dieser Pericles hatte es faustdick hinter den Ohren. Schien es wirklich zu genießen, dass er herumrennen durfte, statt sich bei dieser prüden Miss Hipkin stocksteif benehmen zu müssen. Sheila machte den Hunden ihr Futter zurecht und setzte sich dann ins Wohnzimmer. Alle Kissen auf der beigefarbenen dreiteiligen Sitzgarnitur mit Dralonbezug hatten glänzende Ringelfransen und waren in der Mitte mit einer riesigen Blume im Prägedruck versehen. Die Lehnen waren dick und massiv, und jedes Mal, wenn Sheila sie ansah, überlief sie ein wohliger Schauer. Vielleicht waren sie ein bisschen zu mächtig für ein altes Cottage, trotzdem verliehen sie dem Ganzen eine Note wahrer Klasse.

Auf dem Sims über dem Eckkamin stand die Einladungskarte zur Hochzeit. Adressiert an *Sir Ronald und Lady Bissett*.

Sheila fuhr mit den Fingern über die geprägten Buchstaben und lächelte vor Stolz. Sie hatten es weit gebracht, sie und Ron. Sie schaltete den Fernseher ein und griff zu einer Schachtel mit kandierten Früchten. Sie lehnte den Kopf nicht gegen das Kissen, denn sie wollte sich ihr rotblondes Haar nicht zerzausen. Sie hatte sich die Haarwurzeln erst vor einer Woche färben lassen, so dass ihr Haar den besten Eindruck machte. Ich hoffe bloß, dass dieser Empfang die ganze Mühe wert ist, dachte sie, als ihr die Augen zufielen.

3. Kapitel

Um sechs Uhr am Abend strömten die Menschen zu Henderson's Tearoom und Restaurant. Viele Gäste wohnten so nahe, dass sie zu Fuß zum Empfang gehen konnten. Die meisten bildeten kleine Grüppchen und plauderten und lachten auf dem Weg durch das Dorf. Zwei Gäste gingen für sich. In der Dunkelheit waren sie kaum voneinander zu unterscheiden, und in den schwarzen Mänteln und mit den schwarzen Hüten wirkten sie auf fantasievolle Betrachter wie Gespenster, die zu einem makabren Fest unterwegs waren. In Wahrheit handelte es sich um Gwen und Beryl Baxter, die ihr Leben lang im Dorf gewohnt hatten, im Cottage Nummer zwei. Schon als Kinder in der Dorfschule hatten sie als merkwürdig gegolten, aber je älter sie wurden, desto ausgeprägter waren ihre Schrullen geworden. Sie sprachen selten mit jemandem, und niemand konnte sich daran erinnern, je im Haus der beiden gewesen zu sein. Falls man die Fenster zum Maßstab nehmen konnte, musste das Haus ziemlich dreckig sein, mutmaßten die Stammgäste im Royal Oak auf der anderen Straßenseite. Sie hatten Recht. Es war verdreckt. Nur Gwen ging aus, und auch das nur, um im Laden Lebensmittel zu kaufen. Heute Abend unternahmen die beiden einen ihrer seltenen Vorstöße in die Welt.

Sie trafen mit Peter und Caroline zusammen, als sie die Tür zum Restaurant passierten.

»Guten Abend, die Damen. Wie schön, Sie zu sehen.« Peters ausgestreckte Hand wurde übersehen.

»Ist es nicht wunderbar, dass das ganze Dorf mit Ralph und Muriel feiert?«, versuchte Caroline es. Sie bekam keine Antwort.

»Sie zuerst, meine Damen«, schlug Peter vor. Er und Caroline folgten den beiden hinein.

Caroline sah zu ihm auf. »Was meinst du, kommt Mutter zurecht? Ich mache mir solche Sorgen, weil Alex die Nase läuft.«

»Mein Schatz, deine Mutter hat vier Kinder großgezogen, außerdem ist sie Ärztin, und dein Vater ist auch Mediziner. Sei doch dankbar, dass die beiden kommen konnten, sonst wären wir gar nicht hier. Und wenn sie uns wirklich brauchen, sind sie in zwei Minuten zu Fuß hier, stimmt's?«

»Ja, du hast Recht. Ich muss mich zwingen, den Abend zu genießen. Am liebsten würde ich nach Hause gehen und eine ganze Nacht ohne Unterbrechung durchschlafen. Ein schöneres Geschenk könnte mir im Moment niemand machen.«

»Abend, Herr Pfarrer. Abend, Dr. Harris.«

»Haben Sie die beiden Babys zu Hause gelassen, Dr. Harris? Hoffentlich sind sie in guten Händen!«

Peter und Caroline erwiderten die Begrüßungen. Es war offensichtlich, dass die Dörfler auf Teufel komm raus entschlossen waren, sich zu amüsieren. Peter nahm seine Frau am Arm und führte sie sanft durch die Menge in das hell erleuchtete Restaurant. Jimbo und Harriet hatten die beiden Räume mit blasstürkisen und weißen Blumen geschmückt, mit Luftschlangen, silbernen Girlanden und Glöckchen. Das Büfett war schon aufgebaut, und eine riesige, von zarten weißen Blumen umkränzte dreistöckige Hochzeitstorte stand auf einem separaten Tisch.

Ralph und Muriel standen am Eingang und begrüßten ihre

Gäste. Muriel streckte sich, um Peter einen Kuss zu geben. »Danke, Peter, für die wunderschöne Trauung heute Morgen. Ralph und ich haben sie genossen. Sie haben genau die richtigen Worte gefunden.«

»Es war mir eine Freude, Sie zu trauen. Ich wünsche Ihnen beiden alles, alles Gute. Ich weiß, dass Sie sehr glücklich sein werden.«

Caroline küsste Ralph und dann Muriel. »Ich hoffe, nein, ich weiß, dass Sie beide so glücklich werden wie Peter und ich. Etwas Besseres könnte ich niemandem wünschen.«

»Danke, Caroline. Es freut mich, dass Sie Ihre beiden Kleinen zu Hause lassen und sich zu uns gesellen konnten.« Ralph beugte sich vor und küsste Caroline auf beide Wangen.

»Grüßen Sie Australien von mir, ja, Ralph? Ich war während des Studiums den Sommer über ein Vierteljahr dort und habe das Land sehr lieb gewonnen.«

»Caroline, den Wunsch erfüllen wir Ihnen mit Freuden. So, und jetzt nehmen Sie sich einen Buck's Fizz und amüsieren sich gut.«

»Peter, sehen die beiden nicht glücklich aus?«

»Und ob. Jetzt trinkst du einen Buck's Fizz, dann noch einen, und schon bist du in der richtigen Stimmung für eine Party.«

Die Party war in vollem Gange, die Kapelle spielte, die Leute tanzten, und das Büfett leerte sich schnell, als die Tür aufging und Sir Ronald und Lady Bissett hereinkamen, im vollen Trab und über alle Maßen aufgeregt. Voller Entschuldigungen machten sie sich auf die Suche nach Ralph und Muriel.

»Wir bedauern unendlich, dass wir uns verspätet haben. Wir haben gar nicht gemerkt, wie die Zeit vergangen ist. Herzlichen Glückwunsch. Wie schön für Sie, dass Sie in Ihrem Lebensalter so reizend in die Flitterwochen verabschiedet worden sind. Ron...ald, würdest du mir bitte einen Drink holen?«

Sheila und Ronald machten die Runde, Sheila in dem Gefühl, sie müsse dafür sorgen, dass alle sich wohl fühlten. Dörflern fiel es schwer, sich in Gesellschaft richtig zu benehmen und Konversation zu machen. Da galt es, einen Beitrag zu leisten, damit alle in Schwung kamen. Entzückt winkte sie Caroline zu, obwohl sie beim Anblick von Carolines schöner, fließender Robe in Mitternachtsblau tief im Innern von dem grauenhaften Gefühl der Unterlegenheit geplagt wurde. Sie hätte wissen müssen, dass Caroline in einem prachtvollen Kleid erscheinen würde.

Es war ihr Pech, dass sie plötzlich vor Jimbo und Harriet standen, und Ron verschüttete etwas von seinem Drink, als er auswich, um nicht mit den beiden zusammenzustoßen. Harriet machte einen Satz nach hinten, damit sie nichts abbekam.

Jimbo konnte einer Stichelei nicht widerstehen. »Muss schon sagen, Sie sehen besser aus als bei unserer letzten Begegnung. Da war er klatschnass und hatte kaum mehr an als Grünzeug aus dem Teich, Harriet. Geradezu schamlos.«

Sir Ronald machte seinem Ärger sprudelnd Luft.

»Sie wissen ganz genau, dass die verdammten Katzen von Ihrer Flick daran schuld waren. Hab' die Viecher satt. Wenn die eines Tages mal nicht mehr nach Hause kommen, können Sie mir das nicht verübeln.«

»Vor solchen Drohungen habe ich Sie doch schon gewarnt. Zwei Katzen in einem so großen Garten wie Ihrem? Was soll die Aufregung? Gut für den Boden, würde ich sagen.« Harriet, die spürte, dass Jimbo zu einer vernichtenden Rede ansetzte, beeilte sich, die Wogen zu glätten.

»Ist es nicht für alle ein herrlicher Abend? Und wie zauberhaft Muriel bei der Trauung ausgesehen hat, wie ein Schiff, das mit vollen Segeln in den Hafen einläuft.«

Sheila sah bei dieser blumigen Schilderung Muriels ratlos drein. »Ja, muss wohl so gewesen sein. Komm, Ron…ald, ich brauche noch einen Drink.« Sheila scheuchte ihn weg, obwohl er protestierte. Ron nahm sich einen Drink von einem Tablett und kippte ihn schnell herunter. Sheila deutete die Zeichen richtig.

»Wage ja nicht, mich zu blamieren und dich zu betrinken. Das hier ist *das* gesellschaftliche Ereignis des Jahres. Ich habe eine Menge Geld für dieses Kleid ausgegeben, und der Schlag soll mich treffen, wenn ich nach Hause muss, bevor die Party zu Ende ist. Wir haben schon eine Menge davon verpasst, weil wir eingeschlafen sind.«

»Du bist eingeschlafen, nicht ich.«

»Du hättest mich wecken können, schließlich hast du genau gewusst, wie spät es ist.«

»Hab' ich nicht, ich hab' mich beim Fußballgucken amüsiert.«

»Vergiss nicht, was wir unserer gesellschaftlichen Stellung schuldig sind. Du bist eine nationale Größe, und man erwartet von dir, dass du weißt, was sich gehört. Sprich mit Peter Harris oder mit sonst wem und geh den beiden da aus dem Weg. Und benimm dich wie ein Gentleman, falls du weißt, wie das geht.« Sie sagte das alles mit zusammengebissenen Zähnen, während sie dabei immerzu jeden anlächelte, der in die Nähe kam. Sie würde ihn umbringen, wenn er sich zum Narren machte. Umbringen, ja. Wenn nur Bianca und Brendan hier gewesen wären. Sie hätten ihren Vater in Schach gehalten. Er war so stolz auf die beiden. Bianca mit ihrer neuen Stelle bei der Bank, wo sie kleinen Geschäftsleuten bei der Existenzgründung half; sie hatte etwas aus sich gemacht. Und Brendan mit seinem Computergeschäft. Sein Abschluss an der Universität von East Anglia war ein wahres Sprungbrett für ihn gewesen. Zugegeben, es war nur ein Dreier, aber er konnte trotzdem B. A. hinter seinen Namen setzen. Er war auf beiden Seiten der Familie der erste, der das geschafft hatte.

»Hallo, Lady Bissett. Wie geht es Ihnen? Was möchten Sie trinken?«

Sheila drehte sich um. Sadie Beauchamp, Harriet Charter-Placketts Mutter, bot ihr ein Tablett mit Getränken an. Falls es irgendeine Person im Raum gab, der es gelang, dass Sheila sich klein vorkam, dann war es Sadie Beauchamp.

»Danke, ich nehme einen Buck's Fizz. Eine reizende Party, nicht wahr? Ich habe gehört, dass es für die Kinder ein Unterhaltungsprogramm gibt, wenn sie gegessen haben.«

»Das stimmt, ein Kasperletheater und danach eine Zaubervorstellung. Ralph und Muriel sind so aufmerksam. Ich bin begeistert von Ihrem Kleid, wo haben Sie es her? So etwas Ausgefallenes bekommt man selten zu sehen.«

»Es ist von Thoms & Curtis in Culworth. Ich habe es im Schaufenster gesehen und konnte nicht widerstehen.«

»Das muss ich mir merken. Ich habe gar nicht gewusst, dass es dort so ... ungewöhnliche Kleider gibt.« Sadie bahnte sich den Weg durch die Gäste. Sheila sah ihr nach. Das eng sitzende, dezente bodenlange schwarze Kleid, das Sadie trug, verriet Geld und Geschmack, und Sheila wurde übel.

Harriet trat zu Peter und Caroline.

»Guten Abend, Caroline.« Caroline drehte sich zu ihr um.

»Hallo, Harriet. Ist es nicht eine wundervolle Party? Ich finde die Idee, eine Abendeinladung für das Dorf zu geben, ganz wunderbar. Vor allem, weil Ralph doch früher sozusagen der Gutsherr im Dorf war.«

»Bloß, dass er eindeutig nicht mehr der Gutsherr ist.«

»Was meinen Sie damit?«

»Haben Sie es denn nicht mitbekommen? Sie haben schon damit angefangen, das Herrenhaus in ein Fitnessstudio zu verwandeln. Seit Wochen fahren Lastwagen durch das Tor aus und ein.«

»Ein Fitnessstudio? Das glaube ich nicht!«

»Ist aber wahr. Leute namens Venetia und Jeremy Mayer haben es gekauft, sie stecken Tausende hinein. Tausende, wirklich. Völlig neue Innengestaltung, Swimmingpool, Sprudelbäder, Laufbahn, Turnhalle, Aerobic-Kurse.«

Peter fragte Harriet, wie jemand die Genehmigung bekommen könne, ein altes Haus so radikal zu verändern.

»Durch reichlich Schmiergeld an die Councilverwaltung, jedenfalls behauptet das Neville Neal, und der muss es wissen, oder? Wenn man bedenkt, wie er seine Beziehungen hat spielen lassen, damit er Glebe House bauen durfte. Oh, das war natürlich vor unserer Zeit. Wie auch immer, jetzt haben Sie die Chance, fit zu werden.«

Caroline ächzte. »Fit? Im Moment habe ich gerade mal Zeit, den Kopf über Wasser zu halten. Ich weiß wirklich nicht, wie zwei so kleine Menschenwesen so viel Arbeit machen können, ganz zu schweigen vom Schlafmangel. Sie müssen alle drei Stunden gefüttert werden. Ich habe für nichts Zeit. Weiß Ralph das mit dem Fitnessstudio?«

»Keine Ahnung.«

Als alle die Runde gemacht, gegessen und die Hochzeitsgeschenke gemustert hatten, die in einem kleinen Nebenzimmer aufgebaut waren, wurde angekündigt, dass das glückliche Paar in Kürze die Torte anschneiden werde. Die Gäste drängten sich in Scharen um den Tisch, und Kameras klickten und Fotografen drängelten, als Ralph und Muriel mit dem silbernen Tortenmesser in der Hand dastanden und erst in die eine und dann in die andere Richtung lächelten. Als das Anschneiden erledigt war, nahm Ralph Muriel in die Arme und küsste sie sehr viel länger als nötig. Die Gäste klatschten begeistert, und Muriel wurde rot, woraufhin alle wieder klatschten und noch lauter lachten. Ralph nahm Muriels Hand und küsste sie mit dem ganzen Aplomb eines Kavaliers aus dem achtzehnten Jahrhundert.

»Meine Damen und Herren, ich danke Ihnen sehr, dass Sie unsere Einladung angenommen haben, uns an diesem ganz besonderen Tag Gesellschaft zu leisten. Meine Frau und ich…« Jubelrufe hallten durch den Raum, und Ralph lachte, während Muriel wieder errötete. »…möchten vor allem Jimbo und Harriet danken. Jimbo dafür, dass er Muriels Brautführer war, und beiden zusammen, weil sie so einen prächtigen Empfang für uns ausgerichtet und die Räume geschmückt haben, in einem Stil, den ich nur geschmackvoll und erlesen nennen kann. Und Ihnen allen sei gedankt für die wunderschönen Geschenke. Ihre guten Wünsche haben uns ganz überwältigt. Wir freuen uns sehr darauf, wieder zu Ihnen nach Hause zu kommen und noch viele Jahre am Dorfleben teilzunehmen. Das Kinderprogramm ist zu Ende. Hätten Sie jetzt Lust, nach draußen zu gehen und sich das Feuerwerk anzuschauen? Ich danke Ihnen.«

Die Gäste ließen Ralph und Muriel mit knapper Not den Vortritt, ehe sie allesamt ins Freie drängten. Jimbos Feuerwerke waren berühmt, und die Leute wollten keinen Augenblick davon verpassen. Gwen und Beryl blieben hinter der Menge zurück, weil sie Absichten auf die Essensreste auf dem Tisch hegten. Die beiden wickelten Wurstbrötchen, Baisers, Torte und Quiche in Papierservietten und stopften sich alles in die Taschen. Zusammen hatten sie für zwei bis drei Tage genug zu essen. Hoch zufrieden mit ihrem Beutezug, schlenderten sie hinaus, um sich das Ende des Feuerwerks anzusehen. Weil es keine Straßenlampen gab, leuchteten die Feuerwerkskörper strahlend auf, sobald sie explodierten. Die Kinder machten Oh und Ah, und die Erwachsenen schlossen sich ihnen an. Das große Finale bestand aus einem Tableau aus Feuerrädern in der Form der Initialen des Brautpaars. Alle applaudierten Jimbo wegen seines genialen Einfalls. Kurz darauf wurde Ralphs Mercedes an die Menge herangefahren. Das Auto war rundum mit Ballons und Schildern mit der Aufschrift »Frisch verheiratet« geschmückt. Ralph half Muriel höflich auf den Beifahrersitz und setzte sich dann hinters Lenkrad. Der Mercedes glitt leise die Church Lane entlang, während die Gäste winkten und zum Abschied in Jubelrufe ausbrachen.

Es war Sheila gelungen, Ron daran zu hindern, dass er sich betrank, und abgesehen von den Stichen, die ihr der Neid auf Sadie Beauchamp versetzte, hatte sie sich gründlich amüsiert. Ihr Glück würde allerdings erst vollkommen sein, wenn sie diese verflixten Sandaletten los war, sie schnitten ihr in die Zehen. Sobald sie im Haus war, streifte sie sie erleichtert ab. Ron holte die Hundeleinen und brach zu einem flotten Spaziergang auf, damit Pom und Pericles noch ein bisschen Bewegung bekamen, bevor er zu Bett ging. Das Ausführen der Hunde war ihm aufgehalst worden, weil Sheila fand, es sei die Aufgabe des Mannes, bei Nacht mit den Hunden spazieren zu gehen. Wenn er es recht bedachte, hielt sie das auch früh am Morgen und tagsüber für die Aufgabe des Manns. Na, wenn schon, es war ein kleiner Preis für Frieden.

Als er am Royal Oak vorbeikam, hörte er durch die offene Tür lautes Gelächter. Was sprach dagegen? Er band Pom und Pericles an einen uralten Pferdepfosten vor der Tür zur Bar und schob sich durch die Menge hinein. Als er sich dem Tresen näherte, fiel Ron wieder ein, dass der neue Wirt das Lokal erst diese Woche übernommen hatte. Nach all den Jahren wirkte es befremdlich, dass nicht die üppige Betty McDonald hinter dem Tresen stand und das Bier zapfte.

»Einen doppelten Whisky bitte, Herr Wirt!« rief er. Das runde, glänzende Gesicht des Wirtes wurde von einem riesigen Seehundschnauzbart beherrscht, der den Mangel an Kopfhaar mehr als wett machte. Für einen relativ jungen Mann war er auf alle Fälle sehr kahl. In seinem glänzenden, lächelnden Gesicht saß ein zwinkerndes, graues Augenpaar. Er war zweifellos ein stattlicher Mann. »Guten Abend, Sir, und willkommen im Royal Oak. Ich bin Bryn Fields, und das ist meine Frau Georgie. Komm her, Georgie, mach dich bekannt.«

Seine Frau war eine zierliche, hübsche Blondine mit einem herzlichen Lachen. Sie langte über den Tresen und schüttelte Ron die Hand.

»Guten Abend, hoch erfreut, Sie kennen zu lernen. Und wer sind Sie?«

»Sir Ronald Bissett.«

»Willkommen im Royal Oak. Sie wissen, dass Ihr erster Drink auf Sir Ralphs Rechnung geht, weil er heute geheiratet hat?«

»Ja, das hab' ich gewusst. Vielen Dank. Ich hoffe, diese Woche ist der Anfang einer langen und glücklichen Zeit für Sie hier in Turnham Malpas. Einen neuen Barkellner haben Sie offenbar auch?«

Bryn rief »Komm her, Alan, hier ist ein Gast, den du noch nicht kennst. Sir Ronald, das ist Alan Crimble, er ist jetzt seit ... ja, seit fünfzehn Jahren bei uns. Ohne ihn kämen wir nicht zurecht.«

Alan begrüßte Ronald mit einem Nicken. Ron war nicht besonders beeindruckt von Alans schmächtiger Figur und seinem schmeichlerischen Lächeln. »Alan ist der beste Kellermeister in ganz Großbritannien.« Bryn klopfte Alan auf den Rücken und wandte sich wieder dem Servieren von Drinks zu. »Wie gewünscht, Sir Ronald, hier ist Ihr Whisky. Zum Wohl und auf ein langes Leben für Sir Ralph und seine Braut.«

»Darauf trinke ich.«

Ron kippte den Whisky hinunter und bestellte sofort den nächsten. Schließlich wäre er heute ums Haar ertrunken, womöglich hatte er sich eine schwere Erkältung geholt. Pom und Pericles warteten unterdessen ungeduldig. Sie waren es nicht gewohnt, lange angebunden zu sein, und da ihnen langweilig wurde, schnappten sie spielerisch nach einander. Aus dem Spiel wurde rasch Ernst, und ehe sie sich versahen, kam es zu einem echten Kampf. Keiner konnte fliehen, weil sie ja beide fest angebunden waren. Ein Passant machte sie schließlich von den Leinen los, in der Absicht, sie zu trennen und dann nach ihrem Besitzer zu suchen, aber sie nutzten ihre Chance und entkamen. Ihr erster Impuls war, den Kampf fortzusetzen, aber sie überlegten es sich anders und rannten nach Hause. Pericles lief aus Gewohnheit zu Muriels Haus und Pom zu dem von Ron und Sheila, wo er sich vor die Tür setzte und jaulte.

Sheila, die schon im Bett war, wachte erschrocken auf, als sie Pom hörte. Sie warf ihr Negligé über und trat an das Fenster, das einen Blick auf die Haustür erlaubte. Als sie Pom dort sitzen sah, ohne dass etwas von Ron oder Pericles zu sehen gewesen wäre, befürchtete sie das Schlimmste. Sie ging hinunter, um Pom ins Haus zu lassen, und rechnete damit, dass Pericles draußen irgendwo in Poms Nähe war. Er war nicht da. Nervös blieb sie eine Weile in der Diele stehen und hoffte, Ron käme mit Percles zurück. Als er nicht auftauchte, ging Sheila nach oben und zog sich an. Sie wollte zu Muriels Haus hinübergehen und nachschauen, ob Pericles irrtümlich dorthin gelaufen war. Und tatsächlich fand sie Pericles bibbernd und heulend vor Muriels Haustür. Als sie bei ihrer Rückkehr müde den Schlüssel ins Schloss steckte, hörte sie lautes Lachen aus dem Royal Oak.

»So ist das also«, sagte sie laut. »Da hockt er und säuft sich um den Verstand. Na, wenn er glaubt, ich mache mich lächerlich und zerre ihn aus der Kneipe, kann er sich auf etwas ganz anderes gefasst machen.«

Sheila hatte etwa eine halbe Stunde geschlafen, als ein lautes Poltern an der Haustür sie weckte. Sie kuschelte sich unter die Daunendecke und ignorierte Ron absichtlich eine Zeit lang.

Schließlich gab sie nach und ging nach unten, um Ron hereinzulassen.

Ron stand unsicher auf der Eingangsstufe. »Hab' den Schlüssel nicht gefunden, Tscheila. Tschuldigung.« Er trat über die Schwelle und klammerte sich Halt suchend an den Türrahmen. Er tätschelte ihr den Arm und hätte ihr fast das Negligе von den Schultern gerissen, als er auf dem gebohnerten Boden ausrutschte. »Bist 'ne wunderbare Frau, Tscheila. War die beste Idee in meinem Leben, dass ich dich geheiratet hab'. Kein Mensch hat 'ne bessere Frau als dich. Soll doch Weiber wie Tsadie Beautschämp der Teufel holen, ich will was Kuschliges zum Knuddeln. 'ne Frau muss Kurven haben, ssag' ich doch immer. Komm her, gib uns zwei beiden 'nen dicken Kuss.«

»Ganz bestimmt nicht. Was würden bloß die Gewerkschafter von dir halten, wenn sie dich jetzt sehen könnten?!«

»Die würden ssagen, Kopf hoch, Ron, alter Kumpel.«

Er ging ins Gästeklo. Zartgrüne Einbauteile, dazu zartgelbe Utensilien und ein Kunstblumengebinde, geschmackvoll in einer Vase in Form eines Pinguins arrangiert. Sheila hörte, wie sich Ron kräftig mit Wasser bespritzte. Als er herauskam, rieb er sich den Kopf und das Gesicht mit einem zartgelben Handtuch ab. Noch mehr schmutzige Wäsche.

»Du bist eine schwere Enttäuschung für mich, Ron. Ich gebe mir große Mühe, einen Gentleman aus dir zu machen, und du verdirbst alles und kommst sternhagelvoll nach Hause.«

»Ich hab 'nen Titel, also bin ich ein Tschentleman. Aber du hast es gerade nötig. Hab' ich dir nicht gesagt, du sollst den beschissenen Peltschmantel nicht anziehen? Kann den blöden Fummel nicht ausstehen.«

»Wie kommst du bloß auf die Idee, dass du auch nur die geringste Ahnung von Damenmode hast?«

»Ich hab' Augen im Kopf, Tscheila. Ich seh' doch, was

Tsadie Beautschämp anhat, was Dr. Harrisch anhat. Is' was ganz anneres als deine Klamotten.«

»Oh, vielen herzlichen Dank. Du gehst ohne mich aus, kippst dir einen hinter die Binde, und dann kommst du nach Hause und meckerst an mir und meiner Kleidung herum. Vielen herzlichen Dank, Ron Bissett. Ich verzieh' mich ins Bett, und du kannst von Glück reden, wenn ich je wieder mit dir rede.« Sheila stürmte ab ins Bett. Seine grausamen Worte hatten sie sehr verletzt, was durch die Tatsache, dass sie bei allem Protestgeschrei wusste, dass er Recht hatte, noch verschlimmert wurde.

4. Kapitel

Am Montagmorgen nach der Hochzeit betete Peter wie gewohnt von halb sieben bis sieben, um anschließend eine halbe Stunde zu laufen. Er war seit fünf wach und hatte Caroline geholfen, die Zwillinge zu füttern, deshalb hatte er das Gefühl, es sei schon mitten am Vormittag. Er lief die Jacks Lane entlang, überquerte Shepherd's Hill, kam dann auf das Brachland hinter der Methodistenkirche und schlug den Weg am Turnham Beck entlang ein. Er war ein erfahrener Läufer und bewegte sich gleichmäßig und ökonomisch, und weil er diese Strecke jetzt seit fast einem Jahr lief, brauchte er kaum auf den Weg zu achten. Kurz hinter der Fußgängerbrücke bemerkte er, dass ihm jemand mit ziemlicher Geschwindigkeit entgegenkam. Er hob den Kopf und sah eine Art asiatischen Schmetterling den Weg entlangfliegen. Das Wesen trat jetzt auf der Stelle, und auch Peter blieb stehen. »Guten Morgen.« Das farbenfrohe Geschöpf trug einen plüschigen, knallrosa Jogginganzug, und ein passendes Schweißband hielt die dichte Mähne jettschwarzen Haares zurück. Die Knöchel der Frau steckten in lilafarbenen Sportsocken, und an den Füßen trug sie ein Paar teure, schneeweiße Laufschuhe. Die Handgelenke und die Finger strotzten vor knalligem Schmuck, wie ihn Caroline niemals getragen hätte.

»Hi! Ich bin Venetia Mayer vom neuen Fitnessstudio.«

»Ach ja. Ich bin Peter Harris. Toller Tag zum Laufen, was?«

»Und ob. Auf bald mal. Tschüs.« Sie lief weiter und ließ Peter verwundert den Kopf schüttelnd zurück. Er dachte beim Laufen viel nach, und heute Morgen überlegte er, wie Carolines Probleme am besten zu lösen waren. Sie würde noch krank werden. Die Kinder waren noch sehr klein und mussten häufig gefüttert werden. Sie nahmen Caroline bei Tag und bei Nacht so sehr in Anspruch, dass sie kurz vor dem Zusammenbruch stand. So gerne er zu Hause geblieben wäre, um ihr zu helfen, er hatte seine Verpflichtungen, die er nicht vernachlässigen durfte, das wusste auch Caroline. Im Grunde brauchte sie den ganzen Tag lang tatkräftige Unterstützung.

Er lehnte sich an das Tor zu Sykes Wood und ruhte sich einen Moment aus. Das war es, tatkräftige Unterstützung. Aber von wem? Auf Anhieb fiel ihm im Dorf niemand ein. Bestimmt würde er eine Lösung finden. Am liebsten heute noch, Herr, betete er.

Die Montage waren Penny Fawcett vorbehalten, dem nächsten Dorf westlich von Turnham Malpas, das ebenfalls zu Peters Gemeinde gehörte. Dort gab es schon lange keinen Geistlichen mehr, und die Kirchgänger aus Penny Fawcett kamen zum Gottesdienst in St. Thomas. Ein Dorfzentrum gab es noch, und montags gab es dort immer einen kleinen Markt, so dass Peter viele Gemeindemitglieder traf. Er parkte sein Auto und wollte eben auf den Marktplatz gehen, als von der anderen Straßenseite jemand nach ihm rief.

»Mr. Harris, stimmt's? Guten Morgen. Sie werden sich nicht an mich erinnern, aber wir haben uns letzten Sommer auf dem Gartenfest des Krankenhauses kennen gelernt. Ich heiße Sylvia Bennett.« Sie streckte ihm zur Begrüßung die Hand hin. Peter zermarterte sich den Kopf, und als er die Straße überquerte, fiel ihm wieder ein, wer sie war.

»Oh. Ja, ich weiß, Sie sind die Hausmeisterin. Ja, stimmt, Caroline hat uns bekannt gemacht. Wie geht es Ihnen?«

»Das hier ist mein Cottage, kommen Sie doch herein und trinken Sie einen Kaffee, bevor Sie in die Markthalle gehen. Mein Kaffee ist viel besser als die Brühe aus Papierbechern, die da drin verkauft wird, die könnte einem ja den Magen verätzen. Ich würde mich über ein bisschen Gesellschaft freuen.«

Sie trugen den Kaffee aus der hellen, glänzenden Küche nach draußen zu einem Bänkchen vor der Hintertür, setzten sich und genossen, während sie sich unterhielten, die Wintersonne. Peter erwärmte sich für Sylvias hübsches, freundliches Gesicht und ihre großen, grauen Augen, die ständig zu funkeln schienen.

»Haben Sie einen freien Tag, Mrs. Bennett?«

»Schon, ja, bloß fürchte ich, dass es ein ziemlich langer freier Tag wird. Bin nach fünfzehn Jahren entbehrlich geworden.«

»Aber Sie waren doch Hausmeisterin.«

»Das spielt heutzutage keine Rolle mehr, Sir. Neuorganisation, und weg mit Sylvia, ersetzt durch eine junge Managerin, die kaum aus den Windeln raus ist und nicht mal das Reinigen eines Affenkäfigs beaufsichtigen könnte, geschweige denn einen Putztrupp von zwanzig Leuten. Hinzu kommt noch, dass ich bald mein Cottage verliere. Der Vermieter kommt aus dem Ausland zurück und hat keine andere Bleibe, also setzt er mich raus. Es ist eigentlich nicht meine Art, aber heute bin ich ein bisschen niedergeschlagen.«

Sylvia machte eine Pause, stellte ihre Tasse neben sich auf den Weg und fragte dann: »Wie geht es Dr. Harris? Sie war im Krankenhaus sehr beliebt; sie fehlt uns. Überhaupt kein Dünkel, wissen Sie, Sir, ob sie nun in der Besenkammer mit den Putzfrauen rumgeblödelt oder sich auf die Schreibtischkante im Büro eines Spezialisten gesetzt und ihm erklärt hat, dass es wirklich nicht angeht, dass er Kranke stundenlang warten lässt, während er seinen Privatpatienten gegenüber so tut, als sei er der liebe Gott. Dr. Harris hat einige von denen ganz schön in die Mangel genommen. Und die haben sogar auf sie gehört. Und das, obwohl sie im Vergleich mit ihnen doch noch so jung war.«

»Im Moment fühlt sie sich alles andere als jung. Sie wissen, nehme ich an, dass sie keine Kinder bekommen kann, und wir hatten das große Glück, Zwillinge adoptieren zu dürfen ...«

»Das habe ich gehört. Sie ist bestimmt hingerissen und eine wundervolle Mutter.«

»Ja, das stimmt, aber sie ist ziemlich erschöpft. Im Pfarrhaus klingelt dauernd das Telefon, und sie gibt sich so große Mühe, mit den Zwillingen alles richtig zu machen, aber die beiden sind winzig und machen sehr viel mehr Arbeit, als Caroline erwartet hat. Nein, das stimmt nicht ganz, wir haben einfach nicht gewusst, wie viel Arbeit so winzige Babys machen. Es gibt etliche Gemeindeangelegenheiten, mit denen auch Caroline befasst ist, und Sie wissen ja, dass sie eine Perfektionistin ist.«

Sylvia fragte ihn, ob er noch Kaffee wolle.

»Nein, danke, ich muss gehen. Es war nett, mit Ihnen zu plaudern, Sylvia, ich erzähl' Caroline, dass ich Sie getroffen habe. Danke für den Kaffee. Bis zum nächsten Mal.« Wie konnte er die Idee, dass Sylvia einsprang, zur Sprache bringen, ohne Caroline das Gefühl zu geben, sie sei überfordert? Mangelndes Zutrauen konnte ihrem ohnehin schon erschütterten Selbstbewusstsein schwer zusetzen.

»Rat mal, wen ich heute in Penny Fawcett getroffen habe?«

»Geht nicht. Ich will nur das Abendessen hinunterbekommen, bevor unsere beiden Horrorbabys aufwachen. Leider ist es nur Tiefkühlkost von Jimbo ...«

»Ich glaube nicht, dass er von dem entschuldigenden Unterton in deiner Stimme begeistert wäre. Er hält seine Tiefkühlmenüs für Feinschmeckerkost.«

»Stimmt ja auch, aber du weißt, was ich meine. Wen hast du getroffen?«

»Sylvia Bennett.«

»Oh, vom Krankenhaus. Wie geht es ihr?«

»Wegrationalisiert.« Peter griff nach einem weiteren Brötchen und bestrich es kräftig mit Butter, während Caroline die Neuigkeit verdaute.

»Wegrationalisiert? Hat sie eine neue Stelle?«

»Nein, und in ein paar Wochen will der Vermieter auch noch ihr Cottage zurück.«

»Aha. Ich habe Sylvia immer gemocht. Wir sind gut miteinander ausgekommen.«

»Sie mag dich, sie hat meinem Schatz ein sehr gutes Zeugnis ausgestellt.«

»Hat sie das? Jimbo hat Recht, diese Gerichte sind wirklich gut. Obwohl ich heute Abend ein Pferd vertilgen könnte. Ich habe überhaupt keine Zeit zum Mittagessen gehabt. Weißt du, Sylvia ist eine gute Köchin.«

»Ist sie das?« Peter ließ sich das Essen schmecken und schwieg, so dass Caroline sich ihre eigenen Gedanken machen konnte.

»Sie versteht nicht viel von Babys.«

»Wirklich nicht?«

Als sie den letzten Bissen verdrückt hatte, sagte Caroline: »Aber für alles andere wäre sie gut zu gebrauchen, oder?«

»Denkst du dasselbe wie ich?«

»Was?«

»Sie könnte uns ein bisschen helfen, bloß gelegentlich, von Zeit zu Zeit, weißt du.«

»Peter du musst telepathische Fähigkeiten haben. Ich würde allerdings noch einen Schritt weiter gehen.«

»Du meinst, sie könnte jeden Tag kommen?«

»Na ja, wir haben vier Zimmer mehr, als wir brauchen, und ...«

»Solange wir immer eins für Gäste übrig haben oder für den einen oder anderen Landstreicher, der ein Dach über dem Kopf braucht, könnte sie ...«

Caroline beendete triumphierend den Satz. »... hier wohnen. Hervorragend. Eine Zeitlang können wir uns das bestimmt leisten, und sie würde mir das Leben retten, weißt du. Sie ist sehr diskret und würde uns nicht zur Last fallen. Bloß, bis sie wieder eine eigene Wohnung gefunden hat, verstehst du.«

»Natürlich.« Peter dankte dem Herrn innerlich für sein Eingreifen.

Als Peter am nächsten Morgen aus der Kirche kam, stieß er draußen auf Jimbo, der herumlungerte, als hätte er vor, an einem olympischen Marathonlauf teilzunehmen. Er trug ein Paar alte Rugby-Shorts aus seiner Studentenzeit und ein Sweatshirt mit dem Aufdruck *Rettet die Wale*.

»Guten Morgen, Jimbo.«

»Morgen, Peter. Ich nehme die Herausforderung an.«

»Welche Herausforderung?«

»Meine geliebte, unschätzbare Schwiegermutter hat gesagt, sie gibt mir jedes Mal, wenn ich mit Ihnen laufe, zehn Pfund. Sie sagt, ich schaffe das nicht, aber ich bin wild entschlossen. Sadie scheint von sadistisch zu kommen. Sie sagt, ich bin fett«, Jimbo tätschelte wie zum Beweis seine gewölbte Leibesmitte, »also hab' ich die ernste Absicht, fit zu werden.«

»Na schön, ich freue mich, wenn Sie mir Gesellschaft leisten. Fangen wir an. Meistens laufe ich einmal um Sykes Wood herum und zurück. Ist das in Ordnung?« Jimbo ächzte bei der Aussicht, aber er setzte eine tapfere Miene auf. Er ertrug den

Gedanken nicht, dass seine Schwiegermutter auf seine Kosten lachte.

»Natürlich, ist doch ein Klacks.« Peter lief in seinem üblichen Tempo los, und Jimbo merkte fast sofort, dass er nicht mithalten konnte. Kurz bevor er die ersten Anzeichen von Stress zeigte, kam Venetia Mayer in ihrem rosafarbenen Jogginganzug in Sicht. Sie winkte überschwänglich.

»Hi, Leute.« Sie trat beim Reden weiter auf der Stelle, ohne kurzatmig zu wirken.

»Guten Morgen, Venetia, kennen Sie Jimbo vom Dorfladen?«

»Hi, Jimbo. Ist ja toll, so früh am Morgen zwei so schönen Exemplaren der Spezies Mann über den Weg zu laufen. Ich habe den Eindruck, Sie beide sind ausgezeichnete Spitzenkandidaten für die Mitgliedschaft im Fitnessclub, wenn wir Ende nächsten Monats eröffnen. Peter, ich muss schon sagen, dass Ihre Physis prächtig in Schuss ist. Sind Sie ein Sportfanatiker?«

»Eigentlich nicht, Venetia, ich bin schlicht und einfach ein Mann, der fit bleiben möchte.«

»Schön, kommen Sie zu mir ins Turnham House. Ich sorge schon dafür, dass Sie fit bleiben. Wir veranstalten Trimmkurse für Manager, die, glaube ich, ideal für Sie wären. Was ist mit Ihnen, Jimbo? Sie brauchen meine Dienste dringender als Peter. Sie sind nicht so straff wie er. Sieht so aus, als wäre da jede Menge Schwabbelspeck, dem wir mit unseren Spezialübungen zu Leibe rücken müssten. Wie wär's für Sie beide mit einem Schnupperkurs zum halben Preis? Ist doch ein Schnäppchen.«

Peter und Jimbo pflichteten ihr bei, das sei vielleicht keine schlechte Idee.

»Ehe der Monat rum ist, wären Sie zwei Tarzans. Und alle Frauen im Dorf wären hinter Ihnen her.« Sie legte die Hand auf Peters Arm, kniff ihn in die Muskeln und zwinkerte ihm zu. »Ein paar Stunden auf der Sonnenbank, und Sie würden blendend aussehen. Nichts steigert den Sex-Appeal eines Mannes so wie gebräunte Haut!«

»Wir müssen weiter, Venetia, danke für das Angebot, vielleicht nehmen wir Sie beim Wort.« Jimbo eilte weiter, und Peter, der nicht aufhören konnte zu lachen, folgte ihm.

»Ich glaube, ihr ist nicht klar, wer ich bin, was meinen Sie?«

»Nein, Peter, das weiß sie bestimmt nicht. Diese Frau ist wirklich der Gipfel. Ist sie weg?« Jimbo schaute sich um. »Ja. Es nützt nichts, ich muss umkehren. Meinen Sie, ich kann behaupten, es wäre ein Dauerlauf gewesen?«

»Auf Ehre und Gewissen, nein, das geht nicht.«

»Sie haben Recht, das geht nicht. Rennen Sie nur weiter, Peter, und trainieren Sie Ihren Tarzan-Körper. Ich muss passen.« Peter winkte und lief weiter. Jimbo kehrte um und trottete nach Hause.

Als Sadie von ihrer Begegnung mit Venetia hörte, fand sie das ungeheuer komisch.

»Und wie weit bist du gelaufen, Jimbo?«

»Nicht weit genug. Aber ich arbeite daran.«

»Meine zehn Pfund sind also sicher?«

»Im Moment schon. Vielleicht nehme ich Venetias Angebot an und werde Mitglied. Weg mit der Wampe. Hättest du auch Lust, Mitglied zu werden, Harriet?«

»Ja, hätte ich. Höchste Zeit, dass ich mehr für meinen Körper tue. Außerdem kann ich nicht zulassen, dass du und Peter euch dort herumtreibt, ohne dass euch jemand im Auge hat. Wenn du in das Becken mit den Massagedüsen steigst, dann mit mir und nicht mit Venetia. Wie ist Jeremy? Hast du ihn gesehen?«

»Nein, aber wenn er so sexy ist wie sie, haben wir beide unseren Spaß.«

Sadie packte Jimbo am Sweatshirt. »Geh ja nicht fremd, James. Du bist mit meiner Tochter verheiratet, und wehe, du vergisst das. Ich kann sehr geschickt mit der Gartenschere umgehen.«

»Aua! Das ist ja eindeutig mittelalterlich. Du wärst doch bestimmt nicht so grausam, oder, Liebling?« Er legte Harriet den Arm um die Schultern und zog sie an sich.

»Mach nur die Probe aufs Exempel.«

»Denk an die Gartenschere, mehr verlange ich gar nicht von dir, James.« Sadie lachte, als sie ins Büro ging, um die Bestelllisten aufs den neuesten Stand zu bringen.

Harriets Neugier auf Jeremy wurde noch am Vormittag befriedigt, als er in den Laden kam, um sich nach Bestellmöglichkeiten für Lebensmittel für das Fitnessstudio zu erkundigen.

»Ich bin auf der Suche nach Qualität, frisch, hübsch angerichtet und appetitanregend. Der Idealfall wäre ein Lieferant, der bereit ist, alle Lebensmittel zu angemessenen Preisen ins Haus zu bringen. Wenn wir erst mal eröffnet haben, werden wir auf keinen Fall die Zeit haben, hier und dort und überall einzukaufen. Ich muss zugeben, dass ich am untersten Limit kalkuliere, und ich lasse mir bei den Nebenkosten nichts vormachen. Ich habe keine Hemmungen, den Lieferanten Knall auf Fall zu wechseln, wenn ich das Gefühl habe, übers Ohr gehauen zu werden.«

»Es ist nicht unsere Art, Kunden zu betrügen. Wir bürgen für anständige Preise und zuverlässige Qualität. Im Gegenzug erwarten wir, dass unsere Rechnungen pünktlich bezahlt werden. Wir verkaufen grundsätzlich nichts auf Kredit.«

»Gut, das sind klare Verhältnisse.«

»Kaffee?« Harriet hatte die Hand am Hebel der Kaffeemaschine.

»Ja, bitte.« Sie musste zugeben, dass Jeremy eine Enttäuschung war. Nach allem, was Harriet über seine Frau gehört hatte, hatte sie mit einem Adonis gerechnet. Stattdessen war er stämmig, um nicht zu sagen dicklich, mit einer großen, kahlen Stelle mitten in seinem grauen Haar. Die dicke Brille machte ihn auch nicht attraktiver. Harriet konnte sich nicht vorstellen, dass er am frühen Morgen mit seiner Frau einen Dauerlauf machte. Wahrscheinlich verdrückte er Spiegeleier mit Speck, während sie joggte.

»Wie lange sind Sie schon in der Fitnessbranche, Jeremy?«

»Ehrlich gesagt, ich bin neu im Geschäft. Venetia bringt die Schönheit und die Erfahrung mit, ich das Köpfchen und das Geld. Der Kaffee ist ausgezeichnet.«

»Jimbo ist im Moment geschäftlich unterwegs. Wenn Sie mir sagen könnten, was für Lebensmittel Sie brauchen, wie sie geliefert werden sollen, wie oft und so weiter, kann ich es mit ihm besprechen, sobald er zurückkommt.«

»Sicher. Ich habe alles aufgeschrieben und lasse Ihnen meine Notizen gerne da. Könnte ich bitte noch eine Tasse Kaffee haben?«

»Natürlich. Ich habe mich gefragt, wo Sie die Kunden für Ihren Fitnessclub gewinnen wollen. Hier in der Gegend gibt es nicht viele, die sich eine Mitgliedschaft leisten können, ganz zu schweigen von einem längeren Aufenthalt.«

»Ich habe jede Menge geschäftliche Kontakte, und wir haben die Absicht, den Club als einen Ort zu bewerben, an dem Manager gesellige Wochenenden verbringen können, die gleichzeitig der Fitness dienen. Zur Stärkung der Loyalität gegenüber der Firma, zum Aufbau der Moral und diesen ganzen Zinnober. Natürlich alles auf Kosten des Arbeitgebers.«

»Aha. Hoffen wir, dass Sie Erfolg haben. Ich bin mir da sicher. Wie Sie schon sagten, mit Venetias Schönheit und Ihrem Verstand muss das ja ein Renner werden.«

»Genau. Ich muss weg. Hier ist unsere Visitenkarte. Rufen

Sie mich an, dann machen wir einen Gesprächstermin aus. Aber vergessen Sie nicht, ich bin Geschäftsmann. Wir sind kein Wohltätigkeitsunternehmen, also keine Fantasiepreise. Guten Tag.« Er verließ hastig den Laden und stieg mit mehr Eile als Anmut in seinen BMW.

»Sie sind mir ja einer, Jeremy Mayer. Keine Fantasiepreise, also wirklich! Wenn wir den Umsatz nicht brauchen könnten, würde ich ihm erzählen, was er mit seinen Bestellungen machen kann«, murmelte Harriet vor sich hin.

»Wer ist da denn eben in einer Staubwolke verschwunden? fragte Caroline, als sie den Kinderwagen durch die Tür manövrierte.

»Guten Morgen, Caroline. Das ist der famose oder besser infame Jeremy Mayer vom Fitnessclub. Er ist ganz anders, als ich ihn mir vorgestellt habe.«

»Ob er weiß, dass seine Frau den Pfarrer anmacht? Ich werde ein Wörtchen mit ihr reden müssen, wenn sie nicht damit aufhört.«

»Nehmen Sie das bloß nicht allzu ernst, Caroline, Peter ist nicht so dumm, sich von ihr einwickeln zu lassen. Darf ich Beth auf den Arm nehmen?«

»Ja, natürlich. Ich kann meine Liste nicht finden, aber ich weiß, dass ich sie extra rausgelegt habe.« Caroline suchte in allen Jackentaschen und entdeckte die Liste schließlich an der Seite der Kinderwagenmatratze. »Ich glaube wirklich, ich bin nicht mehr ganz dicht, seit ich die beiden habe. Die meiste Zeit weiß ich nicht, was ich tue.«

»Die Frage ist, ob Sie ohne die beiden sein möchten.«

»Auf keinen Fall. Aber ich muss mich erst daran gewöhnen, nachdem ich so lange ein ungebundenes Erwachsenenleben geführt habe. Plötzlich habe ich gar kein eigenes Leben mehr.«

»Das geht vorbei. So, kleines Fräulein, jetzt lege ich dich

wieder in den Kinderwagen und hole deinen Bruder zum Knuddeln heraus. Bloß niemand bevorzugen, oder?«

Harriet nahm Alex auf den Arm und gab ihm einen Kuss auf den Kopf. »Was seid. ihr doch für Schätzchen.« Harriet schmiegte Alex an ihr Gesicht. »Mmmm, kleine Babys sind so reizend. Ich beneide Sie sehr, wissen Sie das?« Harriet legte Alex in den Kinderwagen zurück und sagte: »Ich überlege, ob ich dem Fitnessclub beitreten soll. Jimbo möchte gern, und ich will ihn im Auge behalten. Was meinen Sie?«

»Ich habe wirklich keine Zeit, Harriet. Vielleicht tritt Peter bei, aber ich bestimmt nicht. Training und so weiter passt mir im Moment nicht ins Konzept.«

Während Harriet Carolines Einkäufe zusammenstellte, kam Venetia in den Laden gestürzt. Sie hatte den rosafarbenen Jogginganzug gegen einen hellgrünen getauscht, farblich abgestimmt auf das Schweißband und die Laufsocken. Auf ihrem Rücken prangte die Aufschrift *Turnham House Fitnessclub*.

»Harriet, hi! Heute Morgen habe ich Ihren Mann getroffen. Ich versuche, ihn zum Beitritt in unseren Club zu überreden. Glauben Sie, er macht's? Möchten Sie auch beitreten? Wir erwarten einen Ansturm auf die Mitgliedschaft, Sie sollten es sich also schnell überlegen. Ihr Mann war heute Morgen mit diesem umwerfenden Mann namens Peter unterwegs. Der ist nun wirklich ein physisches Prachtexemplar. Genau mein Typ. Groß, gut gebaut, blond, mit verblüffenden Muskeln. Ich hab' zu ihm gesagt, nach ein paar Stunden auf der Sonnenbank wär' er perfekt. Meine Güte, der ist geradezu verheerend attraktiv. Mit dem könnte ich wirklich was anfangen. Kann mir gar nicht vorstellen, was der hier draußen in der Pampa macht. Kennen Sie ihn überhaupt? Natürlich kennen Sie ihn, wo er doch mit Ihrem Jimbo unterwegs war.«

Harriet versuchte, sie zum Schweigen zu bringen, aber es

nützte nichts. Während Venetia ungeniert von Peters Physis schwärmte, wurde Caroline immer zorniger.

»Ist Ihnen klar, dass Sie von meinem Mann reden?«, fragte sie schließlich.

Venetia drehte sich um und musterte Caroline. »Sie sollten sich freuen, dass sein Loblied so überschwänglich gesungen wird.«

»Ich freue mich nicht, ich habe eine Riesenwut.«

Darüber lachte Venetia nur und sagte: »Im Krieg und in der Liebe ist alles erlaubt.«

Caroline verließ den Laden ohne ihre Einkäufe. Sie ging wutschäumend nach Hause, wo sie, sobald die Tür hinter ihr ins Schloss gefallen war, in Tränen ausbrach. Alex und Beth, die ihren Kummer spürten, fingen ebenfalls an zu weinen. Als Peter kurz darauf nach Hause kam, herrschte Aufruhr

»Schatz, was ist denn bloß los? Komm her zu mir.« Peter nahm Beth hoch und legte den anderen Arm um Caroline, die sich mit Alex in den Armen auf sein Knie setzte. Sie weinte.

»Ich war so blöd. Ich habe mich völlig idiotisch benommen. Diese grässliche Venetia Mayer kam in den Laden, und aus einem netten Plausch mit Harriet wurde ein übler Krach mit Venetia.«

»Weshalb?«

»Deinetwegen.«

»Meinetwegen?«

»Ja, deinetwegen. Sie hält dich für ein Prachtexemplar und möchte was mit dir anfangen. Sonnenbank inklusive.«

»Hat sie denn nicht mitbekommen, wer ich bin?«

»Nein, erst als ich den Mund aufgemacht habe. Ich hätte bloß lachen und es herunterspielen sollen, stattdessen habe ich eine Wahnsinnswut bekommen.« Caroline fing durch die Tränen an zu lachen. »Ich war wirklich blöd. Es muss daran liegen, dass ich so müde bin. Ich nehme fast alles krumm. Ich werde mich bei ihr entschuldigen müssen.«

»Lass das. Ich gehe zu ihr, übernehme die Entschuldigung und verbitte mir das.«

»Du tust nichts dergleichen. *Ich* entschuldige mich. Mir ist die Sicherung durchgebrannt. Sie weiß nicht, dass du der Pfarrer bist, und ich habe sie nicht darüber aufgeklärt. Ich wollte das nicht als Grund dafür missbrauchen, dass sie die Finger von dir lassen soll.«

»Ich liebe deinen gesunden Menschenverstand, Caroline. Du weißt doch, dass ich sie nicht ermutigt habe?«

»Ja, das weiß ich. Absolut. Sie hat angefangen, nicht du. Wenn ich sie das nächste Mal sehe, entschuldige ich mich bei ihr.«

5. Kapitel

Caroline traf Venetia ein paar Tage später, als sie in Harriets Tearoom Kaffee trank. Sie hatte die Zwillinge bei Sylvia gelassen, die versprochen hatte, sie beim Bügeln im Auge zu behalten. Caroline war froh, für kurze Zeit zu entkommen und ein freier Mensch zu sein. Seit Sylvia ins Pfarrhaus gezogen war, kam das Leben allmählich wieder ins Gleichgewicht. Carolines Gemeindepflichten waren seit der Ankunft der Zwillinge an die zweite Stelle gerückt, und sie war sich bewusst, dass sie Peters Sprengel vernachlässigte. Heute Morgen hatte sie vor, den Schaden zu beheben. Es gab keinen besseren Ort, Leute zu treffen, als den Tearoom.

Das Lokal war halb gefüllt, als sie hineinging. Das übliche Häufchen Touristen war da, sie waren hier, um die alten Gräber, die Wandgemälde in der Kirche und den Stock in der Anlage zu besichtigen, dazwischen saßen Dorfbewohner, die erpicht darauf waren, irgend jemanden zu treffen, der Neuigkeiten zu berichten hatte. Caroline begrüßte die Gemeindemitglieder, lächelte ein paar Fremden zu und setzte sich an einen Tisch im hinteren Teil des Raums. Sie bestellte Filterkaffee und ein Stück von Harriets berühmtem Karottenkuchen und lehnte sich zurück, um ein erwachsenes Zwischenspiel zu genießen.

Venetia kam mit einem riesigen Plakat herein. Ihre Stimme war im ganzen Tearoom zu hören.

»Ich bin Venetia Mayer vom Turnham House Fitnessclub.« Sie wirbelte herum, damit die Kassiererin den Aufdruck auf dem Rücken ihres Jogginganzugs lesen konnte. »Ich möchte, dass Sie dieses Plakat ins Fenster hängen. Ich geh' rüber zum Laden und frag' Jimbo, ob ich eins an das schwarze Brett für Dorfnachrichten hängen darf, aber ich hab' gedacht, es wäre eine gute Idee, auch hier eins aufzuhängen.«

Die Kassiererin sah sie misstrauisch an. Caroline sah die Abneigung in ihrem Blick.

»Lassen Sie es hier hinter der Theke, ich frage Mr. Charter-Plackett dann, ob ich es aufhängen darf.«

»Oh, aber ich würde es gerne jetzt gleich aufhängen. Sie könnten es vergessen.«

»Tut mir Leid, aber ich arbeite für Mr. Charter-Plackett, und ich muss ihn um Erlaubnis fragen, ehe ich etwas aufhänge. Es geht nicht, dass uns alle Welt das Lokal mit Plakaten verschandelt. Mr. Charter-Plackett ist da nämlich sehr eigen. Sagt, er möchte das Ambi-Dingsbums nicht ruinieren.«

»Na gut, aber Sie vergessen es bestimmt nicht, oder? Ich möchte bitte einen Orangensaft.«

»Die Kellnerin kommt an Ihren Tisch und nimmt die Bestellung auf. Ich kassiere bloß.«

»Es ist ein Wunder, dass Sie bei dieser Einstellung überhaupt Gäste haben. Im Fitnessclub würde ich Sie bestimmt nicht beschäftigen.«

»Da lassen Sie sich mal keine grauen Haare wachsen, dort würde ich sowieso nicht arbeiten wollen.«

»Also wirklich! Wie unhöflich. Ich werde mich bei Jimbo beschweren. So eine Ungezogenheit einem Gast gegenüber. Oh, hallo, Sie da drüben sind Peters Frau, stimmt's?« Sie trabte zwischen den Tischen hindurch.

»Stimmt.« Caroline zog einen Stuhl unter dem Tisch hervor. »Setzen Sie sich doch zu mir.«

»Was für ungezogene Leute. Sind die immer so?«

»Nein. Aber ich war neulich auch sehr ungezogen zu Ihnen. Ich muss mich bei Ihnen entschuldigen. Es lag einzig und allein am Schlafmangel, nehme ich an. Ich war wegen der Zwillinge die halbe Nacht auf und völlig daneben. Aber das entschuldigt gar nichts. Es tut mir sehr Leid.«

»Schon gut. Ich habe mir sowieso nichts daraus gemacht. Aber Sie müssen zugeben, dass er umwerfend ist. Sie haben großes Glück. Ich gestehe ohne falsche Scham, dass ich Geld geheiratet habe. Eine Menge Geld.«

Die Kellnerin brachte den Orangensaft und stellte ihn ziemlich unsanft ab.

»Sehen Sie, was ich meine? Durch und durch unfreundliches Personal.«

Venetia trank den Orangensaft und lobte die Qualität. »Wir kaufen alle Lebensmittel für Turnham House bei Jimbo und Harriet. Sie liefern gute Ware, glaube ich.«

»O ja, ganz hervorragend. Sie sind erst seit etwa drei Jahren hier. Jimbo hat früher in der Londoner City gearbeitet, bis er gemerkt hat, dass es ihm zuwider war und kein Leben für seine Kinder, deshalb haben er und Harriet den Dorfladen zu neuem Leben erweckt, mit Riesenerfolg.«

Als Caroline mit dem Loblied auf den Turnham Malpas Store fertig war, stand Mrs. Peel, die Organistin, von ihrem Tisch auf und kam mit einem Umschlag herüber.

»Könnten Sie das hier dem Herrn Pfarrer geben, Dr. Harris? Erspart mir, bei Ihnen vorbeizukommen. Er hat mich um eine Liste mit Noten gebeten, die ich gerne für den Gottesdienst anschaffen würde. Hat gesagt, er fährt rüber nach Culworth und bestellt sie.«

»Aber gern, Mrs. Peel. Die Stücke, die Sie am Sonntag gespielt haben, waren wunderschön. Vor allem das von Scarlatti hat mir gefallen.«

»Danke, Dr. Harris. Ich bekomme nicht oft Komplimente zu hören, außer natürlich von Ihrem Mann. Seit er hier ist, habe ich das Gefühl, es ist endlich jemand da, der etwas davon versteht und eine Organistin inspirieren kann.«

»Das freut mich. Die Musik ist so wichtig.«

»Der alte Mr. Furbank hat sich nie viel aus der Musik gemacht. Ich hätte Kinderlieder spielen können, ohne dass es ihm aufgefallen wäre. Noch einen schönen Tag, Dr. Harris.« Sie nickte Venetia kurz zu und ging hinaus.

»Caroline! Ich hatte keine Ahnung, dass Ihr Peter der Pfarrer ist. Das ist ja zum Brüllen komisch. Na ja, vielleicht hat ihn das ein bisschen aufgeheitert. Warum in aller Welt ist so ein Supermann Pfarrer geworden? Nicht zu fassen.«

»Weil er ein überzeugter Christ ist.«

»Ich will ehrlich sein. In der Kirche wird er mich nicht zu sehen bekommen, hab' keine Zeit dafür. Ich hoffe, dass ich am Sonntagmorgen zu viel zu tun hab', als dass ich in die Kirche gehen könnte, auch wenn ich Lust dazu hätte. Aber haben Sie gemerkt, was ich mit den Dorfbewohnern meine? Die Frau eben hat mich so gut wie ignoriert. Sie wollen von dem Fitnessclub nichts wissen. Aber sie werden sich mit mir abfinden müssen, denn ich habe vor, hier zu bleiben und mit dem Studio Erfolg zu haben. Tschüssi. Muss gehen.«

Venetia wedelte unbekümmert mit der Hand, ging zur Tür und lächelte und nickte allen sehr betont zu. Die Dörfler reagierten nicht.

Der Fitnessclub lieferte den Stammgästen im Royal Oak reichlich Gesprächsstoff. Willie Biggs, der Mesner, vertraute seinem Trinkkumpan Jimmy Glover an, das Ganze sei nur ein Vorwand für Sexorgien, wie sie die alten Römer veranstaltet hätten.

»So weit würde ich nun auch wieder nicht gehen, Willie,

aber Donnerwetter noch mal, diese Frau in dem Jogginganzug macht schon was her. Die lässt bestimmt nichts anbrennen.«

»Das ist keine Frau, das ist ein wandelndes Knochengestell mit nix als Sex im Kopf. Was die für Augen macht, wenn sie den Pfarrer sieht. Er hat seine morgendliche Laufstrecke ändern müssen, um ihr aus dem Weg zu gehen. Es heißt, sie hat ihm schöne Augen gemacht und nicht gewusst, wer er ist. Dr. Harris hat deshalb im Laden Krach mit ihr gekriegt, und jetzt will sie Jimbo den Kopf verdrehen. Die ist mannstoll, Jimmy, mannstoll.«

»Mir gefällt nicht, dass die aus dem Herrenhaus so einen Zirkus machen. Massagedüsen und diese schwedischen Dampfdinger, wo man nackig drin sitzt. Ist widernatürlich. Die vielen schönen Wände und die tollen Gemälde. Ich weiß noch, wie wir als Schulkinder hingegangen sind und Weihnachtslieder gesungen haben, und dann hat's im Musikzimmer Minzkuchen und Orangensaft gegeben. Miss Evans ist beim Dirigieren im Gesicht knallrot geworden und hat ganz zittrige Hände gekriegt, wenn Sir Tristan seine Dankrede gehalten hat. Weißt du das noch, Willie?«

»Und ob. Hab' mich von einem Weihnachten zum nächsten darauf gefreut. Und dann Guy Fawkes und die Scheiterhaufen. Weiß noch, dass der Koch dutzendweise Kartoffeln gebacken hat, die man mit Handschuhen essen musste, so heiß waren sie. Waren tolle Scheiterhaufen. So hoch, wie die waren, solche Scheiterhaufen kriegste heutzutage nicht mehr zu sehen. Wär' mir schon recht, wenn ich diesen November wieder zu so 'nem Feuer gehen könnte. Weißt du noch, wie Sir Tristan rausgekommen ist und jedem von uns 'nen kandierten Apfel geschenkt hat? Sag, was du willst, aber die Leute im Herrenhaus waren schon was Besonderes.«

»Und wo ist das alles jetzt hin? Madame Butterfly verteilt bestimmt keine kandierten Äpfel, eher Kondome.«

»Halt's Maul, Jimmy, wo denkst du denn hin?« Willie schaute sich um und vergewisserte sich, dass niemand mitgehört hatte.

»Ich hab' aber Recht. Das denken doch alle; die gute alte Zeit ist tot und begraben.«

»Hast du Sykes dabei? Du weißt doch, dass Bryn keine Hunde im Lokal haben will.«

»Spielt keine Rolle. Ist mir egal. Er macht keinen Mucks, niemand merkt, dass er da ist.«

»Ich merk's aber, weil ich ihn rieche.«

»Liegt bloß dran, dass er trocken wird, der war draußen in dem blöden Regen und ist klatschnass geworden. Jedenfalls ist er ganz wild auf 'nen Tropfen Guinness, das weißt du doch ganz genau, also teilen wir uns ein Glas.«

»Schon gut, schon gut. Wenn's um den Köter geht, bist du nicht ganz richtig im Kopf.« Willie stellte sein Pint Tetley's ab und winkte Pat Duckett zu, sie solle sich zu ihnen setzen. »Erzähl uns das Neueste aus der Schule, Pat. Die Arbeit wächst dir immer noch über den Kopf, stimmt's?«

Pat platzierte ihren fülligen Hintern bedächtig auf der Polsterbank und legte los mit der Geschichte von Venetias Besuch bei Mr. Palmer.

»Der Rektor, ich bitte euch, und die tänzelt vor ihm auf dem Schulhof rum und führt ihm Übungen vor, die gut gegen seine hängenden Schultern sein sollen. ›Kommen Sie mich doch gelegentlich mal besuchen‹, sagt sie und klingt wie Greta Garbo in diesem Tingeltangelfilm. Oder war das Marlene Dietrich? Jedenfalls sind die Kinder alle drum rum gestanden und haben mit offenem Mund zugehört. Ich hab' das Küchenfenster offen gehabt, weil ich abgewaschen hab' und es so dämpfig war. Ich hab' jedes Wort hören können. Mr. Palmer hat gesagt: ›Ich fürchte, der Beitrag ist zu hoch für mein Lehrergehalt, Mrs. Mayer.‹ – ›Oh‹, sagt sie, ›nennen Sie mich doch Venetia.‹ Wackelt mit dem Hintern und stolziert davon.«

»Dem Pfarrer hat sie auch schöne Augen gemacht«, sagte Jimmy in der Absicht, Pats Zorn zu schüren.

»Unglaublich. So ist das also, die ist ’ne Nutte. Was sollte bloß die Frau Pfarrer davon halten, wenn sie das wüsste?«

»Sie weiß es.«

»Unglaublich. Das arme Schätzchen. Klar, die ist Ärztin und was Besseres, aber sie ist immer freundlich zu allen. Keine Vornehmtuerei. Ich sag’ euch mal was, wenn bloß Sir Ralph im Herrenhaus wohnen würde und alles so wäre wie vor dem Krieg, wie’s meine Mum in Erinnerung hat. Die Blumenausstellung im Park, die vielen Buden und die wehenden Fahnen … so müsste es sein, nicht so aufgetakelt wie in ’nem Puff, wie die das vorhat. Unser Dean ist neulich mit dem Rad hingefahren, hat gesagt, es ist wie ’ne Baustelle. Dieser Jerry Mayer kommandiert alle rum, und überall stehen Bagger und Maschinen. Wird nie wieder wie früher sein. Nie wieder.«

»Das nennt man Fortschritt«, ächzte Willie. »Aber es bringt Arbeitsplätze. Sie haben schon Anzeigen aufgegeben.«

Pat setzte ihr Lager scheppernd ab. »Ich würd’ für kein Geld der Welt da oben arbeiten. Wo die doch alle nackt rumlaufen, das ist unanständig. Mein Duggie würd’ sich im Grab umdrehen, wenn ich da oben arbeiten tät’, Gott hab ihn selig.« Sie hob die Augen frömmelnd zum Himmel und beschrieb mit der freien Hand ein Kreuz.

»Als er noch hier unten war, hat dein Doug nicht viel für Gott übrig gehabt, Pat. Du glaubst wohl, er ist in den Himmel gefahren?«

»Das reicht, Jimmy Glover. Benimm dich, wenn du über meinen Doug redest. Er war immer gut zu mir.«

»Das hab’ ich an den Veilchen gemerkt, die er dir dauernd verpasst hat.«

»Das kann schon sein, aber er hat's nicht böse gemeint.«

Sie saßen direkt an der Tür, so dass sie die Fremde im Blick hatten, als sie hereinkam. Die Frau hatte ein freundliches, frisches Landgesicht mit blitzenden Augen. Das heißt, sie neigten zum Blitzen, im Moment war sie eher nervös. Sie trug eine königsblaue Jacke und elegante Pumps, die sie größer wirken ließen. Sie ging zum Tresen und bestellte ein Glas Weißwein.

»Wer ist das?« fragte Jimmy.

Pat gab ihm einen Stups und sagte: »Das muss doch Sylvia Crossman sein? Hat jahrelang drüben in Culworth im Krankenhaus als Hausmeisterin gearbeitet. Was die wohl hier macht?«

Sylvia schaute sich in der Bar nach einem Tisch um, aber alle waren besetzt. Pat fing ihren Blick auf, rutschte auf der Polsterbank ein Stück zur Seite und lud die Frau ein, sich neben sie zu setzen.

»Sie hießen früher doch Sylvia Crossman, stimmt's?«

»Ja, jetzt heiße ich Sylvia Bennett.«

Jimmy stellte ihr die Dreierrunde vor und fügte hinzu, sie hätten sie noch nie in der Bar gesehen.

»Kein Wunder, ich bin doch erst diese Woche ins Pfarrhaus gezogen. Dr. Harris braucht Hilfe, wo sie doch ein so großes Haus führt und die Zwillinge hat und dem Pfarrer helfen und den ganzen Tag ans Telefon gehen muss. Ich hatte drüben in Penny Fawcett jahrelang ein kleines Cottage gemietet, aber jetzt will der Vermieter es für sich, und eine höhere Miete konnte ich mir nicht leisten, überall, wo ich mich erkundigt hab', waren die Mieten viel zu hoch, deshalb hat Dr. Harris vorgeschlagen, ich könnte eine Zeit lang im Pfarrhaus wohnen, bis ich was gefunden habe. Ich hab' ein hübsches Zimmer und ein eigenes Bad. Es ist so angenehm, für die beiden zu arbeiten. Kennen Sie sie gut?«

Willie antwortete nicht, deshalb übernahm Jimmy das Reden. »Willie, dem's offenbar die Sprache verschlagen hat, ist der Mesner.«

»Oh, gut, dann brauche ich Ihnen ja nicht zu erzählen, wie nett die beiden sind. Die Babys sind entzückend. Es macht mir sehr viel Spaß, mich um sie zu kümmern. Dr. Harris füttert eins, ich füttere das andere, und wir halten einen Plausch oder sehen fern. Das ist etwas ganz anderes als die Aufsicht über den Putztrupp im Krankenhaus, das kann ich Ihnen sagen. In diesem Lokal hier war ich noch nie.«

»Wir kennen uns alle und kommen gut miteinander aus. Manche Neulinge sind ein bisschen überheblich …«

»An wen hast du gedacht, Pat?«, fragte Jimmy, der genau wusste, wen sie meinte.

»Na ja, dieser Sir Ronald und Lady Bissett. Eigentlich Ron und Sheila, aber die stehen ziemlich auf Förmlichkeiten. Halten sich für was Besonderes, weil er ab und zu mal in der Glotze ist. Die meisten Leute sind in Ordnung. Komisch sind bloß Gwen und Beryl Baxter. Haben ihr ganzes Leben hier verbracht, falls man das ein Leben nennen kann.«

Pat witterte die Chance, Dorfklatsch loszuwerden, rückte näher an Sylvia Bennett heran und tischte ihr die Geschichte von Gwen und Beryl auf. Willie hatte nichts gesagt, weil er sprachlos war. Er fühlte sich, als wäre er mit einer Axt niedergeschlagen worden. Er warf Sylvia verstohlene Blicke zu, wenn sie nicht hinschaute, und ertappte sich dabei, dass er von ihr hingerissener war, als er es je für möglich gehalten hatte. Jede ihrer Bewegungen faszinierte ihn. Er war ein bisschen herumgekommen, aber er hatte noch nie eine Frau kennen gelernt, die ihm so zu schaffen gemacht hatte. Ein Blick aus ihren wunderschönen grauen Augen, und er schmolz dahin. Er kam sich lächerlich vor. Sein Herz raste, sein Blutdruck schien bis an die Decke zu steigen, und er schwitzte, als wäre er im Hochsommer bei der Heuernte. In seinem Alter … achtundfünfzig, und sein Herz schlug dreimal so schnell wie sonst. Es musste an diesem neuen Bier liegen, das der Wirt ausschenkte. Das war es, es lag am Alkohol. Er stand auf, stieß den Stuhl zurück, unterbrach Pats Monolog und sagte unvermittelt: »Ich geh' nach Hause. Gute Nacht.«

»Was ist denn mit Willie los?«, fragte Jimmy, als Willie sich an einer Schar hereinkommender Gäste vorbeischob. »Der hat's aber eilig.«

Willie ging nach Hause in sein kleines Cottage zwischen der Kirche und dem Pfarrhaus, er war bestürzt über seine Reaktion auf Sylvia Bennett. Er schaute sich in seinem Wohnzimmer um, und das Herz sank ihm bis in die Stiefel. Er sah alles mit neuen Augen, als ob er noch nie in seinem Cottage gewesen wäre. Ihm war nie aufgefallen, wie scheußlich es war. Da musste etwas geschehen. Falls er je den Mut aufbrachte, Sylvia einzuladen, würde er sich zu Tode schämen. Genauer gesagt konnte er sie überhaupt nicht ins Haus bitten. Es war alles zu grauenhaft. Er würde tun, was er sich seit Jahren versprochen hatte, etwas von seinen Ersparnissen nehmen und das Cottage renovieren lassen. Als erstes brauchte er ein neues Bad. Er konnte Sylvia Bennett unmöglich das alte Außenklo im Garten zumuten, falls sie dringend mal musste.

6. Kapitel

Die Nachricht, dass Willie nicht nur sein Cottage, sondern auch seine äußere Erscheinung aufpolierte, stieß in Turnham Malpas auf großes Interesse. Das erste Treffen des neuen Ausschusses für das Blumenfest bot eine gute Gelegenheit für den Austausch von Meinungen, weil Willie, der dem Ausschuss als Berater für die Umsetzbarkeit seiner Pläne zugeteilt war, durch eine schwere Erkältung an der Teilnahme verhindert war. Peter hatte die Stühle im Kreis aufgestellt, um den Eindruck zu vermitteln, niemand habe den Vorsitz, obwohl der nominell ihm zustand. Harriet Charter-Plackett, Mrs. Peel, Lady Bissett und Sylvia Bennett bildeten gemeinsam mit Peter und Willie den Ausschuss. Ihre Mutmaßungen über den Anlass für Willies jähe Aktivitäten führten zu nichts, und so mussten sie widerstrebend zur Tagesordnung übergehen.

Lady Bissett zog ihren imitierten Burberry aus und kam sofort zur Sache. »Ich stecke voller Ideen für das Blumenfest. Wir haben eines in Culworth veranstaltet und rundum nur Lob geerntet. Gute Organisation ist das A und O.« Sheila Bissett hatte eine Vision aus Arrangements ganz in Weiß, hier und dort durchsetzt mit hellgrünen Blättern.

»Warum ganz in Weiß, Sheila?«, fragte Harriet.

»Weil es dezent und geschmackvoll ist.«

»Schlichtweg langweilig, wenn Sie mich fragen«, gab Harriet zurück. »Überhaupt keine Abwechslung. Ich bin keine Expertin, aber sogar ich weiß, dass es nicht gerade eine Augenweide ist, wenn alle Arrangements weiß sind.«

»Glauben Sie mir, ich weiß es besser«, begehrte Sheila auf. »Ich bin seit fünf Jahren Mitglied in der Floristikgesellschaft in Culworth. Erst vor zwei Jahren haben wir die Kathedrale sehr wirkungsvoll in Weiß geschmückt. Die Abwechslung ergibt sich durch die verschiedenen Formen der Blütenblätter und durch das Grün.«.

Harriet beharrte auf ihrer Meinung. »Die Kathedrale ist sehr hell und hat hohe Fenster, während unsere Kirche klein, dunkel und mittelalterlich ist. Wir haben diese schönen Wandmalereien und die bemalten Grabmale. Es wäre doch bestimmt besser, die Farben der Blumen darauf abzustimmen?«

»Das meine ich auch«, sagte Sylvia. »Ich glaube, dass die Farben auf den Wandgemälden und den Gräbern gut aussehen würden. Kräftige Rottöne, Lila, Rosa und Blau. Ganz ausgezeichnet.«

»Wer hat hier die Erfahrung? Ich. Ich bin die Einzige, die Mitglied einer Floristikgesellschaft ist. Gestehen Sie mir bitte zu, dass ich es am besten weiß.« Sie merkten, dass Sheila im Begriff war, die Fassung zu verlieren.

Peter, der Übung darin hatte, die Wogen zu glätten, räusperte sich und sagte: »Wenn wir Ostern feiern würden, eine Hochzeit, eine Taufe oder Konfirmation, dann bin ich mir ganz sicher, Lady Bissett, dass Ihre Idee von einem Schmuck ganz in Weiß äußerst passend und sehr wirkungsvoll wäre, aber wir feiern ein Sommerfest zum Ruhm der Schönheit unserer Kirche. Mrs. Peel und ich haben für das Konzert sehr lebhafte und fröhliche Musik geplant, und ich glaube, dieses Mal wären bunte Arrangements geeigneter. Wir lassen den Ausschuss abstimmen, ja? Wer für bunte Arrangements ist, melde sich bitte.«

Alle Hände bis auf die von Lady Bissett gingen nach oben. »Damit ist es entschieden: Arrangements in den Farben der Kirche. So, Lady Bissett, meinen Sie, dass Ihre Gesellschaft uns die Ehre erweist, die Blumen zu arrangieren? Selbstverständlich würden wir die Kosten für die Blumen übernehmen. Ich bin mir sicher, dass die Sachkenntnis der Floristen und Ihr Geschmack der Garant wären für eine wunderbare Dekoration. Das Geld, das wir einnnehmen, wird für dringende Kirchenreparaturen verwendet. Ich wünschte mir, wir wären so vermögend, es für wohltätige Zwecke zu spenden, aber das ist leider nicht möglich. Ich glaube, Tassen …«

»Einen Augenblick, Herr Vorsitzender. Ich habe noch nicht ja gesagt.«

»Ich bitte vielmals um Entschuldigung, ich habe gedacht, Sie hätten die Entscheidung des Ausschusses akzeptiert.«

»Das habe ich nicht. So, wie ich mich im Augenblick fühle, könnte es durchaus sein, dass ich überhaupt nichts mit dem Fest zu tun haben will.«

»Jetzt machen Sie aber mal halblang, Sheila, es kann nicht immer alles nach Ihrem Kopf gehen«, wandte Mrs. Peel ein.

»Doch, wenn es um Blumen geht. Ich habe mir bei dem Blumenschmuck für die Kirche die Finger wund gearbeitet, und jetzt, wenn es um den Höhepunkt geht, werden meine Wünsche völlig ignoriert. Das ist nicht fair. Ich glaube, Arrangements in Weiß wären ein wunderschöner Kontrast zu den Farben in der Kirche.«

Peter, der sich bemühte, so diplomatisch wie irgend möglich zu sein, wies sie darauf hin, dass der Ausschuss abgestimmt hatte und sie sich der Entscheidung der Mehrheit fügen müsste.

Sheila richtete sich auf und sagte mit verkniffenem Mund: »Ich weiß, warum so abgestimmt worden ist. Es geht nicht darum, dass die anderen keine weißen Blumen wollen, es geht darum, dass sie mich nicht wollen.«

»Das ist nun wirklich nicht fair, Sheila. Wir alle wissen, dass wir ohne Sie nicht auskommen«, protestierte Harriet.

»Herr Pfarrer, die Entscheidung liegt bei Ihnen. Entweder nehmen wir weiße Blumen und ich mache es, oder Sie nehmen bunte Blumen und jemand anderes macht es. Ausgerechnet von Ihnen hätte ich wirklich mehr Unterstützung erwartet.«

»Wir tun das, um der Kirche zu helfen, nicht zur Befriedigung unseres Egos, und ich habe das Gefühl, dass …«

»Soll das heißen, ich will meinen Kopf durchsetzen, um den Ruhm zu ernten?«

»Nein, keineswegs. Es geht nur darum, dass …«

»O doch, das soll es heißen. Gut, damit ist der Fall für mich erledigt. Ich will mit Ihrem Fest nichts mehr zu tun haben. Sie können es ganz allein organisieren, und dann werden wir ja sehen, was für ein Chaos dabei herauskommt. Sie werden mich bald auf Knien bitten, Ihnen die Sache abzunehmen, aber ich denke nicht daran. Ich wasche meine Hände in Unschuld.« Sheila stand auf, zog den Regenmantel über und stürmte aus der Sakristei.

»Sheila, möchten Sie es sich nicht noch einmal …« Aber Peters Worte blieben ungehört.

Die restlichen Ausschussmitglieder saßen einen Moment lang schweigend da und überlegten.

»Jetzt haben wir es vermasselt, Peter«, murmelte Harriet.

»Es sieht ganz danach aus. Aber es nützt nichts. Ich glaube ehrlich nicht, dass eine Dekoration ganz in Weiß eine gute Idee wäre.«

»Ich auch nicht. Ich habe eine Freundin«, sagte Sylvia ruhig, »die Mitglied in einer Floristikgesellschaft ist, und ich bin mir sicher, sie wäre begeistert über die Gelegenheit, ein Fest in einer so wunderschönen Kirche wie der unseren zu organisieren. Sie würde es als echte Herausforderung betrachten, und sie ist sehr begabt. Möchten Sie, dass ich es mit ihr bespreche?«

»Das klinqt nach einer sehr guten Idee, meinen Sie nicht auch, Mrs. Peel?« fragte Harriet, auf der Suche nach Unterstützung.

»Und ob. Wir haben es alle satt, uns von Sheila Bissett herumkommandieren zu lassen.«

»Ich glaube, wir sollten nicht zu kritisch sein. Sie hat eine Menge Arbeit investiert, seit ich hier bin.« Peter schob seine Unterlagen zusammen und schlug vor, Sylvia sollte sich mit ihrer Freundin in Verbindung setzen und ihm so bald wie möglich sagen, was dabei herausgekommen war. Damit war die Sitzung geschlossen.

Sheila war am nächsten Vormittag empfangsbereit für den Fall, dass Peter vorbeikam, um sich zu entschuldigen und ihren Vorschlägen zuzustimmen. Sie hatte die Kissen aufgeschüttelt, den Teppich gesaugt, die Blumen neu arrangiert und die Topfpflanzen mit Blattglanz eingesprüht. Sie hatte den Couchtisch abgestaubt, ein paar Blumenzeitschriften darauf gelegt und frische Duftessenz in das Potpourri auf der Hausbar geträufelt. Sollte sie ihm etwas Alkoholisches anbieten oder lieber eine Tasse Kaffee? Kaffee war am besten. Sheila stellte ihr bestes Kaffeegedeck bereit.

Als es eins wurde und Peter noch immer nicht erschienen war, wusste sie, dass sie verloren hatte. »Ron, wen sonst können sie denn damit beauftragt haben? Sie werden die ganze Sache abblasen, wart's nur ab.« Aber am nächsten Sonntag wurden im Gemeindebrief das Datum und die Einzelheiten des Festes angekündigt. Sheila schäumte vor Ärger. »Ab sofort gehe ich nicht mehr in die Kirche. Das ist der Dank, den ein treues Mitglied erntet. Christlich, von wegen! Dieser Peter Harris ist mir ein schöner Christ. Das Maß ist voll. Das zahle ich ihm heim, und ich weiß auch schon, wie.« Sie erzählte niemandem, wie sie das anfangen wollte, aber am nächsten Morgen stattete sie Harriet's Tearoom in aller Frühe einen Besuch ab. Sie setzte sich an den Fenstertisch und wartete auf einen geeigneten Zuhörer.

Sie musste nicht lange warten. Ehe der Vormittag um war, hatte sie eine beträchtliche Anzahl Dorfbewohner davon überzeugt, dass Peter der Vater der Zwillinge war, die er und Caroline eben adoptierten. Sheila hatte damit angefangen, indem sie die Vaterschaft der Zwillinge in Zweifel zog. »Ist es nicht merkwürdig, wie ähnlich der kleine Alexander dem Pfarrer ist? Ein merkwürdiger Zufall, nicht wahr, wenn man bedenkt, dass Suzys Mann dunkles Haar hatte?« Nachdem das ein paar Mal kolportiert worden war, wurde es zur Tatsache.

Harriet bekam mit, wie sich zwei ihrer Kunden in der Schlange vor dem Postschalter unterhielten.

»Und Lady Bissett sagt, sie weiß ganz sicher, dass die Zwillinge vom Pfarrer sind.«

»Nein! Also, das glaube ich nicht. Gütiger Himmel, das kann doch nicht wahr sein.«

»Sie behauptet, es ist wahr. Sagt, der kleine Alex sieht dem Pfarrer so ähnlich, dass sie es nicht abstreiten können. Und wissen Sie, er ähnelt ihm wirklich.«

»Muss wohl an der Haarfarbe liegen. Das hätte ich nicht gedacht. Was es nicht alles gibt.«

»Ein Seitensprung vom Pfarrer. Da hat man ganz schön dran zu knabbern.«

»Mir tut Dr. Harris Leid. Falls das wahr ist, finde ich es sehr tapfer von ihr, dass sie die Kinder annimmt.«

»Das finde ich auch.«

»Die Frage ist, wen brauchen wir wirklich, einen reizenden jungen Pfarrer, der ein bisschen an fremden Töpfen genascht hat, oder diese Lady Bissett, wie sie genannt werden will. Ich weiß, wer mir lieber ist.«

»Ja, da haben Sie Recht, diese Lady Bissett ist wirklich eine

Nervensäge. Der Pfarrer ist reizend, und er hat so schwer gearbeitet, seit er hier ist, die Pfadfindergruppen, der Frauenkreis und die Rentnernachmittage. Ich weiß nicht, wie wir überhaupt mit diesem alten Schwuli Mr. Furbank ausgekommen sind. Es war höchste Zeit, dass der Herr ihn in seiner Güte zu sich genommen hat, das steht fest. Ich bin dran, Linda? Zwei Briefmarken zweiter Klasse. Danke.«

Bei der ersten Gelegenheit machte sich Harriet auf die Suche nach Jimbo. Er saß sorgenvoll vor der Buchführung.

»Weißt du, es sieht nicht gut aus. Das Restaurant bringt nicht genug ein. Ich muss ernsthaft darüber nachdenken ... Sag mal, was ist denn los?«

»Jimbo, ich weiß nicht, was ich machen soll. Zwei Kunden haben sich darüber unterhalten, dass Sheila Bissett behauptet, Alex und Beth seien Peters Kinder.«

»Das wissen wir doch; sie adoptieren die beiden.«

»Nein, sie haben gemeint, dass sie *von* Peter sind. Du weißt schon, dass er der wahre Vater ist und dass sie die Kinder deshalb adoptieren.«

»Du meinst, Suzy Meadows und Peter ... Nein, nein, nein. Das glaube ich nicht. Das kann nicht stimmen. Das hätte Peter Caroline niemals angetan. Ich meine, Gott im Himmel, er ist Pfarrer. Nein, selbstverständlich hätte er das nicht getan. Auf keinen Fall. Ich werde von Mann zu Mann mit Peter reden, wenn wir morgen zusammen laufen. Ist teuflisch schwierig, so ein Thema zur Sprache zu bringen. Aber diesem Klatsch muss ein Ende gemacht werden. Ich kann nicht glauben, dass das wahr ist. Solche Lügen zu verbreiten! Die Frau ist gemeingefährlich.«

»Ich weiß, warum sie es getan hat. Weil wir wegen des Blumenfests nicht nach ihrer Pfeife getanzt haben. Sie hat erwartet, dass Peter am nächsten Morgen angerannt kommt, sich entschuldigt und sie anfleht, die Leitung zu übernehmen, aber das hat er nicht getan, weil Sylvia Bennett eine Freundin gebeten hat, die Sache zu übernehmen, und die Freundin ist gleich darauf angesprungen.«

»Mir tut Caroline entsetzlich Leid. Meinst du, dass es wirklich wahr ist und sie es nicht weiß?«

»Ich habe nicht die geringste Ahnung. Wir sind gut befreundet, aber so etwas würde sie mir bestimmt nicht erzählen. Viel zu persönlich.«

Als Jimbo sich am nächsten Morgen mit Peter traf, wusste er nicht so recht, wie er das Thema aufs Tapet bringen sollte. Peter selbst erwähnte Sheila Bissett, er sagte, sie habe das Amt niedergelegt, was die Dinge schwierig mache.

Jimbo fragte wie beiläufig: »Haben Sie das Gerücht gehört, das sie in Umlauf bringt, um sich zu rächen?«

»Nein. Was behauptet sie denn?«

Jimbo blieb an einem Farmtor stehen und lehnte sich daran. »Ruhen wir uns doch ein bisschen aus, bevor wir umkehren.«

Peter wischte sich mit dem Ärmel des Laufhemds den Schweiß vom Gesicht und sagte: »Ich höre.«

Jimbo, der schwer atmete, sowohl wegen der Zwickmühle, in der er sich befand, als auch wegen der Lauferei, sah Peter direkt ins Gesicht und berichtete ihm von Sheilas boshaftem Klatsch.

»Hat keinen Zweck, um den heißen Brei herumzureden. Ist mir sehr peinlich, Ihnen das zu erzählen, aber Sie müssen es wissen. Sheila Bissett verbreitet die Geschichte, dass Ihre Beth und Ihr Alex von Ihnen und Suzy sind … Sie wissen schon … dass Sie der leibliche Vater sind. Deshalb würden Sie die Kinder adoptieren. So, das ist es, kurz und bündig.«

Peter wurde bleich, wich Jimbos Blick aus und sagte ruhig: »Wie heißt es in dem alten Sprichwort: ›Sei gewiss, dass deine

Sünden dich einholen.‹« Er lehnte sich an das Tor und schaute über die Wiesen hinüber zu Sykes Wood. »Wir hatten kein Verhältnis. Es ist in der Woche passiert, in der Patrick starb. Suzy war so verzweifelt und brauchte Trost, und ich muss zugeben, dass ich von ihr hingerissen war, völlig hingerissen. Dann habe ich erfahren, dass sie Zwillinge erwartet, und ich habe geglaubt, jetzt ist alles zu Ende, meine Ehe, meine Berufung, alles. Caroline war großartig, sie hat gesagt, das dürfe zwischen uns keine Rolle spielen. Wir seien Partner fürs Leben und sie würde nicht zulassen, durch so etwas von mir getrennt zu werden. Suzy wünschte sich und hatte es so geplant, dass Caroline die Zwillinge adoptieren sollte, und genau das wollte Caroline auch.«

Jimbo ließ schweigend auf sich wirken, was Peter gesagt hatte. Gott! Was für eine Situation. Was gab es dazu zu sagen? Er wartete eine Weile, bis Peter sich gefasst hatte, und sagte dann in sachlichem Ton: »Dann haben Sie nichts zu befürchten: Sie beide können das gemeinsam durchstehen. Ich weiß tief im Innern, dass das ganze Dorf zu Ihnen halten wird. Die Leute mögen Sheila Bissett nicht, aber sie lieben Sie und Caroline.«

»Ich habe Suzy versprochen, dass wir die Wahrheit niemals verraten werden, genau wie sie uns versprochen hat, dass sie ebenfalls nichts sagen wird. Wie hat die Frau es herausgefunden?«

»Sie hat zwei und zwei zusammengezählt und fünf dabei herausgebracht. So war das.«

»Ich muss sofort nach Hause.« Peter löste sich von dem Tor und rannte in einem solchen Tempo los, dass Jimbo nicht mithalten konnte. Als er ins Pfarrhaus zurückkam, ging Peter sofort zum Duschen hinauf ins Bad. Zum Frühstück in der Küche erschien er schon in der Soutane, die er jeden Freitag beim Schülergottesdienst in der Kirche trug.

»Sylvia, könnten Sie Dr. Harris und mich einen Moment allein lassen, ich muss etwas mit ihr besprechen.«

»Selbstverständlich, Mr. Harris, ich mache dann erst mal die Betten. Ihre Eier sind fertig.«

»Danke.«

Caroline, die gerade die Waschmaschine füllte, erinnerte ihn daran, Michael Palmer darum zu bitten, dass die Kinder beim Blumenfest in der Kirche etwas sangen.

»Komm her, Caroline.«

»Ich habe wirklich alle Hände voll zu tun, Peter. Gleich muss ich die Zwillinge baden, und ich muss den Trockner ausräumen und tausend andere Sachen erledigen. Hat das nicht Zeit?«

»Nein. Bitte, komm her und setz dich.«

»Aber mach's kurz.« Sie setzte sich, jederzeit sprungbereit, auf die Stuhlkante.

»Mein Schatz, ich möchte dich auf keinen Fall noch mehr verletzen. Gott weiß, dass ich auf die eine oder andere Weise genug Schaden angerichtet habe, aber es gibt da etwas, was ich dir sagen muss. Du weißt doch, dass wir versprochen haben, das mit den Zwillingen nie öffentlich zu machen? Suzy hat es wie wir zum Wohl aller versprochen. Und jetzt hat leider jemand zwei und zwei zusammengezählt und gefolgert, dass die Kinder von mir sind.«

»Oh, bitte, lieber Gott, nein. O nein.« Carolines Augen füllten sich Tränen, und sie nahm ihr Taschentuch heraus, um sie wegzuwischen. »Bist du sicher?«

»Wir hätten wissen müssen, dass wir damit nicht durchkommen. Wir hätten von Anfang an ehrlich sein sollen.«

»K... k... k... könnten wir es abstreiten?«

»Das wäre auf lange Sicht nicht richtig, oder was meinst du?«

»Nein, es wäre nicht richtig. Ach, und das jetzt, wo alles so gut läuft. Jetzt, wo ich anfange, mich wie eine normale Frau zu fühlen und nicht wie eine Missgeburt.«

»So hast du dich gefühlt?«

»Ja.« Caroline wischte die Tränen weg, die ihr über die Wangen rollten. »Das Syndrom der unfruchtbaren Frau, weißt du. Ich war schon dabei, es zu vergessen. Was zum Teufel sollen wir tun?«

»Ich hatte noch keine Zeit, darüber nachzudenken. Jimbo hat es mir eben erst erzählt.«

»Woher weiß Jimbo es?«

Peter butterte seine Toastscheibe zu Ende, ehe er es ihr sagte. »Weil Harriet ein Gespräch im Laden mitgehört hat.«

»Dann wissen es alle.«

»Ich fürchte, ja.«

»Wer hat es in Umlauf gebracht?«

»Sheila Bissett.«

»Ich hätte es mir denken können. Ich habe diese Frau nie gemocht. Sie spielt immer etwas, was sie nicht ist. Jetzt sind wir durch sie wirklich erledigt. Was sollen wir tun?«

»Hingehen und es mit ihr ausfechten.«

In diesem Moment klingelte es an der Haustür, und Caroline fasste sich und ging hin. Auf der Eingangsstufe stand Jimmy Glover mit einer Plastiktragetasche in der Hand.

»Morgen, Dr. Harris. Hab' gedacht, vielleicht mögen Sie zwei Karnickel für den Schmortopf. Sind frisch von heute Morgen und schon küchenfertig. Sie brauchen sie bloß noch abzuspülen und in den Topf zu stecken. Könnt' mir denken, dass dem Pfarrer ein Karnickelbraten schmeckt.«

»Das ist sehr nett von Ihnen, Jimmy. Darf ich Ihnen etwas dafür geben?«

»Auf keinen Fall, Dr. Harris, die sind ein Geschenk von mir als Dankeschön für alles, was Sie und der Pfarrer für das Dorf tun. Wir alle können Sie beide und die Babys wirklich gut leiden. Guten Morgen.« Jimmy lüpfte seine verdreckte alte Mütze und ging forschen Schrittes über die Straße zu seinem Cottage.

Caroline machte die Tür zu, und wieder stiegen ihr Tränen in die Augen. Er hatte es nicht direkt gesagt, aber sie wusste, was er meinte.

»Peter, das war Jimmy Glover mit zwei Kaninchen für uns. Er weiß Bescheid und will uns sagen, dass es ihm nichts ausmacht. Ist er nicht lieb?«

»Ja, ist er. Vom alten Jimmy hätte ich das nicht gedacht. Er hat es doch faustdick hinter den Ohren. Das wird heute Abend ein Härtetest für die Köchin. Wetten, dass du noch nie Kaninchen zubereitet hast?«

»Nein, aber ich hol' mir Rat bei Sylvia. Aber das ändert auch nichts an dem, was passiert ist, oder? Was machen wir nur? Ich bin so durcheinander.«

»Gleich nach dem Schülergottesdienst gehe ich zu Sheila Bissett. Ich muss sie damit konfrontieren und die Sache bereinigen. Wir dürfen nicht zulassen, dass sie ewig weiter schwelt.«

»Du hast mehr Mut als ich.«

»Es muss nun mal sein.« Peter trank seine Tasse leer und sagte dann: »Muss weg. Mach dir keine allzu großen Sorgen, mein Schatz. Ich bringe das in Ordnung. Wir haben ein paar schwierige Tage vor uns, aber die Leute werden bald ein anderes Gesprächsthema haben.«

Nach dem Schülergottesdienst verweilte Peter noch eine Zeit lang in der Kirche. Bei der Aussicht, sich mit Sheila Bissett auseinander zu setzen, war ihm beklommen zumute. Genau dieser Frage wegen hatte er Vorbehalte dagegen gehabt, die Zwillinge zu adoptieren. Vielleicht wäre es auf lange Sicht besser gewesen, nach Suzys Wegzug völlig aufrichtig zu sein. Ihm hatte vor dem Schmerz gegraut, den Caroline jetzt empfand, ganz zu schweigen davon, wie er sich fühlte. Ein Fehltritt, ein einziger Sündenfall, und er bezahlte immer noch dafür. Das war auch rechtens, aber Caroline sollte nicht auch dafür bezahlen müssen. Die Kinder waren Fleisch von seinem Fleisch, und er war mit ihnen so verbunden, wie er sich das vor ihrer Geburt nie hätte vorstellen können. Er hatte sogar entdeckt, dass er zu einem Mord fähig wäre, um Schaden von ihnen abzuwenden. Das war eine merkwürdige Selbsterkenntnis für einen Mann, der von sich behauptete, Pazifist zu sein. Es war eine Tortur, auf die Ausfertigung der Adoptionspapiere zu warten. Caroline war so überzeugt davon, dass alles reibungslos verlaufen würde, aber er war voller Furcht, bis alles unterschrieben und besiegelt war. Caroline zuliebe musste er die richtigen Worte finden. Er klopfte an Sheilas Tür und wartete. Sheila machte die Tür auf und sah ihn trotzig an.

»Guten Morgen, Herr Pfarrer. Sie haben es also doch noch geschafft, mich zu besuchen.«

Peter schaute auf sie hinunter und lächelte sie zögernd an. »Guten Morgen. Darf ich einen Augenblick hereinkommen, Lady Bissett?«

»Sie dürfen.«

Er folgte ihr ins Wohnzimmer, wo sie mit einem Nicken auf das Sofa deutete. Peter faltete die Hände und holte tief Luft.

»Mir ist zu Ohren gekommen, Lady Bissett, dass im Dorf ein Gerücht im Umlauf ist, demzufolge Alexander und Elizabeth meine leiblichen Kinder sind.«

»Ach ja?« Einen Moment lang sah Sheila unbehaglich drein, dann trotzig.

»Ich kann es nicht abstreiten, denn es ist die Wahrheit. Ich werde nicht auf die Umstände eingehen, die dazu geführt haben, aber eines möchte ich Ihnen sagen: Meine Frau, der einzige Mensch auf der Welt, der das Recht gehabt hätte, sich an mir zu rächen, hat nichts dergleichen getan. Als sie herausfand, dass Suzy die Zwillinge nicht behalten konnte, hat Caroline darum gebeten, die Kinder zu adoptieren, nicht nur mir zuliebe, sondern auch um ihrer selbst willen. Wie Sie wissen, kann sie keine Kinder bekommen, aber in ihrer Großherzigkeit kam sie zu dem Schluss, dass allen geholfen wäre, wenn wir die Zwillinge adoptierten. Suzy wollte das auch. Wenn Caroline so viel Liebe und Verständnis aufbringt, obwohl sie das größte Recht hätte, zutiefst verletzt zu sein, ist es dann nicht möglich, dass Sie das auch tun?«

Sheila antwortete nicht.

»Ich habe nicht das Recht, um Mitgefühl für mich zu bitten, aber vielleicht habe ich das Recht, es für Caroline zu tun.«

Sheila antwortete immer noch nicht. Sie saß da, die Hände im Schoß, sah Peter an und wartete darauf, dass er fortfuhr.

»Mehr gibt es nicht zu sagen. Ich hoffe, dass Sie in Ihrem Herzen etwas von dem Mitleid finden, das Caroline mir entgegengebracht hat, und dass Sie ihr zuliebe nicht danach trachten, ihr das Leben noch schwerer zu machen. Bitte, geben Sie dem Klatsch keine Nahrung – das wäre nicht richtig. Aber könnten Sie die Situation nicht in einem freundlicheren Licht sehen?«

»Ich mag Ihre Frau, und unter den gegebenen Umständen möchte ich die Sache für sie nicht noch schlimmer machen. Aber das geschieht einzig und allein ihr zuliebe, nicht Ihretwegen. Was Sie getan haben, ist für einen Mann in Ihrer Stellung unverzeihlich. Genauso unverzeihlich wie die Tatsache, dass Sie meine Amtsniederlegung zugelassen haben.«

»Was das betrifft, ist der Ausschuss für das Blumenfest verantwortlich, und die anderen wollten keine Dekoration in Weiß. Wir haben demokratisch entschieden, Lady Bissett. Ich bedaure nur, dass wir auf Ihren Geschmack und Ihre Fachkenntnisse verzichten müssen. Ich habe darüber nachgedacht und mich gefragt, ob Sie vielleicht im Gemeindehaus rein weißen Blumenschmuck anbringen möchten? Wegen der Erfrischungen werden dort alle ein und aus gehen und reichlich Gelegenheit haben, die Dekorationen zu sehen. Das Gemeindehaus ist ohne Schmuck ziemlich kahl, oder?«

»Hätte ich freie Hand?«

»Völlig.«

»Dann übernehme ich am Festtag den Blumenschmuck im Gemeindehaus.«

Peter stand auf, Sheila ebenfalls. Er nahm ihre Hand, sah ihr direkt in die Augen, dankte ihr für ihr Verständnis und sagte, es gebe auf dieser Welt nur wenige Menschen, die auf die Ausschussentscheidung mit so viel innerer Großzügigkeit reagiert hätten. Sheila spürte, dass sie vor Freude rot wurde. Sie drückte Peter die Hand und versicherte ihm, sie habe die Absicht, ihrer Aufgabe mit Sorgfalt nachzukommen. »Sie werden es nicht bereuen, dass Sie mich darum gebeten haben, Peter. Und das mit Caroline werde ich beherzigen.«

»Danke, Sheila. Danke.«

Caroline wusste, dass sie tapfer sein und unter Leute gehen musste. Unter dem Vorwand, die Zwillinge kämen nicht zur Ruhe und ein Ausflug im Kinderwagen würde die beiden vielleicht müde machen, brach sie zu einem Spaziergang auf. Pat Duckett verließ eben ihr Cottage und machte sich auf den Weg in die Schule, um das Mittagessen vorzubereiten. Sie rief Caroline zu: »Morgen, Dr. Harris. Ist es nicht wunderschön draußen? Genau richtig zum Luftschnappen für die Zwillinge. Wie machen sie sich denn?« Sie steckte den Kopf unter das Verdeck und kitzelte Beth und Alex am Kinn. »Seid bloß brav zu eurer Mum. Mensch, die beiden sehen ja prächtig aus. Sie müssen sehr stolz auf sie sein.«

»Ja, das bin ich, Pat.«

»Dann tschüs, ich muss los. Ich sag' Ihnen was, es wär' doch schön, wenn Sie die Zwillinge den Schulkindern zeigen würden. Ich frag' Mr. Palmer, ob das in Ordnung geht, ja?«

»Ich glaube nicht, dass es ihm recht wäre, wenn ich in die Schule käme.«

»Doch, wenn ich ihn vorher frage. Kommen Sie mit, ich frag' ihn gleich. Was du heute kannst besorgen…«

Die Kinder waren begeistert. Sie fragten Caroline, wie es möglich sei, dass die Babys Zwillinge waren, wo es sich doch um einen Jungen und ein Mädchen handelte. Caroline erklärte es, so gut sie konnte. Alle wollten die Babys knuddeln, und als die Zwillinge schließlich unruhig wurden, sagte Caroline, sie müsse gehen. Michael Palmer kam mit ihr ans Tor.

»Wissen Sie, die Kinder sind Ihnen und Peter gegenüber loyal. Zweifeln Sie niemals daran.«

»Danke, Michael, vielen Dank.« Sie lächelte ihn an und hatte große Mühe, ihn nicht merken zu lassen, wie gerührt sie war.

Als sie in den Laden kam, um ein paar Sachen einzukaufen, war Harriet in ein Gespräch mit Venetia vertieft.

»Na so was, hallo, Caroline«, begrüßte Venetia sie überschwänglich. »Freut mich riesig. Ob Sie und Peter wohl zu unserem Eröffnungsabend kommen können? Ich habe mich gefragt, ob er bereit wäre, zur Feier unseres kleinen Unternehmens die erste Bahn im Pool zu schwimmen? Er ist eine wandelnde Reklame für einen gesunden Körper.«

»Jetzt machen Sie mal halblang, Venetia, und schlagen Sie sich das aus dem Kopf. Es gibt Männer genug, die das für Sie mit viel mehr Schwung und Sex-Appeal tun könnten als Peter.«

»Ich will Ihnen mal was sagen, nach den Gerüchten, die mir heute Morgen zu Ohren gekommen sind, begreife ich, warum

Sie wegen Peter so empfindlich sind. Ich finde es sehr mutig von Ihnen, diese Zwillinge anzunehmen. Das würden nicht viele Frauen machen.«

»Ich gehe lieber, Harriet, bevor ich etwas sage, was mir hinterher Leid tut. Ich komme später wieder, wenn Sie mehr Zeit haben.« Und Caroline machte die Tür weit auf und schob den Kinderwagen hinaus, die Augen voller Tränen, die sie Venetia auf keinen Fall zeigen wollte.

Harriet explodierte. »Wie können Sie es wagen, so eine Bemerkung zu machen? Wie können Sie es wagen?«

»Ich habe ihr zu ihrem Mut gratuliert.«

»Ihr gratuliert? Ach, so nennen Sie das also. Wir sind alle sehr aufgebracht über diesen üblen Klatsch, den Sheila Bissett verbreitet hat, und wir stehen in dieser Sache voll und ganz hinter den beiden. Was Sie gesagt haben, war völlig unnötig. Ich bin so wütend, dass ich der Meinung bin, wir sollten unser Gespräch lieber auf einen anderen Tag verschieben. Falls ich je wieder das Gefühl haben sollte, mit Ihnen darüber sprechen zu wollen.«

»Sie vermasseln sich mit Ihrer Gefühlsduselei das Geschäft, Harriet. Jimbo würde das nicht passieren. Aber ganz wie Sie wollen. Vielleicht hat Jimbo mehr Geschäftssinn als Sie. Ich hätte es vorher wissen müssen.«

Sie stolzierte aus dem Laden. Harriet schäumte vor Wut über die mangelnde Sensibilität der Frau. Sie ging, auf der Suche nach jemandem, bei dem sie Dampf ablassen konnte, ins Hinterzimmer.

»Jimbo, wo bist du? Ist er noch nicht zurück, Mutter?«

Sadie schaute sich um und sagte: »Nein, ist er nicht. Weißt du, sie hat Recht. Du hast dich von deinen Gefühlen mitreißen lassen. Heutzutage kann niemand sich leisten, ein Geschäft auszuschlagen.«

»Dann bist du also ihrer Meinung?«

»Nein, aber es ist ein freies Land.«

»Das gilt nicht für unseren Laden.«

Peter fand Caroline in der Küche mit Alex und Beth, die im Kinderwagen fest schliefen.

»Tut mir Leid, dass es so lange gedauert hat. Ich ...«

»Pst ... sprich leise. Sie sind eben erst eingeschlafen. Was hat sie gesagt?«

»Ist Sylvia da?«

»Nein, sie hat sich frei genommen. Wie ist es gelaufen?«

»Wenn man zwischen den Zeilen liest, hatte Sheila damit gerechnet, dass ich am Morgen nach der Ausschusssitzung für das Blumenfest zu ihr komme, mich entschuldige und ihrem Schmuck ganz in Weiß zustimme. Als ich nicht gekommen bin, hat sie beschlossen, es mir heimzuzahlen. Ich habe schamlos jeden Trick, der im Buch steht, eingesetzt, um sie davon zu überzeugen, dass sie sich falsch verhält. Ich habe ihr gesagt, sie habe völlig Recht, Alex und Beth seien von mir, wir hätten aber beschlossen, zum Wohl der Kinder und uns und Suzy zuliebe nichts zu sagen. Das sei uns als die beste Wahl erschienen. Also haben wir einen Kompromiss ausgehandelt. Sie hat sich mir gegenüber bei dir entschuldigt, ich habe mich dafür entschuldigt, dass der Ausschuss ein bisschen überheblich war und ihre Wünsche missachtet hat, und zum Ausgleich dafür übernimmt sie den Blumenschmuck im Gemeindehaus, wo wir den ganzen Tag lang Erfrischungen servieren werden. Die Dekoration wird zweifellos so prächtig ausfallen, dass wir auch für das Gemeindehaus Eintritt verlangen könnten. Also ist der Ehre rundum Genüge getan.«

»Gott sei Dank. Das alles hat mich ziemlich niedergeschmettert. Du hattest ganz Recht, wir konnten im Grunde nicht damit rechnen, dass es geheim bleibt. Lass uns hoffen, dass es eine Eintagsfliege ist. Ich bin von allen so freundlich behandelt worden, bis auf Venetia Mayer. Der Frau fehlt es an jeglichem Takt. Sie könnte dir eine Menge Ärger machen, Peter. Offenbar möchte sie, dass du am Eröffnungsabend im Fitnessclub als erster in den Pool springst. Hat irgendwas gefaselt, du seiest eine hervorragende Reklame für einen gesunden Körper.«

»Oh, Hilfe, was wird sich die Frau als nächstes einfallen lassen? Ich bin froh, dass Jimbo im Moment mit mir läuft. Zahlenmäßig sind wir überlegen!«

»Ich glaube, wir werden den Sturm überstehen. Was meinst du?«

»Ich meine das auch. Du bereust doch nicht, dass du Alex und Beth adoptieren willst, Caroline?«

»Keinen Augenblick. Höchstens frage ich mich manchmal nachts, wenn ich so gut wie keinen Schlaf bekomme, ob ich ganz richtig im Kopf bin. Aber nicht im Ernst.«

»Ich liebe dich, mein Schatz.«

»Und ich liebe dich auch.«

7. Kapitel

Als Peter das laute Hämmern an der Pfarrhaustür hörte, wusste er, dass es Willie war. Willie klopfte immer, als liege ein Notfall vor. Peter machte die Tür auf. Sein Mesner stand mit einer großen Kiste voller Pflanzen auf der Eingangsstufe.

»Sie sind heute ja so schick, Willie. Ich habe Sie kaum erkannt.«

»Danke, Sir. Hab' gedacht, ich lass' ein bisschen Geld springen und mach' mich fein.«

»Und ob Sie sich fein gemacht haben, Donnerwetter. Wenn ich es nicht besser wüsste, würde ich glauben, dass Sie auf Freiersfüßen wandeln. Ich nehme an, die Pflanzen sind für mich. Setzen Sie die gleich in die Beete?«

»Das könnt' ich schon, Sir, wenn Sie möchten, obwohl ich nicht dafür angezogen bin, aber das macht mir nichts aus.«

»Ich bitte Sylvia, mir einen Kaffee zu kochen. Meine Frau hat die Zwillinge heute Morgen zum Impfen gebracht, deshalb führt Sylvia das Regiment. Kommen Sie in die Küche und trinken Sie eine Tasse mit.«

»Gut, danke, Herr Pfarrer, gern.«

Die beiden gingen in die Küche, wo Sylvia hinter einem Berg Bügelwäsche fast verschwand.

»Sie kennen doch Willie, unseren Mesner, Sylvia?«

»Ja, Mr. Harris. Wie geht es Ihnen, Willie?«

»Bestens, danke, Mrs. Bennett.«

»Ich heiße Sylvia.«

»Na gut, dann Sylvia.«

Peter erbot sich, den Kaffee zu kochen, aber Sylvia lehnte sein Angebot ab.

»Danke, aber eine Pause wird mir ganz gut tun. Ich koche den Kaffee.«

Die drei setzten sich mit den Kaffeetassen vor den Herd. Peter fragte Willie, wie es mit dem Umbau seines Hauses vorangehe.

»Wirklich gut, Herr Pfarrer, danke. Bin fast fertig.« Das Telefon klingelte, und Peter ging hin.

Willie räusperte sich und fragte Sylvia, was für Fortschritte das Blumenfest mache.

»Es läuft sehr gut. Sie wissen, dass Lady Bissett die Blumendekoration im Gemeindehaus übernimmt, ja? Sie wollte alles an sich reißen, aber das haben wir nicht zugelassen.«

»Typisch von ihr. Gestern war ich in Culworth. Ich habe gesehen, dass die Operngesellschaft da eine hübsche Operette aufführt, sie heißt *Der Mikado*. Haben Sie die schon mal gesehen.

»Nein, noch nie.«

»War bloß so 'ne Frage. Ich überlege mir, hinzugehen.«

»Aha.«

Willie trank noch einen Schluck Kaffee und dachte darüber nach, wie er die große Frage formulieren solle, ohne einen Korb zu riskieren.

»Bekommen Sie hier eigentlich auch mal frei?« fing er beiläufig an.

»Meistens jeden Abend. Und fast an allen Wochenenden, falls nichts Besonderes anliegt.«

»Aha. Wenn Sie wollten, könnten Sie also ausgehen.«

»Ja, kann ich, und ich tu es auch.«

»Wenn ich also zwei Karten besorgen würde, könnten Sie mitkommen?«

»O ja.«

»Soll ich dann zwei Karten besorgen?«

»Willie Biggs, laden Sie mich ein, mit Ihnen auszugehen?« Willie dachte über die Folgerungen aus dieser Frage nach und kam zu dem Schluss, er könne ruhig aufs Ganze gehen.

»Na ja, schon.«

Peter kam wieder herein. »Die alte Mrs. Woods im Pflegeheim in Penny Fawcett liegt im Sterben und verlangt nach mir. Ich muss sofort hin. Sagen Sie Caroline, dass es eine Weile dauern kann, ja, Sylvia?«

»Aber sicher, Herr Pfarrer.«

»Wenn ich zurückkomme, bezahle ich Ihnen die Pflanzen, Willie. Dann können wir uns auch gleich darüber unterhalten, dass das Lager im Heizraum entrümpelt werden muss.«

Willie, der sich für Sylvias Antwort wappnete, schaute Peter vage an und sagte: »Gut, Sir.« Peter lächelte vor sich hin und eilte fort zu der alten Mrs. Woods.

»Na gut, Willie, wenn das eine Einladung ist, nehme ich sie an.«

»Tatsächlich? Oh, abgemacht. Ich kümmere mich um die Karten und sag' Ihnen Bescheid.«

Er stellte seine Tasse klirrend neben der Spüle ab, sagte: »Danke für den Kaffee« und eilte hinaus, ohne sich noch einmal umzuschauen. Sylvia beugte sich beim Abwaschen der Tassen lachend über das Spülbecken. Ich möchte wetten, dass er nicht mit einem Ja gerechnet hat. Aber warum hätte ich nein sagen sollen? Was habe ich schon zu verlieren? Überhaupt nichts. Und er ist ja ganz nett. Glaubt, mir ist nicht aufgefallen, dass er sich herausgeputzt hat. Wenn ein Junggeselle sich herausputzt, steckt meistens eine Frau dahinter. Und sein Haus putzt er auch heraus. Es musste ihm ernst sein.

Als Willie die Pflanzen in den Pfarrhausgarten gesetzt hatte, ging er nach Hause, um sein Cottage zu bewundern. Nach den Bauarbeiten hatte er es gründlich geputzt und aufgeräumt, und er war mächtig zufrieden damit. Nach der ganzen Arbeit musste er seinen Mut zusammennehmen und Sylvia nach dem *Mikado* ins Haus bitten, so viel stand fest. Nachdem er das Bad eingebaut und die Küche mit diesen spottbilligen Einbaumöbeln ausgestattet hatte, war ihm bewusst geworden, dass die Neuerungen dem restlichen Cottage die Schau stahlen. Folglich hatte er einen neuen Teppich gekauft, neue Vorhänge und neue Sessel für sein kleines Wohnzimmer. Er hatte außerdem Grünpflanzen und passende Übertöpfe angeschafft. Alles in allem sah sein Zuhause allmählich so aus wie die Wohnungen in den Zeitschriften beim Zahnarzt, als er wegen übler Schmerzen zu einem Besuch dort gezwungen gewesen war; gemütlich, aber ein bisschen ausgefallen. Den alten Krempel hatte er zusammen mit einer Menge Müll, den er seit dem Tod seiner Mutter aufgehoben hatte, auf dem Friedhof verbrannt. Ins Schlafzimmer würde Sylvia nicht gehen; wenn er also während ihres Besuchs die Tür zu ließ, konnte er es später entrümpeln, sobald er Zeit dazu fand. Sylvia wusste es nicht, aber er hatte am Tag zuvor die Karten in Culworth schon auf Verdacht gekauft. Morgen würde er hinübergehen und ihr sagen, er hätte sie besorgt. Er hoffte bloß, er habe sich nicht anmerken lassen, wie aufgeregt er war; er musste nur in ihre Nähe kommen, und er fühlte sich wie ein zum ersten Mal verliebter Sechzehnjähriger. Na ja, eigentlich war er ja auch zum ersten Mal verliebt ... Es klingelte an der Tür. Willie ging hin und hoffte, dass es nicht Sylvia war, die es sich anders überlegt hatte.

Sie war es nicht. Es war Gwen Baxter.

»Hallo, Gwen, was kann ich für Sie tun? Ich kann mich nicht mal mehr daran erinnern, wann Sie zum letzten Mal an meine Tür geklopft haben.«

Gwen sprach immer, als stünde sie während eines heftigen

Sturms auf einer Schiffsbrücke. Willie trat einen Schritt zurück, nicht nur, um dem Geruch auszuweichen, den sie verströmte, sondern auch, um ihre barsche Stimme nicht in voller Lautstärke abzubekommen. »Würd' auch jetzt nicht anklopfen, brauch' aber Hilfe. Mit dem Wassertank auf dem Dach stimmt was nicht, und wir schaffen es nicht allein. Beryl steht neben dem Eimer. Er läuft fast so schnell voll, wie sie ihn ausleeren kann.«

»Und was soll ich da machen?«

»Sich drum kümmern, natürlich.«

»Ich bin kein Klempner, Gwen.«

»Das weiß ich. Aber Sie könnten mal nachsehen.«

»Schön, ich seh' nach, aber ich verspreche gar nichts.«

Sie marschierte mit ihren langen Schritten zu ihrem Cottage hinüber, und Willie eilte hinter ihr her. Von dem Gestank, der ihn begrüßte, als er durch die Hintertür ins Haus trat, wurde ihm übel. Gwen führte ihn in den kleinen Flur. Die schulterhohen Zeitungsstapel waren ihm ein Rätsel. Falls hier ein Feuer ausbrach, würden sie brennen wie Zunder. Er quetschte sich zwischen den Papiertürmen hindurch und folgte Gwen nach oben. Zu beiden Seiten der Stufen waren Sachen gestapelt, so dass schließlich nur für je einen Fuß auf einmal Platz blieb. Willie, der sich rechtschaffen in dem Glanz sonnte, erst kürzlich entrümpelt zu haben, schlug Gwen vor, ihren Abfall ebenfalls zu verbrennen.

»Verbrennen? Wozu? Wir brauchen das alles.«

Beryl erschien mit einem schweren Eimer oben an der Treppe. Sie wartete, bis die beiden die Treppe bewältigt hatten, dann rannte sie zum Ausleeren so schnell wie möglich nach unten.

»Ich muss auf den Dachboden, wissen Sie«, sagte Willie zu Gwen.

»In unserer Schlafzimmerdecke ist eine Falltür.« Sie machte die Zimmertür auf.

»Haben Sie eine Leiter?«

»Ja. Warten Sie hier, ich hole sie.«

Willie schaute sich um. Das war kein Zimmer, in dem er gern geschlafen hätte. Seins war dagegen geradezu fürstlich. Jedes einzelne Stück hier drin hätte entweder auf den Müll gehört oder gründlich abgewaschen werden müssen. Plötzlich juckte es ihn, erst an den Knöcheln und dann ein Stück weiter die Beine hoch. Gütiger Gott, sie hatten doch hoffentlich keine Flöhe? Je schneller er wieder hier herauskam, desto besser. Er sah Beryl, die mit dem leeren Eimer die Treppe heraufgerannt kam. Gwen tauchte mit der Leiter auf, und Willie gelang es, die Falltür zu öffnen und sich auf den Dachboden zu hieven. Es lag an einem geplatzten Rohr. Ein Verbindungsstück, die Pfuscharbeit eines Amateurklempners vor vielen Jahren, hatte sich gelöst, und aus dem Loch strömte Wasser durch den Boden auf den Treppenabsatz darunter. Er rief nach unten: »Nichts zu machen, Gwen, in dem Rohr hier oben ist ein großes Loch. Ich muss das Wasser abstellen, und Sie müssen einen Klempner holen.«

»Können Sie das nicht reparieren?«

»Nein, kann ich nicht. Ich hab' nicht das richtige Werkzeug.«

Willie sackte auf die Leiter und stieß die Falltür zu.

»Wo ist der Abstellhahn?«

»Unter der Spüle.«

Er schob sich zwischen den Zeitungen hindurch in die Küche, wo er sich bückte und den Hahn mit viel Mühe ganz zudrehte. »Es wird eine Weile dauern, bis kein Wasser mehr läuft. Sie müssen wirklich einen Klempner kommen lassen, Gwen. Telefonieren Sie vom Laden aus.«

»Erst heißt es, unsere Habe gehört verbrannt, und jetzt soll ich den Klempner rufen. Über was wollen Sie mich noch belehren?«

»Ich gebe Ihnen doch nur einen guten Rat.« Beryl rannte mit einem weiteren Eimer an ihnen vorbei und leerte ihn mit mehr Schwung als Verstand ins Spülbecken. Willie wich gerade noch rechtzeitig aus.

»Das lassen Sie hübsch bleiben, und rennen Sie ja nicht rum und verbreiten Tratsch über unser Haus. Was wir unter unserem Dach machen, ist allein unsere Sache. Ich will nicht, dass Sie im Royal Oak über uns herziehen. Ich hab' gesehen, wie Sie in die Kneipe gegangen sind.«

»Da ist doch nichts dabei.«

»Alkohol ist Teufelswerk, ich muss es schließlich wissen.«

»Sie meinen Ihren Vater.«

Gwen fuhr herum und funkelte ihn aus der Nähe böse an. Am liebsten hätte er zu einem Taschentuch gegriffen, um sich die Nase zuzuhalten.

»Was soll das heißen?«

»Wir wissen doch alle, wie er war, Gwen. Ist an sechs Abenden in der Woche sturzbesoffen nach Hause gekommen, oder etwa nicht? Seien Sie ehrlich.«

»Was er an sechs Abenden in der Woche gemacht hat, war seine Sache.«

»Ich weiß nicht, wie Ihre Mutter das ausgehalten hat. Sie war so reinlich, hat euch dauernd gewaschen und geschrubbt.«

»Haben Sie was dran auszusetzen, dass sie so reinlich war?«

»Jetzt regen Sie sich doch nicht gleich so auf.«

Beryl stürzte mit einem weiteren Eimer an ihnen vorbei.

»Haben Sie was dran auszusetzen?«

»Nein, gar nichts, es war bloß so ein Jammer, dass sie sich so viel Mühe gegeben und er alles zunichte gemacht hat. Muss eine Erleichterung gewesen sein, als er gestorben ist. Jammerschade, dass sie vor ihm von uns gegangen ist. Jedenfalls muss ich jetzt weg.«

»Zu Ihrer Freundin, was?«

»Freundin?«

»Ja, Sylvia Bennett. Mit der haben Sie doch was. Widerlich ist das. Widerlich.«

»Heute Nachmittag hält der Pfarrer eine Beerdigung, und ich muss mich vergewissern, dass die Kirche einen guten Eindruck macht. Außerdem muss ich den Leichenbestatter anrufen, damit alles seine Ordnung hat, der Pfarrer ist nämlich nicht da. Ich wäre Ihnen dankbar, wenn Sie gehässige Bemerkungen über mein Privatleben unterlassen würden.«

»Privatleben, aha. Deshalb haben Sie Ihr Haus rausgeputzt. Damit Sie es bei Ihren Schäferstündchen hübsch haben. Ich habe Sie beobachtet. Ich kenne Ihre miesen Absichten.«

»Wenn Sie wieder mal Hilfe brauchen, rechnen Sie nicht mit mir.«

Willie quetschte sich durch die schmale Öffnung der Hintertür, er war wütend über Gwens schmutzige Fantasie. Er wusch sich gründlich in seinem neuen Bad, und als er sich umzog, entdeckte er überall an den Beinem Stiche. Während der ganzen Beerdigung musste er sich gewaltig beherrschen, um sich nicht zu kratzen. Als die Trauergesellschaft gegangen war, erklärte er es Peter.

»Entschuldigung, Sir, wenn ich beim Gottesdienst ein bisschen seltsam war, aber ich fürchte, ich habe mir Flöhe eingefangen.

»Flöhe? Wo denn, Willie?«

»Bei Gwen und Beryl Baxter. Die haben einen Wasserschaden, und ich bin zum Nachschauen hingegangen. Sie brauchen einen Klempner, aber ich könnt' wetten, dass die sich nicht die Mühe machen, einen zu holen.«

»Mussten Sie das Wasser abstellen?«

»Ja, sonst wär' das ganze Haus unter Wasser gestanden. Was gar nicht so schlecht wär'. Es stinkt zum Himmel, wie die Fantasie der beiden alten Schachteln, nichts für ungut, Herr Pfarrer.«

»Ich gehe lieber hinüber und schaue nach, ob ich ihnen irgendwie helfen kann. Die beiden kommen doch ohne fließendes Wasser nicht zurecht.«

»An Ihrer Stelle würde ich das lieber lassen. Die beschimpfen Sie bloß, Sir. Nichts für Ihre Ohren.«

»Willie, ich habe nicht mein ganzes Leben in einem Elfenbeinturm verbracht. Ich bin durchaus ein bisschen herumgekommen.«

»Na schön, Sir, wie Sie wollen.«

Peter klopfte an der Haustür, und als niemand reagierte, ging er nach hinten. Er klopfte laut und hielt es dann wie mit den meisten Häusern im Dorf; er machte die Tür auf und sagte: »Hier ist Peter aus dem Pfarrhaus, darf ich hereinkommen?«

Er stieß die Tür so weit wie möglich auf und trat ein.

»Hallo, Miss Baxter, sind Sie da?« Er ging ein Stück weiter in die Küche. »Hallo?«

Plötzlich war Fußgetrappel zu hören, und Beryl kam mit einem drohend ausgestreckten Fleischmesser in die Küche.

»Ich bin's bloß, Miss Baxter – Peter aus dem Pfarrhaus. Alles in Ordnung.«

»Ja?«

»Ich möchte nachschauen, ob ich Ihnen bei Ihrem Wasserschaden helfen kann. Haben Sie den Klempner angerufen?«

»Das muss Gwen entscheiden.«

»Ist sie hier?«

»Ja.«

Er hörte wieder Schritte, dann stürmte Gwen durch die Küchentür herein.

»Was fällt Ihnen ein, ungebeten in unser Haus einzudringen?«

»Entschuldigen Sie, aber wenn ich Besuche mache, klopfe ich im allgemeinen und gehe dann ins Haus. In Zukunft werde ich nach dem Klopfen warten, bis Sie mich einlassen. Ich bin gekommen, weil Willie bei Ihnen das Wasser abstellen musste.«

»Na und? Er hat es abgestellt.«

»Wie wollen Sie ohne fließendes Wasser zurechtkommen?«

»Bestens, vielen Dank.«

»Wir könnten Sie mit Wasser aus dem Pfarrhaus versorgen, falls das eine Hilfe wäre, bis der Klempner hier war.«

»Wir wollen keine Gefälligkeiten.«

»Wenn Sie möchten, rufe ich für Sie den Klempner an, und in der Zwischenzeit bringen Willie und ich Ihnen Wasser vorbei.«

»Wir wollen keine Hilfe von einem Mann, der sich als Tugendbold aufspielt und dann mit seiner Nachbarin Unzucht treibt. Ich glaube nicht, dass Jesus das so gemeint hat, als er sagte: ›Liebe deinen Nächsten.‹«

Darauf fiel Peter keine Antwort ein.

»Glauben Sie ja nicht, wir wüssten nicht, was sich tut, bloß weil wir nicht unter die Leute gehen. Von unseren Fenstern aus haben wir eine gute Sicht auf das ganze Kommen und Gehen im Dorf. Da spielt sich nichts ab, was wir nicht mitbekommen. Ich hab' gesehen, wie Sie zu dieser Schlampe gegangen sind und wie lange Sie dort waren. Dann haben wir gesehen, wie die immer dicker geworden ist, und wir haben Bescheid gewusst. O ja, wir haben es gewusst. Dann versucht Ihre Frau, alles zu vertuschen und die Kinder zu adoptieren. Was für ein Witz. Steht ihrem Mann bei. Ha. So viel Loyalität hat kein Mann verdient. Kein einziger. Ihr seid alle Abschaum. Abschaum, hören Sie?«

»Ich glaube, ich sollte mich jetzt lieber verabschieden. Kein Mensch ist vollkommen, und mir ist sehr wohl bewusst, wie schwach Mann und Frau gleichermaßen sind, aber wir können um Vergebung bitten. Vielleicht haben Sie für Ihre Denkweise Vergebung nötig. Möge Gott Sie beide segnen.« Peter stieß die Tür auf und ging.

»Raus mit Ihnen, raus, und kommen Sie ja nie wieder. Hurenbock.«

Zu Hause ging er sofort nach oben, zog sich aus, duschte, zog sich frische Sachen an, ging in sein Arbeitszimmer und nahm das heraus, was Caroline den »Gemeindewhisky« nannte. Er schenkte sich etwas davon ein, setzte sich an den Schreibtisch und versuchte, das Böse, das er eben erlebt hatte, aus seinen Gedanken zu vertreiben. Caroline kam herein, mit Beth auf dem Arm, die wie immer guter Laune war. Nichts brachte sie aus der Ruhe.

»Sie leben doch tatsächlich tagein, tagaus in diesem Dorf, und ihr Leben ist so ekelhaft, dass ich es nicht fassen kann, Caroline. Wie in aller Welt sind die beiden nur so geworden?«

»Hier, nimm deine Tochter eine Weile auf den Arm, sie wird dir den Glauben an die menschliche Natur zurückgeben. Eigentlich dachte ich, dich könnte inzwischen nichts mehr an der unendlichen Vielfalt des menschlichen Wesens überraschen.« Peter nahm Beth in die Arme, lehnte sie vorsichtig an seine Schulter und rieb seine Wange an ihrer, um sich daran zu erinnern, dass es doch noch etwas Schönes auf der Welt gab.

»Das hier ist etwas viel, viel Schlimmeres. Du kannst das Böse in der Luft regelrecht spüren. Von dem Gestank ganz zu schweigen. Bitte, Caroline, geh da nicht hin. Und lass auch die Kinder nicht in die Nähe der beiden. Da stimmt etwas nicht, glaub mir. Beryl hat mit einem Fleischmesser herumgefuchtelt, als sie in die Küche kam.«

»Du meinst, sie hatte ein Fleischmesser in der Hand?«

»Nein, sie hat damit herumgefuchtelt. Sie müssen gestört sein. Schwer gestört. Offenbar beobachten sie vom Fenster aus das ganze Kommen und Gehen im Dorf. Sie behaupten, es würde sich nichts abspielen, was sie nicht merken.«

»Gütiger Himmel, da wage ich mich ja kaum noch aus dem Haus.«

»Eben.«

Hätte Peter die beiden in diesem Moment sehen können, hätte er mitbekommen, dass sie sich damit abmühten, ihren alten Brunnen aufzudecken. Die Wasserleitung war gelegt worden, als ihre Eltern bei ihrer Heirat das Haus gekauft hatten, der alte Brunnen war damals zugedeckt worden. Nach über sechzig Jahren Regen, Dreck und Vernachlässigung klemmte der Deckel. Beryl fand einen Spaten und schaufelte Erde und Gras beiseite. Gwen holte ein Stück Eisen aus dem Schuppen und lockerte damit den Deckel. Schließlich bekamen sie ihn auf und schauten in den Brunnen. Beryl nahm einen Stein und warf ihn hinein. Sie warteten darauf, dass er im Wasser aufschlug.

»Ich habe nichts gehört, du?«

»Auch nichts. Wirf noch einen rein.«

Das tat sie, und diesmal hörten sie den Aufschlag. Im Schuppen fanden sie ein langes Stück Seil. Beryl leerte den Abfalleimer aus Metall unter dem Spülbecken aus, und sie banden das Seil an den Henkel und ließen den Eimer in den Brunnen hinunter.

Nach mehreren Versuchen zogen sie ihn voll herauf.

Gwen schnitt eine Grimasse.

»Ich hab' gewusst, dass wir keinen Klempner brauchen. Solche Mistkerle sind bloß Störenfriede. Gieß das Wasser ins Spülbecken, dann lassen wir den Eimer noch mal runter.«

Beryl stöpselte das Spülbecken zu und schüttete das Wasser aus dem Eimer hinein. Tierchen schwammen darin herum. Merkwürdige kleine Tierchen mit vielen Beinen und etliche, die überhaupt keine Beine hatten und sich schlängelten. Und das Wasser war grün.

»Gwen, ich glaube nicht, dass das Wasser trinkbar ist.«

»Wir kochen es ab.«

»Da schwimmen komische Viecher drin herum.«

»Wir sieben es vorher.«

»Was ist, wenn wir davon krank werden?«

»Wir werden uns daran gewöhnen. Nimm den vollen Eimer. Für heute reicht uns das, ist besser als Leitungswasser, da kippen sie heutzutage diese ganzen Chemikalien rein.«

»Und wir brauchen keinen Klempner?«

»Nein. Viel Wasser verbrauchen wir sowieso nicht.«

8. Kapitel

Niemand merkte, dass Gwen und Beryl vom Brunnenwasser krank geworden waren. Am ersten Tag tranken sie es sorglos, aber danach bekamen beide schwere Magen- und Darminfektionen, die sie ans Bett fesselten.

Erst als Willie auffiel, dass die Vorhänge zwei Tage lang nicht aufgezogen worden waren, wurde etwas unternommen. Willie, Jimmy und Pat gingen gemeinsam hinüber. Sie versuchten es an der Haustür, kamen aber nicht hinein; deshalb gingen sie durch das Gartentor auf der Seite und stießen die Hintertür so weit wie möglich auf. Pat nahm ihr Taschentuch heraus und hielt sich Mund und Nase zu. Sogar Jimmy, der an die eigene nachlässige Haushaltsführung gewöhnt war, war entsetzt über den Anblick. Sie riefen unten und schauten ins Wohnzimmer, aber von den beiden Schwestern war nichts zu sehen. Willie schlug vor, zusammen nach oben zu gehen. Sie versuchten, die Schlafzimmertür aufzustoßen, aber das war wegen der vom Boden bis zur Decke gestapelten Zeitungen fast unmöglich. Sie schauten ins Zimmer daneben und fanden die beiden Frauen im Bett. Sie hatten sich in diverse Gefäße übergeben und außerdem in das Bett, und da lagen sie, zwei ausgemergelte, erschöpfte und bewusstlose Frauen, die dringend Hilfe brauchten.

»Los, Jimmy, geh in den Laden und lass über den Notruf einen Rettungswagen kommen. Sag denen, was du willst, sie sollen sich nur beeilen.«

»Wir könnten doch Dr. Harris holen? Vielleicht kann sie ihnen was geben, was hilft«, schlug Pat vor.

»Auf keinen Fall, diesen Saustall hier können wir ihr nicht zumuten. Mir wird vom bloßen Anblick schlecht. Und außerdem könnte sie sich was holen und die Babys anstecken. Nein, das geht nicht. Bist du noch nicht weg, Jimmy?«

»Schon unterwegs.«

Pat streckte die Hand aus und schüttelte zögernd Gwens Hand, die über den Bettrand hing.

»Ist das Gwen, Willie? Ich kann die beiden nicht auseinander halten. Gwen, hören Sie mich? Gwen? Gwen?«

»Sie atmet, das sehe ich. Geh ums Bett rum und schau nach der anderen.«

Pat tat, wie ihr geheißen. Sie sah, dass Beryl oder Gwen, welche es auch sein mochte, atmete, aber sie bekam keine Antwort.

»Ich schätze, die haben wir gerade noch rechtzeitig gefunden, Willie.«

»Schätz' ich auch.«

Nach Jimmys Rückkehr dauerte es volle zwanzig Minuten, bis der Rettungswagen kam. Auch die Sanitäter, die bestimmt schon Grauenhaftes gesehen hatten, waren über den Anblick entsetzt. Sie wickelten die Schwestern in Decken, legten sie auf Tragen und manövrierten sie mit der Hilfe von Willie und Jimmy die schmale Treppe hinunter.

Als sie fort waren, schloss Willie das Haus ab und ging zu Peter, um ihm von dem Vorfall zu berichten.

»Ich schätz' mal, mit denen steht's auf der Kippe, Sir. Weiß nicht, was die Ursache war, aber denen geht's wirklich dreckig.«

»Ich rufe im Krankenhaus an, und morgen fahre ich hin und besuche sie. Obwohl es bestimmt alles andere als erfreulich wird, wenn ich meine letzte Begegnung mit den beiden zum Maßstab nehme.«

»Die sind zu krank für Gehässigkeiten, Sir, viel zu krank.«

»Stimmt, Willie. Meine Güte, sind das nicht zwei eigenartige Frauen?«

»Eigenartig ist milde ausgedrückt. Als Kinder waren sie noch nicht so mies. Erst als Erwachsene sind sie immer merkwürdiger geworden. Sie sollten das Haus sehen.« Sylvia kam die Treppe herunter, und Willie lächelte und nickte ihr zu.

»Hallo, Sylvia.«

»Hallo, Willie.«

Peter zog sich taktvoll in sein Arbeitszimmer zurück.

»Diese Woche läuft in Culworth ein guter Film. Komischer Titel, *Grüne Tomaten* oder so ähnlich. Ich hab' gehört, er soll gut sein. Hab' mich gefragt, ob Sie Lust hätten, sich den anzuschauen.«

»Hätte ich wirklich. Und hinterher hätten Sie vielleicht Lust, hier eine Tasse Kaffee zu trinken.«

»Abgemacht. Ich schau' nach den Anfangszeiten.«

»Ich habe mir eben ein kleines Auto gekauft, wenn es bis dahin da ist, könnten wir damit hinfahren.«

»Hab' gar nicht gewusst, dass Sie Auto fahren können.«

»Ich hatte jahrelang ein Auto, um zur Arbeit zu fahren, und habe es dann abgeschafft. Aber ich hab' beschlossen, mir wieder eins zu kaufen. Ist aber bloß eine alte Schrottmühle.«

»Macht nichts, solange es fährt. Ich melde mich.«

Peter schaffte es zwei Tage lang nicht ins Krankenhaus, aber er vergewisserte sich telefonisch, dass die Frauen sich erholten. Als er sie besuchen konnte, waren sie nicht wieder zu erkennen, nicht nur, weil sie Gewicht verloren hatten, sondern auch, weil sie so makellos sauber waren.

»Oberschwester Murphy, wie geht es Ihnen?«

»Oh, hallo, Mr. Harris, lange nicht gesehen. Ihre beiden Gemeindemitglieder werden wieder gesund, obwohl der Himmel allein weiß, warum. Sie waren bei der Einlieferung in einer schrecklichen Verfassung. Grauenhaft dehydriert, total verdreckt und sehr pflegebedürftig. Kommen Sie doch in mein Büro und informieren mich über ein paar Einzelheiten.«

Peter erzählte alles, was er wusste, und ging dann zu den Zwillingen. Er wusste kaum, mit wem von beiden er sprach.

»Hallo, Gwen? Sind Sie Gwen? Ich bin Peter aus dem Pfarrhaus. Wie geht es Ihnen heute?«

Ihre Augen öffneten sich langsam und richteten sich auf sein Gesicht.

»Gehen Sie.«

»Ich bin zu Besuch gekommen, weil Sie sehr krank waren.«

»Ich brauche Sie nicht.«

»Schon gut, meine Liebe. Sie sind in guten Händen. Sie müssen nur wieder gesund werden, dann dürfen Sie nach Hause.«

Er ging zum nächsten Bett, nahm Beryls Hand und nannte sie beim Namen.

»Beryl, sind Sie wach?« Sie machte die Augen auf, sah ihm direkt ins Gesicht und flüsterte: »Ich habe ihr gesagt, wir dürfen es nicht trinken. Ich habe es ihr gesagt.«

»Was haben Sie getrunken, Beryl?«

»Es war der Brunnen.«

Mehr bekam er nicht aus ihr heraus. Sie war wieder eingeschlafen.

Ende der nächsten Woche sollten die Schwestern nach Hause entlassen werden. Außer Peter hatte niemand sie besucht. Er bestellte einen Klempner, der den Wasserrohrbruch behob, aber sonst unternahm er nichts in dem Haus, entmutigt von der riesigen Aufgabe und aus Angst, sich einzumischen.

Als er zwei Tage vor der Entlassung der Schwestern ins Krankenhaus kam, war eine Sozialarbeiterin da.

»Wir können wirklich nicht begreifen, wie Sie zulassen konnten, dass zwei Menschen so leben. Hat in Ihrem Dorf denn niemand ein Gewissen?«

»Ich weiß, der Schein ist böse und das Haus ist in einem schrecklichen Zustand, aber diese beiden Frauen lassen niemanden hinein. Sie lehnen Freundschaft ab, wehren sich gegen jede Annäherung und wollen nicht einmal zugeben, dass sie Hilfe brauchen. Sie haben Brunnenwasser getrunken, weil sie keinen Klempner im Haus haben wollten. Können Sie mir sagen, wie ihnen unter diesen Umständen zu helfen ist?«

»Es ist schwierig, ich weiß. Aber Sie müssen hartnäckig sein. Es ist unerträglich, dass alte Frauen Ende des zwanzigsten Jahrhunderts so leben. Das ganze Dorf sollte Verantwortung für sie übernehmen. Kein Wunder, dass alte Menschen tagelang tot in ihren Häusern liegen, bis sie gefunden werden. Jemand sollte regelmäßig nach ihnen sehen.«

»Na gut, reden Sie mit ihnen. Sie haben das Haus gesehen, Sie wissen, wie unhygienisch es ist, ehrlich gesagt, total verdreckt. Bieten Sie ihnen Hilfe beim Saubermachen und Renovieren an oder bei was auch immer, und warten Sie die Reaktion ab. Sie können Menschen nicht zwingen, sich helfen zu lassen, wenn sie nicht wollen. Und die beiden wollen nicht. In ihren Augen ist das Haus in Ordnung. Es ist genau, wie sie es haben wollen.«

»Ich spreche mit ihnen und überrede sie, sich von uns helfen zu lassen.«

»Den Klempner habe ich aus eigener Tasche bezahlt. Er hat das Rohr repariert, also ist das Wasser wieder angestellt, und die beiden müssen nicht mehr aus dem Brunnen trinken. Wenigstens kommen sie nicht gleich wieder ins Krankenhaus.«

»Immerhin etwas. Ich habe einen Fonds für Hilfsmaßnahmen, ich werde mich sofort darum kümmern.«

Peter hätte fast gesagt: »Viel Glück«, aber er ließ es, weil ihm bewusst war, dass er in Zukunft die Hilfe des Sozialamts für andere Gemeindemitglieder womöglich brauchen würde.

Obwohl Gwen und Beryl stur alle Hilfsangebote ablehnten, kamen die Sozialarbeiter ins Dorf, liehen sich von Peter den Schlüssel, machten das Schlafzimmer der Zwillinge und die Räume im Erdgeschoss sauber und schafften alle Packungen und Dosen mit abgelaufenem Verfallsdatum weg, die sich im Lauf der Jahre angesammelt hatten. Als die Zwillinge aus dem Krankenhaus nach Hause kamen, waren wenigstens die schlimmsten Folgen ihrer Krankheit beseitigt worden.

Gwen und Beryl waren entsetzt, als sie es merkten, und schickten die Sozialarbeiterin mit der strikten Ermahnung weg, sie unter keinen Umständen je wieder aufzusuchen und sie jetzt, da sie wieder gesund seien, von ihrer Liste zu streichen.

Am Tag vor ihrer Heimkehr konnte Sheila der Versuchung nicht widerstehen, zum Haus zu gehen und einen Blick durchs Fenster zu werfen. Sie nannte das eine einmalige Gelegenheit. Ron, der nicht bereit war, sie allein gehen zu lassen, war genötigt, sich mit ihr durch das seitliche Gartentor zu schleichen. Sie schauten durch die Fenster.

»Ron, sieh dir bloß diese Küche an. Die ist ja völlig antiquiert. Sie haben nicht mal ’ne Waschmaschine. Kein Wunder, dass sie immer so schmutzig sind.« Sheila stellte sich auf die Zehenspitzen, hielt sich an dem verwitterten Fenstersims fest und konnte so in die Speisekammer schauen.

»In der Speisekammer ist so gut wie nichts zu essen, aber die Regalbretter sind alle abgewischt. Wie können sie nur da drin leben? Jemand sollte etwas dagegen unternehmen.«

»Dann biete du doch an, bei ihnen zu putzen.«

»Ich bitte dich, wer würde da drin denn schon putzen wollen?« Sie drehte sich um und wartete auf seine Antwort, aber er war verschwunden.

»Wo bist du, Ron?«

»Im Garten. Ich seh' mir den Brunnen an.«

Sheila kämpfte sich durch das Gestrüpp. Sie wusste, sie hätte nicht die hochhackigen Sandalen anziehen sollen, aber sie hielt durch. Ron kniete vor dem Brunnen und warf Steine hinein.

»Mächtig tief, der Brunnen. Wie kann man nur Wasser daraus trinken?«

Sheila warf einen Blick hinunter und atmete den klammen, modrigen Geruch ein. »Wie in diesen Höhlen, die wir besichtigt haben, in der Nähe von Bath, nicht wahr? Warum sieht es bei denen im Haus nur so aus? Helfen kann ihnen sowieso niemand. Das Sozialamt hat ein bisschen was getan, aber nicht genug. Wofür zahlen wir eigentlich die vielen Steuern?«

»Gehen wir.«

»Sollten wir den Brunnen nicht zudecken, Ron?«

»Ja. Okay.« Er schob den schweren, verwitterten alten Deckel über die Öffnung, so gut er konnte. »Überrascht mich, dass die beiden den überhaupt aufgekriegt haben. Sie müssen kräftiger sein, als sie aussehen, die zwei.« Er stand auf und klopfte sich die Erde von den Hosenbeinen, dann gingen sie gemeinsam zu dem kleinen Tor auf der Seite. Eben da tauchten Gwen und Beryl auf dem Vorderweg auf.

Gwen wurde sofort wütend. »Wie können Sie es wagen? Was haben Sie hier verloren? Haben wohl gedacht, wir sind erst morgen wieder zu Hause, was? Aber wir haben uns früher entlassen. Konnten denen ihre Einmischerei nicht länger aushalten. Was fällt Ihnen ein, in unserem Garten herumzuschleichen? Raus mit Ihnen, raus, los, raus!« Gwen war zornig,

Beryl wirkte eher verängstigt. »Gehen Sie weg, bitte, gehen Sie weg«, rief sie.

Ron versuchte es mit dem bestimmten Auftreten, das er in einem Kurs für Gewerkschaftsführer gelernt hatte. Er marschierte auf die beiden zu und sagte in gebieterischem Ton: »Hören Sie, Miss Baxter, wir waren hier, um uns zu vergewissern, dass der Deckel fest aufliegt. Wir konnten doch nicht das Risiko eingehen, dass eine von Ihnen in den Brunnen fällt, oder? Es ist alles in Ordnung, ich habe mich darum gekümmert, und Sie brauchen nichts zu befürchten. Bin froh, dass Sie wieder wohlauf und zu Hause sind. Passen Sie gut ...«

Weiter kam er nicht. Gwen griff nach einem Besen, der fast keine Borsten mehr hatte, und hob ihn hoch, offensichtlich in der Absicht, Ron damit zu schlagen. Der Besen traf Ron mit einem gewaltigen Krachen seitlich am Kopf. Ihm fiel wieder ein, dass er eben noch gesagt hatte, sie sei kräftiger als vermutet, während sie ihn wieder und wieder schlug. Sheila wollte dazwischen gehen, sie wollte Ron helfen, aber Beryl packte von hinten ihre Arme. Plötzlich hörte Gwen auf. Sie wurde ganz bleich und kurzatmig.

Beryl ließ Sheila los und kam Gwen zu Hilfe. Die beiden schlossen die Hintertür auf, und erst Gwen und nach ihr Beryl quetschten sich hinein und machten die Tür zu.

»Ron, Ron, lass uns nach Hause gehen, ehe es jemand mitbekommt.«

»Schnell, durch das Tor. Ich komme mir vor wie ein Idiot.«

Zu Hause ging Ron auf Sheila los.

»Kannst du mir verraten, warum ich auf dich höre? Diesen Schlamassel hast du mir eingebrockt. Morgen bin ich zu dieser Fernsehrunde bei ITV eingeladen. Ich werde aussehen wie ein Vollidiot, mit einem Bluterguss und einer eiergroßen Beule am Kopf.« Er strich sich behutsam mit den Spitzen seiner dicken

Finger über den Kopf. »Du bist bloß ein verdammter Klotz am Bein, Sheila, und nach all den Jahren wird es Zeit, dass ich nicht mehr auf dich höre. Ab jetzt bestimme *ich*, wo's langgeht.«

»Also wirklich, wenn ich mir überlege, wie ich dich von vorn und hinten bediene! Du rührst im Haus keinen Finger, und jetzt sagst du, ich bin ein verdammter Klotz am Bein.«

»Bist du auch. Schlag mir bloß nie wieder vor, uns mit diesen verfluchten Weibern einzulassen.« Er stampfte nach oben in Sheilas Bad in Marineblau und Lavendel, wütend wegen des Eindrucks, den er im Fernsehen machen würde. Wenn er sich in der Gesprächsrunde auf die linke Seite setzte, würde den Zuschauern die Beule vielleicht nicht allzu sehr auffallen. Die Medien sorgten wirklich dafür, dass man auf sein Image achtete. Apropos Image, er hätte sich gewünscht, Sheila würde mehr wie Harriet Charter-Plackett oder Caroline Harris aussehen. Nein, nicht wie die beiden, mehr wie Sadie Beauchamp. Die sah nun wirklich immer elegant aus. Sheila schaffte es nie, sich richtig anzuziehen. Und dieses gefärbte Haar, darüber würde er auch ein Wörtchen mit ihr reden müssen.

Der Teetisch war für ihn gedeckt, als er nach unten kam. Adrette kleine Sandwiches aus braunem Brot und ein Teller Scones mit Marmelade. Keine Sahne wegen seines Cholesterinspiegels. Die Teekanne aus Porzellan, das Teesieb und eine adrette kleine rosafarbene Serviette. Er hätte viel lieber am Küchentisch eine große Tasse starken Tee getrunken und dazu ordentlich gebratenen Speck zwischen zwei frischen Weißbrotscheiben gegessen.

»Könnte sein, dass ich in die Sendung *Fragestunde* eingeladen werde, Sheila.«

»Ehrlich? Warum hast du mir das nicht gleich erzählt? Ron, das ist ja wirklich eine Ehre. *Fragestunde*, da bin ich baff. Darf ich im Publikum sitzen?«

»Das gehört sich eigentlich nicht. Außerdem möchte ich dich eh nicht dabeihaben.«

»Würde ich dich nervös machen?«

»Nein, du wärst mir peinlich.«

»Peinlich? Wie reizend.«

»Im Ernst. Du gibst lächerlich viel Geld für Kleider aus, und trotzdem haut es nie richtig hin. Als erstes muss dieser Leopardenmantel verschwinden.«

»Mein Leopardenmantel?«

»Wiederhol doch nicht dauernd, was ich sage.«

»Das mache ich doch gar nicht.«

»Doch, eben erst wieder. Jedenfalls muss dieser Mantel weg. Und wenn du nach Culworth zum Frisör fährst, lässt du dir dein Haar wieder in einen normalen Zustand versetzen.«

»Es hat eine Menge gekostet, bis es so war wie jetzt.«

»Das war es nicht wert, glaub mir. Wenn ich in solchen Kreisen wie in der *Fragestunde* verkehre, musst du das auch. Eine Frisur wie damals als Bedienung im The Case is Altered ist jetzt unpassend. Wir sind inzwischen aufgestiegen.«

»Ich gebe mir Mühe.«

»Nein, du gibst dir keine Mühe, du bist hängen geblieben wie eine Grammofonnadel. Wetten, dass Sadie Beauchamp nicht mehr Geld für Kleider und den Frisör ausgibt als du? Aber sie sieht wie eine Dame aus.«

»Wenn ich nicht wie sie aussehe und sie wie eine Dame aussieht, wie sehe ich dann aus?«

»Wie du immer ausgesehen hast, wie eine Bardame.«

»Eine Bardame?« Sheila konnte sich nicht daran erinnern, dass ihre Gefühle je so verletzt worden waren. Das also war der Dank, den sie für ihre Mühe erntete. Sie stand auf und verstreute die Sandwiches auf dem Couchtisch. »Das wird dich teuer zu stehen kommen, Ron, sehr teuer. Wart's nur ab.«

»Ja, ich lasse es mich etwas kosten. Du bist jetzt Lady Bissett, nicht mehr Sheila mit der kessen Mähne, die den Typen zuzwinkert, damit sie sich noch einen Drink bestellen. Wenn ich morgen Abend aus Birmingham zurückkomme, fangen wir mit der Planung an.«

[illegible]

[illegible] mehr [illegible]
[illegible] hätte [illegible]

9. Kapitel

Als Harriet zur Kirche hinübereilte, um beim Gießen der Arrangements zu helfen, an denen die Floristikgesellschaft am Vortag gearbeitet hatte, fiel ihr auf, dass Ralphs Mercedes vor dem Haus stand. Oh, gut, sie waren wieder da. Und außerdem rechtzeitig zum Fest. Wie schön, die beiden wiederzusehen.

Als sie in die Kirche kam, war Sylvia schon da.

»Guten Morgen, Sylvia. Sie sind früh dran.«

»Ich habe mir vorgenommen, mich heute Morgen förmlich zu überschlagen, weil Dr. Harris, der Pfarrer und ich uns heute eine Weile hier um alles kümmern möchten, und natürlich gibt der Pfarrer außerdem das Konzert, und deshalb teilen wir uns die Arbeit, damit wir alle das Fest genießen können.«

»Es ist ein wunderschöner Tag. Hoffen wir, dass das die Leute scharenweise anlockt und wir eine Menge Geld einnehmen.«

»Hoffen wir es.« Sie gingen von einem Arrangement zum anderen, befühlten die Steckmasse und entschieden, wie viel Wasser, falls überhaupt, nachgegossen werden musste. Die Kirche hatte noch nie so vorteilhaft ausgesehen. Willie Biggs hatte mit Spots und Flutlichtern wahre Wunder vollbracht. Die Blumen kamen an den richtigen Stellen zur Geltung.

»In Willie steckt mehr, als man auf den ersten Blick ahnt, stimmt's, Sylvia? Wer hätte gedacht, dass er so viel Feingefühl hat und weiß, wie die Blumen, die Wandgemälde und Gräber so wirkungsvoll in Szene zu setzen sind?«

»Ja, in ihm steckt mehr, als man meint. Auf alle Fälle hat er ein Ohr für Musik.«

»Oh, wie das?«

»Na ja, ich will Ihnen die Wahrheit sagen. Wir haben uns letzte Woche gemeinsam in Culworth den *Mikado* angeschaut, und Willie singt etliche von den Songs wirklich gut. Wenn er nicht Mesner wäre, müsste er im Chor sein.«

»Ich hab' gar nicht gewusst, dass Sie und er ...«

»Wir sind nur gute Freunde, das ist alles.«

»Genau wie die das in der Zeitung immer behaupten! Ist in der Kanne da noch Wasser? Das Arrangement unter der Kanzel kann noch einen Schuss vertragen.«

»Ja, nehmen Sie. Ich muss Sie doch nicht darum bitten, nichts herumzuerzählen, oder?«

»Ich schweige wie ein Grab, Sylvia.«

»Danke, Mrs. Charter-Plackett. Es wäre Willie sehr peinlich, wenn er denken müsste, alle wissen Bescheid.«

»Lange werden Sie es nicht geheim halten können, und das weiß Willie sehr genau. In diesem Dorf passiert nichts, ohne dass alle es wissen. Andererseits, wenn ich es mir recht überlege, sind ein paar Geheimnisse in der Vergangenheit ganz gut gewahrt geblieben.«

Sheila suchte sich den Morgen des Blumenfests aus, um ihr neues Image vorzuführen. Ron war mit ihr in Culworth gewesen, um ihr bei der Auswahl der Kleider zu helfen. Nach einer Menge Gerangel mit Sheila hatte er sie dazu überredet, ein sehr teures Kostüm zu kaufen, von dem er erklärte, es eigne sich für alle möglichen Anlässe. Es war olivgrün, und Ron hatte dazu eine zarte, cremefarbene Bluse ausgesucht. Der Blusenkragen fiel über den Ausschnitt der kragenlosen Jacke. Die verblüffendste Neuerung betraf Sheilas Haar. Es war hellgrau gefärbt, mit dünnen blonden Strähnchen, und ganz kurz, aber schmeichelhaft um ihr Gesicht herum geschnitten. Statt der üblichen Riemchenstilettos hatte sie ein Paar dunkelbraune Schuhe mit mittelhohen Absätzen gewählt, dazu eine kleine, passende Handtasche. Ron hatte sich verstohlen eingeprägt, wie Sadie Beauchamp sich schminkte, und Sheilas Make-up beaufsichtigt. Schlauerweise hatte er ihr Rouge versteckt und den knallblauen Lidschatten, den sie sonst immer auftrug.

Sheila kam mit Absicht etwas zu spät ins Gemeindehaus und tat so, als müsse sie überprüfen, ob ihre Blumenarrangements Wasser brauchten. Mehrere frühe Festbesucher erkannten sie zunächst gar nicht. »Oh, Lady Bissett, wir haben Sie ja gar nicht gesehen.« Sie hätten sich lieber die Zunge abgebissen, als etwas Freundliches zu sagen. Sie hatten Sheila noch nicht ganz verziehen, dass sie darauf hingewiesen hatte, wie ähnlich der kleine Alexander dem Pfarrer war. Schließlich gab es Dinge, die besser unausgesprochen blieben. Aus dem Augenwinkel sah Sheila, dass Sadie Beauchamp zum Kaffeetrinken hereinkam. Das war, wie sie wusste, der Härtetest. Also kaufte sie sich die dritte Tasse Kaffee an diesem Morgen, scheinbar ganz zufällig gleichzeitig mit Sadie.

»Oh, hallo, Sie sind's, Sheila. Hoffentlich nehmen Sie mir die Bemerkung nicht übel, aber ich muss wirklich sagen, dass Sie bezaubernd aussehen. Und Ihre Frisur erst!«

»Danke.«

»Wo haben Sie das Kostüm gekauft?«

»Bei Fisk.«

»Dort gibt es sehr hübsche Sachen. Sie haben eine gute Wahl getroffen.«

Ron beobachtete den Wortwechsel von der anderen Seite des Saals aus, er war hoch zufrieden mit der Umsetzung seines Plans.

Vor dem Erfrischungsstand im Gemeindehaus bildeten sich ständig neue Schlangen. Harriet musste immer wieder in den Laden, dreimal wegen Milch, Brot und Kuchen und außerdem wegen eines weiteren Schinkens für die Brötchen und Sandwiches. Die Blumen im Gemeindehaus waren nicht ganz in Weiß gehalten, obwohl Sheila ursprünglich darauf bestanden hatte. Weiß dominierte, aber hier und da hatte sie der wärmeren Wirkung wegen hellgelbe Blumen hinzugefügt, und die Arrangements waren erklärtermaßen ein großer Erfolg. Zu Sheilas großer Freude sagten mehrere Besucher, sie hätten ihrer Blumen wegen fünfzig Pence zusätzlich in die Sammelbüchse geworfen.

In der Kirche herrschte ein derartiger Besucherandrang, dass Willie den ganzen Tag die Aufsicht führte und ein wachsames Auge darauf hatte, dass sich niemand an den Arrangements vergriff. Sylvias Freundin, die für die Dekorationen in der Kirche verantwortlich gewesen war, errötete vor Freude, als Peter ihr ein Lob dafür spendete, wie eindrucksvoll ihre Floristikgesellschaft die Farben der Buntglasfenster und der Wandmalereien getroffen hatte.

»Wunderbar, wirklich wunderbar, außerdem wissen wir es zu schätzen, dass Sie so kurzfristig eingesprungen sind«, sagte Peter, und Sylvias Freundin wurde wieder rot bis in die Haarwurzeln und musste sich zur Erholung auf eine Tasse Tee ins Gemeindehaus zurückziehen. Das Orgelkonzert von Mrs. Peel und Peter füllte die Kirche, und am befriedigendsten war, dass sich die Kirche wieder füllte, als vor Kirchenschluss um sieben der Schulchor auftrat.

Ralph und Muriel, die in der Nacht vom Flughafen gekommen waren, erschienen erst, als der Schulchor auftrat. Willie Biggs, der etliche Lampen zurechtrückte, damit sie auf die singenden Kinder gerichtet waren, bemerkte das Eintreffen der beiden als erster.

Er flüsterte: »Willkommen zu Hause, Sir Ralph, Lady Templeton.«

Muriel antwortete flüsternd, er brauche nicht so förmlich zu sein, sie seien nach wie vor Ralph und Muriel.

Harriet, die hinten stand und den Blick voller Liebe und mütterlichem Stolz auf Fergus, Finlay und Flick gerichtet hatte, die im Chor in der ersten Reihe sangen, spürte einen leichten Stups am Ellbogen. Bei Muriels Anblick lächelte sie freudig und flüsterte: »Bis nachher.«

Als die Kirche schließlich für die Nacht abgeschlossen wurde, schlug Harriet vor, Ralph und Muriel, Peter und Caroline sollten doch gegen halb neun zu ihnen zu Besuch kommen; dann habe sie die Kinder ins Bett gebracht, und alle könnten hören, was Ralph und Muriel zu erzählen hatten.

Caroline verabredete mit Sylvia, eine Zeit lang auf die Babys aufzupassen. »Das mache ich gern, meine Füße bringen mich um. Geht es in Ordnung, wenn ich Willie auf einen Happen einlade? Er hat heute den ganzen Tag noch nichts zu essen bekommen. Ich hab' gedacht, danach könnten wir fernsehen.«

»Natürlich, das ist schön. Ich habe die Zwillinge zum Einschlafen gebracht, sie sollten also keinen Ärger machen. Laden Sie ihn ruhig ein. Peter und ich sind so gut wie fertig. Vergessen Sie nicht, das Babyfon einzuschalten für den Fall, dass die Zwillinge wach werden, ja?«

»Mach' ich. Ich bin gleich wieder da, ich geh' nur schnell rüber zu Willie und lade ihn ein.«

Caroline lächelte Peter zu. »Kaum haben wir die eine Liebesgeschichte zu einem glücklichen Abschluss gebracht, gibt es schon die nächste, die mit Takt behandelt werden muss.«

»Ich glaube nicht, dass sich da etwas Ernsthaftes anspinnt, oder, was meinst du?«

»Komm her, dein Hemd hängt hinten aus der Hose. Warum

denn nicht? Man muss das Glück am Schopf packen. Es gibt zu wenig davon auf dieser Welt.« Peter drehte sich um und legte Caroline die Hände um die Taille.

»Außer in diesem Haus. Ich habe früher immer gedacht, ich sei vollkommen glücklich, aber bis jetzt hatte ich keine Ahnung, was Glück eigentlich ist.«

»Danke, dass du das sagst. Ich weiß, dass ich dir ganz schön zugesetzt habe, als ich das mit Suzy herausfand; ich habe ehrlich geglaubt, meine Welt würde untergehen. Bis ich begriffen habe, wie sehr ich dich brauche.«

»Ich liebe dich, mein Schatz. Gib mir einen Kuss.«

»Peter, wir dürfen uns jetzt nicht küssen. Gleich kommt Sylvia mit Willie, und wir müssen gehen.«

»Müssen wir das? Na ja, ich nehm' an, wir müssen. Also nur ein Kuss. Ist dir Sheila Bissett heute aufgefallen? Ich habe sie fast nicht erkannt.«

»Das Ensemble stammt von Fisk in Culworth.«

»Woher weißt du das?«

»Ich habe sie gefragt, als ich ihr Komplimente gemacht habe, weil sie so hübsch aussah. Ron ist etwa zwei Köpfe größer geworden.«

»Soll ich noch mal nach Beth und Alex sehen?«

»Ja, bitte. Du hast heute wunderschön gespielt, Peter.«

»Danke, mein Schatz.«

Willie saß in der Küche, und Sylvia briet ein Omelett, als sie nach unten kamen.

»Wir sind höchstens eine Stunde weg, Sylvia.«

»Bleiben Sie, solange Sie wollen, Dr. Harris. Willie und ich wollen fernsehen, wir werden also gar nicht merken, wie die Zeit vergeht. Wir achten auf Beth und Alex.«

»Gute Nacht, Willie.«

»Gute Nacht, Sir.«

Sadie war schon da, als sie zu Harriet und Jimbo kamen.

»Guten Abend. Sind Sie eine Weile Ihren Familienpflichten entkommen?«

»Guten Abend, Sadie. Nein, wir sind davor geflohen, den Anstandswauwau zu spielen.«

»Den Anstandswauwau?«

Caroline zwinkerte Sadie zu und legte den Finger an die Lippen.

»Ich kann unmöglich deutlicher werden.«

»Aha. Es geht um Sylvia, stimmt's?«

Harriet drückte ihrer Mutter einen Drink in die Hand. »Pst, Mutter, du wirst ja ein richtiges Dorfklatschmaul. Sei nicht so neugierig.«

»Meine liebe Harriet, worüber soll man denn sonst reden, wenn nicht über die Vorgänge im Dorf? Ich schwöre, ich könnte jede Woche für das Lokalblättchen eine Kolumne über das Kommen und Gehen im Dorf schreiben. Ich würde sie ›Dorfnachrichten‹ nennen, und an Stoff würde es mir nicht mangeln. Zwei Abende im Royal Oak, und ich hätte genug Material für drei Kolumnen, im Hand ...«

»Du gehst doch nie ins Royal Oak.«

»Einmal ist immer das erste Mal. Meinst du, die Culworth Gazette würde mir ein Honorar dafür zahlen?«

»Sag bloß nicht, du brauchst Geld.«

Peter lachte. »Entwerfen Sie Ihre erste Kolumne, Sadie, hier und jetzt.«

»Okay, los geht's. Absatz eins. In zwei Wochen eröffnen Venetia und Jeremy Mayer ihr neues Fitnessstudio. Die Eröffnungszeremonie übernimmt der Ortspfarrer, indem er als erster in den Pool springt. Wie Ihre Reporterin von Venetia Mayer erfahren hat, wurde er dafür wegen seiner prachtvollen Athletenfigur ausgewählt. Man erwartet, dass sich Hunderte von Einheimischen versammeln, um mitzuerleben, wie ihr allem Neuen gegenüber aufgeschlossener Pfarrer seiner Pflicht nachkommt.«

»O nein, er kommt ihr nicht nach«, erklärte Peter inmitten des Gelächters.

»Absatz zwei. Was müssen wir hören? Dorfbewohner sind im Gegensatz zu früher keine guten Nachbarn mehr. Zwei Einwohnerinnen lagen drei Tage lang krank im Bett, bevor es jemandem auffiel. Das unverzügliche Handeln des Mesners hat ihnen das Leben gerettet. Das Dorfleben ist einfach nicht mehr wie in den guten alten Zeiten.

Absatz drei. Was hat den besagten Mesner dazu bewogen, sein Haus herauszuputzen, ein Bad und eine neue Küche einzubauen und sich neu einzukleiden? Liegt Liebe in der Luft, fragen wir uns.

Absatz vier. Eine hiesige Adelige hat ihre unglaublich geschmacklosen Kleider eingemottet und gibt sich ganz kultiviert. Die Frisörin in Culworth hat ihre letzten Fläschchen Wasserstoff weggeworfen. Ihre beste Kundin ist eine graue Maus geworden.«

»Mutter, das ist gemein.«

Caroline pflichtete ihr bei: »Sehr gemein, Sadie. Sie hat sich wirklich angestrengt.«

»Ja, Sie haben Recht, das war gemein. Sie gibt sich Mühe, das muss ich zugeben.«

Peter meinte, Sheila sei eigentlich ganz nett, wenn sie nur aufhören würde, die Landadelige zu spielen.

Es klingelte an der Tür und Jimbo ging öffnen. Draußen standen Muriel und Ralph mit einem ganzen Arm voller Mitbringsel.

»Kommen Sie herein, freut mich, Sie zu sehen. Hatten Sie eine gute Reise?«

»Einfach wunderbar, Jimbo. Aber wir sind froh, wieder hier zu sein. Wir haben es keine Nacht länger ausgehalten. Ralph ist direkt vom Flughafen hierhergefahren.«

»Hallo, allerseits.«

Muriel stand, braun gebrannt und strahlend, in der Tür. Sadie ging auf die beiden zu und rief: »Na so was, Muriel, Sie sehen zehn Jahre jünger aus. Wie haben Sie das gemacht?«

Harriet wurde rot. »Mutter, wirklich, wie kannst du nur? Sie kommt schließlich gerade aus den Flitterwochen.«

Muriel ließ sich von der Anspielung nicht aus der Ruhe bringen.

»Wir haben allen etwas mitgebracht. Der Bumerang ist für Fergus, und das hier ist eine furchterregende Aborigine-Schnitzerei für Finlay, und die Holzperlen sind für Flick. Harriet, das hier ist für Sie. Ein Wickelkleid zum Überziehen, wenn Sie aus dem Pool kommen. Hier ist ein bisschen Spielzeug für die Zwillinge, Caroline. Am liebsten hätte ich Babysachen gekauft, aber ich war mir nicht sicher wegen der Größe, Babys wachsen so schnell.

In dem Riesenpaket, das Ralph trägt, ist ein Schaffellvorleger für Sie, Peter, und für Sie, Caroline. Ich hoffe, er gefällt Ihnen. Sadie, das ist ein Seidenschal für Sie. Ich hoffe, ich habe eine gute Wahl getroffen, Sie sind ja immer so schick. Ich hoffe, die Sachen gefallen Ihnen.«

»Muriel hat fast die ganzen Flitterwochen damit verbracht, die Mitbringsel auszusuchen. Ganz zu schweigen von den Sachen, die sie für das Haus gekauft hat und für mich.«

»Ralph, das ist unerhört.« Alle lächelten über Muriels Entrüstung.

»Lasst uns doch einen Drink nehmen, während wir auspacken.«

Als sie die Mitbringsel ausgepackt und Neuigkeiten aus Australien und aus Turnham Malpas ausgetauscht hatten, schlug Harriet vor, sie sollten sich in der Küche nach Belieben an den Resten des Büffets vom Blumenfest bedienen. Und wenn Jimbo ein paar Flaschen Wein aufmache, könnten sie sich setzen und sich weiter unterhalten.

Caroline, die eben in ein mit Schinken und Sahnekäse belegtes Brötchen beißen wollte, sagte: »Dieser Schinken sieht köstlich aus, Jimbo. Übrigens ist alles köstlich, was Sie verkaufen. Aber Kaninchen haben Sie nicht im Angebot, oder? Vor kurzem haben wir Kaninchen gegessen. Es war köstlich. Wir haben es nach einem Rezept von Sylvias Großmutter geschmort, mit vielen Kräutern und Gewürzen. Warum verkaufen Sie eigentlich keine Kaninchen, Jimbo? Ich bin mir sicher, dass Jimmy Glover sie Ihnen liefern könnte, und für ihn wäre es ein hübsches Zubrot.«

Jimbo sah sie fragend an und sagte: »Jimmy hat Ihnen die Kaninchen geschenkt?«

»Ja.« Sie aß arglos weiter, bis Jimbo sagte: »Ich muss mich über Sie wundern, Caroline.«

»Über mich wundern, was habe ich denn getan?« Harriet gab ihm einen Klaps aufs Knie und schüttelte den Kopf, aber er ignorierte sie. »Ich hätte nicht gedacht, dass Sie dazu fähig sind, ein Tier zu essen, das in der Falle gefangen wurde und zweifellos fast die ganze Nacht quälende Schmerzen hatte.«

Caroline legte die Gabel weg und sah Jimbo überrascht an. »Was meinen Sie damit? Er *schießt* die Kaninchen ... oder etwa nicht?«

»Nein, er fängt sie in Fallen.«

»Sie müssen sich irren, Jimbo. Ich habe ihn mit einem Gewehr gesehen.«

»Das kann schon sein, aber die Kaninchen fängt er in Fallen. Sie können jeden im Dorf fragen, alle wissen es.«

»Er würde mir doch keine Kaninchen schenken, die er in Fallen gefangen hat, oder? Sie müssen sich irren, Jimbo, er irrt sich, oder, Peter?«

Ralph beantwortete ihre Frage. »Er fängt Kaninchen in Fallen, Caroline, das hat er schon sein Leben lang so gemacht, und vor ihm sein Vater, sein Großvater und zweifellos auch sein Urgroßvater.«

»Ich glaube Ihnen nicht. Fallen stellen? Ich habe geglaubt, damit sei schon seit Jahren Schluss.«

Ralph schüttelte den Kopf. »Vielleicht ist es zurückgegangen, aber Jimmy macht es immer noch. Ist stolz darauf, dass er noch den gleichen Fallentyp benutzt wie sein Vater. Tut mir Leid, Caroline.«

»Nicht so Leid wie mir. Es ist barbarisch, total barbarisch. Und ich habe davon gegessen. Ich fühle mich scheußlich.«

Peter stand auf, ging hinüber zu ihr und nahm ihren Teller, um zu verhindern, dass die Sachen zu Boden rutschten. »Schatz, bitte, reg dich nicht auf. Beim Kochen hast du nicht gewusst, wie ... wie sie gestorben sind, oder?«

»Solche Bemerkungen machen die Leute auch über Folter und Massenhinrichtungen. Was hätten wir schon dagegen tun können?, sagen sie, wir haben nichts davon gewusst, und dann glauben sie, damit sei alles in Ordnung. Sie glauben, das würde sie von der Schuld befreien. Aber dem ist nicht so. Man muss ihm das Handwerk legen. Peter, beinahe hätte ich die Zwillinge davon kosten lassen, aber dann fand ich die Soße zu fett. Ich ertrage den Gedanken nicht, wie ich mich fühlen würde, wenn ich das getan hätte. O Gott.« Caroline erschauerte.

»Siehst du, wenigstens haben die Kinder nichts davon gegessen.«

»Aber sie hätten davon essen können. Wie spät ist es? Ich muss sofort zu Jimmy und mit ihm reden.«

Jimbo, dem seit einer Weile äußerst unbehaglich zumute war und der versuchte, Harriets zornigem Blick auszuweichen, meinte, er müsse Öl auf die Wogen gießen, die er aufgewühlt hatte.

»Das hat heute Abend keinen Zweck, Caroline, er ist inzwischen bestimmt im Royal Oak. Schlafen Sie darüber, morgen früh fühlen Sie sich besser.«

»Darüber schlafen? Einfach ignorieren, dann geht es weg. Wenn Caroline darüber schläft, tut es den Kaninchen nicht mehr so weh. Meinen Sie das? Ich habe eins von diesen Kaninchen gegessen. Tatsächlich gegessen, und mir wird schlecht davon. Die Kinder haben Häschen auf den Deckbetten, und die sehen so lieb aus, sie schlagen Purzelbäume, und ich liebe die Häschen.« Sie schaute zu Peter auf, und ihre Augen füllten sich mit Tränen.

Peter machte sich jetzt wirklich Sorgen um Caroline; er konnte sich nicht daran erinnern, dass er sie je so verzweifelt erlebt hatte, abgesehen von ...

»Ich glaube, wir sollten nach Hause gehen, wir haben Sylvia lange genug aufgehalten, eigentlich hat sie ja heute ihren freien Tag.«

Caroline sprang auf. »Gut, du gehst nach Hause und ich gehe ins Pub und sehe nach, ob Jimmy da ist.«

Muriel, die sich wünschte, der Boden würde sich auftun und sie verschlingen, murmelte ruhig: »Meinen Sie nicht, dass das Royal Oak für ein solches Gespräch ein bisschen zu öffentlich ist?«

»Muriel! Von Ihnen hätte ich nun wirklich erwartet, dass Sie auf meiner Seite sind.«

»Oh, das bin ich auch, aber ich glaube, Sie sollten erst darüber schlafen. Überstürzen Sie nichts.«

»Ralph, was meinen Sie? Und Sie, Harriet, wie stehen Sie zu der Sache?«

Harriet antwortete zuerst. »Ehrlich gesagt, ich bin auf Ihrer Seite, aber ich möchte lieber in aller Stille dagegen vorgehen, statt in aller Öffentlichkeit ein Riesentheater zu machen.«

»Und Sie, Ralph?«

»Na ja, Caroline, Sie könnten wohl von mir sagen, dass ich

im Grunde meines Herzens ein Mann vom Land bin. Ich habe meine Kindheit hier verbracht, und ich muss zugeben, dass ich als Junge mit Jimmys Vater zum Wildern gegangen bin. Angesichts des ganzen Leids auf der Welt sind ein paar Kaninchen in Sykes Wood ziemlich unbedeutend, oder?«

»Ich fürchte, ich bin da anderer Meinung.«

Sadie hatte bis dahin nichts zu der Diskussion beigetragen, und so fragte Caroline sie, was sie darüber denke.

»Offen gesagt, eins mehr oder weniger schert mich überhaupt nicht, es gibt dringlichere Probleme auf der Welt als ein paar tote Kaninchen.« Sadie gähnte. »Wie auch immmer, ich gehe jetzt nach Hause.«

Caroline zog ein missbilligendes Gesicht und sagte: »Recht hast du, Peter, wir sollten gehen. Danke für das Essen, Harriet. Ich hoffe, ich habe nicht zu viel Wirbel gemacht, aber … Jedenfalls muss ich gehen.« Caroline marschierte zur Tür und ließ Peter zurück. Er bedankte sich bei Jimbo und Harriet für ihre Gastfreundschaft, wünschte Ralph und Muriel eine gute Nacht und folgte seinem Schatz hinaus.

Als sie an der Kirche vorbeikamen, sagte sie: »Es hilft alles nichts. Ich schaue nach, ob er im Pub ist. Geh du nach Hause.«

»Bitte, Caroline, bitte, lass es.«

»Als wir geheiratet haben, waren wir uns einig, dass es keine Übergriffe auf das moralische Terrain des anderen gibt. Dir war immer unbenommen, dich nach deinen Prinzipien zu verhalten, und jetzt verhalte ich mich nach meinen.«

»Bitte, Schatz, ich glaube, du bist ziemlich erschöpft, du hast einen langen Tag hinter dir, und …«

Caroline schaute ihm ins Gesicht. »Ich hoffe nur, dass du das kleine Frauchen nicht bei Laune halten willst, Peter.«

»O nein, selbstverständlich nicht, nein, nein, aber ich meine wirklich …«

»Bis nachher.«

Caroline stieß die Tür zur Bar auf. Es war Samstag, und das Lokal war voll. Aus allen Ecken kamen Lachsalven, die Leute waren gut drauf. Was für ein Kontrast zu Carolines trostloser Stimmung. Es sah so aus, als wären drei Viertel der Bewohner von Turnham Malpas hier. Und warum auch nicht? Es war ein schöner Sommerabend, und alle waren ausgegangen, um sich zu amüsieren. Die Glastür zu dem kleinen Hinterhof stand offen, und Caroline sah, dass an den Tischen draußen Leute saßen. In der Ecke neben dem zweiten Bareingang okkupierten Pat Duckett und Vera Wright eine Polsterbank. Jimmy saß ihnen gegenüber, ein Pint in der Hand. Alan fragte Caroline, was sie trinken wolle, aber sie lehnte ab. Er zuckte die Achseln und schaute ihr nach, als sie sich zwischen den Tischen hindurchschlängelte. Ein hübsches Ding, diese Pfarrfrau, dachte er. Außerdem betucht, dem Aussehen nach. Das würde er sich merken.

Pat rückte beiseite, um ihr Platz zu machen. »Guten Abend, Dr. Harris. Möchten Sie etwas trinken? Sie müssen sich beeilen, gleich ist Sperrstunde.«

»Nein danke.«

»Sie gönnen sich wohl eine kleine Pause von den Zwillingen? Machen sie Fortschritte?«

»Sehr gut, vielen Dank. Ich bin eigentlich hier, um mit Jimmy zu sprechen.«

»Was kann ich für Sie tun, Dr. Harris? Wie waren die Kaninchen, die ich Ihnen gebracht habe?«

»Darüber wollte ich mit Ihnen reden, Jimmy. Heute Abend ist mir zu Ohren gekommen, dass Sie die Kaninchen, die Sie mir geschenkt haben, in Fallen gefangen haben. Stimmt das?«

»Ja.«

»Haben Sie sich je darüber Gedanken gemacht, dass das eine sehr grausame Methode ist, ein Tier zu erlegen?«

»Nicht grausamer als die meisten Todesarten.«

»Aber die Kaninchen saßen vermutlich die ganze Nacht in der Falle fest, waren völlig verängstigt und kämpften darum, zu entkommen.«

»Wissen Sie, es sind doch bloß Karnickel, keine Menschen.«

»Sie sind trotzdem Geschöpfe Gottes, oder? Ich bin ganz außer mir. Ich ertrage den Gedanken nicht, dass ich Tiere gegessen habe, die auf diese Weise umgebracht worden sind. Noch schlimmer ist, dass ich mit dem Gedanken gespielt habe, die Zwillinge von der Soße kosten zu lassen. Ich hab's dann nicht gemacht, weil sie zu fett war. Ich weiß nicht, wie mir zumute wäre, wenn ich den Zwillingen davon gegeben hätte.«

»Aber so ist das Landleben nun einmal. Nur Städter glauben, auf dem Land gibt es nur herumtollende Lämmchen und flaumige Osterküken. So ist es aber nicht. Das Landleben ist ein Kampf mit Klauen und Zähnen, wirklich, wissen Sie, und ich gehöre dazu.«

»Wenn ich Sie bitten würde, damit aufzuhören, würden Sie das für mich tun?«

Pat schlug sich auf Carolines Seite. »Jimmy, ich hab' dir das mit den Karnickeln schon oft gesagt, du weißt doch, dass ich dir keine mehr abnehme. Unser Dean ist total dagegen, seit er dich morgens mal mit einem Karnickel, dessen Läufe noch gezappelt haben, nach Hause kommen sah.«

Vera wurde wütend über das, was sie als unloyales Verhalten gegenüber einem Mitglied der Dorfgemeinschaft betrachtete, und fuhr Pat an: »Früher warst du heilfroh über Jimmys Karnickel. Hat geholfen, Geld zu sparen, aber jetzt hast du plötzlich Grundsätze.«

Caroline mischte sich ein. »Ich finde es bewundernswert, Pat, dass Sie Ihre Meinung geändert haben und dabei geblieben sind. Jetzt müssen wir nur noch Jimmy dazu bringen, dass er damit aufhört.« Etwas streifte Carolines Beine, und sie machte einen Satz. »Was ist das?« Sie schaute unter den Tisch und sah Sykes, Jimmys Hund. Neben ihm stand ein leerer Bierkrug.

»Das ist bloß Sykes, mein Hund. Ich hab' Ihnen die Karnickel geschenkt, weil ich mich freue, dass Sie hier sind und dass Sie die Zwillinge haben. Ich war damals ganz schön sauer, weil Sheila Bissett diese Gerüchte in die Welt gesetzt hat. Die meisten von uns haben das sowieso schon gewusst, aber nicht drüber geredet. Und das ist jetzt der Dank.«

Alan rief: »Sperrstunde, Gentlemen. Bitte, trinken Sie aus.«

Caroline nahm stumm in sich auf, was Jimmy gesagt hatte. »Ich weiß Ihre Freundlichkeit zu schätzen, Jimmy, niemand weiß das mehr zu schätzen als ich, aber werden Sie damit aufhören, Jimmy?«

»Nein, Dr. Harris, werd' ich nicht. Ich hab' mein Leben lang Karnickel gefangen, und ich werd' jetzt nicht damit aufhören. Ich hab' mir angehört, was Sie zu sagen haben, und ich denk' drüber nach. Mehr können Sie nicht verlangen.«

»Eigentlich wollte ich, dass Sie mir versprechen, ganz damit aufzuhören.«

»Das versprech' ich Ihnen nicht.«

Vera pflichtete ihm bei: »Ganz recht, Jimmy, dies ist ein freies Land.«

»Aber nicht für die Karnickel, wenn Jimmy ihnen weiter Fallen stellt.« Inzwischen war Pat sehr entrüstet. Sie mochte Caroline und wollte nicht, dass sie bei dem Streit den Kürzeren zog.

»Es ist ein freies Land, Pat«, warf Vera ein. »Wir dürfen heutzutage sowieso kaum noch machen, was wir wollen, also hol's der Geier, mach du ruhig weiter, Jimmy.«

»Komm ja nicht zu mir, wenn du dir ein paar Pfund für den Mann von der Versicherung pumpen musst, Vera Wright. Du schnorrst nie wieder Geld von mir, das kannst du mir glauben.«

»Na gut, wenigstens wissen wir jetzt, woran wir sind.«

»Ja, wissen wir. Und du, Jimmy, du denk' lieber mal drüber nach, was Dr. Harris gesagt hat. Stell dir bloß vor, die armen Babys hätten was von der Soße gegessen. Ich find' das zum Kotzen.«

Jimmy trank sein Pint aus, fuhr sich mit dem Zeigefinger über den Schnurrbart, stand auf und sagte laut: »Ich fang' weiter Kaninchen, und zwar so, wie's mir passt.«

Caroline flehte: »Es würde mir nichts ausmachen, wenn Sie die Kaninchen schießen würden, dann müssten sie wenigstens nicht leiden, oder?«

»Doch, wenn ich sie nicht richtig treffen tät'. Dann würden sie weghoppeln und sich verstecken und auch qualvoll sterben.«

»Aber warum müssen Sie die Kaninchen überhaupt umbringen?«

»Es ist mein gutes Recht. Gute Nacht. Sykes.« Sykes schlich mit Jimmy hinaus, als wüsste er ganz genau, dass Hunde nicht in die Bar durften.

Alan hatte alles beobachtet und lächelte in sich hinein. Er war nicht auf den Tumult gefasst, der losbrach, als Jimmy gegangen war.

»Völlig richtig, Dr. Harris, völlig richtig.«

»Das muss ein Ende haben, es ist fies.«

»Er kriegt doch Stütze, was muss er da noch arme Karnickel quälen, er fängt immer mehr, als er essen kann.«

»Er hat Rechte, wissen Sie.«

»Was für Rechte?«

»Hat irgendwas mit den Rechten von Dorfbewohnern auf Gemeindeland zu tun, glaube ich, noch von früher.«

»Sykes Wood gehört zur Home Farm. Betreten verboten.«

»Aber das ist doch kein Diebstahl, oder? Die auf der Home Farm wissen doch nicht mal, wie viele Karnickel sie haben.«

»Wenn Sie eine Eingabe machen wollen, Dr. Harris, unterschreib' ich.«

»Oh, daran hatte ich noch gar nicht gedacht.«

»Jedenfalls muss das ein Ende haben.«

Schließlich musste Alan unfreundlich zu seinen Gästen werden. »Ich muss schließen, meine Damen und Herren. Bitte. Ich will nicht, dass der Sergeant kommt, denn dann bringt Bryn mich um, ganz zu schweigen davon, was Georgie mit mir macht.«

Caroline verließ das Lokal, wünschte allen eine gute Nacht und ging nach Hause.

Peter fütterte Beth, und Alex schrie.

»Wo ist Sylvia? Warum hilft sie dir nicht?«

»Sie und Willie sind spazieren gegangen. Wie du weißt, ist heute ihr freier Tag. Alex' Fläschchen ist fertig, fühl' bloß erst, ob's richtig ist.«

Als Caroline Alex mit dem Fläschchen beruhigt hatte, fragte Peter, ob sie Jimmy gefunden hatte.

»Ja. Er will nicht aufhören und hat das lauthals in der Bar verkündet. Wir hatten einen Riesenkrach, und er ist bockig. Alle haben sich gestritten. Pat und Vera stehen auf verschiedenen Seiten, und ich bin erschöpft und wütend.«

»Du scheinst ja einen richtigen Aufruhr ausgelöst zu haben. Wenn du Alex gefüttert hast, bringen wir die beiden ins Bett und regen uns auch ab.«

»Offenbar haben die meisten im Dorf das mit unseren Babys längst geahnt, aber sie haben den Mund gehalten.«

»Ach, du meine Güte. So was.«

10. Kapitel

Als Ralph nach nur ein paar Stunden Schlaf mitten in der Nacht aufwachte, wusste er, dass er bis zum Morgen nicht mehr einschlafen würde. Je älter er wurde, desto schlimmer schien ihm der Jetlag zuzusetzen. Er drehte sich im Bett um und hoffte, Muriel nicht zu stören.

»Ralph«, flüsterte Muriel. »Bist du wach?«

»Tut mir Leid, meine Liebe, habe ich dich geweckt?«

»Nein. Ich bin seit Ewigkeiten wach. Mir war nicht klar, dass das Fliegen die innere Uhr so durcheinander bringen kann. In Australien habe ich das nach dem Flug gar nicht gemerkt. Ich nehme an, weil ich so aufgeregt war. Wie lange dauert es, bis ich wieder im Lot bin?«

»Ein paar Tage, das ist alles.«

»Ralph, ist es nicht wunderschön, wieder zu Hause zu sein?«

»Ja, meine Liebe, das ist es.«

»Du klingst gar nicht so begeistert wie ich.«

»O doch, ich bin begeistert, aber ich bin wohl ziemlich desorientiert. Weißt du, für dich ist es ein Nachhausekommen, aber ich habe noch nicht richtig Boden unter den Füßen.«

»Mir kommt es so vor, als hättest du immer hier gelebt.«

»Wirklich?«

»Ja.« Muriel drehte sich um, kuschelte sich an Ralph und

legte den Arm um ihn. »Dich in den Arm zu nehmen fühlt sich an wie das Wunderbarste auf der Welt. Weißt du, ich hatte immer ein eigenes Bett, ein eigenes Zimmer, und jetzt hat es etwas so Beruhigendes, es mit einem Menschen zu teilen, den ich liebe. Ganz gleich, wie sehr ich mich jetzt auch aufrege oder fürchte, ich habe immer jemand, der mir zuhört. Es ist doch überraschend, was man einem anderen mitten in der Nacht alles sagen kann, wenn die Vorhänge zugezogen sind und die ganze Welt schläft.«

»Und was möchtest du mir in diesem Moment sagen? Gibt es ein finsteres Geheimnis, das Sie mir bis jetzt vorenthalten haben, Lady Templeton?«

»Klingt das nicht grandios? Kein finsteres Geheimnis. Aber ich mache mir große Sorgen um Caroline.«

Ralph löste sich aus Muriels Umarmung und stieg aus dem Bett. »Hättest du gern eine Tasse Tee und eine Scheibe Toast?«

»Ja, Ralph, aber ich hole es mir selbst.«

»Nein, nein, das mache ich. Du bleibst liegen und gestattest deinem geliebten Mann, dich zu bedienen.« Er suchte unter dem Bett nach seinen Hausschuhen, zog den Hausmantel über und ging nach unten. Muriel lehnte sich in die Kissen und bewunderte die hübsche Tapete und die dazu passenden Vorhänge. Sie war froh, dass sie sich gegen Ralph durchgesetzt hatte, der das Zimmer hatte umgestalten wollen. Sie mochte die Tapeten von Laura Ashley. Und außerdem hatte das Haus genug Kummer miterlebt, es brauchte eine Zeitlang Ruhe. Die arme Suzy, die ihre Kinder weggegeben hatte. Trotzdem war es die beste Entscheidung gewesen. Die Babys hatten jetzt wunderbare Eltern.

Nach einer Weile kam Ralph ins Schlafzimmer zurück. Er hatte das beste Tablett gefunden, Muriels Lieblingsdeckchen dafür und das Teegedeck, das Muriels Kusine ihnen zur Hochzeit geschenkt hatte. Den Toast hielt eine Silberhaube mit dem

Familienwappen warm, die aus Ralphs früherem Zuhause stammte. Muriel musste wider Willen darüber nachdenken, was für ein Affront es noch eine Generation vorher gewesen wäre, wenn die Familie ihren Sohn und Erben mit der Tochter des Obergärtners im Bett ertappt hätte. Die Dinge hatten sich verändert.

Ralph schenkte Tee ein und reichte Muriel den Toast und eine Papierserviette. »Beim Gedanken an eine Papierserviette wäre meine Mutter in Ohnmacht gefallen. Weißes, gestärktes Leinen war *de rigueur*, so gestärkt, dass man sich fast in den Mund geschnitten hätte, wenn man so blöd gewesen wäre, eine Serviette zu benutzen. Was hatten sie doch damals für lächerliche Maßstäbe.«

Muriel steckte das letzte Stück Toast in den Mund und trank ihren Tee aus. Ralph stand auf. »Lass mich abräumen.« Er stellte die Tassen und Teller auf das Tablett und setzte es vor der Schlafzimmertür ab.

Er zog den Hausmantel aus, stieg wieder ins Bett und nahm Muriels Hand. Sie drückte sie mit beiden Händen und lächelte.

»Was denkst du über Jimmy und die Kaninchen, Ralph?«

»Offen gesagt, ich finde, Caroline übertreibt. Wenn wir uns damit befassen würden, wie Hühner, Kühe, Schweine und Schafe geschlachtet werden, wären wir entsetzt, da bin ich mir sicher. Ein paar Kaninchen spielen doch kaum eine Rolle, oder?«

»Das ist nicht ganz der springende Punkt, Ralph. Bloß weil andere Tiere leiden, ist es doch nicht in Ordnung, dass es den Kaninchen auch so ergeht, oder? Es ist so ähnlich, wie wenn die Leute sagen: ›Ach, alle nehmen doch Stifte, Papier und andere Büroartikel mit nach Hause, also geht es in Ordnung, wenn ich das auch mache.‹ Es ist trotzdem Diebstahl, oder?«

»Ja, da ist was dran. Aber ich werde mich Carolines Freiheit-für-die-Kaninchen-Kampagne nicht anschließen. Im Grunde meines Herzens bin ich ein Mann vom Land.«

»Leider bin ich auf Carolines Seite. Es muss aufhören.«

»Muriel, bitte, du wirst dich doch nicht einmischen.«

»Warum nicht?«

»Weil ich das nicht will.«

Während Muriel über einen Charakterzug Ralphs nachdachte, den sie bisher noch nicht kennen gelernt hatte, wandte er sich ihr zu und streichelte ihren Hals so, wie sie es mochte. Er versuchte, sie zu sich herumzudrehen, aber sie sträubte sich. »Ralph, es ist mitten in der Nacht.«

»Für mich nicht, aber hat die Tageszeit irgend etwas damit zu tun?«

»Nein, aber wir haben das mit den Kaninchen noch nicht geklärt. Ich kann es gar nicht leiden, wenn wir verschiedener Meinung sind, Ralph.«

»Ich hab' gar nicht gewusst, dass wir das sind.«

»Du hast gesagt, du willst nicht, dass ich mich einmische, aber ich habe nicht gesagt, dass ich es bleiben lasse.«

»Lassen wir das im Augenblick ruhen und klären es morgen früh.«

Ralph streichelte immer noch ihren Hals, und Muriel spürte, wie ihre Glieder schmolzen; ein Gefühl, das sie in den letzten Monaten zu schätzen gelernt hatte. »Gut, Lieber. Ralph, ich liebe dich. Hör mal! Was ist das für ein Geräusch? Das ist Perry, er trinkt den Bodensatz aus unseren Teetassen! So ein ungezogener Hund, aber es ist so schön, ihn wiederzuhaben. Er hat mir gefehlt.«

»In dir steckt ein kleines Mädchen, das nie erwachsen geworden ist, und hin und wieder kommt es zum Vorschein. Ich liebe diese Jugendlichkeit an dir.«

»Ist das alles, bin ich bloß ein kleines Mädchen?«

»Komm her und beweis mir das Gegenteil.«

Am nächsten Morgen wachten die beiden sehr spät auf und versäumten, sehr zu Muriels Verdruss, den Morgengottesdienst. »Oh, Ralph, ich wollte doch hören, wie viel sie gestern bei dem Fest eingenommen haben. Peter wird uns für sehr pflichtvergessen halten, weil wir nicht in der Kirche waren.«

Ralph griff nach der Uhr und sah, dass es schon elf war. »Wenn ich ihn sehe, sage ich ihm, warum du verschlafen hast.«

»Ralph!«

»Bleib noch eine halbe Stunde im Bett, dann gibt es Brunch, und heute Nachmittag machen wir einen langen Spaziergang mit Pericles, trinken zeitig Tee und gehen in den Abendgottesdienst.«

»Was für eine gute Idee. Es ist so angenehm, wenn mir jemand die Entscheidungen abnimmt. Leg den Arm um mich, und wir dösen noch ein bisschen.«

Das mit dem Spaziergang überlegte sie sich dann doch anders, weil sie fand, sie müsse Briefe beantworten, die auf Erledigung warteten. Ralph war kaum ein paar Minuten weg, als Muriel ein dringliches Klopfen an der Haustür hörte. Sie machte auf, und Jimbo stand vor der Tür.

»Muriel, bitte, haben Sie Flick gesehen?«

»Flick? Nein, warum?«

»Wir können sie nirgends finden. Sie war heute Morgen mit den Pfadfinderinnen in der Kirche, und wir sind mit den Jungen nach Hause gegangen, wir dachten, sie kommt nach, wenn die Pfadfinderführerin sie entlässt. Aber sie ist nicht gekommen. Wir haben überall gesucht. Ich war im Fitnessstudio, und Venetia und ich haben dort gesucht, aber keine Spur von ihr. Jetzt schaut Jeremy sich auf dem Grundstück um, und die Leute von der Home Farm durchsuchen die Scheunen. Wir sind mit unserer Weisheit am Ende. Harriet gibt sich so vernünftig, aber insgeheim hat sie entsetzliche Angst.«

»Oh, Jimbo, das tut mir wirklich sehr Leid. Ich hole meine Jacke und die Schlüssel und helfe Ihnen beim Suchen.«

»Ist Ralph da?«

»Nein, er ist für ein paar Stunden ausgegangen. Ich gehe mit Pericles am Bach entlang. Vielleicht ist sie mit ihren Katzen losgezogen.«

»Danke. Wir sind allmählich wirklich verzweifelt. Es sind inzwischen anderthalb Stunden, wissen Sie.« Nachdem er alle Häuser in der Nähe der Anlage abgeklappert hatte, ging Jimbo nach Hause zu Harriet.

»Harriet, ich habe kein Glück gehabt. Hast du etwas... nein, offensichtlich hast du nichts gehört.«

»Jimbo, es ist an der Zeit, die Polizei anzurufen.«

»Ich weiß, ich weiß. Hör mal, ruf doch bitte noch ein paar ihrer Schulfreundinnen an. Vielleicht ist sie mit einer Pfadfinderin mitgegangen, zum Mittagessen oder so. Du weißt doch, wie Kinder sind. ›Klar, ich hab' Mummy gefragt, und sie hat's mir erlaubt.‹ Mach schon, Liebling, ruf an. Ah, Sadie, du bist wieder da.«

»Sie ist nicht in meinem Haus, hat sich nicht dort versteckt oder so. Warst du wegen irgendetwas böse auf sie, Jimmy?«

»Überhaupt nicht. So weit ich weiß, ist sie rundum glücklich. Gott, ich verliere noch den Verstand. Harriet ruft noch ein paar ihrer Freundinnen an. Wenn sie kein Glück hat, schalte ich die Polizei ein. Es hat keinen Sinn, sich auf den Dorfsergeant zu verlassen. Wir brauchen mehr kluge Köpfe als seinen.«

Harriet kam ins Zimmer zurück. »Mutter, wie heißt das Mädchen, dessen Mutter beim Barbecue fast den Vater in Brand gesteckt hätte?«

»Das erzählt sie mir jetzt erst. Was haben wir bloß für Freunde?« Jimbo ächzte. »Vollidioten?«

»Sie heißt Jenny Dingsbums.« Sadie fiel es wieder ein. »Ich hab's – Jenny Barlow.«

»Stimmt.« Aber Harriet kam mit betrübter Miene zurück, sie hatte eine Niete gezogen. Sie sagte, ihr falle niemand mehr ein, den sie anrufen könne. »Moment, ich rufe die Pfadfinderführerin an und frage sie, ob sie mitbekommen hat, wohin Flick gegangen ist. Das hätte ich gleich als erstes tun sollen.« Und sie ging wieder zum Telefon.

»Jimbo, ich wollte dich das nicht vor Harriet fragen, aber hast du es bei den Baxters versucht?«

»Ja, Sadie, aber da hat niemand reagiert.«

»Ich glaube, wir sollten es dort noch einmal versuchen.«

»Das glaube ich auch, aber sie werden mich nicht reinlassen. Und wenn ich frage, sagen sie, nein, sie haben sie nicht gesehen, auch wenn sie Flick gesehen haben sollten. Deshalb will ich die Polizei einschalten. Die kann darauf bestehen, nachzuschauen, während ich das nicht kann.«

Fergus und Finlay standen dabei und hörten zu.

»Ich weiß, ich hab' euch das schon mal gefragt, aber habt ihr irgendeinen Anhaltspunkt, wo Flick sein könnte?«

»Überhaupt keinen, Daddy. Unsere Pfadfindergruppe war vor den Mädchen fertig, weil die eine ganze Latte von Notizen hatten. Sie hat gar nichts zu uns gesagt.«

»Habt ihr sie geärgert?«

»Nein, wir waren heute ganz brav. Wir finden sie doch, Daddy?«

»Ja, natürlich. Sei kein Dummkopf. Wir finden sie, stimmt's, Grandma?« Jimmy appellierte ebenso sehr zur eigenen Beruhigung wie der Jungen wegen an Sadie.

»Ja, wir finden sie. Grandma macht euch was Gutes zu trinken. Ich glaube, wenn ihr vernünftige Jungen seid, könnte ich auch ein paar KitKat-Riegel für euch auftreiben.«

»Wir heben einen für Flick auf.«

»Natürlich.«

Für Jimbo war die letzte Bemerkung der Jungen der entscheidende Anstoß.

»Und, Harriet, weiß die Pfadfinderführerin etwas?«

»Nein. Jimbo, was sollen wir nur tun? Ich kann nicht klar denken.«

»Ich auch nicht. Jetzt ist die Polizei am Zug, daran habe ich nicht den geringsten Zweifel.«

Der Sergeant, geweckt aus seinem Mittagsschlaf, der auf eine Überdosis von Mrs. Sergeants Strudel mit Marmeladenfüllung zurückzuführen war, wusste gleich, dass sein Sonntag und möglicherweise auch sein Montag damit gelaufen waren. Jahrelang war in diesem Dorf nicht einmal eine Fahrradklingel gestohlen worden, und dann das. Mord, Selbstmord, Unfalltod. Alles in Turnham Malpas. Und jetzt gleich das Allerschlimmste: ein verschwundenes Kind.

»Ich muss es Ihnen sagen, Sergeant, das einzige Haus, in dem niemand reagiert hat, ist das der Baxters. Alle anderen haben die Tür aufgemacht, haben im Schuppen und im Garten nachgeschaut und geholfen, so gut sie konnten. Drei Viertel der Dörfler sind unterwegs und suchen nach ihr, aber es gibt noch nichts Neues. Ich weiß nicht mehr, was ich denken soll. Aber ich weiß, dass jetzt Ernst gemacht werden muss.«

»Stimmt, Mr. Charter-Plackett. Das können wir nicht so einfach abtun nach der Devise, sie taucht schon wieder auf. Sie sagen, es ist jetzt zwei Stunden her, und sie brauchte bloß von der Kirche zu Ihrem Haus zu gehen. Das hätte höchstens eine Minute gedauert. Ich möchte, dass Sie Willie Biggs dazu bringen, mit Ihnen den Friedhof zu durchsuchen, die Kirche und außerdem das Gemeindehaus. Ich rufe auf dem Revier in Culworth an. Schauen Sie an den unmöglichsten Orten nach. Vielleicht hat sie sich aus Versehen irgendwo eingeschlossen.«

»Das ist es! Sie könnte in der Sakristei eingeschlossen sein oder so, das wäre doch möglich? Ich gehe sofort zu Willie.«

Die beiden durchsuchten die Kirche, schlossen die Sakristeien und den Heizraum auf, schauten hinter den alten Gräbern und in allen Winkeln nach. Dann durchkämmten sie methodisch den Friedhof. Willie sorgte dafür, dass der Rasen zwischen den Gräbern stets makellos war, deshalb standen die Chancen, sie dort zu finden, gleich Null, trotzdem ließen sie nicht locker. Jimbo wünschte sich, der Friedhof wäre überwuchert und er fände Flick mit einem gebrochenen Knöchel oder so im hohen Gras verborgen. Alles wäre ihm lieber gewesen als diese totale Vergeblichkeit.

Als er ins Haus zurückkam, war die Polizei aus Culworth eingetroffen. Harriet zeigte den Polizisten ein Foto von Flick. Der Sergeant nahm den Detective Inspector beiseite, und nach einer kurzen Beratung machte sich der Detective Inspector mit seinem Detective Constable auf den Weg zum Cottage der Baxters. Inzwischen begleitete der Dorfsergeant Jimbo zur Schule. Sie klopften bei Michael Palmer und baten darum, das Schulgelände durchsuchen zu dürfen.

Detective Inspector Proctor hatte keine vorgefasste Meinung über die Misses Baxter. Von ihm aus gesehen, war das bloß ein Haus wie jedes andere in einem elenden Kaff, in dem er nicht einmal hätte wohnen wollen, wenn man sein Gehalt verdoppelt häte. Detective Constable Cooper klopfte laut an die Haustür, und die beiden warteten.

Der Inspector meinte gesehen zu haben, dass sich der Vorhang leicht bewegte, war sich aber nicht sicher. Er sagte immer, nur seine Frau verfüge über Intuition, aber heute gab er zu, dass seine Instinkte ihm signalisierten, dass es in diesem Haus nicht mit rechten Dingen zuging. »Noch mal klopfen, Cooper«, murrte er ungeduldig. »Ich habe nicht den ganzen Tag Zeit. Gott, was für eine Müllkippe.«

Immer noch keine Reaktion. »Gut. Gehen Sie nach hinten

und versuchen Sie Ihr Glück dort. Ich werf' einen Blick durchs Fenster, falls durch den ganzen Dreck überhaupt was zu sehen ist.«

Der Constable ging zum seitlichen Gartentor, während sich Inspector Proctor die Hand vor die Augen hielt und durch die schmutzige Scheibe spähte. Beim Anblick eines braunen, hasserfüllten Augapfelpaares, das der Scheibe so nahe war wie seine eigenen Augen, zuckte er erschrocken zurück. Er klopfte an das Fenster, zeigte auf die Haustür und rief: »Aufmachen, bitte!«

Er wartete auf das Geräusch von Schritten, die sich der Tür näherten, aber da war nichts. Cooper kam um die Ecke und sagte: »Keine Reaktion, Boss. Kein Schwein da. Hier könnten wir alles Mögliche finden. Der Garten ist wie ein Dschungel; würd' mich nicht wundern, wenn gleich Tarzan angeschaukelt käm'.«

»Gut, wir könnten ihn brauchen. Sie sind zu Hause, sie hat mich durchs Fenster angeschaut. Kein hübscher Anblick. Verdrehte alte Schachteln. Wir gehen auf keinen Fall, bevor wir mit ihnen gesprochen haben. Gehen Sie wieder nach hinten und tun Sie so, als durchsuchten sie den Garten. Das lockt sie vielleicht raus.«

»Gemacht, Boss.«

»Cooper, wir drehen hier keinen Krimi, lassen Sie den Quatsch von wegen Boss. Sagen Sie Sir oder Inspector zu mir.«

Cooper ging mit dem Besen zu Werke, mit dem Gwen Sir Ronald eins übergebraten hatte. Er wedelte damit herum und stieß dabei das Gras beiseite. Ein paar Mal schaute er zum Küchenfenster, wollte sehen, ob sie ihn beobachteten, aber er konnte sie nicht dabei ertappen. Inspector Proctor kam durch das Tor auf der Seite. Er hämmerte gegen die Hintertür und rief: »Hier ist die Polizei. Machen Sie auf, oder ich muss die

Tür aufbrechen. Bitte, kommen Sie, wir wollen Ihnen nur ein paar Fragen stellen.« Am Vorgarten hatte sich eine kleine Schar von Dörflern versammelt, unter ihnen Sheila Bissett.

»Die sind verrückt, wissen Sie. Wetten, dass die das Mädchen da drin haben? Warten Sie nur ab. Ich hoffe bloß, dass der Kleinen nichts passiert ist.«

»Jetzt machen Sie mal halblang, Lady Bissett. Was hätten die ihr schon tun können? Wir wissen, dass die nicht dicht sind, aber sie würden doch bestimmt niemand ermorden, oder?«

»Da wäre ich mir nicht so sicher.« Die Menge beobachtete die Kriminalpolizisten, die vor der Hintertür standen. Der Detective Constable und der Inspector unterhielten sich flüsternd, dann sagten sie: »Eins, zwei, drei!« und rammten mit den Schultern gegen die Tür. Mit vereinten Kräften brachten sie den Riegel zum Bersten, und die Tür krachte auf. Der Zustand der Küche ließ Inspector Proctor kalt. Es gab kaum noch etwas Menschliches, was ihn überraschen konnte.

»Hallo, hier ist die Polizei. Können wir mit Ihnen reden?«

Gwen tauchte auf. »Kommen Sie mir bloß nicht zu nahe. Wir wollen Sie hier nicht haben.«

»Glauben Sie mir, Madam, wir wären gar nicht hier, wenn es nicht um die Tatsache ginge, dass ein kleines Mädchen verschwunden ist. Ihr Haus ist das einzige, in dem wir nicht nachschauen konnten, und nachschauen müssen wir.«

»Wo ist Ihr Durchsuchungsbefehl?«

»Wir können keine Zeit damit vergeuden, einen Durchsuchungsbefehl zu beantragen. Alle anderen haben bereitwillig kooperiert. Wir müssen uns vergewissern, dass die Kleine sich nicht irgendwo aus Versehen eingeschlossen hat.«

»Was werfen Sie uns vor?«

»Nichts, Madam. Es geht schlicht und einfach darum, uns zu vergewissern, dass ihr nicht irgendwo schlecht geworden ist und sie nicht um Hilfe rufen kann, oder dass sie sich nicht in einem Außenklo eingeschlossen hat und sich nicht bemerkbar machen kann.«

»Wenn Sie wollen, können Sie den Schuppen durchsuchen. Da finden Sie bestimmt nichts. Der ist immer abgeschlossen.«

»Geben Sie mir den Schlüssel. Mein Constable schaut nach.«

Gwen steckte die Hand in die Schürzentasche und reichte ihm den Schlüssel. Während Cooper den Schuppen durchsuchte, vernahm der Inspector Gwen: »Waren Sie heute Morgen in der Kirche?«

»Ganz bestimmt nicht.«

»Wo ist Ihre Schwester?«

»Macht ein Nickerchen.«

»Könnten Sie sie holen, damit ich mit ihr reden kann?«

»Nein. Es geht ihr gar nicht gut.«

»Wenn das so ist, gehe ich zu ihr nach oben, in Ihrer Begleitung.«

»Nein.«

»Wenn Sie nicht mitkommen, muss ich allein hinaufgehen.« Er wollte im Flur an ihr vorbei. Gwen trat beiseite, überlegte es sich dann anders und ging vor ihm die Treppe hinauf.

Beryl lag zusammengerollt im gemeinsamen Doppelbett der beiden, offensichtlich schlief sie.

»Wecken Sie Ihre Schwester.«

Beim Klang seiner Stimme regte Beryl sich.

»Guten Tag, Miss Baxter. Ich stelle Nachforschungen nach einem verschwundenen kleinen Mädchen an. Felicity Charter-Plackett. Wie ich höre, wird sie immer Flick genannt. Haben Sie das Mädchen heute gesehen?«

Beryls Blick schweifte von seinem Gesicht zu dem Gwens und dann wieder zurück. »Nein.«

»Würden Sie das Mädchen erkennen?«

»Ja.«

»Haben Sie heute das Haus verlassen?«

»Nein.«

»Hat Ihre Schwester heute das Haus verlassen?«

»Nein.«

Er sah Gwen an und sagte: »In der Küche liegt eine Sonntagszeitung. Mr. Charter-Plackett stellt keine Zeitungen zu, wie ist sie also ins Haus gekommen?«

»Die habe ich besorgt, das war alles. Ich habe nicht gewusst, dass Sie mich nach den zwei Minuten für das Zeitungsholen fragen.«

»Wonach habe ich Sie Ihrer Meinung nach sonst nicht gefragt?« Er hörte Cooper ins Haus zurückkommen. Cooper rief nach oben: »Vollgestopft mit alten Kleidern, Boss ... Sir. Ich habe nichts weggerückt, weil wir dazu den ganzen Schuppen ausräumen müssten.«

»Machen Sie das, Cooper.«

»Ja, Boss.«

Gwen funkelte ihn böse an. »Sie müssen alles wieder einräumen.«

»Machen wir.«

Der Inspector ging wieder nach unten, machte aber erst noch die Tür zum zweiten Schlafzimmer auf und schaute hinein. Seiner Schätzung nach waren die Zeitungsstapel nicht verschoben worden, aber er konnte sich irren. Als nächstes machte er die Wohnzimmertür auf, schaute hinein und ging in die Küche zurück. Er nahm einen Zeitungsstapel von einem Küchenstuhl, setzte sich und wartete, bis Cooper den Schuppen ausgeräumt hatte. Er schaute sich in der Küche um, in der Hoffnung, Gwen so zu entnerven, dass sie etwas sagte. Sie stand nur da und beobachtete ihn. Er griff zur Sonntagszeitung und fing an zu lesen.

»Haben Sie nichts Besseres zu tun, als hier rumzusitzen? Wie wär's, wenn Sie die Tür reparierten?«

»Wir schicken jemand vorbei.«

Jimbo kam an die Hintertür und meldete, sie seien in der Schule nicht fündig geworden.

»Das ist Hausfriedensbruch. Raus mit Ihnen, los, raus.«

Cooper kam schwitzend und schmutzig vom Schuppen zurück. »Nichts drin, Boss.«

»Danke, Cooper. Stellen Sie alles wieder zurück.«

»Zurück?«

»Ja, zurück.«

Jimbo, der inzwischen vor Angst fast stammelte, fragte Gwen, ob sie wisse, wo Flick sei.

»Bitte, Miss Baxter, wir müssen es wissen.«

»Ich weiß es nicht.«

»Sind Sie völlig sicher, dass Sie sie nicht haben am Haus vorbeigehen sehen? Ich weiß doch, dass Sie gern die Passanten beobachten. Vielleicht haben Sie Flick zufällig nach der Kirche gesehen. Oder Sie haben gesehen, wie jemand stehen geblieben ist und mit ihr gesprochen hat. Denken Sie nach, Miss Baxter, denken Sie nach.«

»Nein, ich habe nichts gesehen.«

»Wir durchsuchen jetzt den Garten, Miss Baxter.« Der Inspector stand auf und wandte sich zum Gehen. Jimbo folgte ihm. Sie gingen zum Ende des Gartens und machten sich daran, Stück für Stück abzusuchen. Sie förderten eine uralte Mangel zu Tage, eine Rolle vermoderten Teppichboden, diverse alte Schachteln und einen alten Rasenmäher, aber sie fanden keine Spur von Flick. Es war Jimbo, der auf den Deckel des unbenutzten Brunnens stieß.

»Großer Gott. Ich hab' gar nicht gewusst, dass die beiden einen Brunnen haben. Inspector, kommen Sie her.«

»Der ist vor kurzem aufgedeckt worden.« Jimbo wurde

totenbleich. Der Inspector sah ihn an. »Treiben Sie den Dorfsergeant auf, bitte, Mr. Charter-Plackett, und bitten Sie ihn um seine Taschenlampe. Er hat bestimmt eine mit einem starken Strahl.« Jimbo eilte davon, er war froh, dass er sich nützlich machen konnte.

»So, jetzt ist er aus dem Weg, und wir können den Deckel abnehmen und hinunterschauen.«

Gemeinsam schafften sie es, den Deckel anzuheben. Der Inspector warf einen Stein in den Brunnen. »Er ist sehr tief. Holen Sie die Taschenlampe aus dem Auto, Cooper.«

Willie kam und erbot sich zu helfen. »Sie glauben doch nicht etwa, sie ist da unten, Inspector?«

»Wir müssen jeder Möglichkeit nachgehen. Mein Instinkt sagt mir, dass hier etwas faul ist. Ich kann's förmlich spüren. Guter Junge, Cooper.«

Er leuchtete mit der Taschenlampe in den Brunnen. Die Wasseroberfläche schimmerte grünlich. Er ließ den Lichtstrahl langsam an den Brunnenwänden auf und ab wandern. Die Backsteine wiesen keine Kratz- oder Schleifspuren auf. Er beschloss, es noch einmal im Haus zu versuchen. Sie hievten den Deckel wieder auf den Brunnen.

Jimbo kam mit der Taschenlampe des Sergeants.

»Danke, Sir, meinem Constable ist eingefallen, dass wir eine im Auto haben. Es freut mich, Ihnen sagen zu können, dass Ihr kleines Mädchen nicht da unten ist.«

Gwen und Beryl waren beide in der Küche, als der Inspector zurückkam.

»Fühlen Sie sich besser, Miss Baxter?«

»Ja.«

»Gut, Cooper. Nach oben. Und suchen Sie gründlich, in jeder Kommode, in jedem Schrank, übersehen Sie nichts. In beiden Schlafzimmern.«

Das brachte Gwen und Beryl aus der Fassung. Sie versperrten eilig die Tür.

»Sie haben da oben schon gesucht. Sie dürfen nicht noch einmal suchen. Wir erlauben es nicht.«

»Ich bedaure, wir dürfen durchaus noch einmal durchsuchen. Treten Sie bitte zur Seite.« Ihm fiel auf, dass Beryls Blick kurz eine Kommode streifte, die vor dem Einbauschrank unter der Treppe stand Auf dem Boden sah er Schleifspuren, die andeuteten, dass die Kommode an den jetzigen Standort geschoben worden war. Wie hatte ihm das entgehen können?

»Cooper, rücken Sie diese Kommode weg.«

Cooper schob und zerrte, brachte sie aber nicht vom Fleck, so dass Willie mit Hand anlegte. Die beiden Frauen wurden immer aufgeregter. Plötzlich ging Gwen auf Cooper los. Sie hämmerte mit den Fäusten auf ihn ein.

»Das ist unser Haus. Aufhören, aufhören! Sie haben kein Recht!«

Inspector Proctor packte sie und hinderte sie gewaltsam daran, seinen Constable übel zuzurichten. Sie trat um sich und versuchte, sich loszureißen, schrie Willie und Cooper an, sie sollten aufhören. Die beiden Männer zogen die Schranktür auf, und Cooper leuchtete mit der Taschenlampe hinein.

»Geschafft, Sir. Hier ist sie.«

Er ging in die Knie, griff in den Schrank und kam mit Flick auf den Armen rückwärts wieder heraus. Sie war gefesselt und geknebelt und ganz schlaff. Constable Cooper senkte den Kopf und horchte nach ihrem Atem.

»Sie ist okay. Sie atmet.« Er legte sie auf den Küchenboden. Jimbo nahm ihr den Knebel ab, band die Fesseln an Armen und Knöcheln auf und drückte sie dann an sich, die Schluchzer unterdrückend, die ihm in die Kehle stiegen, so sehr er auch um Selbstbeherrschung kämpfte.

»Ich geh' und sag's ihrer Mutter, Mr. Charter-Plackett«, erbot sich Willie, rannte aus dem Haus und rief: »Sie ist unverletzt, wir haben sie gefunden.«

Die Menge draußen jubelte. Die Leute fingen Satzfetzen von Inspector Proctor auf: »Ich nehme Sie beide vorläufig fest … alles, was Sie sagen … Ich muss Sie auffordern, mit aufs Revier zu kommen.«

Dutzende von Augenpaaren folgten der Prozession zum Polizeiauto. Pat Duckett rief: »Ihr widerlichen alten Schachteln! Das geschieht euch recht. Warum habt ihr euch an dem armen kleinen Mädchen vergriffen?«

Der Sergeant, der zu spät eingetroffen war, als dass er hätte helfen können, machte wichtigtuerisch den Weg frei. »Gehen Sie bitte weiter, gehen Sie weiter.«

»Harriet, bist du wach?«

»Ja, ich habe noch gar nicht geschlafen.«

»Ich auch nicht, und ich glaube nicht, dass ich überhaupt schlafen kann. Gott, was für ein Tag. Nie wieder.«

»Ich schaue mal nach ihr.« Harriet ging über den Flur in Flicks Zimmer und sah auf sie hinunter. Flick lag zusammengerollt auf der Seite, die Hand wie üblich unter dem Kissen. Harriet strich ihr sanft das Haar von der Wange und zog ihr die Decke ein bisschen fester um die Schultern. Sie ging wieder ins Bett und starrte an die Zimmerdecke.

»Es geht ihr gut, sie schläft wie ein Baby. Einen solchen Tag möchte ich nie, nie wieder durchmachen müssen.«

Jimbo starrte ebenfalls an die Decke. »Ich habe nachgedacht; es war meine Schuld.«

»Deine Schuld? Wieso denn das?«

»Ich habe alles dafür geopfert, damit wir mit unserem Geschäft Erfolg haben … vor allem, damit ich mit mir zufrieden bin, aber auch, um denen in London, die gesagt haben, in einem halben Jahr bin ich wieder da, einen Denkzettel zu verpassen. Darüber habe ich die eigenen Kinder vergessen.«

»Das stimmt nicht.«

»Doch. Ich meine damit nicht, dass ich je damit aufgehört hätte, mir Sorgen um sie zu machen. Wie könnte ich das? Sie sind unser Fleisch und Blut, verdammt noch mal. Aber heute, als ich geglaubt habe, wir hätten Flick verloren, ist mir bewusst geworden, dass unter dem Druck, den ich ausgeübt habe, die Verbindung zu unseren Kindern schwächer geworden ist. Deshalb hat sie das Gefühl, sie kann einfach herumstromern. Wir machen ihr keine Vorschriften. Wir haben immer zu tun, und, ehrlich gesagt, wir waren ganz froh, wenn sie uns nicht gestört hat.«

»Aber Jimbo, wir kümmern uns doch um die Kinder. Die Jungen laufen nicht weg, und sie sind älter.«

»Sie haben nicht das Bedürfnis danach. Schließlich sind sie zu zweit und haben immer jemanden zum Spielen. Das macht Flick zur Außenseiterin, weißt du.«

»Und was können wir dagegen tun?«

»Es ist mir gleich, was es kostet, aber von jetzt an möchte ich, dass du immer zu Hause bist, wenn Flick und die Jungen nicht in der Schule sind. Ich weiß, dass wir dann Leute für den Laden und die Küchen einstellen müssen, die dich ersetzen. Aber ganz egal, was es kostet, so wird es gemacht. Um ein Haar hätte Flick tot sein können. Ich kann mir nicht vorstellen, was für eine Hölle das gewesen wäre, aber ich weiß, es wäre noch viel schlimmer geworden, wenn wir uns selbst die Schuld hätten geben müssen. Ich kann einfach nicht das Risiko eingehen, dass so etwas passiert.«

»Aber ich arbeite gerne im Laden.«

»Ich hab' ja auch nicht gesagt, du sollst gar nichts mehr tun, Harriet, ich hab' nur gesagt, du sollst nicht arbeiten, wenn die Kinder zu Hause sind. Das ist mein letztes Wort. Ich werde doppelt so hart arbeiten. Du bist ihre Mutter, und ich will, dass du für die Kinder da bist.«

»Seit wann schreibst du mir vor, was ich zu tun habe?«

»Ab sofort, schließlich habe ich noch nie solche Angst gehabt wie heute Nachmittag. Weißt du, als ich in der Bank gearbeitet habe, ist mein Adrenalinspiegel ganz nach oben gegangen, wenn ich darauf gewartet habe, ob ein Riesengeschäft zustande kommt, ich hatte schweißnasse Hände, meine Nerven waren zum Zerreißen gespannt, und immerzu hat dieses scheußliche Angstgefühl in der Magengrube an mir genagt. Aber das war ein Klacks im Vergleich zu heute. Das mache ich nicht noch einmal durch.«

»In einem Dorf wie diesem sollte es möglich sein, dass Flick allein herumläuft.«

»Es sollte möglich sein, aber offensichtlich ist es das nicht.«

»Du hast natürlich völlig Recht, und ich werde tun, was du sagst. Und wenn die Polizei morgen kommt und Flick befragt, sorgst du dafür, dass die Polizisten ihr keine Angst einjagen, ja? Wir wollen die Sache nicht noch schlimmer machen, als sie schon ist.« Sie schwiegen eine Weile, dann sagte Harriet: »Heute wirkt die ganze Aufregung wegen Caroline und den Kaninchen gar nicht mehr wichtig, stimmt's?«

»Aber, Inspector, ich bin nicht reingegangen. Als die Pfadfinderführerin uns entlassen hat, hab' ich gesehen, wie Chivers die Church Lane entlanggerannt ist. Er läuft immer weg, und ich hab' Angst, dass er sich verirrt, er ist doch noch klein, er hat ja noch nicht mal Geburtstag gehabt. Ich bin hinter ihm hergerannt, und er ist zum Gartentor an der Seite von den Misses Baxter gelaufen und drübergeklettert. Ich bin zum Tor gegangen und hab' gerufen: ›Chivers, Chivers.‹«

»Hast du das Tor aufgemacht, Flick?«

»Nei ... ein. Ich hab' bloß davor gestanden und gerufen.

Daddy hat gesagt, ich darf meinen Katzen nicht in die Gärten von anderen Leuten nachlaufen. Ich hab's auch nicht gemacht. Aber dann ist sie herausgekommen.«

»Wer ist herausgekommen?«

»Gwen.«

»Was hat sie gesagt?«

»Nichts.«

»Ich verstehe nicht, warum sie so furchtbar böse auf dich war, wenn du nicht in den Garten gegangen bist.«

Flick sah betreten drein und sah ihre Mutter ängstlich an. Harriet tätschelte ihr den Arm und sagte: »Sag dem Inspector die Wahrheit, Flick.«

Flick schluckte schwer und flüsterte: »Daddy hat gesagt, ich darf meinen Katzen nicht in die Gärten von anderen Leuten nachlaufen, aber zweimal hab' ich's gemacht. Sie mögen Miss Baxters Garten, weil der so wild und voll von Abfall ist, und sie spielen gern dort, es ist so ein spannender Garten für Katzen, wissen Sie. Und die Misses Baxter haben zweimal gesagt, ich darf nicht hinein, und haben mich angeschrieen, und sie hat gesagt, ich meine, Gwen hat gesagt, sie bestraft mich, wenn sie mich noch einmal erwischt. Diesmal bin ich nicht reingegangen, aber sie hat das Tor aufgemacht, und bevor ich weglaufen konnte, hat sie mich gepackt und reingezerrt. Ich hab' zu ihr gesagt, Mummy wird böse. Aber sie hat nicht auf mich gehört. Sie hat ein paar schlimme Wörter gesagt, die ich von den Jungen gehört habe und einmal von Daddy, als ihm eine Dose Bohnen auf den Fuß gefallen ist. Sie hat mich festgehalten, und Beryl hat gesagt: ›Lass sie los. Du musst sie loslassen.‹ Aber Gwen hat nicht auf sie gehört.«

»Wie hat sie dich festgehalten? Tu so, als wärst du Gwen, und pack mich so, wie sie dich gepackt hat.«

Flick fasste Inspector Proctor um Nacken und Arm. »So, aber richtig fest. Ich konnte nicht weg.«

»Was ist dann passiert?«

»Sie hat zu Beryl gesagt, sie soll alte Lappen holen, und dann hat sie mich gefesselt und in den Schrank gesteckt. Es war so heiß, und ich hab' keine Luft bekommen, und dann hat mich Daddy im Arm gehabt. Ich weiß nicht, wie lange ich in dem Schrank war.«

»Hat Beryl ihr geholfen, dich zu fesseln?«

»Nein. Sie hat geweint und gesagt: ›Nein, nein, nein.‹ Sie hat gesagt, das regt sie so auf, dass sie ins Bett muss.«

»Beryl hat dir also gar nichts getan?«

»Nein. Beryl ist bestimmt netter als Gwen, nicht wahr?«

»Da bin ich mir nicht so sicher. Hat sie Gwen daran gehindert oder Hilfe geholt?«

»Nein, hat sie nicht. Darf ich jetzt spielen gehen?«

»Ist da noch etwas, was du mir erzählen solltest? Deine Mummy ist hier, und vor Mummy haben wir doch keine Geheimnisse, oder? Erzähl es uns jetzt gleich, wenn du dich an noch etwas erinnerst, wonach ich vergessen habe dich zu fragen.«

»Ich habe Ihnen alles gesagt. Bitte, ich möchte jetzt gehen.«

»Bist du dir ganz sicher, dass du uns alles gesagt hast, was passiert ist? Haben sie dich irgendwo hingebracht, außer in die Küche?«

»Nein, sonst nirgends. Sonst ist überhaupt nichts passiert. Kommen die beiden ins Gefängnis, weil sie böse zu mir waren?«

»Warten wir's ab.«

»Darf ich jetzt gehen, bitte?«

»Ja, aber vorher möchte ich dir noch etwas sagen. Deine Katzen wissen, dass du sie lieb hast, weil du dich so gut um sie kümmerst. Sie sind nicht blöd, sie wissen, dass sie ein gutes Zuhause haben. Such also nie wieder nach ihnen, ganz gleich, was passiert. Vielleicht dauert es eine Weile, bis sie nach Hause kommen, aber sie kommen ganz bestimmt. Danke, dass du die vielen Fragen beantwortet hast. Du hast uns sehr geholfen. Und jetzt ab mit dir.«

Flick stand auf und machte sich auf die Suche nach den Jungen. Morgen würde sie wieder in die Schule gehen, und alle würden wissen wollen, was passiert war. Dann konnte sie von der Puppe erzählen, die Venetia ihr heute Morgen geschickt hatte. Sie war total süß, hatte ein tolles Spitzenkleid an und wunderschönes langes, blondes Haar. Flick wusste nicht recht, was hübscher war, die Puppe oder die Schachtel, in der sie gesteckt hatte. Sie würde die Puppe Venetia nennen, das war ein total schöner Name für eine total schöne Puppe.

Als sie fort war, stand der Inspector auf, um sich zu verabschieden. »Danke, Mrs. Charter-Plackett. Nachwirkungen wie Nervenkrisen und Albträume sind unvermeidlich. Ihre Tochter wird eine Menge Liebe und Zuwendung brauchen. Wir können diese Frauen nicht ewig einsperren, so gern wir es täten, seien Sie also auf der Hut. Falls Felicity noch etwas einfällt, ganz gleich, wie belanglos es wirken mag, rufen Sie mich bitte unter dieser Nummer an. Wenn ich nicht da bin, hinterlassen Sie eine Nachricht. Ich rufe zurück.« Der Inspector schüttelte Harriet die Hand und ging hinaus zu seinem Auto.

11. Kapitel

Obwohl Caroline große Angst um Flick gehabt hatte, war sie nach wie vor empört über Jimmy und die Sache mit den Kaninchen, und sie war fest entschlossen, die öffentliche Meinung auf ihre Seite zu bringen. Sie erwähnte das Thema jedem gegenüber, den sie traf. Etliche Dörfler reagierten mit offener Feindseligkeit. Aber mit der Unterstützung von Pat, die sich vorgenommen hatte, so viele Eltern von Schulkindern wie irgend möglich auf das Thema anzusprechen, schwenkten viele Dörfler zugunsten von Carolines Standpunkt um. Auch Michael Palmer, der sich die Geschichte über die Ereignisse im Royal Oak am Samstagabend mehrmals angehört hatte, pflichtete Caroline bei.

»Hab' gewusst, dass Sie es auch so sehen«, bemerkte Pat voller Freude, als sie nach dem Mittagessen in der Schule die Aula aufräumte. »Eine wunderbare Frau, das ist sie, Dr. Harris, und das mit den Karnickeln geht ihr wirklich nahe, sie ist ganz verstört. Ich versteh' nicht, warum manche Leute nicht kapieren, wie sie drüber denkt. Ich sag' Ihnen mal, wer auf ihrer Seite wäre ... Mrs. Meadows. Die hat es nämlich mit der Tierliebe immer sehr genau genommen. Erinnern Sie sich noch an diese Kampagne von ihr? Das war kurz, nachdem sie hergezogen ist, gegen die Fuchsjagd. Wissen Sie noch? Sie hat beim Council durchgesetzt, dass die Jagd nicht mehr über das Land vom Herrenhaus gehen darf. Hab den Verdacht, dass die vom Fitnessstudio sich den Teufel scheren täten um ein paar arme Füchse. Hören Sie manchmal was von Mrs. Meadows, Mr. Palmer? Ich hab' immer gedacht, Sie beide kämen richtig gut miteinander aus.«

Michael Palmer zögerte einen Moment und äußerte dann ein nachdrückliches »Nein«. Pat lächelte in sich hinein. Sie hatte in den neununddreißig Jahren ihres Lebens genug über die menschliche Natur gelernt. Sie merkte seiner Antwort an, dass er nicht die reine Wahrheit gesagt hatte.

Michael hatte den letzten Brief von Suzys Mutter in der Tasche, und dieses Mal hatte Suzy am Schluss ein paar Zeilen mit guten Wünschen für ihn hinzugefügt. Es war das erste Mal, dass sie überhaupt etwas geschrieben hatte, und ihm war aufgegangen, dass das bedeutete, sie wisse, dass er auf deren Bitte hin an ihre Mutter schrieb. In Zukunft würde er bei dem, was er über die Zwillinge schrieb, vorsichtig sein müssen. Es war eine Sache, eine fürsorgliche Großmutter auf dem Laufenden zu halten, aber etwas ganz anderes, einer Mutter etwas über die Kinder zu erzählen, die sie weggegeben hatte. Er befingerte den Umschlag, den er sorgsam in die Tasche seines Tweedjacketts gesteckt hatte. Vielleicht würde Suzy ihm eines Tages einen richtigen Brief schreiben. Vor seinen geistigen Augen sah er ihr langes, blondes Haar, ihre hübsch gerundeten Wangen und das schöne, so schöne Lächeln, das ihr Gesicht erhellte. Er stellte sich vor, wie er ihr Gesicht in seine Hände nahm und ihr einen Kuss auf den lieben Mund gab …

»Wollen Sie heute Nachmittag Fußball spielen, Mr. Palmer, wo es doch so nass ist? Dann leg' ich nämlich die Umkleide mit Zeitungen aus, es ist der reine Mord, den Boden da drin sauber zu machen.«

»Ob ich was will?«

»Fußball spielen, mit den Jungs, Sie wissen schon.«

»Richtig, ja, das habe ich vor.«

»Hoffentlich nehmen Sie in Bio Tierquälerei durch und erklären den Kindern das mit den Fallen. Unsere Michelle kann was dazu sagen, unser Dean hat ihr alles erklärt.«

»Mal sehen.« Michael schaute aus dem Fenster und sah Caroline über den Schulhof kommen. O nein, nicht schon wieder Kaninchen, dachte er.

»Guten Tag, Dr. Harris, was kann ich für Sie tun?«

»Hallo, Michael. Ich möchte Sie dazu überreden, dass Sie mit den Kindern über Tierquälerei sprechen. Vor allem im Zusammenhang damit, wie wir Tiere töten, insbesondere Kaninchen. Wenn Sie sich nicht dazu in der Lage fühlen, erlauben Sie mir dann, etwas dazu zu sagen?«

»Mrs. Duckett hat mich in dieser Sache schon mehrmals auf meine Pflicht den Kindern gegenüber hingewiesen. Falls Sie möchten, dass ich es übernehme, mache ich es. Ich bin so entschieden dagegen wie Sie.«

»Oh, danke, Michael, ich weiß das zu schätzen. Mich hat das alles so aufgeregt. Es ist ganz besonders wichtig, den *Kindern* beizubringen, dass es Unrecht ist, selbst wenn wir Ewiggestrige wie Sir Ralph nicht bekehren können.«

»Leute vom Land sehen das anders, Dr. Harris.«

»Ich weiß, ich weiß.« Ein Junge kam wegen eines Problems mit seinen Fußballsachen zu Michael. »Ich will Sie nicht aufhalten. Jedenfalls vielen Dank. Tschüs.«

»Guten Tag.«

Auf dem Rückweg zum Pfarrhaus traf Caroline Muriel, die einen Nachmittagsspaziergang mit Pericles machte. »Hallo, Muriel. Ist es nicht ein wunderschöner Tag?«

»Und ob. Fühlen Sie sich etwas besser? Am Samstagabend kamen Sie mir völlig mitgenommen vor, als bräuchten Sie dringend Ruhe.«

»Muriel! Haben Sie meinen Protest etwa als eine Art hysterischen Ausbruch gesehen?«

»O nein, so habe ich das nicht gemeint. Ich glaube, Sie haben völlig Recht, was Jimmy betrifft, aber ich glaube auch, dass Sie dringend Erholung brauchen.«

»Vielleicht ja, vielleicht nein. Aber ich bin trotzdem wütend auf Jimmy, daran würde auch Erholung nichts ändern, oder?«

»Nein, gar nichts. Leider stehen Ralph und ich auf verschiedenen Seiten. Das ist ein bisschen unangenehm.«

»Oh, Muriel, lassen Sie sich von mir nicht beeinflussen, das wäre das Letzte, was ich wollte.«

»Ich kann nicht *immer* tun, was Ralph sagt.«

»Stimmt, das geht nicht, aber lassen Sie nicht zu, dass es zwischen Ihnen steht. Wissen Sie, ich kann die Sache auch allein ausfechten, wenn es sein muss.«

»Das weiß ich, Caroline, aber Sie müssen vorsichtig sein. In den letzten Tagen hat es wegen dieser Kaninchenfrage eine Menge Wirbel gegeben. Ich habe gehört, dass es am Montag in der Rentenschlange im Laden zu einem Streit gekommen ist. Jimbo musste eingreifen und schlichten. Er will natürlich nicht in die Sache hineingezogen werden, weil er Kunden auf beiden Seiten hat, obwohl wir beide wissen, wie er darüber denkt. Linda hat jemandem, der erklärt hat, er sei auf Jimmys Seite, das Wechselgeld hingeknallt, und der Betreffende hat sich bei Jimbo beschwert, und der musste Linda vor den anderen abkanzeln, und gestern ist sie nicht zur Arbeit gekommen und hat behauptet, sie sei krank gewesen, aber Jimbo ist sich da nicht so sicher. Das ist seit zweieinhalb Jahren das erste Mal, dass sie sich krank gemeldet hat. Lady Bissett hat mit einer Teilnehmerin am Floristikkurs, die Sie kritisiert hat, richtig geschimpft. Eine Ohrenzeugin hat mir anvertraut, sie habe Ausdrücke benutzt, die besser in eine Bar passen als in das Gemeindehaus. Etliche Frauen haben sich so aufgeregt, dass sie ihre Arrangements völlig ruiniert haben.«

»Oh, Muriel, ich hatte keine Ahnung, dass sich die Sache so zugespitzt hat. Auf Jimmy wird das wohl kaum Eindruck machen. Es wird ihn sicher nicht dazu bringen, es sich anders zu überlegen?«

»Das bezweifle ich, er hat ein sehr dickes Fell. Ich muss gehen, Pericles wird ungeduldig.«

Eine halbe Stunde nachdem Caroline zurückgekommen war, stürmte Peter ins Pfarrhaus. Sie war nicht gefasst auf den Rüffel, den er ihr erteilte.

»Tasse Tee, Peter?«, rief sie aus der Küche. »Du kommst genau richtig, Liebling.«

Er kam in die Küche und setzte sich an den Tisch. »Danke.«

»Keks?« Sie drehte sich mit der Dose zu ihm um und sah, wie wütend er war. Seine Augen waren fast schwarz vor Zorn, und er biss die Zähne so fest zusammen, dass seine Wangen weiß waren.

»Peter, was ist denn los?«

»Was los ist? Ich werd' dir sagen, was los ist. Ich habe – wie viel Zeit? – achtzehn Monate, damit verbracht, dieses Dorf behutsam wieder zum Leben zu erwecken. Es wieder zu einer fürsorglichen Gemeinschaft zu machen, die Leute zur Kirche zurück zu führen, zurück zu einem gemeinsamen gesellschaftlichen Leben. Ich habe Pfadfindergruppen aufgebaut, einen Frauenkreis, einen Rentnernachmittag, ich habe dem Chor und der Organistin neuen Auftrieb gegeben, ich habe die Finanzlage verbessert, und der Himmel allein weiß, was sonst noch. Und jetzt zerstörst du meine ganze Arbeit. Ich kann das nicht fassen, Caroline, ich fasse es nicht!«

»Was habe ich denn getan?«

»Du weißt ganz genau, was du getan hast. Es liegt an diesen verdammten Kaninchen.«

»Peter!«

Er zerrte den Deckel von der Keksdose, suchte sich einen Keks aus und knallte den Deckel wieder zu. Aber er war so in Rage, dass er den Keks weglegen musste. Seine Hand zitterte vor Zorn. »Ich habe in den letzten drei Tagen nichts gesagt, aber ich kann nicht länger an mich halten.« Er zählte die Tatsachen an den Fingern ab. »Erstens, der Pfadfinderführer und die Pfadfinderführerin sprechen nicht mehr miteinander, so dass der gemeinsame Flohmarkt, den sie am Samstag veranstalten wollten, um Geld für Eltern aufzutreiben, die sich keine Uniformen für ihre Kinder leisten können, in Gefahr ist. Zweitens, zwei meiner älteren Ministranten haben das Amt niedergelegt, weil der Chorleiter die Jungen darüber belehrt hat, wie grausam es ist, Kaninchen in Fallen zu fangen, und die Ministranten meinten, es sei nicht seine Aufgabe, sie zu indoktrinieren, womit sie Recht haben. Drittens, Mrs. Peel hat sich mit Willie gestritten, und er weigert sich, die Kirche zeitig aufzuschließen und zu überprüfen, ob der Strom eingeschaltet ist, so dass sie mittwochs und samstags am frühen Morgen nicht mehr üben kann. Und viertens, der Sohn und die Tochter der alten Mrs. Woods, die zu mir kamen und ihre Wahl eines aufwendigen Grabsteins für ihre Mutter mit mir besprechen wollten, haben sich so heftig über das Töten von Kaninchen gestritten, dass die Tochter erklärt hat, sie werde Vegetarierin und könne den Termin mit mir wegen des Grabsteins nicht einhalten, weil sie nicht mehr miteinder reden, obwohl sie im selben Haus wohnen. Du hast von dem Tag an, an dem wir uns in deiner Praxis kennen gelernt haben, über meine Berufung Bescheid gewusst. Du weißt ganz genau, dass ich diese Berufung nicht einfach an den Nagel hängen kann. Als meine Frau hättest du umsichtiger vorgehen müssen, Caroline. Dein Verhalten richtet in der Gemeinde schweren Schaden an, und ich muss dich bitten, noch einmal darüber nachzudenken, bevor der Schaden irreparabel und, für mich, unverzeihlich wird.«

Caroline war trotzig. »Ich darf also keine eigene Meinung haben, weil ich mit einem Pfarrer verheiratet bin? Ich muss Dinge geschehen lassen, die ich missbillige, und den Mund halten? Im Übrigen ist das alles sowieso nicht meine Schuld.«

»Wessen Schuld denn dann? Ich habe eben Pat Duckett getroffen, und sie singt dein Loblied in den höchsten Tönen, weil du Michael Palmer dazu gebracht hast, die Kinder darüber zu belehren, was in dieser Sache Recht oder Unrecht ist. Nehmen deine Aktivitäten zugunsten dieser Kaninchen denn kein Ende?«

»Es ist Jimmys Schuld, nicht meine.«

»Jimmy tötet Kaninchen seit Jahren auf diese Weise. Bis du dich zu diesem Kreuzzug entschlossen hast, hat das niemandem etwas ausgemacht.«

»Dann wurde es höchste Zeit, das Gewissen der Leute wachzurütteln.«

»Wachzurütteln? Das hast du jedenfalls geschafft. Caroline, ich weiß nicht, ob ich je so wütend war. Die Folgen gehen weit über das hinaus, worauf ich gefasst war. Sehr weit. Der Schaden ist nicht so leicht wieder gutzumachen.«

»Geh zu Jimmy und überrede ihn, dass er aufhört. Ich kann nicht.«

»O nein, du gehst zu Jimmy. Dieses Hornissennest ist ausschließlich dein Werk.« Peter stand auf, nahm seine Teetasse und stürmte in sein Arbeitszimmer. Sylvia steckte den Kopf zur Küchentür herein und fragte, ob es Tee gebe oder ob sie eilig den Rückzug antreten solle.

»Kommen Sie rein, Sylvia, die Gewitterwolken haben sich verzogen. Mit den Kindern alles in Ordnung?«

»Ja, sie schlafen im Garten im Kinderwagen, und ja, das Netz gegen die Katzen ist drübergespannt.«

Nach einem Moment sagte Caroline: »Peter hat noch nie so

mit mir gesprochen. So wütend habe ich ihn noch nie erlebt. Es ist sehr …« Caroline nahm ihr Taschentuch heraus und putzte sich die Nase.

Sylvia schenkte sich eine Tasse Tee ein. »Ehrlich gesagt, Dr. Harris, es hat eine Menge Ärger gegeben, glauben Sie mir.«

»Der würde sich legen, wenn ich ihn nur dazu bringen könnte, damit aufzuhören.«

»Das schaffen Sie nicht, nur ein Befehl vom Allmächtigen könnte Jimmy das Handwerk legen. Tut mir Leid, Dr. Harris, aber Sie werden es dulden müssen.«

»Das lässt mein Gewissen nicht zu.«

»Willie sagt, Jimmy lebt sowieso nach seinen eigenen Gesetzen, und dieser ganze Ärger schert ihn kein bisschen. Und wenn der Pfarrer so außer sich ist, wäre es vielleicht besser, die Sache auf sich beruhen zu lassen.«

»Aber genau darum geht es, auf diese Weise geschieht überhaupt nichts, es gibt keine Reformen, das Parlament verabschiedet keine Gesetze, keine einzige Ungerechtigkeit wird aus der Welt geschafft. Wenn ich daran denke, dass ich von diesen Kaninchen gegessen habe, wird mir schlecht.«

Sylvia holte tief Luft und sagte, was sie dachte: »Wenn am Sonntag Beth an Flicks Stelle verschwunden wäre, dann würden Sie sich diese Woche nicht den Kopf über Kaninchen zerbrechen, glauben Sie mir, Dr. Harris.«

Caroline sah sie entsetzt an. Sie sprang auf, und ihr Stuhl kippte krachend zu Boden, aber sie ignorierte es und stürzte hinaus in den Garten. Sylvia stellte den Stuhl auf und trat ans Fenster. Sie sah, dass Caroline Beth aus dem Kinderwagen hob und fest an ihre Brust drückte. Sylvia beobachtete, wie sie anfing zu schluchzen, tiefe, qualvolle Schluchzer, die Sylvia ans Herz gingen. Sie klopfte an der Arbeitszimmertür. »Entschuldigen Sie, Herr Pfarrer, aber ich glaube, Dr. Harris braucht Hilfe.«

Peter schaute vom Schreibtisch auf. »Braucht Hilfe?«

»Ja, sie ist im Garten und weint, Sir.«

Peter ging hinaus und nahm Caroline und Beth in die Arme. Er streichelte Caroline das Haar, küsste sie und beruhigte sie, als ob sie ein kleines Mädchen wäre.

»Mein Schatz, mein Schatz, es tut mir so Leid, was ich gesagt habe. Bitte, verzeih mir, bitte. Ich ertrage es nicht, dass du so außer dir bist. Bitte, bitte, hör auf. Ich hätte nie so mit dir sprechen dürfen. Ich weiß, wie sehr dich das mit den Kaninchen mitgenommen hat, und ich bereue es zutiefst, dass ich so mit dir umgesprungen bin. Wenn du einen Kreuzzug für die Kaninchen führen willst, tu es, es macht mir nichts aus.«

Caroline hob den Kopf von seiner Brust und schaute zu ihm auf. »O Peter, wenn das verschwundene Kind am Sonntag Beth gewesen wäre, was dann?« Peter hatte das Gefühl, einen Tritt in den Solarplexus bekommen zu haben; ihm blieb die Luft weg. Er atmete mit einem gewaltigen Heben der Brust ein. Er wagte nicht zu sprechen, nahm nur sein Taschentuch heraus und wischte Caroline mit zitternder Hand das Gesicht trocken. Als er sich gefasst hatte, sagte er: »Caroline, es tut mir Leid, dass es Flick war, aber, so selbstsüchtig das klingen mag, ich danke Gott, dass es nicht Beth war. Sie ist wohlbehalten hier bei uns, wird geliebt und geschätzt und schläft fest in den Armen ihrer Mutter. Was könnte ein Baby mehr verlangen?«

Er bückte sich, um seine kleine Beth zu küssen, die selig schlief und nichts von der Krise um sie herum mitbekam. Peter hielt die beiden fest in den Armen, tröstete Caroline, streichelte sie und sagte ihr, bei ihm sei sie in Sicherheit. Als er spürte, dass sie sich entspannte und nicht mehr von Schluchzern geschüttelt wurde, trat er zurück und sagte: »So, jetzt legen wir sie wieder zu Alex in den Kinderwagen und lassen die beiden den Nachmittag verschlafen.«

Sie gingen gemeinsam zurück in die Küche. Sylvia war verschwunden.

»Komm und setz dich auf mein Knie, dann trinken wir noch eine Tasse Tee.« Er schenkte Caroline nach, und sie tranken abwechselnd aus ihrer Tasse. Der heiße Tee gab Caroline die Stimme zurück. »Ich bin so müde, Peter, so müde.«

»Darüber habe ich nachgedacht. Darf ich eine Weile das Kommando übernehmen und ein paar positive Vorschläge machen?«

»Alles, was du willst.«.

»Ich werde herumtelefonieren, die Dinge in die Wege leiten, und dann fährst du hoffentlich ein paar Tage zu deiner Mutter.«

»Oh, das schaffe ich nicht, mit den Kindern so weit im Auto. Das geht über meine Kräfte.«

»Ich weiß. Deshalb fährst du allein mit dem Zug, und Sylvia und ich kümmern uns gemeinsam um die Kinder, und wenn Not am Mann ist, kann Willie als Hilfstruppe einspringen. Oder Harriet oder sonst jemand. An Freiwilligen wird es nicht mangeln, glaub mir. Drei oder vier Tage mit Spaziergängen an deinen geliebten Klippen, bei denen dir der Wind die Spinnweben aus dem Kopf bläst, werden dir unglaublich guttun.«

»Es klingt wunderbar. Ich bin ein solcher Versager. Wie kann eine intelligente Frau, die einen liebevollen Ehemann hat und so viel Hilfe zu ihrer Unterstützung und zwei Babys, nach denen sie sich so verzweifelt gesehnt hat, so ein hoffnungsloser Fall sein?«

»Mein Schatz, du bist kein hoffnungsloser Fall, du bist eine großartige Mutter, und da liegt das Problem. Du leidest unter Erschöpfung durch die harte Arbeit und den Schlafmangel, das ist alles.«

»Ich wäre so dankbar für eine Erholungspause. Mutter wird sich freuen. Bitte, verzeih mir diese Kaninchengeschichte, ich hätte nicht so stur sein dürfen. Ich habe vorher noch nie in einem Dorf gelebt, und mir war gar nicht bewusst, dass alle Partei ergreifen würden. Aber das mit den Kaninchen ist nach wie vor mein Ernst; es muss aufhören.«

»Natürlich.« Er drückte sie an sich und sagte dann: »Ich weiß nicht, wie ich ohne dich zurecht kommen soll.«

»Keine Bange, du wirst so viel zu tun haben, dass ich wieder da bin, ehe du weißt, wie dir geschieht! Danke – es ist wunderbar, dass du so verständnisvoll bist. Gib mir einen Kuss, einen richtigen, dicken großen Kuss.« Als er sie losließ, sagte sie: »M..m…m…m… Noch einen.«

12. Kapitel

Pat Duckett saß wartend auf ihrer Lieblingsbank in der Nähe der Tür, wo sie sehen konnte, wer hereinkam. Vor ihr stand auf einem Bierdeckel ein Glas Portwein mit Zitrone. Wenn sie langsam trank, reichte er vielleicht für den halben Abend, und dann spendierten ihr Jimmy oder Willie möglicherweise noch einen. Zwecklos, das von Vera zu erhoffen, denn Vera war so knapp bei Kasse wie sie. Sie war müde, denn sie hatte einen schweren Tag hinter sich. Es hatte geregnet, und alle Fußböden in der Schule waren voller schlammiger Schuhabdrücke gewesen. Sie hatte eine Ewigkeit zum Putzen gebraucht. Manchmal wünschte sie sich, sie könne die Stelle aufgeben, aber womit sollte sie dann Geld verdienen? Es war kein Vergnügen, zwei Kinder allein großzuziehen, und je älter sie wurden, desto mehr aßen sie und desto teurer wurden ihre verflixten Klamotten. Die Tür ging auf, und Vera und Jimmy kamen herein.

»Hallo, holt euch einen Drink und setzt euch zu mir.«

»Hallo, Pat.«

»Abend, Pat.«

Als Jimmy und Vera mit ihren Drinks Platz genommen hatten, sagte Pat: »Habt ihr schon gehört, dass Dr. Harris für ein paar Tage nach Hause gefahren ist?«

Vera machte ein überraschtes Gesicht. »Nein. Hat sie die Zwillinge mitgenommen?«

»Nein, der Pfarrer und Sylvia kümmern sich um sie.«

»Klingt, als ob er ein Machtwort gesprochen hätt' wegen ihrem Karnickelkreuzzug.«

»Na ja, das hat eine Menge Ärger gegeben, und wenn ich recht drüber nachdenk', weiß ich gar nicht, Jimmy, warum ich mit dir noch was trinke. Jedenfalls hab' ich gehört, sie hätten einen Mordskrach gehabt, und dann hat sie geweint, und am nächsten Tag ist sie ab nach Northumberland.«

»Als sie das letzte Mal dorthin gefahren ist, war das ...«

»Stimmt, als sie das ...«, Pat schaute sich um und vergewisserte sich, dass niemand mithörte, »... mit Suzy Meadows und den Zwillingen rausgekriegt hat. Gütiger Himmel, du glaubst doch nicht etwa, es ist wieder so was?«

Jimmy tat ihre Spekulationen abfällig ab. »Ihr habt ja wohl einen Knall, ihr zwei. Ihr wisst ja, dass ich im Moment nicht gut auf Dr. Harris zu sprechen bin, aber er kann doch nicht schon wieder fremdgehen. Der hat seine Lektion doch bestimmt gelernt.«

»Du musst zugeben, Jimmy, dass er sehr gut aussieht. Nach dem würden sich viele die Finger schlecken, das steht fest.«

Jimmy lachte. »Irrtum. Sie ist weggefahren, um sich zu erholen, glaubt's mir.«

»Wer sagt das?«

»Willie, er und Sylvia hüten nämlich die Babys, wenn der Pfarrer weg muss.«

»Da wäre ich mir nicht so ...«

Die Tür ging auf, und Veras Don kam herein. »Wisst ihr was?« brachte er keuchend heraus. »Sie haben die beiden bis zur Verhandlung rausgelassen.«

»Welche beiden?«

»Gwen und Beryl.«

»Rausgelassen? Nie im Leben.«

Die Neuigkeit machte wie ein Lauffeuer die Runde im Lokal.

»Widerlich.«

»Da hört sich ja alles auf.«

»Die bei Gericht sind selber Verbrecher.«

»Da sind wir ja in unseren Betten nicht sicher.«

»Wir wollen die nicht hier haben.«

»Auf keinen Fall.«

»Die gehören lebenslänglich eingesperrt.«

»Richtig, eingesperrt, bis sie tot und begraben sind.«

»Diese miesen, bösartigen Schreckschrauben.«

»Waren Sie schon mal in ihrem Haus? Willie sagt, es ist eklig.«

»Da wett' ich drauf.«

»Wir wollen die und ihren Dreck nicht in Turnham Malpas.«

»Wir sollten sie uns vom Hals schaffen.«

»Stimmt, sollten wir.«

Die Stimmen stiegen zu einem Crescendo an und erfüllten die Bar mit ihrem Lärm.

Bryn und Georgie versuchten, die Atmosphäre zu entspannen, aber die Gäste wollten davon nichts wissen.

»So, meine Damen, meine Herren, immer mit der Ruhe, bitte. Ein Drink für alle aufs Haus, und beruhigen Sie sich. Die beiden gehören hierher, und ihre Schuld ist noch nicht bewiesen.«

»Nicht bewiesen? Da ist keine Verhandlung nötig, wir waren alle dabei, als die kleine Flick aus dem Haus gebracht wurde. Für mich einen doppelten Whisky.«

Bryn und Georgie bereuten bald, dass sie eine Lokalrunde ausgegeben hatten. Die ganze Bar war über die Neuigkeit in Rage, und der zusätzliche Alkohol machte alles nur noch schlimmer.

Die Hitzköpfigeren unter den Stammgästen kamen zu dem Schluss, dass die Polizei überhaupt nichts unternehmen würde, um zu verhindern, dass Gwen und Beryl Schlimmeres taten, als Flick im Schrank zu verstecken. »Mord ist das Nächste«, sagten sie. »Schaffen wir sie uns selber vom Hals«, sagten sie. »Los, kommt alle mit! Wir machen kurzen Prozess mit den beiden alten Vogelscheuchen. Weg mit ihnen. Unser Dorf soll sicher sein.« Ein Ansturm auf die Tür brach los, und die Bar leerte sich. Bryn und Georgie beschlossen, den Sergeant anzurufen. Die Menge strömte die Stocks Row entlang und bog in die Culworth Road ein. Vor dem Cottage von Gwen und Beryl blieben die Leute stehen und riefen: »Raus, raus, raus. Raus, raus, raus. RAUS, RAUS, RAUS.« Jemand las einen Stein von der Straße auf und warf ihn gegen das Haus. Zufällig traf er ein Fenster im Erdgeschoss und durchschlug es. Ein anderer fand einen größeren Stein und warf ihn gezielt gegen ein anderes Fenster, das mit einem lauten Krachen zerbrach. In ihrer Wut über die Ungerechtigkeit, dass Gwen und Beryl auf freiem Fuß waren, und angefeuert vom Bersten der Scheiben, fing die Menge an, ernsthaft mit Steinen zu werfen. So nah an der Straße waren die Fenster ein leichtes Ziel. »Kinderquälerinnen. Drecksäue. Raus, raus, raus«, hallten die Rufe durch das Dorf. Der Lärm war ohrenbetäubend.

Der Sergeant, alarmiert durch Bryns Anruf, schob sich durch die Menge, aber die Leute brüllten ihn an, er solle ihnen aus dem Weg gehen.

»Ihre Kumpel haben die rausgelassen. Nützt gar nichts, dass Sie hier sind, Sie sind auf der Seite von denen, hauen Sie ab, ehe Sie auch was abkriegen. Raus, raus, raus.«

»Ich zeige Sie alle wegen Landfriedensbruch an«, rief der Sergeant über den Lärm hinweg. »Gehen Sie jetzt bitte nach Hause, ehe Sie etwas tun, was Sie nachher bereuen. Gehen Sie bitte weiter. Machen Sie schon, gehen Sie nach Hause. Die beiden werden ihre gerechte Strafe bekommen, aber überlassen Sie das der Justiz.«

»Das haben wir gemacht, und schauen Sie sich an, was passiert ist. Aus dem Weg, Sergeant. Raus, raus, raus.«

Peter kam vom Pfarrhaus herüber und bahnte sich einen Weg durch den Menschenauflauf. Vor der Cottagetür drehte er sich zu der wütenden Menge um. »Bitte, bitte, haben Sie denn alle vergessen, wer Sie sind? Das muss ein Ende haben. Sie dürfen das Gesetz nicht selbst in die Hand nehmen. Morgen früh, im hellen Tageslicht, schämen Sie sich dessen, was Sie heute Abend tun. Was sollen Ihre Kinder denken, wenn sie erfahren, was Sie getan haben? Scham, sie werden Scham empfinden. Tiefe Scham. Auch ich schäme mich, weil Sie zu meiner Gemeinde gehören und sich so aufführen. In Gottes Namen, gehen Sie nach Hause, bevor in diesem Dorf noch schrecklichere Dinge geschehen.«

Peters ruhige, feste Stimme und die Kraft seiner Argumentation kühlte die hitzigen Gemüter ab, und nach etlichem Gemurr und Widerstand lichtete sich die Menge, und die Leute gingen nach Hause.

Der Sergeant war erschüttert, aber erleichtert, dass die Lage bereinigt war, und bedankte sich bei Peter für seine Hilfe.

»Gehen wir hinein und sehen nach den Frauen«, schlug Peter vor.

Die beiden Männer gingen um das Haus herum nach hinten. Peter klopfte an die Tür und versuchte, sie aufzustoßen, aber sie war verriegelt und gab nicht nach.

Er rief durch eines der eingeschlagenen Vorderfenster: »Hier ist Peter vom Pfarrhaus. Sind Sie da drin unversehrt?«

Gwen kam ans Fenster. »Ja.«

»Kann ich Ihnen in irgendeiner Weise helfen?«

»Nein, wir kommen zurecht.«

»Gut, aber falls Sie Hilfe brauchen, wissen Sie doch, wo ich bin?«

»Ja.«

Gwen wandte sich vom Fenster ab, und der Sergeant fragte Peter, was in aller Welt er mit Leuten machen solle, die sich weigerten, sich helfen zu lassen.

»Ehrlich gesagt, ich weiß es auch nicht. Aber eins kann ich Ihnen sagen, Sergeant, Sie müssen dafür sorgen, dass es nicht noch einmal zu einem solchen Überfall kommt. Gesetz und Ordnung sind Ihre Aufgabe, und die Sicherheit dieser beiden Frauen ist von entscheidender Bedeutung, wenn die Justiz glaubwürdig bleiben soll. Falls ich auch nur einen Moment glauben müsste, Sie hätten gegenüber diesen beiden Menschen Ihre Pflicht vernachlässigt, würde ich nicht zögern, es publik zu machen. Die Frauen verdienen Ihren Schutz, und es geht nicht, dass Sie ein Auge zudrücken.«

»Nein, Sir. Ich passe auf.«

»Tun Sie das.«

Am nächsten Morgen wachte das Dorf von lautem Hämmern auf. Gwen vernagelte die Fenster mit Brettern. Nur das Fenster, an dem Gwen immer saß und das Kommen und Gehen im Dorf beobachtete, war heil geblieben. Später ging der Sergeant zum Haus, um sich zu vergewissern, dass alles in Ordnung war, aber Gwen kam an das eine heile Fenster und winkte ihm, er solle verschwinden.

Am Vormittag ging sie wie üblich in den Dorfladen, um sich ihre Zeitung und Lebensmittel zu kaufen.

Jimbo und Harriet hatten schon besprochen, wie sie sich verhalten sollten.

»Wenn sie hier nichts kaufen können, Jimbo, werden sie verhungern.«

»Peter würde mir bestimmt die Meinung sagen, wenn ich mich weigern würde, sie zu bedienen. Andererseits ist es nicht sein Kind, das sie beinahe erstickt hätten.«

»Wir können uns nicht guten Gewissens weigern, sie zu bedienen.«

»Ich kann sie nicht bedienen.«

»Nein, und ich kann es auch nicht.«

Sie berieten sich mit Linda, die meinte, wenn sie es wünschten, werde sie hinter dem Postschalter hervorkommen und Gwens Geld kassieren.

Jimbo bedankte sich bei ihr. »Ich komme mir sehr unchristlich vor, aber die beiden haben Flicks Leben aufs Spiel gesetzt.« Gwens Hereinkommen wurde schweigend aufgenommen. Es waren nur zwei weitere Kunden im Laden, und da sie aus Penny Fawcett kamen, wussten sie nichts von der Sache. Als Gwen ihre Einkäufe eingesammelt hatte, kam Linda an die Kasse und nahm das Geld entgegen. Gwen sagte kein Wort, und auch Jimbo und Harriet schwiegen.

Später kam Peter in den Laden. »Ich bedaure aufrichtig, dass es diesen ganzen Aufruhr wegen Gwen und Beryl gegeben hat, Jimbo. Ich bin mir sicher, dass das für Sie sehr belastend sein muss.«

»Stimmt, Peter. Aber wenn wir ihnen nicht gestatten, hier einzukaufen, verhungern sie, unter den gegebenen Umständen ist es allerdings sehr schwer, sich christlich zu verhalten.«

»Ich weiß. Ich wüsste nicht, wie ich reagiert hätte, wenn sie eins meiner Kinder in Gefahr gebracht hätten. Aber es bleibt eine Tatsache, dass wir das Gesetz nicht selbst in die Hand nehmen dürfen. Die beiden wären gestern Abend um ein Haar gelyncht worden. Ich war entsetzt über den Hass, der ihnen entgegenschlug. Das war eindeutig Lynchjustiz. Heute Morgen fühle ich mich, als besäße ich überhaupt keine Menschenkenntnis. Das Verhalten von gestern Abend war finsterstes Mittelalter. Ich konnte es nicht fassen. Es ist ein Wunder, dass die Leute die beiden Frauen nicht in den Stock gesperrt und gesteinigt haben.«

»Es fällt uns schwer, die Leute zu verurteilen, Peter. Sie haben es aus Empörung über das getan, was mit Flick passiert ist.«

»Ich weiß, aber Sie würden doch bestimmt nicht wollen, dass den beiden etwas anderes als Gerechtigkeit widerfährt?«

»Nein, das würden wir nicht wollen.«

Peter predigte am folgenden Sonntag über den Text: »Wer unter euch ohne Sünde ist, der werfe den ersten Stein.« Danach gab es Kaffee für alle im Gemeindehaus, und Peter machte sich daran, die Brücken zu reparieren, die er im letzten Jahr so mühselig gebaut hatte.

13. Kapitel

Am Tag nach Peters Predigt begann Rons und Sheilas Mitgliedschaft im Turnham House Fitnessclub. Zur Vorbereitung darauf hatte sich Sheila einen plüschigen Jogginganzug gekauft, nicht im selben Rosa wie der von Venetia, aber sehr ähnlich. Seit ihrer Bekehrung zu einem dezenteren Kleidungsstil, auf dem Ron so hartnäckig bestanden hatte, wählte Sheila etwas gedecktere Farben. Sie war sich sicher, dass die Mitgliedschaft im Fitnessclub ein Schritt in die richtige Richtung war. Man musste in den richtigen Kreisen verkehren und Gelegenheit haben, die richtigen Leute kennen zu lernen. Man konnte nie wissen, was sich daraus ergab. Als Sheila zurückrechnete, wie lange es her war, seit sie Schwimmklamotten getragen hatte, nein, so durfte sie sich nicht ausdrücken, es hieß Badeanzug, kam sie auf dreißig Jahre. Ihre Neuerwerbung war rosa, passend zum Jogginganzug. Ron hatte dafür gesorgt, dass sie den Badeanzug in der richtigen Größe kaufte. Sie wusste, dass er Recht hatte, sie kaufte ihre Sachen immer zu klein. Sie gab eben nicht gern zu, dass sie Größe 42 brauchte, während sie früher 38 getragen hatte.

Es war ein schöner, warmer Morgen; deshalb überlegte Sheila, ob sie zum Fitnessclub laufen oder das Auto nehmen sollten. Ron schüttelte den Kopf.

»Ich glaube, wir sollten mit dem Auto fahren. Hat keinen

Sinn, total kaputt anzukommen. Warten wir lieber, bis wir fit sind, dann können wir laufen.«

Die Empfangshalle war kühl und elegant. Die junge Frau am Tresen prüfte ihre Mitgliedsausweise, reichte ihnen saubere, blassrosafarbene Handtücher mit dem aufgestickten Schriftzug »Turnham Haus Fitnessclub« und zeigte ihnen gerade den Weg zum Pool, als Venetia in die Halle kam, um sie zu begrüßen.

»Hi, Sie beide, Sie wollen bestimmt das Schwimmbad ausprobieren. Freut mich, Sie im Club willkommen zu heißen. Ich bin mir sicher, dass Sie von den Besuchen hier profitieren werden.«

»Ganz bestimmt.«

»Klopfen Sie an der Tür da drüben, sobald Sie in den Kraftraum möchten. Ich würde Ihr persönliches Trainingsprogramm gern selbst zusammenstellen. Ich sorge dafür, dass Sie die Sache langsam angehen und allmählich steigern. Einen schönen Tag.«

Ron und Sheila trafen sich am Beckenrand. Den Pool umstanden riesige Plastikpalmen in überdimensionalen Kübeln, dazwischen Stühle und Liegen aus weißem Kunststoff. Die gewaltigen Glasfenster waren geschlossen, ließen sich aber an wirklich heißen Tagen weit öffnen. Draußen war eine Terrasse, auf der ebenfalls weiße Kunststoffstühle zum Sonnenbaden standen.

Sheila stieg in das Becken mit den Massagedüsen. Der warme, pulsierende Rhythmus des Wassers bearbeitete ihren Rücken, und plötzlich begriff sie, warum diese Düsen so hoch gelobt wurden. Du liebe Zeit, dachte sie, an den Dingern ist mehr dran, an man ihnen ansieht.

Ron schwamm langsam und etwas mühsam hin und her. Sie musste zugeben, dass jemand, der ihn unbekleidet in der Öffentlichkeit sah, ihn wohl kaum sportlich genannt hätte.

Schwerfällig wäre der passendere Ausdruck gewesen. Sie hoffte, Venetia hegte keine Absichten auf ihn. Sie wurde allmählich zu alt, um noch eine Rivalin aus dem Feld zu schlagen. Aber eine Frau wie Venetia interessierte sich doch bestimmt nicht für einen übergewichtigen Mann in reiferen Jahren? Wenn sie es jedoch recht bedachte, traf das genau auf Jeremy zu. Übergewichtig und ohne Sexappeal. Wie Ron.

Ron schlug vor, an der Poolbar ein paar Sandwiches zu Mittag zu holen. Sie hatten es sich eben in zwei Kunststoffliegen am Pool gemütlich gemacht, als Venetia im winzigsten überhaupt noch vorstellbaren Bikini die Szene betrat. Das stechende, verwegene Lila flimmerte vor Sheilas Augen. Sie beobachtete, wie Venetia am Beckenrand posierte und ihnen reichlich Gelegenheit gab, ihren schlanken, straffen Körper zu bewundern, bevor sie geschmeidig in das azurblaue Wasser sprang. Sheila drehte sich zu Ron um und wollte eine hämische Bemerkung über Exhibitionismus machen, aber als sie sein Gesicht sah, verbiss sie sich die Worte. Ron beobachtete gierig das bronze- und lilafarbene Schimmern, mit dem Venetia durch den Pool schoss.

Sheila klopfte Ron auf den Schenkel und sagte: »Ron? Ron?«, aber er ignorierte sie. Venetia stieg aus dem Becken und kam zu ihnen, dabei warf sie sich das dichte, dunkle Haar aus dem Gesicht und schüttelte sich das Wasser von den Gliedern. Ihr muskulöses Fleisch bebte. Sie erinnerte Sheila an eine Katze, die im Regen nass geworden war. Katzenhaft. So war sie.

»Möchten Sie in den Kraftraum kommen, wenn ich mich abgetrocknet habe, Ron, damit wir Ihr Programm besprechen?«

Sheila antwortete für ihn: »Wir klopfen, wenn wir so weit sind.«

Sie beobachtete Rons Gesicht, als Venetia zu den Umkleidekabinen joggte. Er hatte eindeutig Vergnügen daran, den Hintern dieser Frau zu begaffen.

Ron wollte eben an der Tür mit dem Schild »Privat« klopfen und Venetia bitten, in den Kraftraum zu kommen, aber Sheila bedeutete ihm, innezuhalten. Die Tür stand einen Spalt offen, und drinnen waren Stimmen zu hören.

»Mensch, Sid, du hast gesagt, du hast's im Sack.«

»Ich weiß, was ich gesagt habe. Sie haben versprochen, ab dem kommenden Wochenende zwanzig Angestellte herzuschicken, insgesamt sechsmal. Sie haben es schriftlich zugesagt, hier ist der Brief. Und jetzt ist der hier gekommen, in dem steht, dass sie wegen der Rezession Leute entlassen und sparen müssen, wo immer sie können. Eine ihrer Sparmaßnahmen ist, Leistungsanreize wie solche Wochenenden zu streichen.«

»Aber das bedeutet, dass wir an den nächsten sechs Wochenenden keine Gäste haben.«

»Das ist mir auch klar, Marge. Es gehört nicht viel Grips dazu, zu dieser Schlussfolgerung zu kommen.«

»Nenn mich hier nicht Marge. Sonst rutscht es dir noch vor den Kunden heraus.«

»Welchen Kunden?«

»Was zum Teufel sollen wir machen? Du wirst herumfahren und alte Kontakte erneuern müssen. Biete ihnen Wochenenden zum Kennenlernpreis oder irgend so was an. Du weißt schon, eine Kostprobe der fabelhaften Gelegenheit, körperlich fit zu werden, oder was auch immer.«

»Verdammt, was für ein Mist.«

Eine Pause entstand, die Ron nutzte, um an die Tür zu klopfen. Venetia kam heraus und führte die beiden schwungvoll zum Kraftraum.

Sie setzte Ron und Sheila auf die Trimmräder. Während Ron in die Pedale trat, schien Venetia es für nötig zu halten, ihm dauernd die Beine zu streicheln und die Hände auf die Schenkel zu legen. Sheila half sie überhaupt nicht. Sie teilte ihr lediglich mit, sie mache das ausgezeichnet und müsse schon einmal auf einem Trimmrad gesessen haben. Sheila widersprach, bemerkte aber, dass Ron eine Menge Zuwendung brauchte, angesichts der Tatsache, dass er nur treten musste. Am schlimmsten war, dass er sich mit einem dämlichen Grinsen im Gesicht in der Zuwendung aalte.

Am Nachmittag ging Sheila in den Laden, um etwas Besonderes zum Abendessen zu besorgen. Jimbo bediente und unterhielt die Kunden mit der üblichen guten Laune.

»Hallo, Sheila, Sie sehen ja heute putzmunter aus. Sie waren im Fitnessclub, stimmt's?«

»Ja, zum allerersten Mal. Es ist sehr hübsch da oben. Waren Sie schon dort?«

»Harriet und ich gehen regelmäßig hin. Wir sind beide Mitglieder. Mir gefallen der Kraftraum und die Laufstrecke, aber auf den Pool bin ich nicht besonders scharf. Er ist nicht sehr groß, oder?«

»Nein, aber Sie brauchen ihn ja auch nicht, weil Sie einen eigenen Pool haben. Ich habe die Massagedüsen ausprobiert und sehr genossen. Wir haben außerdem dort zu Mittag gegessen und waren sehr zufrieden.«

»Alles geliefert vom Turnham Malpas Store, wissen Sie, also sollte es keinen Grund zur Klage geben.« Jimbo lüpfte den Strohhut und verbeugte sich.

»Heute Vormittag waren nur wir da. Ich nehme an, dass es abends voller ist.«

»Das wollen wir für die Meyers hoffen. An den nächsten sechs Wochenenden reisen Gruppen an, was bestimmt eine Hilfe ist. Wir planen gerade die Menüs für die Gäste.«

»Oh … ich weiß nicht recht, ob ich Ihnen das erzählen sollte, aber wir haben Venetia und Jeremy unfreiwillig belauscht.

Die Buchung ist gestrichen, diese Leute kommen nicht. Wir haben die beiden sagen hören, dass sie an den nächsten sechs Wochenenden wohl keine Gäste haben.«

»Das haben sie uns gar nicht gesagt.«

»Na ja, jedenfalls haben wir es gehört. Ich glaube, sie haben es erst heute Morgen erfahren.«

»Dann ruf ich mal an, stelle ein paar Fragen wegen des Essens und warte ab, ob sie mir was sagen. Danke, dass Sie mich informiert haben, Sheila.«

»Da ist noch was. Sie heißt gar nicht Venetia.«

»Wie dann?«

»Marge.«

Sheila und Jimbo brachen in hysterisches Gelächter aus. Sadie kam aus dem Hinterzimmer und fragte, was so komisch sei. Als sie es ihr sagten, musste sie sich auf den Tresen stützen. Sie nahm ihr Taschentuch heraus und wischte sich die Augen.

»Nie im Leben. Ich fasse es nicht. Du meine Güte, das ist ja zum Brüllen.«

Sheila genoss es, im Mittelpunkt zu stehen. »Das ist noch nicht alles«, sagte sie. »Sie erraten nie, wie Jeremy in Wirklichkeit heißt.«

Jimbo versuchte es ein paar Mal, aber schließlich musste Sheila es ihm sagen: »Sid.«

Sadie lachte, bis sie Seitenstechen bekam. »Marge und Sid. Sid und Marge. O Hilfe, das muss ich Harriet erzählen.« Sie machte sich auf die Suche nach ihrer Tochter.

Als Jimbo sich beruhigt hatte, fragte er Sheila nach ihren Wünschen, und als sie auf den frischen Lachs zeigte, schnitt er ihr zwei großzügig bemessene Steaks ab und schenkte sie ihr.

»Wir waren nicht immer ein Herz und eine Seele, Sheila, aber ich bin Ihnen sehr dankbar für die Warnung. Betrachten Sie den Fisch als Friedensangebot.«

»Das ist ungeheuer nett von Ihnen, Jimbo. Ronald liebt frischen Lachs. Er ist so viel besser als das scheußliche Dosenzeug.« Sie suchte sich Gemüse aus, dazu einen hausgebackenen Käsekuchen mit schwarzen Johannisbeeren, dann verabschiedete sie sich.

Jimbo rief mit der Liste der geplanten Mahlzeiten in der Hand im Fitnessclub an. Jeremy meldete sich. »Turnham House Fitnessclub, was kann ich für Sie tun?«

»Guten Tag ... Jeremy. Hier ist Jimbo vom Dorfladen. Hab' ein paar Menüs zusammengestellt. Könnte ich die kurz mit Ihnen durchgehen? Ich würde sie ja faxen, aber das verflixte Ding hat seine Mucken und funktioniert nicht richtig.« Er kreuzte die Finger wegen der faustdicken Lüge, die er Jeremy eben aufgetischt hatte.

»Ah, in Ordnung. Ich höre.«

»Ich weiß, es ist erst Montag, aber ich muss die Zutaten bestellen, verstehen Sie, und ich möchte nicht auf unerwünschter Ware sitzen bleiben. Kann mir in diesen schweren Zeiten keine Verschwendung leisten, wie Sie ja bestens wissen.«

»Und ob, und ob. Schießen Sie los.«

Jimbo las seine Liste vor und versuchte, aus Jeremys Reaktion herauszuhören, ob der Mann bluffte oder ob Sheila Bissett etwas falsch verstanden hatte.

Jeremys Stimme klang zuversichtlich, als er Jimbos Menüvorschlägen zustimmte. »Ausgezeichnet, Jimbo, ausgezeichnet. Genau was wir wollen.«

»Ich kann also die Bestellung aufgeben?«

»Ja, bitte.«

»Ich liefere Ihnen die Ware als erstes am Freitagmorgen. Gibt Ihrem Koch Zeit für die Vorbereitungen.«

»Natürlich. Was für ein Glück, dass wir einen so ausgezeichneten Lieferanten in der Nähe haben.«

»Zahlung bei Lieferung, wie vereinbart?«

»Selbstverständlich, selbstverständlich.«

Jimbo legte auf, nahm den Strohhut ab und blickte hinaus auf die Anlage. Entweder war der Mann ein sehr überzeugender Lügner, oder Sheila hatte sich geirrt. Das würde sich noch herausstellen. Die ganzen Salatzutaten wären ein Ärgernis; das meiste würde er wegwerfen müssen. Und zehn Liter Karottensaft würde er im Leben nicht verkaufen können. So eine Vergeudung. Es wäre unerträglich für ihn. Als der Freitag kam, lieferte er jedoch die Waren, erhielt das Geld und kam zu dem Schluss, Sheila Bissett müsse missverstanden haben, was sie belauscht hatte.

Harriet hatte vor, am Samstag mit den Kindern hinzugehen und sich selbst davon zu überzeugen, was sich dort tat. Jimbo blieb nach wie vor bei seinem Entschluss, Harriet sollte bei den Kindern sein, wenn sie nicht in der Schule waren, und Harriet musste feststellen, dass sie lieber mit ihnen zusammen war, als sie erwartet hatte. Wenn sie Caroline manchmal mit dem Kinderwagen sah, konnte sie sich fast vorstellen, selbst noch ein Kind zu bekommen.

Im Fitnessclub prüfte die Empfangsdame erst die Mitgliedsausweise und versorgte sie mit den rosafarbenen Handtüchern, und schließlich kamen sie zum Pool. Die Kinder schwammen alle wie die Fische; deshalb gönnte Harriet sich den Luxus, sich von den Massagedüsen verwöhnen zu lassen, während die Kinder schwammen und mit den von der Geschäftsleitung zur Verfügung gestellten Schwimmtieren spielten.

Bald bekam sie Gesellschaft von zwei Paaren. Sie plauderten miteinander, und Harriet hörte mit geschlossenen Augen zu, während sie das warme Wasser und das entspannende Gefühl genoss. Die Paare unterhielten sich darüber, wie gut es ihnen im Club gefiel, und eine der Frauen sagte: »Nigel, wie kommt es eigentlich, dass wir kostenlos hier sind? Kennst du diesen Jeremy gut?«

»So gut nun auch wieder nicht. Hab' ihn ein paar Mal bei uns zu Hause in den Lokalen getroffen, und er hat mir angeboten, umsonst herzukommen. Drum hab' ich vorgeschlagen, ein paar Freunde mitzubringen, und er hat sich mordsmäßig drüber gefreut. An diesem Wochenende sind übrigens alle umsonst hier. Ich lass' mir trotzdem keine Mitgliedschaft aufschwatzen, ist zu weit weg von meinem üblichen Freizeitrevier. Bestimmt dauert es nicht mehr lange, bis sie uns als Kunden weich klopfen wollen.«

Das war die Erklärung für Jimbo. Die Gäste waren allesamt gratis hier.

Sie erzählte es ihm gleich nach ihrer Rückkehr, und Jimbos Mundwinkel gingen nach unten. »Wenn das so ist, geht es nicht lange gut. Bei den Meyers ist Vorsicht geboten. Verflixt noch mal! Ich hatte gehofft, die Einnahmen vom Fitnessclub würden die Verluste im Restaurant ausgleichen. Wir werden etwas abstoßen müssen. Wir können Henderson's nicht weiter betreiben, wenn unsere Reserven dabei draufgehen. Fehlschläge dulde ich nicht. Verflixt und zugenäht.«

Ron und Sheila gingen in jener Woche viermal in den Fitnessclub. Sheila war nicht annähernd so scharf darauf wie am Anfang, aber sie konnte Ron unmöglich allein dort hinlassen. Der Himmel allein wusste, was sich in der Sauna abspielen mochte. Ron war von den Saunagängen sehr angetan.

»Hilft mir beim Abnehmen, weißt du, Sheila, und genau das wollen wir doch, oder?«

»Stimmt.« Insgeheim fragte sie sich, ob es für sie nicht besser wäre, wenn Ron übergewichtig bliebe.

Es kam zum Eklat, als Sheila Ron eines Nachmittags aus den Augen verlor. Sie waren geschwommen und hatten ihr geplantes Trainingsprogramm absolviert, das immer länger dauerte, je besser sie wurden. Dann hatte Sheila sich umgezogen, und sie hatten sich an der Poolbar verabredet, um einen Drink zu nehmen, bevor sie nach Hause gingen.

Sheila bestellte ihren Gin mit Orangensaft, setzte sich auf einen Barhocker, beobachte ein paar schwimmende Kinder und wartete auf Ron. Sie ging davon aus, dass er bald kommen würde. Nach zwanzig Minuten machte sie sich auf die Suche nach ihm. Sie versuchte, sich lässig zu geben und sich nicht anmerken zu lassen, dass sie nicht wusste, wo er war. Sie machte die Tür zur Umkleidekabine der Männer auf und rief in einem lauten Bühnenflüstern: »Ron, Ron, bist du hier?« Keine Antwort. Sie ging noch ein bisschen herum, schaute hier und dort nach, bis außer den Behandlungszimmern nur noch der Kraftraum übrig blieb. Sheila schaute durch das Glasfenster in der Tür. Ron lag auf dem Rücken und arbeitete sich am Stemmgerät ab, auf und ab, auf und ab, während Venetia ihn überwachte. Sie hielt ihm die Hände und half ihm beim Stemmen oder rückte seine Beine nach unten, damit er die Knie nicht anheben konnte. Ron strampelte sich ab, als wäre er ein junger Mann von zwanzig und nicht sechsundsechzig Jahre alt. Das blödeste überhaupt vorstellbare Grinsen verzerrte sein Gesicht. Sheila marschierte hinein und blieb neben den beiden stehen. Sie waren so beschäftigt, dass sie Sheila zunächst gar nicht bemerkten.

»Was haben Sie mit ihm vor? Wollen Sie ihn umbringen?«

Ron ließ die Hantelgriffe los und setzte sich abrupt auf. Venetia stand auf und sagte: »Ihr Bewegungsablauf ist jetzt viel besser geworden, Sir Ronald. Sie haben nur ein bisschen Hilfe gebraucht.«

»Gehen wir. Ich habe zwanzig Minuten auf dich gewartet, Ron.«

Als Sheila die Tasse Tee vor dem Zubettgehen gekocht hatte, wünschte sich Ron, er wäre nie geboren. Es sei alles völlig harmlos, erklärte er Sheila immer wieder, aber sie wollte nicht hören.

»Für sie war das doch bloß ein Vorwand, dich überall zu betatschen. Was mich am meisten empört, ist, dass du es auch noch genossen hast. Ich bin nicht von gestern, Ron. Sie ist eine Nympho … oder wie man das nennt. Denk daran, wie sie dem Pfarrer nachgestellt hat. Das war widerlich. Sie ist mannstoll und treibt es mit jedem.«

»Das ist nicht sehr schmeichelhaft für mich.«

»Noch ein Wort, und ich mache es publik, dann kannst du deine politische Karriere aber vergessen, das sag' ich dir. Mir ist das völlig egal. Ich sag' dir noch was, morgen hol' ich als erstes meinen Leopardenmantel aus dem Pelzlager und ziehe ihn an, sobald es kalt genug ist, schreib dir das hinter die Ohren.«

»Nein, Sheila, tu das nicht.«

»Du hast mir überhaupt nichts zu sagen, Ron Bissett. Ich hab' auf dich gehört, als du gesagt hast, ich soll mich nach der Decke strecken und anziehen wie Sadie Beauchamp. Und jetzt hör' ich nicht mehr auf dich. Im Gegenteil – ich glaub', ich ruf' morgen bei der *Sun* an und erzähle denen, natürlich anonym, was wirklich hier läuft.«

»Wenn du das machst, kann sich der Fitnessclub vor Mitgliedern nicht mehr retten. Das würde ein Bombenerfolg.«

»Da hast du auch wieder Recht.« Sheila fing Rons Blick auf, und beide fingen an zu lachen. »Mal ehrlich, Ron, was hast du dir eigentlich dabei gedacht?«

»Ich bin ein alter Mann, und ihre Zuwendung hat mir geschmeichelt. Im Grunde hab' ich gewusst, dass sie mir nur was vormacht. Es hätte doch zu gar nichts geführt, auch wenn ich gewollt hätte, oder?«

»Kaum, aber wenn du fitter wirst, könnte es schon zu was führen.« Sheila setzte sich auf und sah auf ihn hinunter. »Das ist die Lösung, Ron, werd' fitter, dann könnten wir vielleicht die diplomatischen Beziehungen wieder aufnehmen.«

»Abgemacht, altes Mädchen.«

»Lass das mit dem alten Mädchen, Ron, ich bin noch nicht mal in Rente. Sollen wir weiter trainieren und richtig fit werden? Man hört doch so viel über Rentner mit einem aufregenden Sexleben. Das könnten wir doch ausprobieren, oder, Ron? Sonst ist ja doch nicht viel in Sicht für uns, oder? Du wirst fit, und ich auch, und ich lasse meinen Leopardenmantel eingelagert, und dann fahren wir in die zweiten Flitterwochen. Wir müssen nur hoffen, dass du keinen Herzinfarkt bekommst, das ist alles. Und denk dran, lass dir ja keine übertriebene Zuwendung von Venetia gefallen, sonst kriegst du es mit mir zu tun. Ich verstümmle sie fürs Leben ... genau da, wo's am meisten wehtut.«

14. Kapitel

Als Sylvia nach dem mit Willie verbrachten freien Tag zurückkam, brachte sie Caroline die Neuigkeit bei.

»Haben Sie einen Moment Zeit, Dr. Harris?«

»Selbstverständlich, Sylvia, wenn es Sie nicht stört, dass ich Alex sein Bäuerchen machen lasse, während wir reden.«

»Nein, das geht in Ordnung. Ich habe eine Wohnung gefunden.«

»Oh, Sylvia, heißt das, dass Sie mich verlassen wollen?«

»O nein, das heißt, wenn Sie wollen, dass ich weiter hier arbeite.«

»Natürlich will ich das. Wir kommen so gut miteinander aus. Peter und ich wissen Ihre Hilfe wirklich zu schätzen. Wo werden Sie wohnen? Hier im Dorf?«

»Ja, schon.«

»Oh, wo denn? Ich hab' gar nicht gewusst, dass ein Cottage leer steht.«

»Es steht auch keins leer. Ich weiß nicht, wie ich mich ausdrücken soll, aber ich werde nebenan wohnen, bei Willie.«

Um Zeit zum Nachdenken zu gewinnen, wischte Caroline Alex sorgfältig den Mund ab, wo beim Bäuerchenmachen etwas hochgekommen war. Sylvia, die den Geschirrspüler einräumte, sah Caroline bei der Arbeit von der Seite an.

»Es geht doch niemand außer mir und Willie etwas an, oder?«

»Ja, das stimmt. Haben Sie es sich auch gut überl… Entschuldigung, Sylvia, natürlich haben Sie es sich gut überlegt, Sie sind kein Kind, und Sie haben jedes Recht, zu tun, was Sie wollen.«

»Eine Heirat kommt für mich nicht in Frage, verstehen Sie.«

»Warum nicht?«

»Weil ich beim ersten Mal so eine Niete gezogen habe. Mein Mann war ein Weiberheld, ich habe furchtbar darunter gelitten. Ich habe seine Treulosigkeit fünfzehn Jahre lang ertragen, und als er den tödlichen Unfall hatte, musste ich mir große Mühe geben, nicht zu jubeln. Keine Frau sollte so etwas ertragen müssen. Heutzutage würden Frauen sich das auch nicht mehr gefallen lassen, wissen Sie, Dr. Harris. Sie würden sich sofort scheiden lassen. Ich wünschte, ich hätte mich auch scheiden lassen. Aber eine Ehe ist eine Ehe, und ich habe mein Versprechen gehalten.«

»Tut mir Leid, dass Sie es so schwer hatten.«

»Deshalb kann ich Willie nicht heiraten, jedenfalls noch nicht. Als ich damals das Ehegelöbnis gesprochen habe, war es mir Ernst, und ich habe mich daran gehalten. Ich trau' mich nicht, es noch mal zu tun, bevor ich mir wirklich sicher bin.«

»Aber Willie ist nicht so, Sylvia.«

»Nein, aber mir fehlt noch die rechte Überzeugung. Das Problem ist, er traut sich nicht, es dem Pfarrer zu sagen.«

»Das muss er auch nicht, ich übernehme das. Ihr Privatleben gehört Ihnen. Es ist nicht zu vermeiden, dass Peter es erfährt, aber ich weiß nicht, wie er darauf reagiert. In solchen Dingen ist er altmodisch. Die Lehre der Kirche und so weiter.«

»Vielleicht will er dann nicht mehr, dass ich für Sie arbeite?«

»Doch, er wird schon wollen, weil ich ohne Sie nicht zurecht komme. Überlassen Sie das nur mir.«

Caroline schlug vor, Sylvia solle am Abend ausgehen. Sie wollte sie aus dem Weg haben, wenn sie sich Peter vornahm.

Er aß liebend gern Sirupkuchen, und sie hatte einen besonders guten für ihn gebacken. Nach der zweiten Portion lehnte er sich zurück und lobte sie, weil der Kuchen so köstlich war.

»Das war hervorragend, Caroline. Ich weiß gar nicht, wo du bei deiner vielen Arbeit die Zeit für solche Leckereien hernimmst.«

»Ich hätte keine Zeit für so etwas, wenn Sylvia mir nicht helfen würde. Ohne Sylvia müsstest du dir deinen Sirupkuchen selber backen.«

»Wenn sie den Eindruck macht, dass sie gehen will, gib ihr mehr Lohn. Wir können es uns nicht leisten, sie zu verlieren.«

»Ich weiß. Möchtest du den Wein austrinken?«

»Ich schenke mir noch einen Schluck ein, möchtest du auch noch etwas?«

»Nein, danke. Trink du ihn aus. Hast du Willie heute gesehen?«

»Ja, natürlich. Warum?«

»War nur so eine Frage. Wie geht es ihm?«

»Er war ein bisschen still, wirkte aber okay. Warum machst du dir Sorgen um Willie?«

»Tu ich gar nicht. Du könntest ohne ihn nicht auskommen, nicht wahr? Ebenso wenig wie ich ohne Sylvia.«

»Caroline, willst du auf etwas Bestimmtes hinaus?«

»Aufrichtig gesagt, ja.«

»Er will doch nicht etwa gehen?«

»Nein, er nimmt einen Untermieter auf.«

»Einen Untermieter. In diesem kleinen Cottage. Wen?«

»Sylvia.«

Peter stellte das Weinglas ab, stand auf, ging zum Esszimmerfenster und schaute hinaus.

»Kannst du mir sagen, warum? Wollen sie heiraten?«

Sie erklärte ihm, was ihr Sylvia erzählt hatte.

»Verstehe. Die Gründe klingen überzeugend.«

»Das sind sie auch.«

»Aber ich kann das nicht öffentlich zulassen. Es verstößt völlig gegen meine Prinzipien.«

»Vor geraumer Zeit habe ich mir fest vorgenommen, das, was ich jetzt sagen werde, niemals in einem Gespräch zwischen uns einzusetzen. Ich habe es mir feierlich gelobt. Aber was deinen Ruf im Dorf betrifft, muss ich dich daran erinnern, dass der Pfarrer besondere Vorsicht walten lassen muss, wenn es um die Einhaltung des Ehegelübdes geht. Nachdem ich diese Salve abgefeuert habe, ziehe ich mich zurück und räume die Spülmaschine ein und den Trockner aus.«

Caroline hatte die Spülmaschine angestellt und legte auf dem Trockner Windeln zusammen, als Peter ihr schließlich nachkam.

»Ich kann nicht behaupten, was sie tun, sei richtig, denn das ist es nicht. Willie ist Mesner und sollte als solcher ein Vorbild für die Gemeinde sein. Ich bin jedoch, wie du mir so zutreffend wie liebevoll ins Gedächtnis gerufen hast, nicht in der Lage, es zu verurteilen. Verzeih mir, Caroline.« Peter stand da und wartete auf ihre Antwort. Sie faltete weiter Windeln zusammen, hielt sich die letzte an die Wange und genoss die weiche Wärme; dann drehte sie sich zu ihm um.

»Mein Liebling, du weißt, dass ich dir schon vor Monaten verziehen habe. Vielleicht vergesse ich es nicht, weil ich Tag und Nacht zwei Gedächtnisstützen um mich habe und den Erinnerungen nicht ausweichen kann, aber ich habe dir verziehen. Voll und ganz verziehen.«

Peter streckte die Arme aus und zog sie an sich.

Als Willie ein paar Tage später Peter auf dem Friedhof über den Weg lief, wusste er, dass er etwas über Sylvia sagen musste. Sie hatten beide bislang kein Wort darüber verloren, und Willie gefiel ein gestörtes Verhältnis zum Pfarrer gar nicht. Es machte das Leben sehr schwierig; die Luft musste gereinigt werden.

Er lehnte sich an den Schuppen, nahm seine Pfeife heraus, und als sie zu seiner Zufriedenheit brannte, sah er Peter an und setzte zu einer Entschuldigung an. »Ich weiß, Sir, dass Sie als Pfarrer nicht billigen werden, was Sylvia und ich vorhaben.«

»Das stimmt, Willie.«

»Ich weiß auch, dass ich als Mesner ein Vorbild sein sollte, aber die Sache verhält sich folgendermaßen: Als Junge war ich hinter den Mädchen her wie alle Jungen, aber die Jahre sind vergangen, und ich habe nie eine Frau kennen gelernt, mit der ich den Rest meines Lebens verbringen wollte. Kurz mal zusammen ins Heu, wenn Sie meine Ausdrucksweise entschuldigen wollen, Sir, und leb wohl, das war meine Devise. Dann hab' ich ein Auge auf Sylvia geworfen und mir gewünscht, wir wären beide dreißig Jahre jünger. Aber das sind wir nicht. Wir haben nicht mehr alle Zeit der Welt. Sie ist die erste Frau, mit der ich wirklich zusammenleben möchte, nicht bloß auf Zeit, sondern für immer. Sie hat mir alles über sich erzählt, und ich verstehe, warum sie sich nicht festlegen will. Sie muss sich sicher sein, und das ist sie noch nicht. Ich hab' also einen Kompromiss schließen müssen, wie man's nennen könnte. Ich ertrage den Gedanken nicht, den Rest meines Lebens ohne sie zu verbringen, und deshalb ist das für mich im Moment das Zweitbeste. Sobald sie sich sicher ist, werden wir schon noch vor den Altar treten.«

»Freut mich zu hören, Willie. Sagen Sie mir Bescheid, wenn Sylvia sich entschieden hat, dann bringen wir die Sache in Ordnung. Bis dahin reden wir nicht mehr darüber. Sie sind beide erwachsen und wissen genau, was Sie tun. Eins weiß ich, sie ist meiner Frau eine gewaltige Hilfe, und es ist eine Freude, sie um sich zu haben. Sie haben einen guten Geschmack.«

»Es wird eine Menge Klatsch im Dorf geben, und das wird mir gar nicht gefallen, aber ich nehme an, das ist eine Eintagsfliege, und bald findet sich ein anderes Gesprächsthema. Ich wäre froh, wenn Sie nicht erwähnen würden, dass ich mir Hoffnungen auf eine Heirat mache. Ich will nicht, dass Sylvia sich verpflichtet fühlt.«

»Von mir kein Wort, Willie. Und falls Sie, wenn es so weit ist, die Heirat geheim halten möchten, ist es mir auch Recht.«

»Ich komm' morgen vorbei und grab' die Rabatte für Sie um, Sir. Wissen Sie, Ihre Frau Gemahlin hat die ganze Zeit durchschaut, dass *ich* Ihren Garten anleg' und nicht Sie, aber sie hat kein Wort darüber verloren, oder?«

»Nein, hat sie nicht, jedenfalls nicht mir gegenüber.«

»Sie ist eine wunderbare Frau, Sir. Sie sind zu beneiden, und ich auch mit meiner Sylvia.«

»Allerdings, wir sind beide zu beneiden. Übrigens, Willie, ich hab' Sie schon mehrmals gebeten, mir im Heizkellerlager beim Hochhieven dieser Metalltruhe zu helfen, aber wir sind nie dazu gekommen. Wie wär's damit?«

»Kann den Schlüssel nicht finden, Sir.«

»Dann müssen wir eben das Vorhängeschloss aufsägen.«

»Wie gesagt, ich komm' vorbei und bepflanz' die Rabatte.« Willie machte kehrt und verschwand im Schuppen.

Zwei Tage nachdem Sylvia bei Willie eingezogen war, ging sie für das Pfarrhaus einkaufen, wo sie mit Gwen zusammenstieß, die ebenfalls ein paar Sachen zusammensuchte. Gwens Jackenknopf verfing sich in Sylvias Korb. Sylvia versuchte, den Korb von Gwen zu lösen, und sagte: »Tut mir wirklich Leid, Miss Baxter.«

»Nicht Leid genug, Sie Schlampe.«

»Wie bitte?«

Gwen hob die Stimme. »Schlampe, hab' ich gesagt.«

»Was soll das heißen?«

»Das wissen Sie ganz genau. Sind auf Willies schöne Reden reingefallen, was? Haben sich von ihm rumkriegen lassen, eh? Und nicht mal seinen Ring am Finger.«

»Ich glaube, Sie sollten sich um Ihre eigenen Angelegenheiten kümmern.«

»Wir haben Augen im Kopf. Wir sehen, was Sie treiben. Verdorben, das sind Sie. VERDORBEN. Eine Hure Babylon.«

Gwens Stimme wurde lauter, und Jimbo kam hinter der Fleischtheke hervor.

»Miss Baxter, würden Sie bitte Ihre Einkäufe bezahlen und gehen?«

»Gehen? O ja, ich gehe. Mit solchen Weibern will ich sowieso nichts zu tun haben. Huren und Schlampen. Spielzeuge zum Vergnügen der Männer, das seid ihr alle, Spielzeug. Ihr werdet alle in der Hölle braten.« Sie funkelte die Kunden böse an, die sie alle anstarrten, wedelte mit dem Finger nach ihnen und machte sich dann ans Bezahlen. Linda stand schon an der Kasse und nahm ihr Geld entgegen. Sylvia lief knallrot an, stellte ihren Einkaufskorb ab und floh aus dem Laden in die Sicherheit des Pfarrhauses.

Als Gwen gegangen war, waren alle, die bisher noch nicht über Willie und Sylvia Bescheid gewusst hatten, eindeutig im Bilde. Das Stimmengewirr im Laden stieg um etliche Dezibel an.

»Frag' mich, wo diese Gwen ihrer Meinung nach wohl enden wird, wenn man bedenkt, was sie getan hat.«

»Luzifer wird ordentlich für sie vorheizen, da wett' ich drauf.«

»So ein mieser alter Besen. Machen Sie die Tür auf, Mr. Charter-Plackett, und lassen Sie frische Luft rein. Ich versteh' nicht, wie Sie ihr erlauben können, hier einzukaufen, nach allem, was sie getan hat. Ich an Ihrer Stelle würd' mich weigern.«

»Geht nicht, dann würden die beiden verhungern.«

»Das geschäh' denen recht, wegen dem, was sie Ihrer Flick angetan haben. Aber denken Sie nur, mit diesen beiden hat sie Recht gehabt.« Die Sprecherin nickte in Richtung von Willies Cottage. »Und das, wo er doch Mesner ist.«

»Wie der Herr, so's Gescherr«, sagte jemand hinten im Laden und lachte entschieden zu laut.

Pat Duckett, die in der Schlange am Postschalter wartete, mischte sich ein: »So was solltest du nicht sagen, Bet, unser Pfarrer ist reizend, und seine Frau auch.«

»O ja, und ob, viel zu reizend, wenn du mich fragst«, sagte Bet und gab der Frau neben ihr zwinkernd einen Stups.

»Wer hat dich denn gefragt, das geht dich nichts an, wo du doch aus Penny Fawcett bist.«

»Unser Pfarrer ist er auch, weißt du.«

»Nicht so wie unserer.«

»Nein, aber ich darf ja wohl noch 'ne Meinung haben.«

»O nein, das darfst du nicht, du alte Kuh.« Pat verließ ihren Platz in der Schlange, marschierte nach hinten und ließ ihre Handtasche um den Kopf der Frau aus Penny Fawcett kreisen.

Ehe Jimbo wusste, wie ihm geschah, war eine Schlägerei im Gange.

»Meine Damen, meine Damen, ich muss doch sehr bitten.« Er stürzte sich, in der Absicht, Pat wegzuzerren, in das Getümmel, aber der Strohhut wurde ihm vom Kopf gestoßen, und er hätte fast ein blaues Auge abbekommen. Als der Frieden schließlich wiederhergestellt war, zog er sich ins Hinterzimmer zurück und setzte sich einigermaßen erschüttert auf Sadies Hocker.

»Es gibt Zeiten, da frage ich mich, ob es sich lohnt, so seinen Lebensunterhalt zu verdienen. Diese Frauen waren mit Zähnen und Klauen bei der Sache. Gwen hat allerhand auf dem Kerbholz.«

»Ich habe die Kampfgeräusche gehört und gesehen, wie du dich ins Gefecht gestürzt hast. Eine Meisterleistung, Jimbo.«

»Schon gut, Sadie, lass den Sarkasmus. Je früher diese beiden Frauen im Gefängnis sitzen, desto besser.«

»Ich glaube, sie werden altershalber oder so freigesprochen.«

»Das ist doch nicht dein Ernst?«

»Würde mich nicht überraschen. Die Justiz ist heutzutage so blöd. Ich müsste bestimmt ins Gefängnis, wenn ich einen Autounfall bauen würde, aber ich möchte wetten, dass die beiden nicht einsitzen müssen, obwohl sie Flick gekidnappt haben.«

»Der Himmel weiß, was passiert, wenn sie straflos davonkommen.«

15. Kapitel

In jener Woche bekamen Harriet und Jimbo Nachricht über den Verhandlungstermin. Wovor ihnen gegraut hatte, sollte bald Wirklichkeit werden. Sie beschlossen, es Flick erst kurz vorher zu sagen. Sie wollten sie nicht schon Tage zuvor unnötig beunruhigen. Der Brief ließ den ganzen Hass der beiden auf Gwen und Beryl wieder aufleben.

Am folgenden Tag fiel Harriet auf, dass Gwen sehr verwirrt wirkte, als sie zum Einkaufen kam. Harriet nahm Gwens Zeitung für sie heraus und legte sie auf dem Tresen bereit. Sie beobachtete, wie Gwen unschlüssig an den Regalen entlangstrich und einen Laib braunes Brot und zwei Brötchen herausnahm. Dann ging sie zum Gemüsestand und suchte sich ein paar Pastinaken aus. Harriet hatte noch nie gesehen, dass Gwen Pastinaken kaufte. Karotten und Kohlrüben ja, aber keine Pastinaken. Dann ging Gwen zur Fleischtheke und wählte eine kleine Packung Hackfleisch und ein Stück Schweinefilet aus. Sie ging zurück zum Obststand und ließ sich Zeit, bis sie zwei Äpfel und zwei Birnen ausgesucht hatte. Dann holte sie die Renten der beiden Schwestern ab. Linda kam hinter dem Postschalter hervor und kassierte bei ihr ab, und Gwen verließ geistesabwesend den Laden.

Harriet hatte an jenem Tag sehr viel zu tun und verdrängte den Vorfall. Als Gwen am nächsten Tag in den Laden schlüpfte und herumstrich, bediente Jimbo. Diesmal tätigte sie ganz andere Einkäufe als am Vortag. Als Jimbo ihr ihre Zeitung hinhielt, schüttelte sie den Kopf. Sie bezahlte eine Portion Käsekuchen, eine Dose Cornedbeef und ein Päckchen Tee und ging hinaus.

Am Montag war Flick nach der Schule im Laden und sortierte die Geburtstagskarten. Jimbo bezahlte ihr ein Pfund in der Woche dafür, dass sie den Kartenständer in Ordnung hielt, und sie hatte großen Spaß an der Aufgabe. Die Jungen hänselten sie wegen des zusätzlichen Pfunds, aber Flick wusste, dass sie nur neidisch waren.

Am Montag sollte sie eine ganze Ladung neuer Karten mit Altersangaben einordnen. Die Bestände waren wirklich knapp geworden. Als Flick sich bückte, um die Karten zum 50., 60., 70. und 80. Geburtstag in den Ständer zu schieben, witterte sie den eigenartigen Geruch, den Gwen und Beryl an sich hatten. Für Flick roch das wie eine Mischung aus den alten Fußballsocken der Jungen, wenn sie vergessen hatten, Mummy zu bitten, sie zu waschen, dem scheußlichen französischen Käse, von dem Daddy sagte, er schmecke wie Ambrosia, und schmutziger Wäsche. Bei Beryl kam noch der Geruch nach Knoblauch dazu. Flick duckte sich am Kartenständer und verhielt sich mucksmäuschenstill. Ihr Atem ging schnell, und die schreckliche Angst, die sie im Schrank der Baxters erlebt hatte, stieg wieder hoch und wogte durch sie hindurch. Fast hätte sie sich in die Hose gemacht. Es war unmöglich, ungesehen zu verschwinden, also blieb sie zusammengekauert hocken, versteckte ihr Gesicht und betete, dass die Frau ging. Als Gwen bezahlt und den Laden verlassen hatte, sagte Harriet zu Jimbo: »Weißt du, Jimbo, Gwen wird wunderlich.«

»Wunderlich? Meinst du etwa, noch wunderlicher?«

»Ja. Sie hat sonst an jedem Wochentag immer genau dieselben Sachen gekauft. Und jetzt hat sie fast eine Woche keine Dose von diesem scheußlichen Frühstücksfleisch mitgenommen, das wir nur ihretwegen führen. Letzte Woche ist sie an zwei Tagen überhaupt nicht gekommen, und jetzt kauft sie lauter ungewohnte Sachen. Ich glaube, jetzt ist sie endgültig übergeschnappt.« Harriet spürte, dass sich Flick an ihren Rock klammerte. »Flick, du ziehst mir ja den Rock aus! Ach, Liebling, entschuldige bitte. Ich hab' mir nichts dabei gedacht. Komm, nimm meine Hand, wir gehen und brutzeln was zusammen für die heißhungrigen Horden, die wir unsere Männer nennen.«

Harriet setzte Flick auf einen Küchenhocker und sagte ihr, sie solle Kirschen für einen Auflauf kleinschneiden.

»Geht's dir jetzt besser, Liebling? Es tut mir Leid, aber ich habe gar nicht gemerkt, dass du da warst. Das muss furchtbar für dich gewesen sein.«

»Das war nicht Gwen.«

»Wenn wir am Samstag weg … Was meinst du damit, das war nicht Gwen? Sie sind Zwillinge, man kann sie nicht auseinander halten.«

»Es war nicht Gwen, es war Beryl.«

»Beryl kauft nie ein.«

»Jetzt schon, das war Beryl.«

»Woher weißt du das?«

»Sie stinkt anders als Gwen.«

»Das ist nicht sehr höflich, Flick.«

»Nein, aber es stimmt.«

»Kannst du die beiden so auseinander halten?«

»Ja. Gwen stinkt nach alten Fußballsocken, Daddys französischem Käse und dreckiger Wäsche, und bei Beryl ist es genauso, bloß dass sie auch noch nach Knoblauch stinkt.«

»Also wirklich! Keine besonders hübsche Methode, um sie zu unterscheiden.«

»Ich hab' gedacht, alle können sie an ihrem Gestank auseinander halten.«

»Wir wissen alle, dass sie schlecht riechen, aber bis jetzt hat noch niemand einen Unterschied festgestellt. Bist du dir ganz sicher, dass es Beryl war?«

»O ja. Sind das genug Kirschen?«

»Ja, reichlich. Du kannst ein paar essen, wenn du möchtest.«

»Ich schau mir jetzt das Kinderprogramm an.«

Als Beryl – oder Gwen? – am folgenden Tag an die Kasse kam, um ihre Einkäufe zu bezahlen, holte Harriet mit Absicht, nicht Linda an die Kasse. Sie fragte ganz unschuldig: »Geht es Ihrer Schwester gut?«

Beryl schaute sie an, nickte und wich rückwärts aus dem Laden.

Herriet war wild entschlossen, herauszufinden, was da gespielt wurde. »Und wie geht es Ihnen heute, Miss Baxter? Alles in Ordnung?«

Die dunkelbraunen Augen musterten sie nervös.

»Ja.«

»Der Winter wird kommen, bevor wir wissen, wie uns geschieht, stimmt's?«

»Ja.«

Harriet beobachtete, wie sie zögerte, als ob sie etwas sagen wolle, aber sie überlegte es sich anders und floh aus dem Laden. Die Hälfte ihrer Einkäufe ließ sie auf dem Tresen liegen.

»Das ist meine Chance, Jimbo. Ich gehe ihr mit den Sachen nach.«

»Das wirst du hübsch bleiben lassen. Wenn sie die Sachen will, soll sie sich das Zeug gefälligst selber holen.«

»Jemand muss rausfinden, was da los ist. Gwen könnte schwer krank im Haus liegen und Beryl zu viel Angst haben, etwas zu unternehmen. Wir greifen ganz selbstverständlich zum Telefonhörer, aber für Beryl ist das ein gewaltiges Unterfangen.«

»Hast du nicht gehört, was ich gesagt habe, Harriet? Du gehst nicht zu ihr!«

»Du wirst mir allmählich viel zu diktatorisch, James Charter-Plackett, weißt du das? Tu dies, tu das nicht, Harriet, ich lasse nicht zu, ... und so weiter und so fort. Das verfängt nicht mehr. Ich gehe.«

»Dann komme ich mit. Linda, kommen Sie fünf Minuten lang allein zurecht, während ich meine Frau durch die Anlage begleite?«

»Ja, natürlich. Wenn Sie nicht in zehn Minuten zurück sind, rufe ich Inspector Proctor.«

»Tun Sie das. Komm, Harriet, pack die Sachen in eine Tragetasche und lass uns gehen, obwohl ich mir nicht vorstellen kann, was du dir davon versprichst.«

Sie gingen in Jimbos wie üblich flottem Tempo los. Ihm graute davor, zu dem Cottage der Baxters zu gehen, aber das wollte er sich um nichts in der Welt anmerken lassen. Die Erinnerungen an den furchtbaren Tag, an dem Flick verschwunden war, stiegen ihm in die Kehle, als sie sich dem Haus näherten, und er wäre fast daran erstickt. Er merkte, dass er kaum Luft bekam.

Als sie an der Vorderseite des Cottage vorbeikamen, sahen sie Gwen kerzengerade auf einem Stuhl an dem Fenster sitzen, das nicht mit Brettern vernagelt war, den Kopf auf die hohe Stuhllehne gestützt. Sie winkten ihr zu und bedeuteten ihr, an die Tür zu kommen, aber sie ignorierte sie.

Sie klopften und klopften, aber niemand kam.

»Wir stellen die Tragetasche an die Hintertür und gehen wieder«, beschloss Jimbo.

Sie gingen zurück zum Laden und stellten sich dem morgendlichen Ansturm, aber Harriet behielt im Hinterkopf, wie reglos Gwen am Fenster gesessen hatte. Es war alles sehr merkwürdig.

»Ein halbes Pfund Hackfleisch und zwei Schweinekoteletts? Hier, wie gewünscht, Mrs. Goddard. Was tut sich denn im Moment so in Little Derehams? Geht's immer noch rund wie eh und je?«

»Das überlassen wir Ihnen in Turnham Malpas, Mr. Charter-Plackett. Wir kaufen ja alle hier ein, um den neusten Klatsch zu erfahren. Abgesehen von der Tatsache, dass Sie die besten Lebensmittel weit und breit führen, natürlich!«

»Danke für das nette Kompliment.« Jimbo quittierte es mit einem Lüpfen seines Strohhutes.

Mrs. Goddard verließ den Laden und kam sofort zurück. »Schnell! Rufen Sie die Feuerwehr, ein Cottage brennt. Schauen Sie! Da drüben! Auf der anderen Seite der Anlage!«

»Das Cottage der Baxters. Schau nur! Jede Menge Rauchwolken.«

Die Kunden stürzten nach draußen. Vom Reetdach stiegen stetige Rauchspiralen auf und sammelten sich über dem Giebel zu einer finsteren Wolke. Harriet rannte zum Telefon, und Jimbo lief eilig durch die Anlage. Ron und Sheila traten gerade aus dem Haus, als Jimbo vorbeikam. Jimbo hämmerte gegen die Cottagetür. Bei Gott, Gwen saß doch nicht etwa immer noch auf dem Stuhl? Er schaute durch das heile Fenster hinein. O Gott, sie saß wirklich noch da. Dann begriff er mit Entsetzen, dass Gwen aussah, als wäre sie tot. In diesem Zimmer war noch kein Rauch, folglich musste sie schon vor dem Brand tot gewesen sein. Wo zum Teufel war Beryl? Willie, Jimmy und Peter, dazu Bryn vom Royal Oak waren allesamt zur Stelle.

»Wir müssen die Hintertür aufbrechen und die Frauen herausholen«, sagte Peter dringlich.

»Für Gwen ist es zu spät. Sie ist schon tot. Sehen Sie hin.«
»O gütiger Himmel, wie schrecklich.« Peter übernahm das Kommando. »Willie, holen Sie den Gartenschlauch aus dem Pfarrhaus. Caroline soll ihn an den Wasserhahn in der Küche

anschließen. Bryn, sehen Sie nach, ob Sir Ronald zu Hause ist. Er soll ebenfalls den Gartenschlauch anschließen. Wir müssen uns beeilen, die Feuerwehr braucht im besten Fall zwanzig Minuten.« Blitzschnell waren zwei Schläuche bereit, mit denen sie den Brand bekämpften. »Richten Sie ihn auf das Reetdach, Bryn. So ist es richtig. Jimbo und ich gehen von hinten hinein. Willie und Jimmy, Sie kommen mit. Gut, Ralph, schütten Sie es durch die Fenster. So viel Wasser wie möglich in die Flammen.«

Sie stießen das Gartentor auf und warfen sich mit vereinten Kräften gegen die Hintertür. Sie ging krachend auf und Rauchwolken trieben heraus.

»Da gehen Sie nicht hinein, Sir«, rief Willie. »Der Rauch schafft Sie, bevor Sie zwei Schritte gemacht haben. Lassen Sie ihn nicht hinein, Jimbo.«

»Hören Sie auf uns, Peter, gehen Sie nicht hinein.«

»Wir müssen sie retten.«

»Gwen ist schon tot ...«

»Schon tot?« Willie konnte es nicht fassen.

»Wir reißen die Bretter von einem der Vorderfenster ab und steigen dort ein«, rief Peter. Sie rannten um das Haus herum zur Vorderseite, wobei sie von dem Wasser aus den Schäuchen klatschnass wurden. Inzwischen hatte sich eine Menge versammelt, und Bryn hatte eine Eimerkette organisiert, mit Wasser aus Jimmys und Veras Küchen.

»Sie hat am Fenster gesessen, holt sie raus. Die ist bestimmt bloß bewusstlos vom Rauch.«

»Wir suchen Beryl. Hat jemand sie heute gesehen?« Alle fingen an zu rufen: »Beryl. Beryl.«

Peter riss ein Brett vom Fenster. Die hineinströmende Luft fachte die Flammen an, die aus dem Fenster schlugen. Gwen war durch das Fenster nicht mehr zu sehen.

»Ich gehe hinein.«

Willie packte Peter am Arm. »O nein, das tun Sie nicht, Sir. Hilft mir denn niemand?« Jimbo fasste Peter am anderen Arm und ließ ihn nicht los.

»Sie gehen da nicht hinein, Peter. Gott sei Dank, hier kommt die Feuerwehr. Die haben Atemschutzgeräte.«

Die Feuerwehrmänner schätzten die Lage ein, rollten ihre Schläuche aus und nahmen die Atemschutzgeräte heraus.

»Nach wie vielen Menschen suchen wir?«

»Eine Schwester ist schon tot, sie sitzt auf einem Stuhl im Vorderzimmer, und die zweite Schwester müsste auch noch im Haus sein.« Peter wischte sich den Schweiß von der Stirn und übernahm den Schlauch von Ralph.

Zwei Feuerwehrmänner namens Barry und Mike legten rasch die Ausrüstung an und drangen in das lichterloh brennende Cottage ein. Diejenigen Zuschauer, die nicht vollauf in der Eimerkette beschäftigt waren, warteten mit angehaltenem Atem darauf, was die Männer herausbringen würden. Nach wenigen Momenten erschien Barry mit der Leiche von Gwen. Er legte sie auf den Rasen. Peter zog die Soutane aus und deckte sie damit zu. »Wir können sonst niemand da drin finden, sind Sie sicher, dass beide zu Hause waren?«

»Jedenfalls sind sie so gut wie nie ausgegangen.«

»Im Haus schmoren ganze Papierberge. Das macht die Suche sehr schwierig. Noch ein Versuch, ja, Mike?«

»Gut.« Barry und Mike verschwanden wieder. Die anderen Feuerwehrmänner richteten die Schläuche auf die oberen Fenster, von denen sie Gwens Bretter entfernt hatten.

»Da ist nur die eine alte Frau, die wir schon herausgebracht haben«, meldete Mike, als er wieder aus dem Rauch auftauchte.

Der Sergeant traf auf seinem Fahrrad ein. Er war zu Besuch auf einer Farm gewesen und über Funk gerufen worden.

»Das ist mir ja eine schöne Geschichte«, ächzte er. »Haben Sie die beiden rausgeholt?«

»Wir können nur eine alte Frau finden, und sie ist tot.«

»Welche von den beiden ist es?«

»Sie liegt unter der Soutane des Pfarrers auf dem Rasen.«

Die Flammen waren jetzt erloschen, aber die Zeitungsstapel schwelten immer noch, und Rauchwolken trieben zum Himmel. Das ganze Dorf hatte sich in der Anlage versammelt und sah zu. Es war sicher für alle der aufregendste Tag seit Jahren.

»Ich muss den Inspector rufen. Darf ich bei Ihnen telefonieren, Herr Pfarrer?«

»Selbstverständlich.« Der Sergeant eilte über die Straße. Georgie kam mit einem Tablett voller Teebecher aus dem Royal Oak. Hinter ihr trabte Muriel herbei, ebenfalls mit einem Tablett voller Becher.

»Erst kriegen die Feuerwehrleute Tee, dann die Eimerbrigade und danach alle anderen, die geholfen haben«, rief Georgie.

»Peter?«

»Caroline! Was machst du denn hier?«

»Ich helfe. Sie ist schon seit ein paar Tagen tot, würde ich sagen.«

»Wie ich vermutet habe. Beryl hat sie einfach auf dem Stuhl sitzen lassen. Warum in aller Welt hat sie bloß keine Hilfe geholt?«

»Ich nehme an, sie hatte zu viel Angst. Ich bin froh, dass Jimbo dich daran gehindert hat, den Helden zu spielen.«

»Du hast es gehört?«

»Ja. Der Rauch hätte dich umgebracht.«

»Wenn wir nur die zweite Schwester finden könnten.«

»Auf alle Fälle ist sie nicht im Haus. Weiß die Feuerwehr, was den Brand ausgelöst hat?«

»Noch nicht.«

Caroline blieb, bis der Notarztwagen kam und Gwen wegbrachte. Sie gingen alle davon aus, dass es Gwen war, weil sie immer vom Fenster aus das Kommen und Gehen im Dorf beobachtet hatte. Caroline ging durch den Kopf, wie Beryl sich wohl fühlte. Das Ganze sah äußerst beunruhigend aus.

Die Feuerwehrmänner blieben fast vier Stunden vor Ort, bis sie überzeugt waren, dass der Brand sich nicht neu entfachen würde. Aber es gab immer noch keine Spur von Beryl. Muriel, die plötzlich an den kleinen Pericles dachte, räumte ihren Posten hinter der Teekanne im Royal Oak und ging nach Hause, um ihn auszuführen.

Sie machten seinen Lieblingsspaziergang, Jacks Lane entlang, über Shepherds Hill auf das Brachland hinter der Methodistenkirche und hinunter zum Turnham Beck. Am Bachufer gab es tausend Gelegenheiten, Kaninchen aufzustöbern. Wenn Pericles ein Kaninchen witterte, rannte er jedes Mal mit wild wedelndem Schwanz von einem Loch zum anderen. Dann fing er laut an zu jaulen. Muriel lächelte. »Eines Tages fängst du eins, Pericles, und dann weißt du nicht, was du damit anfangen sollst.«

Während Muriel den Pudel bei der Kaninchensuche beobachtete, spürte sie, dass jemand sie am Ärmel zog. Sie machte vor Überraschung einen Satz, weil sie wegen des Krachs, den Pericles veranstaltete, gar nicht gemerkt hatte, dass außer ihr noch jemand unten am Bach war.

Hinter ihr stand Beryl, gebeugt und aufgelöst. Beryl wirkte nie besonders sauber, aber jetzt sah sie noch schlimmer aus als üblich. Sie hatte geweint, und Streifen aus Dreck und Tränen überzogen ihr ganzes Gesicht. Ihre Hände waren so schmutzig, als hätte sie in der Erde gewühlt.

»Oh, Beryl, wir haben uns alle solche Sorgen um Sie gemacht«, sagte Muriel freundlich. »Wo sind Sie denn gewesen, meine Liebe?«

Beryl verdrehte die Augen, hielt sich dann die Hände vors Gesicht und stand stumm und zitternd da. Dann zog sie sich die überweite Strickjacke über den Kopf, als glaubte sie wie ein Kind, wenn sie nichts sehe, könne auch sie nicht gesehen werden.

»Beryl, können Sie mir sagen, was im Cottage passiert ist? Wo waren Sie, als das Feuer ausbrach?

Daraufhin setzte Beryl sich und versuchte, ihren ganzen Körper in der Strickjacke zu verstecken. Sie wand sich so verzweifelt, dass sie Muriel an ein krankes Tier erinnerte, das sich zum Sterben eingraben will.

»Meine Liebe, lassen Sie uns zu Peter ins Pfarrhaus gehen. Sie kennen doch Peter, er hat schon mehrmals versucht, Ihnen zu helfen. Stehen Sie auf, wir gehen gemeinsam zu ihm. Er hilft uns bestimmt. Kommen Sie.«

Es war so schön hier auf der Wiese, wo der Bach wie seit Jahrhunderten vor sich hin plätscherte. Die Weiden neigten die schlanken Zweige zum Ufer, das Gras war nach dem vielen Regen fast smaragdgrün, und die Sonne stand tief am Himmel. Der Gegensatz zwischen diesem friedlichen Bild und Beryls Qual war für Muriel fast unerträglich.

»Bitte, Beryl, stehen Sie auf. Gehen wir zu Peter. Er ist sehr nett, und Sie können ihm alles sagen, was passiert ist. Wir bitten Caroline, uns eine Tasse Tee zu kochen, und wärmen uns an ihrem Herd. Es ist so gemütlich in der Pfarrhausküche.« Muriel rief Pericles und nahm ihn an die Leine.

Sie bückte sich, griff unter Beryls Ellbogen und hievte sie hoch. Die beiden machten sich langsam auf den Weg zum Pfarrhaus. Beryls Kopf steckte immer noch unter der Strickjacke. Muriel wusste nicht einmal, ob Peter zu Hause war, aber es erschien ihr als das Beste, sich an Caroline zu wenden. Harriet und Jimbo konnte sie kaum um Hilfe bitten. Nein, Caroline war Ärztin, sie war am besten geeignet. Ja, so war es. Caroline und Peter.

»Wir trinken eine schöne Tasse heißen Tee und dann reden wir«, versprach Muriel. »Kommen Sie, gehen Sie weiter.«

Am Brandort waren weitere Polizisten eingetroffen, die sich mit mehreren Feuerwehrmännern berieten. Sie alle schauten Muriel an, als sie Beryl zum Pfarrhaus führte. Muriel signalisierte ihnen, sie sollten Beryl in Ruhe lassen, zeigte auf das Pfarrhaus und sagte: »Dort stehen wir Ihnen zur Verfügung.«

Inspector Proctor und Sergeant Cooper folgten ihnen über die Anlage. Cooper klopfte an der Pfarrhaustür, während Muriel ihren Hund an den alten Schuhabstreifer band, der an der Schwelle zum Pfarrhaus Wache hielt. Caroline kam mit dem kleinen Alex auf dem Arm an die Tür.

»Ah, hallo«, sagte sie, überrascht über diese merkwürdige Versammlung vor ihrer Haustür.

Inspector Proctor machte als erster den Mund auf. »Dürfen wir Miss Baxter ins Haus bringen, Dr. Harris? Sie sehen ja, wie mitgenommen sie ist, und in ihr Cottage kann sie nicht.«

»Ich habe ihr gesagt, dass Peter ihr zuhören und Verständnis haben wird«, meinte Muriel.

»Natürlich, natürlich. Am besten gehen wir in die Küche. In Peters kleines Arbeitszimmer passen wir nicht alle rein. Ich setze Wasser auf, und dann trinken wir alle eine Tasse Tee.«

Caroline ging voraus und setzte Alex auf Sergeant Coopers Knie, während sie erst Wasser aufsetzte und dann Peter holen ging.

Muriel setzte Beryl in Carolines Schaukelstuhl neben dem Herd. Beryl hielt sich immer noch die Strickjacke über den Kopf.

Inspector Proctor fragte Muriel, wo sie Miss Baxter gefunden hatte.

»Unten am Bach, Inspector. Sie will nichts sagen. Sie ist wie ein Tier, ohne Sinn und Verstand.«

»Leider haben wir in ihrem Cottage eine sehr unerfreuliche

Entdeckung gemacht.« Peter kam herein, und der Inspector stand auf. »Ah, guten Tag, Sir, entschuldigen Sie die Störung, aber wir wussten nicht, wohin mit Miss Baxter.«

»Das geht schon in Ordnung, Inspector. In einem solchen Notfall ist das Pfarrhaus der einzig richtige Ort.«

Peter ging zu Beryl, legte ihr die Hand auf den Kopf und tätschelte ihn.

»Gott segne Sie, Beryl, hier sind Sie sicher, meine Liebe. Meine Frau Caroline kocht Ihnen eine Tasse Tee. Ich bin mir sicher, dass Sie den brauchen können. Es war ein sehr anstrengender Tag für Sie, nicht wahr?«

Peter zog sich einen Stuhl heran. Caroline reichte ihm einen Becher Tee für Beryl, und er gab ihn ihr unter dem Baldachin ihrer Strickjacke.

»Nehmen Sie Zucker?«

Sie flüsterte unter der Strickjacke: »Nein, sagt Gwen.«

»Sie ist aber im Moment nicht hier, also tun wir Zucker rein. Das wird Ihnen gut tun. Ich esse gern einen Keks zum Tee, Sie auch?«

»Darf nicht.«

»Warum?«

»Die machen fett, sagt Gwen.«

»Ich bin mir sicher, sie hätte nichts dagegen, dass Sie sich dieses eine Mal einen Keks aus meiner ganz speziellen Dose nehmen. Hier, bitte, einer mit Schokolade drauf.« Beryl griff nach dem Keks und stopfte sich ihn hastig in den Mund. Dann nahm sie einen zweiten, den sie langsamer aß. Der Inspector wurde unruhig. Er schaute auf die Uhr und räusperte sich.

Ohne Beryl aus den Augen zu lassen, sagte Peter: »Ich darf nichts überstürzen. Wenigstens hat sie angefangen zu reden. So, Beryl, jetzt fühlen Sie sich bestimmt besser.« Er nahm ihr den leeren Becher aus der Hand und nahm dann ihre schmutzigen Hände in seine und fragte: »Wo waren wir denn eigentlich? O ja, ich weiß, da, wo Sie das Feuer gelegt haben.«

»Hab' ich nicht.«

»Ich weiß, dass Sie es nicht mit Absicht getan haben.«

»Hab' Kerzen für Gwen gewollt. Hab' sie doch nicht in die Kirche bringen können. Gott hat uns nie im Leben was Gutes getan, was schert der uns also, hat sie gesagt. Sie war nicht gläubig.«

»Das weiß ich.«

»Ich hab' Kerzen für sie anzünden wollen …« Ihre Hände bebten. »Sie hätte nicht gehen dürfen. Sie hätte auf mich warten müssen. Wo ist sie? Ich hab' die Kerzen fallen lassen, wissen Sie, und der Läufer hat Feuer gefangen und dann die Zeitungen. Sie wollte die Zeitungen aufheben.«

»Warum hat sie die Zeitungen aufgehoben?«

»Um es zu verstecken. Um eine Mauer zu bauen.«

»Aha, sie hat die Zeitungen also gestapelt, um es zu verstecken.«

»Verraten Sie das diesem Bobby nicht. Will nicht, dass er es weiß.«

»Das ist mir klar, Beryl. Aber ich muss es wissen, oder?«

Caroline nahm Sergeant Cooper schweigend den schlafenden Alex ab und verließ die Küche. Muriel und der Inspector saßen völlig reglos da. Ihre Gedanken überschlugen sich bei dem Versuch, zu erraten, was Beryl ihnen erzählen wollte.

Beryl zuckte und wand sich unter der Strickjacke, und dann sprudelte sie los, und da sie das dringende Bedürfnis hatte, es loszuwerden, stolperte in einem einzigen Wortschwall ein Wort über das andere.

»Gwen hat es erstickt, wissen Sie. Das war sie. Als es kam, wollte ich es behalten, aber Gwen hat nein gesagt. Die Schande, hat sie immer wieder gesagt, die Schande. Ich habe geweint. Ich habe geweint, aber sie wollte nicht hören. Es ist ein

Kind der Sünde und eine Missgeburt, hat sie dauernd gesagt, gleich doppelt ein Kind der Sünde. Es ist ein Ungeheuer, das ist es. Ein Ungeheuer. Aber es war keins, es war wunderschön, und ich wollte es behalten.« Beryl verschränkte unter der Strickjacke die Arme, als wiege sie ein Baby. »Sie hat gesagt, so wird es nie groß werden, wird nie das Haus verlassen müssen. Also hat sie es getan. Dann hat sie ... es ... es ... in den Blechkoffer gelegt, und wir haben es hinter den Zeitungen versteckt.«

Muriel wünschte sich, sie wäre irgendwo, nur nicht hier. Diese ganzen schrecklichen Ereignisse, und niemand hatte es auch nur geahnt. Was für ein furchtbares Geheimnis. Als Caroline zurückkam, bat Peter sie, Beryl einen Brandy zu holen.

»Niemand hat es herausgefunden, oder, Beryl?«

»Nein. Wir waren schlau. Als ich erst mal dick wurde, habe ich das Haus nicht mehr verlassen. Sie hat mich gezwungen, im ersten Stock zu bleiben. Hat den Leuten in der Fabrik, in der wir gearbeitet haben, erzählt, ich wäre wegen TB in einem Sanatorium. Aber das war gar nicht so schlimm. Sie hat mich eine Schlampe und eine Hure genannt. Aber mit ihr hat er es doch auch gemacht, oder?«

»Oh. Das war mir gar nicht bewusst.« Peter reichte ihr ein Glas Brandy. »Trinken Sie das, Beryl, ich glaube, Sie können es brauchen. Es ist nicht leicht, mir das alles zu erzählen, nicht wahr?«

Muriel fühlte sich inzwischen sehr schwach, aber sie hielt im Interesse aller durch. Diese Geschichte musste jetzt herauskommen, sonst wurde sie möglicherweise nie erzählt. Wenn sie zusammenbrechen würde, könnte Beryls Faden reißen. Der Inspector, der sich heraushielt, machte sich Notizen, während Beryl sprach. Caroline kauerte auf der Tischkante, gleichermaßen gebannt und entsetzt über das, was sie hörte.

Aus Beryl, die immer noch die Strickjacke über dem Kopf hatte, brach es heraus: »Ich habe es keiner Menschenseele gesagt. Sie hat gesagt, das darf ich nicht. Es ist jahrelang so gegangen. Deshalb hat Mutter immer geschrubbt und geputzt und unsere Sachen gewaschen. Sie hat geglaubt, sie kann die Sünde abwaschen, aber so einfach geht das nicht. Sie hätte uns helfen können. Als Mutter neunzehnhundertsiebenundvierzig gestorben ist, hat Gwen sofort beschlossen, dass Vater der Nächste ist. Sie hat gesagt, er hat es verdient, langsam zu sterben, aber dann haben wir ihn doch nur erstickt, als er das nächste Mal in unser Zimmer gekommen ist. ›Das ist das letzte Mal‹, hat sie gesagt. ›Das allerletzte Mal. Das tust du uns nie wieder an.‹ Und wir haben beide fest auf das Kissen gedrückt, und er hat sich eine Weile gewehrt, aber schließlich haben wir es geschafft. Dann haben wir ihn in sein Bett getragen und ihn zugedeckt und am nächsten Tag zum Arzt gesagt, wir hätten ihn tot gefunden. Wir sind damit durchgekommen, weil er eine Zeitlang immer wieder mal krank war, und die haben geglaubt, er wäre im Schlaf gestorben.«

Muriel war regelrecht übel, sie wünschte sich, Ralph möge kommen und sie retten. Beryl war unter der Strickjacke hervorgekommen und schaute Peter nun voll ins Gesicht.

»Wir konnten nichts dagegen tun, wissen Sie. Vater fing da mit an, in unser Zimmer zu kommen, als wir ein bisschen älter als zehn waren. Wir haben versucht, uns zu wehren, aber wir haben es nicht geschafft. Ich wusste, dass Mutter es wusste, weil sie uns am nächsten Tag nicht in die Augen sehen konnte. Deshalb hat Gwen gesagt, das Baby ist ein Ungeheuer, weil es von ihm war. In den vielen Jahren habe ich also nichts und niemanden zum Liebhaben gehabt. Wir konnten niemanden ins Haus lassen, weil sonst jemand das ... Sie wissen schon ... das Ding in der Truhe gefunden hätte. Als wir den Brief mit dem Verhandlungstermin bekamen, ist Gwen krank geworden, und ich hab' sie tot auf dem Stuhl gefunden. Ich hab' nicht gewusst, was ich machen soll.«

Peter sah nach den Zwillingen, bevor er zu Bett ging. Er strich ihnen über die glatten Wangen und atmete ihren köstlichen, sauberen Duft ein. Wie wahr, was jemand über die liebliche Unschuld eines schlafenden Kindes gesagt hatte. Die beiden wussten nichts von dem, was geschehen war, nichts von dem Schmerz und dem Grauen in dem Cottage gegenüber. Bitte, Gott, lass nicht zu, dass sie in ihrem Leben von solchen Dingen erfahren müssen. Nein, das war unrealistisch, bitte, Gott, gib ihnen die Kraft, das Böse zu ertragen und zu überwinden.

Er lag im Bett und konnte nicht schlafen. Er hatte sein ganzes Geschick aufwenden müssen, um Beryl dazu zu bewegen, dass sie sich ins Krankenhaus bringen ließ. Caroline hatte ihre Hilfe angeboten, und Muriel war in dem Gefühl mitgefahren, moralische Unterstützung sei nötig. Der Inspector hatte gewollt, dass Beryl direkt auf das Polizeirevier gebracht wurde und eine offizielle Aussage machte, aber schließlich hatte auch er eingesehen, dass er so etwas von Beryl niemals bekommen würde. Wahrscheinlich würde sie als Dauerpatientin in eine ausbruchssichere psychiatrische Klinik eingewiesen werden. Peters schlimmste Befürchtungen hatten sich bewahrheitet, als Beryl zu dem Schluss kam, bei Peter sei sie in Sicherheit. Zum Teufel, in was für eine Situation war er da geraten. Als Christ hätte er sagen müssen: »Ja, selbstverständlich.« Aber wie konnte er einer Mörderin Unterkunft in seinem Haus geben, wenn dort neben seinem Schatz auch noch zwei kostbare Kinder wohnten?

Aller Wahrscheinlichkeit nach hätte sich Beryl auf die Zwillinge gestürzt, und sie hätten keinen Moment Ruhe gehabt. Nein, sie musste an einen sicheren Ort gebracht werden, an dem ihr geholfen werden konnte. Wenigstens würde sie sauber gehalten und gut ernährt werden, was mehr war, als sie seit langer Zeit erlebt hatte.

Er hörte Caroline an der Tür.

Er lief die Treppe hinunter, und sie fiel ihm förmlich in die Arme.

»Peter, ich bin so müde, dass ich kaum noch stehen kann.«

»Mein Schatz, es ist so spät. Was war denn nur los?«

»Ich erzähle dir alles, wenn ich im Bett bin.«

»Ich helfe dir.«

Sobald er sie ins Bett gepackt und die Arme um sie gelegt hatte, sagte sie: »Sie wird nie wieder frei sein, weißt du. Sie haben sie auf die psychiatrische Station gebracht, aber sie wird auf Dauer in eine Klinik verlegt werden müssen. Als wir sie aus dem Notarztwagen geführt haben, war sie ganz fügsam und sanft, aber sobald wir ins Krankenhaus kamen, ist sie Amok gelaufen und wollte fliehen. Zum Glück hatte Terry gerade Dienst, das ist der Pfleger, von dem ich dir erzählt habe, gebaut wie ein Stier und flink auf den Beinen. Er wird immer herbeigerufen, wenn es Schwierigkeiten gibt. Jedenfalls ist es ihm gelungen, sie einzufangen und festzuhalten. Muriel war furchtbar aufgeregt, und ich wusste nicht, wen von beiden ich zuerst trösten soll. Wir haben sie jedoch beruhigt, und ich hatte die rettende Idee, ihr eine Tüte Gummibärchen zu geben, die ich in der Tasche hatte. Sie ist wie ein Kind; das hat sie abgelenkt und sie hat ruhig dagesessen und die Bärchen gemampft, während ich die Aufnahmeschwester ins Bild gesetzt habe. Als Muriel und ich gehen wollten, hat Beryl unbedingt mitgewollt. Also gab es noch einmal eine Szene. Sie hat sich an Muriel geklammert, und sie mussten sie wegzerren. Weißt du, es gibt keine Gwen mehr, die ihr sagt, was sie tun soll. Was für eine scheußliche Geschichte. Wie war es nur möglich, dass wir nicht gemerkt haben, was da los war?«

»Wir haben gewusst, dass etwas im Argen liegt, aber wie

hätten wir auch nur ahnen können, wie entsetzlich es tatsächlich war? Die Sache hat mir eine gründliche Lektion erteilt. Wenn ich nächstes Mal das Gefühl habe, dass etwas nicht stimmt, werde ich nicht so einfach aufgeben. Vielen Dank für deine Hilfe, Schatz. Wie war es für dich, wieder im Krankenhaus zu sein?«

»Es ist schön, die Hebel in Bewegung setzen zu können, weil die Leute mich kennen, aber eins sage ich dir, bevor ich einschlafe: Wie es jetzt ist, gefällt mir mein Leben viel besser, vielen herzlichen Dank, und du warst heute wunderbar.«

Peter küsste sie und nahm sie in die Arme, dann merkte er, dass sie schon fest eingeschlafen war.

16. Kapitel

Peter legte die Post auf seinen Schreibtisch, ohne einen Blick darauf zu werfen. Er hatte seine ältesten Sachen an und hatte vor, die alte Truhe im Lagerraum des Heizkellers auszuräumen, ein Vorhaben, dem sich Willie hartnäckig widersetzte. Heute war Willies freier Tag, und Peter wollte seine Chance nutzen.

»Man kann nie wissen, Caroline, vielleicht finde ich Schriftstücke, die für die Kirche nutzlos sind, aber verkauft werden könnten. Das brächte Geld für die neue Kirchenheizung ein.«

»Passend angezogen bist du jedenfalls. Diesen Pullover habe ich vor etwa einem halben Jahr weggeworfen. Wieso hast du den jetzt an?«

»Ich habe ihn in der Mülltonne gefunden und gerettet. Sylvia hat ihn mir gewaschen, und jetzt bin ich sehr froh, dass ich ihn habe.«

»Manchmal hängst du aber wirklich an deinen alten Sachen. Ist wohl so eine Art Schmusedecke?«

Peter küsste sie und erklärte ihr, sie sei seine Schmusedecke, vielen herzlichen Dank. Er spielte kurz mit den Zwillingen, die auf einem Läufer auf dem Küchenboden herumrollten. »Ehe wir wissen, wie uns geschieht, können die beiden laufen …«

»Und dann fangen die Probleme an.«

Peter lachte. »Stimmt. Bin schon weg. Ich mache die Post auf, wenn ich wiederkomme.«

Die Truhe war viel schwerer, als Peter erwartet hatte, und er musste seine ganze Kraft aufwenden, um sie vom Bord zu heben. Sie war von einer dicken, rußigen Staubschicht überzogen. Peter kramte in dem Schrank, in dem Willie seine Putzutensilien aufbewahrte, und fand eine Bürste und einen Lappen, mit denen er sie außen reinigte. Das Vorhängeschloss an der Truhe war massiv, und da er keinen passenden Schlüssel hatte, musste Peter es aufsägen. Er hatte Mühe, den Deckel aufzustemmen, und als er ihn ganz öffnete, knackten die Scharniere. Die Truhe war bis zum Rand mit Dutzenden von Papieren und Akten gefüllt. Er fand etliche Protokolle von Kirchengemeinderatssitzungen vor langen Jahren und zahlreiche alte Briefe aus dem Nachlass viktiorianischer Pfarrer, darunter sogar einen von einem Bischof, der dem Pfarrer Samuel Witherspoon mitteilte, er werde der Gemeinde am 15. Mai 1867 Punkt halb zwei eine Visite abstatten. Alles schön und gut, aber kaum von hohem Verkaufswert. Ganz unten in der Truhe lag ein dickes, in Leder gebundenes Buch. Auf dem Vorsatz stand in Schönschrift: *Almosenkasse der Pfarrgemeinde Turnham Malpas*. Der erste Eintrag trug das Datum 1. Dezember 1761. Dahinter war verzeichnet, dass James Paradise die Summe von zehn Shilling erhalten hatte, damit er für seine Familie Essen kaufen konnte.

Jeweils im darauf folgenden Dezember waren die Namen von Dorfbewohnern verzeichnet, die Geld aus der Almosenkasse erhalten hatten. Namen von Familien, die Peter kannte, weil die Nachkommen immer noch in Turnham Malpas oder in der Gegend wohnten. Die letzte Zuwendung war am 1. Dezember 1916 verzeichnet. Alle vier Brüder Glover hatte je die Summe von einem Pfund erhalten; Cecil, Arnold, Herbert und Sidney. Seither waren keine Almosen mehr ausgezahlt worden. Warum hatten die Zahlungen aufgehört, und warum war das Buch so sorgfältig unter den vielen wesentlich älteren Papieren versteckt worden?

Peter legte die Papiere in die Truhe zurück. Er klopfte sich den Staub und den Dreck von den Hosen und vom Pullover, rieb sich die Hände einigermaßen sauber, nahm das Almosenbuch mit und legte es im Arbeitszimmer auf den Schreibtisch.

Caroline brachte ihm Kaffee, den er trank, während er die Post aufmachte. Mehrere Briefe, drei Postwurfsendungen, seine Kreditkartenabrechnung und ein Brief von der County and Provincial Bank. Den machte Peter als ersten auf, weil er sich wunderte, dass er einen Brief von einer Bank bekam, bei der er nicht Kunde war. Darin lag ein Kontoauszug, aus dem hervorging, dass die Almosenkasse der Pfarrgemeinde von Turnham Malpas über ein Guthaben in Höhe von 23.433 Pfund und 34 Pence verfügte. Der Geschäftsführer der Bank hatte ein Schreiben beigelegt, in dem er vorschlug, Peter solle die Bank aufsuchen, um einträglichere Anlagemöglichkeiten für das Geld zu besprechen.

Peter machte die Tür auf und rief hinaus: »Caroline, komm doch bitte mal einen Moment zu mir.« Als sie ins Arbeitszimmer kam, hatte sie unter jedem Arm ein zappelndes Kind.

»Ja?«

»Ich habe den Brief hier aufgemacht, und darin steht, dass wir jede Menge Geld auf der Bank haben, aus einer Almosenkasse. Merkwürdigerweise habe ich in der Truhe da unten ein altes Buch gefunden, schau, mit dem Titel *Almosenkasse der Pfarrgemeinde Turnham Malpas*. Die Auszahlungen gingen bis zum Dezember 1916, aber danach ist nichts mehr darin verzeichnet. Ist es nicht seltsam, dass wir noch nie etwas von dieser Kasse gehört haben und dass an dem Tag, an dem das Buch auftaucht, die Bank mich anschreibt? Und warum ist kein Geld mehr ausgezahlt worden? Ich kann nicht glauben, dass in den letzten achtzig Jahren niemand hilfsbedürftig war, oder, was meinst du?«

»Sehr seltsam. Hör mal, ich bringe die beiden schnell auf ein Schläfchen vor dem Mittagessen ins Bett. Ich bin gleich wieder da, und dann sehe ich mir das genauer an. Dreiundzwanzigtausend Pfund! Stell dir bloß vor, was die Kirche damit anfangen könnte!«

»Genau. Vielleicht sind meine Gebete erhört worden.«

Der Geschäftsführer der Bank gab Peter einen Termin für den Nachmittag desselben Tages, so dass er gleich nach dem Essen losfuhr. Caroline machte oft spöttische Bemerkungen über das Tempo, mit dem er fuhr, aber seit er Vater geworden war, hatte er es um mindestens zwanzig Stundenkilometer gedrosselt und fuhr viel vorsichtiger. Er war vertraut mit der kleinen Kreuzung etwa fünf Kilometer vor dem Dorf; der Himmel wusste, dass er sie oft genug überquert hatte, und er kannte auch die Kurve, die dem Fahrer die Sicht versperrte. Er bremste und schaute sich um, ehe er weiterfuhr. Plötzlich tauchte aus dem Nichts ein Traktor vor Peter auf, der die Straße kreuzte. Peter trat auf die Bremse und riss das Lenkrad heftig nach rechts, um einem Zusammenstoss auszuweichen. Das Auto schlingerte und ruckte, als es über die Straße schoss, direkt auf den Straßengraben zu. Peter bremste noch stärker, konnte aber nicht verhindern, dass das Auto in den Graben fuhr und umkippte, mit dem Kühler in den Brennnesseln, während die Hinterräder sich in der Luft drehten. Der Traktorfahrer, offenbar blind für andere Verkehrsteilnehmer, schien sich in Luft aufzulösen. Peter wartete einen Moment, um sich zu sammeln, ehe er versuchte, aus dem Auto zu steigen. Seine Knie waren gegen den Rand des Armaturenbretts geprallt und taten weh. Es gelang ihm, die Tür aufzuwuchten und auf die Straße zu klettern.

Das Erste, was Caroline von dem Unfall mitbekam, war, dass Peter in einem Abschleppwagen nach Hause kam.

»Was ist passiert? Bis du verletzt? Wo ist das Auto?«

»Danke fürs Absetzen, Brian. Ich rufe Sie morgen wegen des Autos an.«

»In Ordnung, Sir, wir tun, was wir können.«

Peter humpelte ins Pfarrhaus. »Keine Panik, ich hab' nur Blutergüsse.«

»Zeig sie mir, zeig sie mir.«

»Ich bin im Straßengraben gelandet. Ich hab's geschafft, rauszukommen, hab' einen Lastwagen angehalten und mich nach Culworth mitnehmen lassen.«

»Du bist doch nicht etwa direkt zur Bank gegangen?«

»Doch.«

»Du hättest in die Ambulanz gehen sollen.«

»Ich hab' gedacht, vielleicht komm' ich lieber nach Hause.«

Peter machte die Hose auf und zog sie nach unten, damit Caroline seine Knie untersuchen konnte.

»Ich glaube, es ist halb so schlimm. Morgen hast du vermutlich üble Blutergüsse. Sie schwellen jetzt schon an. Ich koch' dir 'ne Tasse Tee mit viel Zucker. Wie ist es passiert?«

Peter zog die Hose wieder an und erzählte Caroline die Geschichte von dem Geisterfahrer auf dem Traktor.

»Was für ein Schwein! Dass er nicht mal angehalten hat!«

»Halb so wild, ich bin ja nicht schwer verletzt.«

»Und das Auto?«

»Das ist eine andere Geschichte. Der Kühler sieht übel aus, Scheinwerfer weg, Haube eingedellt, Stoßstange kaputt, und das sind nur die sichtbaren Schäden vor der Inspektion. Ich glaube, ich lass' es reparieren und verkaufe es dann. In einem Unfallauto fühlt man sich hinterher nie mehr so richtig wohl.«

»Was hatten die in der Bank zu sagen?«

Peter trank einen Schluck Tee. »Schmeckt gut. Die sind genauso überrascht wie ich über das Konto. Sie haben einen neuen Geschäftsführer, und der ist wie üblich so eine Art neuer Besen. Sie machen eine komplette Runderneuerung, weil sie endlich im zwanzigsten Jahrhundert ankommen wollen, deshalb kehren sie das Unterste zuoberst. Der Geschäftsführer hat ganz hinten in einem Schrank eine Akte gefunden, die seit dem Jahr Schnee nicht mehr angerührt worden war. Sie enthielt Einzelheiten über die Almosenkasse. Das Geld war nicht elektronisch erfasst, und niemand begreift, wie das möglich war. Sie haben das Notwendige getan, die Zinsen seit all den Jahren ausgerechnet, was sehr kompliziert gewesen sein muss, und dabei ist diese Gesamtsumme herausgekommen. Der Geschäftsführer rät mir, an die kirchliche Wohlfahrtsverwaltung zu schreiben und die Sache klären zu lassen.«

»Das klingt alles äußerst dubios. Wie kann Geld auf einer Bank liegen, ohne dass es Unterlagen darüber gibt?«

»Das weiß er auch nicht. Er war völlig verblüfft, dass wir quasi gleichzeitig auf Beweise für die Existenz der Kasse gestoßen sind. Das Ganze ist sehr sonderbar.«

Als Willie mitbekam, dass der Pfarrer die Truhe aufgebrochen hatte, war er sehr aufgebracht und entrüstet.

»Ich hab' doch gesagt, dass ich nach dem Schlüssel suche, Sir.«

»Ja, Willie, das haben Sie gesagt, aber Sie haben sich gar nicht die Mühe gemacht, oder?«

»Nein, Sir. Es war doch auch nicht nötig, in der Truhe rumzukramen. Sie steht seit Jahren auf diesem Bord, und es ist nichts Brauchbares drin. Am Besten wäre sie geblieben, wo sie war, nicht angerührt. Sie haben doch nichts rausgenommen, oder, Herr Pfarrer?«

»Doch, um ehrlich zu sein. Ein Buch mit Einträgen, die sich

auf eine Almosenkasse der Pfarrgemeinde beziehen.« Peter hätte schwören können, dass Willie bleich wurde, tat den Gedanken aber als lächerlich ab.

»Na gut. Ich geh' dann mal.«

»Wollen Sie denn den Rest der Geschichte nicht hören, Willie?«

»Nein.« Er ging, ohne auch nur guten Morgen zu sagen. Peter war vor den Kopf gestoßen. Schlechte Manieren waren gar nicht Willies Art.

Im Royal Oak war Willie an jenem Abend sehr still.

Jimmy fragte ihn, ob er sich nicht wohl fühle.

»Ich bin okay, aber dem Pfarrer wird's bald mies gehen.«

»Bist du Hellseher oder hast du ihm Gift in die Suppe getan?«

»Nein. Noch 'nen Drink, Sylvia?«

»Ja, bitte, Schatz.« Während Willie am Tresen auf die Drinks wartete, sagte Sylvia zu Jimmy, sie mache sich Sorgen. »Er redet dauernd über eine Truhe, die der Pfarrer aufgemacht hat, sagt, er solle die Finger von der Almosenkasse lassen. Das hätte nichts Gutes zu bedeuten.«

Jimmy sah nachdenklich drein und gab dann seine Meinung zum Besten. »Ah, na ja, da könnte er Recht haben. Was macht denn das Auto des Pfarrers?«

»Sie haben ihm eins aus der Werkstatt geliehen, bis seins repariert ist. Obwohl ich nicht weiß, ob er überhaupt fahren kann. Heute Abend hat er wirklich schlecht ausgesehen. Dr. Harris macht sich große Sorgen um ihn. Sie hat ihn ins Bett gesteckt. Er ist ganz rot im Gesicht und hat einen schlimmen Husten. Als ich es Willie erzählt hab', hat er gesagt: ›Das ist ja kein Wunder‹, was auch immer das heißen soll.«

Willie kam mit den Drinks zurück, und sie redeten über andere Dinge, vor allem darüber, was Jimmy mit dem Riesengewinn in der Lotterie machen würde, mit dem er rechnete.

»So weit ich weiß, spielst du schon seit zwanzig Jahren Lotto. Ganz gleich, was du kriegst, du hast es verdient, du hast ein Vermögen für die Lotterie ausgegeben.« Willie lachte, und Jimmy schnaubte verärgert.

»Wart's nur ab, Willie.«

»Klar doch.«

Bei Peter wurde ein Virus diagnostiziert. Er lag eine Woche lang im Bett, hatte hohes Fieber, konnte nichts essen und war kaum in der Lage, ohne Hilfe auf die Toilette zu gehen. Er verlor eine Menge Gewicht und bereitete Caroline und dem Hausarzt große Sorgen. Dann kamen eine bakterielle Infektion und eine Lungenentzündung hinzu. Der Vikar aus Culworth vertrat ihn bei den Gottesdiensten und betete mit der Gemeinde um Peters Genesung. Ständig kamen Gemeindemitglieder an die Pfarrhaustür, um sich nach Peters Zustand zu erkundigen oder Geschenke für den Kranken zu bringen. Kalbsfußgelee und Rinderbrühe mussten weggegossen werden. Caroline sagte zu dem Gelee und der Brühe: »Tut mir Leid, euch das anzutun. Ich weiß, ihr habt die besten Absichten, aber er kann euch nicht essen.«

Sie machte die bedrückendste Zeit ihres Lebens durch. Sie wünschte sich fast, sie wäre keine Ärztin, es wäre ein Segen gewesen, wenn sie von Peters wahrem Zustand nichts geahnt hätte. Der Spezialist, der ins Haus gekommen war, meinte, es sei besser, Peter zu Hause zu lassen, vor allem weil Peter ganz verzweifelt reagierte, als er mitbekam, er werde möglicherweise ins Krankenhaus eingeliefert. Und schließlich war Caroline Ärztin. Eines Abends, nachdem Peter drei Stunden gebraucht hatte, bis er zu dem Schluss kam, er könne ein kleines Stück gegrillte Forelle doch nicht essen, bat Caroline Sylvia, auf die Zwillinge aufzupassen und Peter im Auge zu behalten, nahm Peters Schlüssel und ging zum Beten in die Kirche. Sie schaltete die kleinen Lampen am Altar ein und kniete sich in die

Pfarrhausbank. Sie schaute zu den Lichtstrahlen hinauf, die die Leuchter und den Zierrat aus Messing beschienen und das riesige, uralte Altarkreuz, das Muriel so liebte, und betete um Peters Genesung. Sie erinnerte Gott daran, dass sie nicht oft um etwas bat, es aber dieses Mal mit ihrer Bitte sehr ernst meine.

Ihr fiel wieder ein, dass sie mit Peter in dieser Bank gesessen hatte, als er ihr das mit den Zwillingen erzählt hatte. Die Trostlosigkeit, die sie damals empfunden hatte, war so überwältigend gewesen wie ihre Gefühle im Augenblick. Was soll ich nur tun, wenn ich ihn verliere? Ich müsste seiner Kinder wegen weiterleben, ja, das müsste ich. Sie dachte daran, dass die Kinder vaterlos aufwüchsen, dass sie Witwe würde, und gab sich dann einen Ruck. Dieses morbide Grübeln über den Tod musste aufhören. Sie ließ ihren gesunden Menschenverstand die Oberhand gewinnen und schloss ihre Gebete mit den Worten: »Dein Wille geschehe.«

Im Royal Oak sagte Jimmy zu Bryn, keine Gebete der Welt und auch sonst nichts könne den Pfarrer heilen. Bryn, der merkte, dass er es mit der seltsamen Dorfmentalität zu tun hatte, die er sich nicht hätte zu eigen machen können, selbst wenn er fünfzig Jahre hier gelebt hätte, fragte ihn: »Aber warum, Jimmy, warum? Die Leute kommen rein und fragen, wie es ihm geht, dann nicken sie weise und sagen: ›Kein Wunder, dass er so krank ist, oder?‹ Was hat der Pfarrer getan, dass er das verdient hat?«

»Sich in Dinge eingemischt, die ihn nichts angehen. Eingemischt hat er sich. Wie Dr. Harris bei mir und meinen Fallen. Hat ihre Nase in Sachen gesteckt, die sie nichts angehen, und das hat er auch gemacht. Bloß, dass es diesmal viel schlimmer ist.«

»In was eingemischt? Mir kommt er liebenswürdig, begeisterungsfähig und völlig aufrichtig vor. Genau das, was das Dorf braucht.«

»Das stimmt, aber diesmal ist er zu weit gegangen.« Jimmy tippte sich mit dem Zeigefinger an den Nasenflügel und ging mit seinem Drink zu seinem Platz gegenüber der Sitzbank, um auf Pat und Vera und vielleicht auch Don zu warten; ein bisschen männliche Gesellschaft wäre ganz nett gewesen, in Anbetracht der Tatsache, dass es mit Willie abwärts zu gehen schien. Inzwischen weigerte er sich sogar, unter Leute zu gehen.

Es dauerte drei Wochen, bis es Peter wieder so gut ging, dass er sich aus dem Haus wagen konnte. Ralph lud ihn ein, bei seinem ersten Ausgang bei ihm und Muriel Kaffee zu trinken.

»Setzen Sie sich, Peter, hier, in den großen Sessel. Der passt besser zu Ihrer Figur. Obwohl ich sagen muss, dass Sie ganz schön abgenommen haben.«

»Genau zehn Kilo, Ralph. Caroline versucht mich mit Süßspeisen und Fleischpasteten zu füttern, um mich aufzupäppeln, aber leider habe ich kaum Appetit. Ich bin noch nie im Leben so krank gewesen. Noch nie. Ich bin doch nur die paar Schritte vom Pfarrhaus hierhergegangen und bin völlig erschöpft.«

Muriel kam mit dem Kaffeetablett herein. »So, Peter, ich habe auch Shortbread mitgebracht, meinen Sie, dass Sie ein Stück runterkriegen?«

»Ich glaube schon.« Muriel reichte ihm eine Tasse Kaffee. »Danke, sehr lieb von Ihnen.« Er trank einen Schluck und sagte: »Himmlisch, Muriel.«

»Was machen die Beine nach Ihrem Unfall?«

»Alles bestens, danke. Ich bin so krank gewesen, dass zwei übel angeschlagene Knie kaum noch von Belang waren!«

Als er den Kaffee getrunken und das Shortbread gegessen hatte, fragte er Ralph, ob er etwas über die Almosenkasse wisse.

»Ich habe gehört, Sie hätten sich daran die Finger verbrannt.«

»Die Finger verbrannt?«

»Ja, die Finger verbrannt. Am besten rühren Sie nicht daran, Peter.«

»Ich soll dreiundzwanzigtausend Pfund nicht anrühren? Überlegen Sie doch mal, was wir mit dem Geld anfangen können. Die neue Heizung, die defekte Liedanzeigetafel, die Überholung der Orgel. Das Geld würde uns doch aus der Klemme helfen, oder? Und Neville Neal würde zur Abwechslung mal lächeln.«

»Nicht mal Neville als Schatzmeister würde wollen, dass Sie das Geld angreifen.«

»Also weiß er, warum, das halbe Dorf weiß, warum, und Sie wissen auch, warum, nur ich weiß es nicht.«

»Nein, Neville weiß nicht, warum. Aber ich habe ihm gesagt, er darf es nicht einmal ausgeben, wenn er die Erlaubnis von der kirchlichen Wohlfahrt bekommt, denn sonst bricht im Dorf ein offener Aufstand los. Ihr Unfall und Ihre Krankheit haben die Ängste der Leute nur bestätigt. Wenn Sie das Geld für Reparaturen ausgeben, werden die Leute damit rechnen, dass ihnen das Kirchendach über dem Kopf einstürzt, buchstäblich. Davon können Sie ausgehen.«

»Könnten Sie mir erklären, was das alles soll?«

Ralph zögerte und sagte dann: »Nein. Teils, weil ich nicht die ganze Geschichte kenne, und teils, weil ich mich daran erinnere, dass mein Vater gesagt hat: ›Das Dorf will nichts davon wissen, also rührt man am besten nicht daran.‹«

»Gibt es jemanden, der es mir sagt?«

»Besuchen Sie Grandma Gotobed in Little Derehams. Sie ist über neunzig, aber glauben Sie ja nicht, dass sie deshalb nicht mehr bei klarem Verstand ist. Sie führt ein eisernes Regiment über ihre beiden unverheirateten Töchter, lässt sie nicht einmal Brot backen, weil sie meint, sie seien noch zu jung, um es richtig hinzukriegen. Und dabei haben beide ihren siebzigsten Geburtstag schon hinter sich!«

Muriel lachte und sagte dann: »Aber Ralph, woher soll sie denn etwas über die Almosenkasse wissen? Die Gotobeds haben schon in Little Derehams gewohnt, als wir klein waren.«

»In der Pfarrchronik kann Peter feststellen, dass die Gotobeds aus Turnham Malpas stammen. Sie sind erst gegen Ende des Ersten Weltkriegs nach Little Derehams gezogen.«

Peter fragte Muriel, ob sie etwas über die Almosenkasse wisse.

»Überhaupt nichts. Meine Eltern haben alles und jedes von mir fern gehalten, und die Nonnen haben mir gar nichts gesagt. Ich hab' nicht mal gewusst, woher die Kinder kommen, bis ich sechzehn war, und auch dann haben mich nicht etwa meine Eltern aufgeklärt, sondern ein Mädchen aus meiner Klasse in der Handelsschule.«

»Das ist auch ganz richtig so. Heutzutage wissen die Kinder zu viel, viel zu viel«, gab Ralph zurück. Muriel beugte sich zu ihm hinüber und gab ihm einen Kuss auf die Wange. »Ich fürchte, mein Lieber, du lebst hinter dem Mond.«

Peter stand auf. »Mein neues Auto wird diese Woche geliefert, und sobald ich mich dem gewachsen fühle, fahre ich zu Grandma Gotobed und höre mir an, was sie mir zu sagen hat. Danke für den Kaffee, mit etwas Glück kann ich nächste Woche wieder arbeiten.«

17. Kapitel

In derselben Woche kam Sheila in den Laden, um mit Jimbo zu sprechen.

»Ist er da, Linda?«

»O ja, ich rufe ihn.« Linda kam hinter dem Postschalter hervor und rief in den Lagerraum: »Mr. Charter-Plackett, Lady Bissett möchte Sie sprechen.«

Jimbo kam eilig in den Laden, zog vor Sheila den Strohhut und fragte sie, ob ihr das neue, scharlachrote Band gefalle, das Harriet daran befestigt hatte.

»Sehr elegant, ich muss schon sagen, Jimbo. Bei Ihnen hat alles Stil. Mir gefällt die neue Schaufensterdekoration für die Fleischabteilung. Hat so was Anheimelndes.«

»So wirkt es auf Sie?«

»Mmm, sehr verlockend. Sie sind ein guter Verkäufer. Ich hab' wieder was über den Fitnessclub in Erfahrung gebracht.«

»Hab' gedacht, Sie gehen da nicht mehr hin?«

»Wer hat Ihnen das erzählt?«

»Sie wissen doch, wie sich so was herumspricht.«

»Haben Sie auch gehört, warum?«

»Nein.« Jimbo tat unschuldig.

»Diese Venetia hat sich im Kraftraum an Ron rangemacht. Das habe ich mir nicht lange gefallen lassen.«

Jimbo trat näher, schaute sich im Laden um, ob auch niemand mithörte, und wiederholte: »Herangemacht? Wie hat sich das denn abgespielt?«

»Sie hat ein Riesentheater gemacht, als sie ihm am Stemmgerät geholfen hat, ihm die Hände gehalten und die Beine nach unten gedrückt. Außerdem hat sie ihn wie verrückt rackern lassen, und das in seinem Alter. Ich war wirklich wütend. Wie auch immer, ich wollte Ihnen eigentlich nur sagen, dass es alle Gäste an diesem Wochenende wieder gratis bekommen haben.«

»Venetia verteilt ihre Gunst ja sehr großzügig, was?« Jimbo lachte.

Sheila kicherte. »Wirklich! Sie wissen ganz genau, was ich meine. Der Aufenthalt war gratis.«

»So kann das aber nicht weitergehen, oder? Heute Abend schnüffle ich da oben mal ein bisschen herum.«

Jimbo ging tatsächlich mit Harriet ins Turnham House. Außer ihnen waren nur noch drei weitere Kunden dort. Die beiden sprangen in den Pool, schwammen kräftig hin und her und stiegen dann in das Becken mit den Massagedüsen. Venetia tauchte in einem ihrer Minibikinis auf. »Ich komme gleich zu Ihnen. Aber erst schwimme ich ein paar Bahnen.«

Sie posierte am Beckenrand und sprang dann hinein, wobei sie fast keine Wellen schlug.

»Wasserspringen kann sie, das muss man ihr lassen.«

»Jimbo, soll ich in die Sauna gehen und dich ihr schutzlos ausliefern?«

»Was für eine gute Idee.«

»Krieg raus, so viel du kannst, ja?«

»Gemacht.«

»Denk aber an Mutters Gartenschere, ja, Liebling?«

»Aua, erinnere mich bloß nicht daran.«

Harriet stieg aus dem Becken und ging in die Sauna, während Jimbo sich mit geschlossenen Augen im Wasser rekelte und darauf wartete, dass Venetia zuschlug. Als sie ins Wasser glitt und sich ihm gegenüber setzte, so dass ihre Füße seine berührten, tat er überrascht.

»Oh, Venetia, hallo. Harriet hat eben gesagt, was für eine tolle Wasserspringerin Sie sind. Ganz spektakulär.«

»Danke, Jimbo.« Venetia lächelte über sein Kompliment. »Ich hab' gedacht, wo Sie doch einen eigenen Pool haben, wäre das Schwimmen hier für Sie nicht so interessant. Aber vom Kraftraum könnten Sie wirklich profitieren. Haben Sie ein Trainingsprogramm?«

»Nein. Krieg' ich das von Ihnen?«

»Ja. Wir haben zwar einen Physiotherapeuten, aber heute ist sein freier Abend. Wenn Sie so weit sind, gehen wir in den Kraftraum, und ich messe Ihren Puls und so und zeige Ihnen, wie Sie sich in Schwung bringen.«

»Wenn das so ist, hole ich gleich meine Trainingssachen. Harriet ist in der Sauna, das kann eine Weile dauern.«

»Bleiben wir doch noch ein bisschen hier, Jimbo.« Venetia rutschte an der Bank entlang und setzte sich neben ihn. Jimbo rückte noch näher heran.

Er ergriff seine Chance. »Wie laufen die Geschäfte denn so? Dem Anschein nach ist ja alles bestens. Wenn ich das bloß auch von Henderson's sagen könnte.«

»Läuft das Restaurant schlecht?«

»*Comme ci, comme ça*. Nicht übel, aber leider nicht gut genug. Sie sind Geschäftsfrau, Venetia, können Sie mir einen Rat geben?« Jimbos Bein bekam ein mitfühlendes Tätscheln, dann sagte Venetia: »Ich hatte keine Ahnung, dass das Restaurant nicht so gut dasteht. Bestimmt könnte Jeremy Ihnen einen Rat geben.«

»Ich brauche irgendein sensationelles Ereignis, das Neugier weckt. Ein Kunde von mir, der Mitglied in einem Fitnessclub in London ist, hat mir erzählt, dass die Mitgliederzahl nicht gerade berauschend war, bis eine Mitarbeiterin damit anfing, den Männern in der Sauna ›spezielle‹ Anwendungen zu verabreichen. Daraufhin konnten sie sich vor Mitgliedern kaum retten. Die Besitzer waren hoch zufrieden und rieben sich die Hände, aber dann bekamen sie Besuch von der Polizei, und die Mitarbeiterin musste entlassen werden. Sie sind nur knapp der Anschuldigung entgangen, ein Bordell zu betreiben.«

»Da muss man in dieser Branche sehr aufpassen. Die Kunden bekommen leicht einen falschen Eindruck.«

»Wie sieht es wirklich hier aus? Von der Mitgliederzahl her, meine ich.«

»Sie steigt, wir stehen vor einem rauschenden Erfolg. Jeremy ist sehr zuversichtlich, und ich auch. So etwas braucht Zeit, das ist alles.«

»Das ist okay, solange einem das Geld nicht ausgeht.«

»Das wird nicht passieren, glauben Sie mir. Und Sie werden doch sowieso bei Lieferung bezahlt, Sie brauchen sich also keine Sorgen zu machen.«

»Schecks sind schön und gut, solange sie bei der Bank gedeckt sind. Falls ich nervös werde, muss ich vielleicht in Zukunft um Barzahlung bitten.«

»Tun Sie, was Sie nicht lassen können. Hier kommt Harriet. Tschüs. Muss was erledigen.«

Harriet setzte sich zu Jimbo, als Venetia ging.

»Ich fürchte, sie lügt. Sie haben ernste Schwierigkeiten.«

»Das hat sie aber doch nicht gesagt?«

»Nein, aber ich war nicht umsonst so viele Jahre Banker in der City, ich habe einen sechsten Sinn für Geld. Ich könnte wetten, dass sie Hypotheken bis zur Schmerzgrenze aufgenommen haben. Keine Lebensmittel mehr, Harriet, wenn sie nicht bar zahlen. Vergiss das nicht.«

Nachdem sie sich abgetrocknet und umgezogen hatte, ging Venetia mit zu Jeremy ins Büro. Er saß an einem mit abgegriffenen Aktendeckeln übersäten Schreibtisch, obendrauf der neueste Billigporno, Aschenbecher, die von Zigarrenstummeln überquollen, und ein Stapel Snickers, nach denen er neuerdings süchtig war. Er hatte gerade den dritten Riegel seit dem Tee ausgewickelt und las mit finsterer Miene einen Brief, den er an diesem Tag schon unzählige Male studiert hattet.

»Es ist sinnlos, diesen Wisch immer wieder zu lesen, Jeremy, wir müssen was unternehmen.«

»Ich kann nicht fassen, dass die Sache so dumm gelaufen ist. Dass ausgerechnet Arnie Konkurs anmelden muss, meine ich. Ich kenne ihn schließlich seit Jahren. Wenn einer Bankrott macht, dann doch nicht Arnie. Ich weiß noch, wie er ein dickes Bündel Geldscheine aus der Hosentasche gezogen und seinem Sohn ein paar davon hingeblättert hat, damit er ins Kino gehen konnte. Wenn er einen Fehler hatte, dann war es seine Großzügigkeit. Und jetzt schau dir an, was passiert ist.«

»Jedenfalls wird er uns kaum die Scheine nur so hinblättern, oder? Er war unsere letzte Hoffnung.«

»Weißt du, Venetia, wir müssen Schluss machen mit diesen Gratiswochenenden, mit diesem ganzen Schmus, der die Typen davon überzeugen soll, dass sie uns ihr Geld in den Rachen schmeißen. Wir haben schlicht und einfach kein Geld mehr dafür.«

»Was zum Teufel sollen wir denn machen? Wir haben so viele Ratenzahlungen am Hals, und das Konto ist total überzogen. Mir ist schlecht, ganz beschissen schlecht.«

Jeremy legte den Kopf in die Hände und ächzte. »Wenn ich daran denke, wie viel Zeit und Geld es mich gekostet hat, diese jämmerlichen Beamten zu schmieren, damit wir die Umbaugenehmigung kriegen, Gott, ich könnte heulen. Die sitzen alle im gemachten Nest und grinsen sich eins, während uns das

Wasser bis zum Hals steht. Und obendrein die ganze Zeit, die ich gebraucht habe, damit die Leute uns Geld pumpen. Die werden hinter mir her sein wie die Geier, sobald ich keine Zinsen mehr zahle. Es muss einen Ausweg geben.«

»Und ich bin rumgelaufen und habe aller Welt erzählt, du bist reich.«

»Das hättest du mal lieber bleiben lassen. Das meiste war geliehen. Außerdem war der Umbau viel teurer, als wir kalkuliert hatten.«

»Ich hab' das doch bloß gemacht, damit die Leute uns vertrauen. Na schön, du bist ja angeblich das Finanzgenie, lass dir was einfallen.«

»Meine grauen Zellen sind total ausgetrocknet. Ich sehe nur noch einen Schuldenberg vor uns, der uns ein Leben lang erhalten bleibt.«

»Der bleibt dir erhalten, Jeremy. Nicht mir. Es war deine Idee.«

»Wir haben uns gemeinsam darauf eingelassen.«

»Ich weiß. Aber du hast das Geld aufgetrieben, nicht ich.«

»Ich habe es für dich getan.«

»Schon, aber mein Name steht nicht in den Papieren, weißt du noch? Überall musste Jeremy hin. Das Superego. ›Schaut nur, was ich für das kleine Frauchen tun kann.‹ Ich kann morgen hier abhauen, und niemand kann mir was anhaben.«

»Hör mal, Venetia …«

»Komm mir nicht mit Venetia. Du hast alles unterschrieben, du hast mit der Bank gesprochen. Ich war bloß der letzte Dreck. Das ist einzig und allein deine Sache.«

Jeremy beugte sich vor, senkte die Stimme und sagte ein einziges Wort.

»Feuer.«

»Feuer?«

»Pst, nicht so laut.«

»Was meinst du damit?«

Jeremy winkte sie näher heran. »Ich meine, wir legen Feuer. Fackeln die Bude ab und sacken dann die Versicherung ein.«

»Jeremy, das ist nicht dein Ernst.« Venetia musterte sein Gesicht gründlich. »Offenbar doch, ich sehe es dir an. Das kannst du nicht machen, dieses wunderschöne Anwesen; es wäre ein Sakrileg. Ganz zu schweigen von dem Risiko, das du eingehen würdest.«

»Das *wir* eingehen würden. Wir müssten sehr clever sein. Das Gebäude steht unter Denkmalschutz, also gäbe es Ermittlungen ohne Ende. Denk an den Kerl, der vor ein paar Wochen hier war. Der ist mit der Lupe hier rumgelaufen und hat überprüft, ob wir auch alles so in Stand halten, wie es sich gehört. Im Westflügel hat er eine Ewigkeit herumgeschnüffelt. Wir müssten bald seinen Befund kriegen. Hoffen wir mal, dass er nichts Schwerwiegendes gefunden hat. Es geht nicht darum, die Bude in Brand zu stecken und wegzulaufen; dann wüssten sie doch gleich, dass es Brandstiftung war. Wir müssen hier sein und gerettet werden oder sogar die Feuerwehr rufen, wenn alles schon zu spät ist. Kein Personal im Haus, wir beide ausgegangen, gegen zwei Uhr früh zurück, wenn das Anwesen lichterloh brennt.«

»So weit kommt es doch ganz bestimmt nicht?«

»Jedenfalls behalten wir uns das vor.«

»Wie legt man einen Brand?«

»Heutzutage sind die so ausgebufft, die Nummer mit ein paar Lappen neben den Vorhängen und mit Benzin darauf zieht überhaupt nicht mehr. Das kriegen die schnell raus. Wir müssen raffinierter vorgehen, viel raffinierter.«

»Hoffen wir mal, dass es nicht so weit kommt. Die Rezession dauert doch bestimmt nicht mehr lange.«

»Doch. Unsere Branche fällt unter Luxus, nicht unter Grundbedarf, und Unternehmen wie unseres gehen als erste vor die Hunde.«

»O Gott! Was sollen wir bloß machen?«

»Wie gesagt, wir halten ein Streichholz dran. Fast buchstäblich.«

»Wenn sie uns erwischen, kommst du ins Gefängnis.«

»Ach, wirklich? Und was ist mit dir?«

»Jemand wie mich würden sie doch bestimmt nicht ins Gefängnis stecken, oder?«

»Doch.«

»Meinst du?«

»Natürlich. Warum nicht? Diese ganze Sache hier war sowieso von Anfang an deine hirnrissige Idee. Ich hätte nicht auf dich hören dürfen. Für ein solches Unternehmen fehlt dir die Klasse. Turnham House ist Welten entfernt vom ›Unisex-Verwöhnsalon‹ in Soho. Wenn die Polizei was über den Laden gewusst hätte, wäre er geschlossen worden.«

»Das wäre schlecht gegangen, die halbe Kundschaft bestand aus hochrangigen Polizisten. Das war der Grund, warum sie uns den Laden nicht dichtgemacht haben.«

»Ich denk' mal nach; vielleicht fällt mir ja was ein.«

Die Gratisaufenthalte wurden gestrichen, und so musste auch Jeremys und Venetias regelmäßige Lebensmittelbestellung im Laden für das folgende Wochenende storniert werden. Jimbo musste seinerseits ein paar Entscheidungen treffen.

»Harriet. Kriegsrat, Liebling, wenn ich bitten darf.«

»Wenn die Kinder im Bett sind, Jimbo. Wir wollen doch nicht, dass sie sich wegen Geld den Kopf zerbrechen, das ist unser Problem.«

»Schön. Dann Punkt halb neun in Sadies Büro, da sind wir außer Hörweite.«

Kurz davor trug er ein Tablett ins Büro. Darauf standen Harriets üblicher Gin Tonic und ein Whisky mit Wasser für ihn. Er trank einen Schluck, während er auf Harriet wartete.

Er hatte alles durchgerechnet und wusste, dass sein Vorschlag die einzige Lösung war.

»Es geht nicht anders, Harriet. Im letzten Monat haben wir im Henderson's fast tausend Pfund Verlust gemacht, und jetzt ist der Fitnessclub offenbar am Ende. Jeremy sagt, es ist nur vorübergehend und alles wird gut, aber wir beide wissen es besser. Also haben wir eine Einnahmequelle verloren, die ein gewisser Ausgleich für die Verluste war. Die Gebiete, auf denen wir Geld verdienen, sind der Versandhandel, der Partyservice und in einem geringeren Maß der Laden. Statt diese Bereiche durch die Unterstützung eines Restaurants, das nicht läuft, auszubluten, schlage ich vor, wir schließen es. So ungern ich eine Niederlage eingestehe, es ruiniert uns, wenn wir es nicht zumachen. Was meinst du?«

»Als Codirektorin des Unternehmens Charter-Plackett bin ich deiner Meinung. Aber was zum Geier fangen wir mit dem Gebäude an?«

»Ich bezweifle stark, dass wir es als Goldgrube verkaufen können. Ich schlage vor, dass wir die Küchenausstattung und die Tische und Stühle verkaufen und, jetzt halt die Luft an, es wieder zu einem Wohnhaus ummodeln und dort einziehen. Dort hätten wir mehr Platz zum Wohnen und hier mehr Platz für den Partyservice und den Versandhandel. Du gibst mir doch sicher Recht – wir wohnen hier sehr beengt, das haben wir immer gesagt.«

»Du meinst, wir sollen das Gebäude hier ganz für das Geschäft nutzen und drüben im Henderson's wohnen?«

»Ja, was hältst du davon?«

»Das ist genial. Übrigens passt es gut zu einer Neuigkeit, die ich für dich habe.«

»Eine Neuigkeit für mich? Was für eine Neuigkeit?«

»Ich fühle mich wie eine hold errötende Gattin in einem viktorianischen Melodram. Wir werden das größere Haus ziemlich bald brauchen.«

»Hold errötend? Was soll das heißen?«

»Dass ich nicht tatsächlich erröte. Ich habe gedacht, es tut deinem Ego in diesen schwierigen Zeiten gut, dass du zu etwas nütze bist. Ich glaube, ich bin wieder schwanger.«

»Harriet!«

»Na ja, ich bin eine Woche überfällig, es ist also noch etwas früh, aber ich bin mir sicher, dass ich Recht habe.«

Jimbo sprang vom Stuhl. »Liebling, wie aufregend. Das ist ja wunderbar. Bist du dir sicher, dass es von dir aus in Ordnung geht?«

»Völlig. Ich bin ganz begeistert, du kannst dir nicht vorstellen, wie aufgeregt ich bin. Es wird mir solche Freude machen, die anderen drei kamen so dicht hintereinander, dass wir kaum Zeit hatten, ihr Babyalter zu genießen. Diesmal werden wir es genießen können. Wie herrlich, ein ganzes Haus für uns allein zu haben.«

»Weiß deine Mutter es schon?«

»Nein, und ich erzähle es auch niemandem, ehe wir nicht ganz sicher sind. Es bleibt unser Geheimnis.«

»Komm, setz dich auf mein Knie. Jetzt macht mir das mit dem Restaurant gar nicht mehr so viel aus. Wir bauen den Partyservice aus, was bestimmt geht, wenn ich die Sorge um Henderson's vom Hals habe, und wir werden bestens zurecht kommen. Also so was, ich kann's gar nicht fassen. Alles ist bestens, stimmt's?«

»Ja, Jimbo. Ich habe gewusst, dass du dich freuen wirst.«

»Mehr könnte ich mich gar nicht freuen. Als wir glaubten, wir hätten Flick verloren, wurde mir so richtig bewusst, wie viel die Kinder mir bedeuten. Noch eins, das ist wunderbar.«

»Es ist noch sehr früh, Jimbo. Drücken wir die Daumen.«

»Es wird so kommen, wart's nur ab, es war uns so bestimmt. Es regt sich doch noch Leben in dem alten Hund. Ich fühle mich ganz übermütig.«

Als Jimbo mitten in der Nacht überlegte, wem er die Küchenausstattung verkaufen konnte, kam ihm die Inspiration, dass Bryn und Georgie Fields vielleicht etliches davon im Royal Oak brauchen konnten. Das wäre eine Chance für sie, den Restaurantsektor auszubauen. Mit dieser Überlegung ging er Tags darauf hinüber und trug Bryn den Gedanken in einem ruhigen Augenblick vor.

»Inzwischen haben Sie sich eingewöhnt, nicht wahr, Bryn?«

»Ja, danke, wir könnten mehr Umsatz brauchen, aber ich nehme an, das kommt mit der Zeit, wenn wir erst mal richtig bekannt sind. Ich glaube, unsere Vorgänger haben neue Gäste nicht gerade ermutigt. Als wir das Lokal übernommen haben, ging das Geschäft sehr schlecht.«

»Die Leute hatten Probleme. Sie haben sich eine Menge Feinde gemacht, und dann ist ihre Tochter ums Leben gekommen, und das hat sie fast völlig aus der Bahn geworfen. Sie, Bryn, haben ganz schön was aus der Bar gemacht. Sie ist jetzt viel heller und einladender. Wie sieht es denn im Restaurantbereich aus?«

»Zu viel Konkurrenz von einer gewissen Person, die ganz in meiner Nähe sitzt. Aber es geht aufwärts.«

»Und wenn die gewisse Person Ihnen sagen würde, dass sie das Restaurant und den Tearoom aufgibt? Was würden Sie dazu sagen?«

Bryn strich sich den Schnurrbart glatt, während er darüber nachdachte, was Jimbos Frage wohl zu bedeuten hatte. »Ist das Ihr Ernst? Wirklich?«

»Ja.«

»Das wäre für uns natürlich ein Riesenunterschied. Die ganzen Touristen und die Einheimischen müssten hierherkommen, stimmt's?«

»Was ist denn mit der Scheune, die hinten an Ihr Lokal grenzt? Wäre das nicht ein guter Restaurantbereich, wenn Sie die Rückwand der Bar einreißen?«

»Wir haben daran gedacht, aber solange Sie offen hatten, hat es sich nicht gelohnt. Jetzt würde es sich lohnen. Georgie, hast du einen Moment Zeit? Komm her und hör dir das an.« Georgie hörte zu, und bei der Aussicht bekam sie leuchtende Augen.

»Wunderbar, das ist eine gute Nachricht, Jimbo. Entschuldigung, für Sie nicht, aber für uns! Allerdings wäre es eine große Investition, heutzutage sind die ja mit diesen vielen neuen Vorschriften so pingelig, weil alles total hygienisch sein muss.«

»Ganz in Ihrer Nähe gibt es jemanden, der eine fast neue Küchenausstattung zu verkaufen hat.«

»Natürlich.« Georgie grinste. »Das ist die Lösung. Dann könnten wir im großen Stil Mahlzeiten servieren. Wären die Stühle und Tische auch verkäuflich, Jimbo?«

»Sie kämen nicht billig, aber zu haben wären sie. Ich bin mir sicher, dass wir zu einer für beide Seiten sinnvollen Vereinbarung kommen können.«

»Wir behalten unsere Pläne für uns, bis wir das Finanzielle geregelt haben, dann heben wir ab. Danke, Jimbo, dass Sie uns Bescheid gesagt haben.«

»Okay, ich melde mich, wenn ich das Angebot durchgerechnet habe.« Alan Crimble hatte unter dem Vorwand, er brauche saubere Gläser, das Gespräch mitgehört. Er grinste Jimbo an und tippte sich mit wissender Miene an den Nasenflügel. Jimbo nahm das nicht zur Kenntnis. Er dachte, es gehöre sich nicht, dass der Barkellner Privatgespräche seiner Arbeitgeber belauschte, aber Bryn und Georgie schien es nichts auszumachen.

Harriet hatte Bedenken gegen Jimbos Plan.

»Wenn wir es nicht geschafft haben, warum sollte es dann bei ihnen klappen? Ich hätte so ein scheußlich schlechtes Gewissen, wenn es schief ginge.«

»Die Geschäftsentscheidung, richtige Mahlzeiten anzubieten, liegt bei ihnen, Harriet, nicht bei uns. Sie wollten es von Anfang an, aber es war ihnen klar, dass wir ihnen zuvorgekommen waren. Ich habe ihnen nur vorgeschlagen, unsere Ausstattung zu kaufen, sie hätten nicht darauf eingehen müssen. Jedenfalls wird es bei ihnen viel besser laufen. Sie wollen kein Spitzenrestaurant betreiben, wie ich es versucht habe. Das verschafft ihnen größeren Zulauf.«

»Dann schließen wir am Samstag?«

»Ja. Ich habe Anschläge für die Türen geschrieben, und wir sprechen eine Nachricht auf den Anrufbeantworter im Restaurant, falls Gäste einen Tisch reservieren wollen. Ich kann nur sagen: Ab mit Schaden.«

18. Kapitel

Die Dorfbewohner sahen die Anschläge, und viele mussten unbedingt irgend etwas im Laden einkaufen, um Genaueres zu erfahren.

»Tut mir Leid, dass Sie den Tearoom und das Restaurant schließen müssen, Mrs. Charter-Plackett. Wurde Ihnen wohl zu viel?«

»Wir haben nichts dran verdient, Vera, das ist der springende Punkt. Bin froh, dass wir die beiden Lokale los sind.«

»Aha. Na ja, ein bisschen hochgestochen war es ja, oder? Weiß nicht, wo die jetzt alle auf eine Tasse Tee und so weiter hingehen sollen, wenn sie sich die Kirche angeschaut und den Stock fotografiert haben. Wissen Sie's?«

»Nein. Darf es noch etwas sein?«

»Nein danke, das ist alles.«

Am Abend beschwerte Vera sich im Royal Oak.

»Sie hat mir überhaupt nichts gesagt, war verschlossen wie 'ne Muschel. Hast du was gehört, Jimmy?«

»Kann ich nicht behaupten. War den ganzen Tag mit Sykes unterwegs. Bin nach Penny Fawcett gelaufen, dann rüber zu Turnham Rocks und dann nach Hause. Waren um die vierzig Kilometer, schätz' ich mal.«

»Hast du den stinkenden Köter etwa dabei?«

»Sprich doch leiser. Er liegt unter dem Tisch. Bryn schmeißt ihn raus, wenn er es mitkriegt.«

»Dann bring' ihn doch nach Hause, hast es ja nicht weit.«

»Mach' ich gleich. Er ist mein Freund, weißt du, Vera, ich lass' ihn nicht gern lange allein.«

»Hast du deine Fallen aufgestellt?«

»Noch nicht, hab' gedacht, ich nehm' erst einen zur Brust und erledige das in Sykes Wood, ehe ich schlafen geh'. Warum interessiert dich das?«

»Überhaupt nicht, ich hab' nichts dagegen, aber viele Leute stört es.«

»Das können sie halten wie der auf dem Dach. Ich kümmer' mich um meine Angelegenheiten, und die sollen sich um ihre kümmern.« Jimmy trank einen kräftigen Schluck Bier, vergewisserte sich, dass er nicht beobachtet wurde, und stellte das Glas unter den Tisch. Scharfe Ohren hätten hören können, wie Sykes leise den Rest ausschleckte.

Vera fing mit einer Geschichte über eine verheiratete Frau aus Penny Fawcett an, die mit einem anderen Mann im Kino in Culworth gesehen worden war. »In der hintersten Reihe auf so einem Doppelsitz, er hätt' sie schier gefressen. Ihre Kusine Lily hat's seiner Tante Polly erzählt, und es hat 'nen Mordskrach gegeben. Hörst du mir überhaupt zu?«

»Nein. Ich geh' jetzt. Muss die Fallen stellen, eh's dunkel wird. Wenn ich eins fange, willst du es dann, oder bist du auch so rührselig geworden wie alle anderen?«

»Ja, ich nehm' eins, danke.«

»Ich werd's für dich abziehen.«

»Gut, danke.«

Sykes, der in Little Derehams mit einer läufigen Terrierhündin eigenen Geschäften nachging, trennte sich von Jimmy, der die Fallen stellte. Als Jimmy gehen wollte, half kein Rufen, Sykes bei Fuß zu bringen, also machte er sich widerwillig allein auf den Heimweg. Er machte sich einen Kakao, nahm die letzte Mandelschnitte aus seiner Keksdose, schaltete den uralten Schwarzweißfernseher ein und schaute sich das Programm an, bis es fast Mitternacht war. Ehe er zu Bett ging, machte er die Hintertür auf und rief noch einmal, aber sein kleiner schwarz-weißer Schatten, sein bester Freund auf der Welt, war noch nicht zu Hause. »Hol der Teufel den geilen Kerl, bestimmt ist es wieder diese Terrierhündin. Weiß gar nicht, wo er das her hat, der kleine Lump. Wenn seine ganzen Weiber sich mal treffen, gibt's ein wildes Kampfgetümmel. Na ja, soll er seinen Spaß haben, das Leben ist kurz genug.«

Am folgenden Morgen rollte Jimmy sich zeitig aus dem Bett, zog sich an, trank einen Liter extrem starken Tee und machte sich auf, um seine Fallen zu inspizieren. Ihm fehlte Sykes, der sonst vor ihm herlief. Wenn er bis Mittag nicht zu Hause war, würde er nach Little Derehams gehen und ihn suchen. Es gab Zeiten, in denen er sich wünschte, er hätte ihn einschläfern lassen, aber seine Skrupel ließen das nicht zu, und schließlich konnte er Sykes ja schlecht um Erlaubnis fragen.

Als Jimmy das Drehkreuz im Zaun durchquerte, der die Wiese vor dem Herrenhaus von Sykes Wood trennte, war ihm, als hörte er ein Heulen. Mit seinen vom Landleben geschärften Ohren konnten er ausmachen, dass es das Geheul eines Hundes oder Fuchses war, der Schmerzen hatte. Sein Herz machte einen gewaltigen Satz und rutschte ihm in die Kehle. Er rannte los. In der ersten Falle war nichts, und erst, als er zur dritten kam, wurden seine schlimmsten Befürchtungen wahr. Sykes' Hals hatte sich im Draht verfangen. Er wollte Jimmy begrüßen, und sein kleiner Schwanz wedelte schwach, aber dann fing er wieder an zu jaulen. Sehr behutsam, um ihm nicht unnötig wehzutun, machte Jimmy den Draht los und zog Sykes' Kopf aus der Schlinge. Der Hund glitt langsam zu Boden, lag da und keuchte vor Erleichterung. Er versuchte, Jimmy die Hand zu lecken, als wollte er sich für die Befreiung bedanken. Am Hals, wo sich die Schlinge zugezogen hatte, war das Fleisch aufgerissen, es hing ihm um den Hals wie eine Art Halsband. Um die Verletzung herum war eine Menge geronnenes Blut, aber durch das Losmachen des Drahtes war auch frisches Blut geflossen, das ins Gras tropfte. Einen grauenhaften Augenblick lang glaubte Jimmy, er könnte Sykes' Halswirbel sehen.

Jimmy riss sich die alte Wildererjacke vom Leib. Er legte sie auf den Boden, hob Sykes so sanft wie möglich hoch und legte ihn darauf. Sykes schien ohnmächtig geworden zu sein, falls so etwas bei Hunden möglich war. Der Heimweg brach Jimmy fast das Herz. Sykes lag reglos da. Jimmy hatte keine Ahnung, wie er ihn nach Culworth zu dem Tierarzt schaffen sollte, zu dem er einmal gegangen war.

Zu Hause setzte Jimmy Wasser auf, goss es, als es warm war, in eine Untertasse und rührte Honig und einen Teelöffel Brandy hinein. Sykes tat ihm den Gefallen und versuchte zu trinken, aber er war zu schwach. Jimmy setzte sich und überlegte sich einen Schlachtplan. Ralph, das war die Lösung, Ralph. Er würde Ralph bitten, ihn nach Culworth zu fahren. Ralph würde es tun. Er verstand etwas vom Landleben.

Aber Ralph war nicht zu Hause. »Tut mir Leid, Jimmy«, sagte Muriel, »Ralph ist geschäftlich nach London gefahren. Er ist gegen halb sieben aufgebrochen, um nicht in den dicken Verkehr zu kommen. Fragen Sie doch Peter, er wird gleich mit dem Beten fertig sein, es ist fast sieben.«

»Nein, nein, ihn kann ich nicht darum bitten.«

»Doch, das können Sie, wenn ich angezogen wäre, würde ich es für Sie tun. Er ist immer hilfsbereit, wenn jemand in Not ist. Das mit Sykes tut mir Leid, er ist so ein netter kleiner Hund.«

»Dann geh ich mal und frag ihn. Sonst ist noch niemand auf, und ich kann's nicht hinausschieben, es geht ihm ziemlich schlecht.« Jimmy verabschiedete sich von Muriel und ging den

Kirchweg entlang. Wie der Zufall es wollte, schloss Peter eben die Kirchentür ab.

»Guten Morgen, Jimmy, Sie sind aber zeitig auf den Beinen.«

Jimmy nahm seine alte Mütze ab und drehte sie zwischen den Händen. Er legte Wert auf seine Unabhängigkeit, und es fiel ihm nicht leicht, um einen Gefallen zu bitten. »Herr Pfarrer, ich weiß, dass Sie und ich im Augenblick nicht die besten Freunde sind …«

»Bitte, Jimmy, sagen Sie das nicht. Wir sind immer Freunde.«

»Na ja, wir hatten so unsere Meinungsverschiedenheiten, aber es geht um Sykes, er ist verletzt und muss ganz dringend zum Tierarzt. Ich müsste mit ihm nach Culworth, Sir, ich mag Sie gar nicht darum bitten. Ralph ist schon nach London gefahren, sonst hätte ich ihn gefragt, und Muriel hat gesagt, ich soll ruhig Sie fragen, Sir.«

»Ich hole sofort das Auto. Erst rufen wir noch den Tierarzt an und sagen ihm, dass wir kommen.«

»Könnten Sie das machen, Herr Pfarrer? Ich hab' kein Telefon.«

»Natürlich, kommen Sie ins Pfarrhaus.«

»Nein, ich gehe zurück zu Sykes. Die Praxis, in der ich vor Jahren mal war, heißt Forsythe und Blair, ganz am Ende der Abbots Row.«

»Also, bis gleich.« Peter trat ins Pfarrhaus und begegnete Caroline, die auf dem Weg in die Küche war, um Frühstück zu machen.

»Jimmys Sykes hat einen Unfall gehabt und muss zum Tierarzt. Ich bringe ihn hin.«

»Ach, das arme Tier, wie ist denn das passiert?«

»Ich weiß es nicht, aber Jimmy ist ganz durcheinander. Es klingt ernst. Ich rufe den Tierarzt an und fahre dann gleich los. Weiß nicht, wie lange es dauert.«

Um die Mittagessenszeit hörte Caroline ein Klopfen an der Tür. Peter war schon vor Stunden aus Culworth zurückgekommen, ohne Jimmy, der den Mittagsbus nehmen wollte. Jetzt stand Jimmy auf dem Fußabstreifer. Sein sonst rötlich braunes Gesicht war bleich vor Sorge, seine mageren Wangen waren noch hohler, und er ließ die Schultern noch tiefer hängen; alles in allem machte er eine traurige Figur. Sie hatten seit dem Abend mit dem Streit wegen der Kaninchen nicht mehr miteinander gesprochen, aber als sie sah, wie verhärmt er aussah, empfand sie nur Mitleid.

»Oh, Entschuldigung. Ich hab' gedacht, der Pfarrer käm' an die Tür. Ich muss mit ihm sprechen.«

»Der Pfarrer ist nicht da, Jimmy, er macht Krankenbesuche. Aber erzählen Sie mir doch, wie es Sykes geht. Bitte, kommen Sie herein.« Sie machte die Tür weiter auf und wartete darauf, dass er eintrat.

»Nein, nein, das wäre nicht recht.«

»Aber ja doch, kommen Sie rein und erzählen Sie mir alles.«

Jimmy stand mit der Mütze in der Hand in der Tür. »Ich weiß nicht, wie ich es Ihnen sagen soll. Es ist das Urteil des Allmächtigen, ja, so ist es. Des Allmächtigen, ja, das stimmt.«

»Was meinen Sie damit?«

»Wissen Sie, Dr. Harris, leider ...«

»Er ist doch nicht tot?«

»Nein, aber es war kein Unfall, das heißt, eigentlich schon, aber es war meine Schuld. Ganz allein meine Schuld, er hat sich mit dem Hals in einer meiner Schlingen verfangen. Gestern Nacht ist er weggelaufen, wissen Sie, als ich die Fallen gestellt habe, er ist hinter einer läufigen Töle ... hinter einer Hündin in Little Derehams her, und ich nehm' an, er hat mich gesucht, als ich schon weg war, und da ist er in die Schlinge geraten.«

Caroline legte ihm die Hand auf den Arm. »Oh, Jimmy! Wie Leid mir das tut. Hören Sie, die Zwillinge machen ein Nickerchen, und ich wollte mir gerade was zu essen machen, kommen Sie doch in die Küche und trinken Sie wenigstens eine Tasse Tee.«

Er folgte ihr ins Haus und setzte sich in ihren Schaukelstuhl am Herd. Sie beschäftigte sich damit, Tee zu kochen und Sandwiches zurecht zu machen und gab Jimmy ein bisschen Zeit, sich zu sammeln.

»Sehen Sie, Dr. Harris, das ist doch eine Strafe, oder? Sie haben gewollt, dass ich aufhöre, ich hab' nicht aufgehört, und schauen Sie sich an, was passiert ist.«

»Wissen Sie, Tierärzte können heutzutage wahre Wunder vollbringen, mit den vielen neuen Medikamenten. Vermutlich ist er bald wieder auf den Beinen, warten Sie's nur ab. Peter hat gesagt, Sie haben ihn in die Praxis in der Abbots Row gebracht. Ich gehe mit den Katzen auch dort hin, es sind sehr gute Tierärzte.«

»Ich mach' mir Sorgen von wegen Blutvergiftung. Der Draht war nicht sauber, wissen Sie.«

»Aha. Ja, ich verstehe. Hier ist ein Sandwich für Sie und Ihr Tee, er ist ziemlich stark geworden. Mögen Sie ihn so?«

Als er sich nach dem Essen verabschiedete, hallten Carolines beruhigende Worte in seinen Ohren nach: »Wo noch Leben ist, gibt es Hoffnung.«

Aber am Wochenende hatte der Tierarzt nur noch wenig Hoffnung. Jimmy hatte Sykes seit elf Jahren, und der Hund war schon ausgewachsen gewesen, als er ihn bekam; sein Alter sprach gegen die Gesundung. Er bekam eine Blutvergiftung, und am Samstagabend bat Jimmy Peter, ihn in die Praxis zu fahren, bevor Sykes starb.

Jimmy stand da und streichelte Sykes, während der Hund langsam hinüberdämmerte. Jimmy konnte nur auf das Ende warten und Sykes trösten, der reglos auf einer Schaffelldecke lag. Plötzlich erschauerte Sykes und stieß einen langen Seufzer aus. »Ist es jetzt aus, Herr Doktor?«

Mr. Forsythe horchte den Hund mit dem Stethoskop ab und nickte sanft. Jimmy bückte sich, gab Sykes einen Kuss auf den Kopf, wandte sich dann ab und sah aus dem Fenster. Er nahm verstohlen sein Taschentuch heraus und wischte sich die Augen. Dann sagte er mit seltsam belegter Stimme: »Meinen Sie, Hunde kommen in den Himmel?« Mr. Forsythe sagte, er sei sich sicher, dass es einen Hundehimmel gebe, in dem immer die Sonne scheine und alle Kaninchen ganz langsam liefen.

Jimmy wandte sich vom Fenster ab und lächelte schwach. »Was für eine tolle Idee, wirklich eine tolle Idee, das ist sehr tröstlich. Und wo er doch immer so geil war, wollen wir hoffen, dass es dort auch 'ne Menge Hündinnen gibt, dann wird er zufrieden sein.« Er nickte. »Ja, sehr zufrieden.« Ein paar Tage lang bekam niemand Jimmy zu sehen, dann kam er mit einem riesigen Blumenstrauß, den er in seinem Garten gepflückt hatte, aus der Cottagetür und ging zum Pfarrhaus hinüber. Caroline kam an die Tür, als er klopfte.

»Morgen, Dr. Harris.«

»Guten Morgen, Jimmy, kommen Sie doch rein.« Jimmy trat ein und sagte: »Natürlich wissen Sie das mit dem armen Sykes. Ich bringe Ihnen diese Blumen, um mich bei Ihnen dafür zu bedanken, dass Sie so gut zu mir waren, Sie und der Pfarrer, wo es doch Ihr gutes Recht gewesen wäre, böse auf mich zu sein und zu sagen: ›Geschieht Ihnen recht.‹«

»Das hätte ich niemals gesagt, Jimmy, selbstverständlich nicht.«

»Jedenfalls vielen Dank für alles, und die sind für Sie, und ich will Ihnen sagen, dass ich nie wieder Fallen aufstellen werd'. Nie wieder. Ich hab's aufgegeben. Als ich gesehen hab', was für Angst mein Sykes gehabt hat und was für Schmerzen, da hat mir das zu denken gegeben. Ich hab' alle Schlingen gebündelt und im Wald vergraben, in der Gegend, wo ich sie früher gelegt hab', ganz tief, wo niemand sie findet.«

»Es tut mir Leid, dass Sykes sterben musste, damit Sie aufhören, aber ich bin froh, dass Sie auf diese Weise keine Kaninchen mehr umbringen.«

»Na ja, das war's dann. Guten Tag, Dr. Harris.«

Caroline stand an der Tür und schaute Jimmy nach, der zu seinem Cottage zurückging. Er sah so traurig aus. Ihr Sieg, errungen um einen solchen Preis, schmeckte sehr schal.

[illegible]

Kapitel

[illegible]

19. Kapitel

Obwohl Muriel jetzt Lady Templeton war, putzte sie nach wie vor alle vierzehn Tage das Kirchenmessing. Diesmal waren drei Wochen vergangen, weil sie und Ralph eine Woche in Südfrankreich gewesen waren. Sie war ganz hingerissen gewesen von Cannes, Monte Carlo und Monaco und mit neuem Eifer in ihr ruhiges Leben auf dem Land zurückgekehrt. Sie stand gerade auf einem Stuhl und putzte das große Messingkreuz über dem Altar, als die Sonne hinter einer Wolke hervorkam, durch die Buntglasfenster schien und seltsam geformte Farbstreifen auf Muriel warf. In ihrem Entzücken über die starken Farben rieb sie noch heftiger, und das alte Kreuz glänzte. Niemand wusste, wie lange das Kreuz schon hier hing, aber Muriel stellte sich gern vor, es sei schon seit dem Mittelalter da und habe das Dorf seit Hunderten von Jahren durch Kriege und Unglück, Freuden und Feste begleitet.

Nur das Reiben ihres Tuchs auf dem Kreuz durchbrach die Stille. Als sie zufrieden feststellte, besser gehe es nicht mehr, hielt sie sich am Altar fest und stieg herunter. Der Stuhl, den eine Vorfahrin von Ralph zum Gedächtnis an einen jungen und sehr geliebten Ehemann gestiftet hatte, der bei einem Jagdunfall ums Leben gekommen war, hatte seinen Platz neben dem Altar. Peter saß darauf, wenn der Chor einen Choral sang oder ein Gastpfarrer oder ein Gemeindemitglied die Schriftlesung hielt. Sie gab dem Stuhl einen Klaps, als sie ihn zurückstellte. Vertraute Dinge hatten so etwas Tröstliches. Muriel sammalte ihre Lappen und die Dose mit Politur ein und machte sich daran, die Messingintarsien des Ambo zu putzen. Da hörte sie das Weinen. In der Bank vor dem Grab, von dem Willie immer behauptete, dort spuke es, saß Venetia Mayer, mit gesenktem Kopf, die Schultern von Schluchzern geschüttelt.

Muriel putzte noch eine Weile am Ambo herum. Venetia Mayer lag ihr nicht, und sie hatte, obwohl sie schon eine ganze Weile im Dorf war, kaum mit ihr gesprochen. Und außerdem saß Muriel der Schaden, den die Modernisierung am Herrenhaus angerichtet hatte, wie ein Kloß im Hals. Das konnte sie der Frau nicht ganz verzeihen. Doch Muriel hatte ein weiches Herz, und irgendwann brachte sie es nicht länger fertig, das Weinen zu ignorieren. Muriel setzte sich neben Venetia. Aus Muriels konservativer Sicht wirkte Venetias Aufzug kaum für die Kirche geeignet. Sie trug ihren knalligsten rosafarbenen Jogginganzug aus plüschigem Samt, dazu ein lilafarbenes Stirnband und passende Socken. Sie beugte sich beim Weinen nach vorn, und so sah Muriel die auf dem Rücken eingestickten Worte ›Turnham House Fitnessclub‹, und sie taten Muriel weh; was für eine Beleidigung des wunderschönen, eleganten, alten Hauses.

Muriel nahm Venetias Hand und sagte: »So, meine Liebe, kann ich Ihnen irgendwie helfen?«

Muriels mitfühlende Stimme brachte Venetia noch lauter zum Schluchzen; deshalb legte Muriel ihr den Arm um die Schulter, wiegte sie sanft und sagte: »Ganz ruhig. Nichts kann so schlimm sein, dass es sich nicht lösen lässt. Beruhigen Sie sich, meine Liebe.«

Das Weinen ließ nach, und Venetia hob den Kopf und sah Muriel an. Die künstlichen Wimpern am rechten Auge lösten sich, und die dicke schwarze Wimperntusche lief ihr in winzigen schwarzen Rinnsalen über das Gesicht. Wo ihr die Tränen über die Wangen gerollt waren, bildeten sich helle Furchen im braunen Make-up. Wo war die so überaus selbstbewusste Venetia geblieben?

»Was ist denn nur los? Sie können es mir ruhig erzählen, und falls Sie das nicht wollen, bin ich mir sicher, dass Ihnen der Pfarrer sehr gern hilft.«

»O nein, nicht er, nicht Peter, das geht überhaupt nicht. Nein, ich will nicht, dass er es erfährt.«

Muriel nahm Venetia das Taschentuch ab und versuchte, ihr das Gesicht trockenzuwischen, aber die Streifen wurden nur noch deutlicher. »Hier, meine Liebe, ich habe zwei Papiertaschentücher dabei, nehmen Sie die.«

Venetia wischte sich das Gesicht so sauber, wie es ohne die Hilfe eines Spiegels ging, und sagte: »Lady Templeton, stimmt's?« Muriel nickte. »Tut mir Leid, dass ich mich so idiotisch benehme, aber wir stecken so in der Klemme, Sie haben ja gar keine Ahnung.« Venetia schniefte in die Papiertaschentücher.

»Das tut mir Leid.«

»Wir können nicht länger so tun, als ob.«

»Als ob was?«

»Als ob alles bestens wäre.«

»Bestens?«

»Mit dem Fitnessclub, meine ich. Wir haben wochenlang so getan, als würde die Kundschaft langsam wachsen, aber scheiß drauf, es stimmt nicht. Wir werden zumachen müssen. Wir waren so begeistert, es hätte wirklich ein Riesengeschäft werden können, eine einmalige Chance, und die verdammte Rezession hat alles kaputt gemacht.« Muriel war anzusehen, wie peinlich ihr das Fluchen in der Kirche war, und Venetia entschuldigte sich. »Tut mir Leid, tut mir echt Leid.«

»Aha, es geht bei dem Problem also nicht um Mr. Mayer?«

»Ja und nein. Ich erzähle herum, dass ich ihn wegen seines Geldes geheiratet habe, und dabei hat er gar kein Geld, jedenfalls nicht viel. Er hat sich alles geliehen, und … und … und …« Venetia brach wieder zusammen. Muriel nahm sie noch einmal in den Arm und fragte sich, um was für ein Problem es sich tatsächlich handelte. »So, so, meine Liebe, reißen Sie sich zusammen. Es geht nicht nur um das Geschäft, nicht wahr? Sie können es mir ruhig erzählen. Geteiltes Leid ist halbes Leid.«

Zwischen ihren Schluchzern sagte Venetia: »Ich weiß nicht, was ich in einer Kirche verloren habe. Ich habe etwas Schreckliches getan, und Sie werden es auch für schrecklich halten und meinen, dass ich hier überhaupt nichts zu suchen habe.«

»Das stimmt nicht. Lassen Sie ja Peter so etwas nicht hören. Er würde sagen, dass niemand außerhalb Gottes Liebe ist.«

»Wenn ich Ihnen erzähle, was ich getan habe, könnten Sie durchaus meinen, ich wäre außerhalb davon.« Sie zögerte einen Moment lang und sagte dann: »Ich habe eben eine Abtr … Na ja, wissen Sie, ich hatte ein Verhältnis.«

Muriel saß sprachlos da, während sie in sich aufnahm, was sie eben gehört hatte, dann sagte sie: »Ach, du liebe Zeit, kein Wunder, dass Sie so außer sich sind.«

»Ich war so total bescheuert, das können Sie sich gar nicht vorstellen.«

»Nein, kann ich nicht.«

»Er ist in den Fitnessclub gekommen, und ich bin auf seinen Charme reingefallen, Hals über Kopf. Er sah so gut aus, und ich hatte eine Aufheiterung nötig. Es war wundervoll mit ihm, er hat mich wie eine Königin behandelt, und dann hat er mich fallen lassen wie eine heiße Kartoffel. Männer können so grausam sein. Jetzt ist Jeremy dahintergekommen, und wir hatten einen furchtbaren Krach.«

»Das überrascht mich nicht.«

»Jedenfalls ist es vorbei, und ich habe gesagt, es tut mir Leid, aber Jeremy ist total vergrätzt. Ich führe gern ein aufregendes Leben, wissen Sie, und weil im Club alles so schief gelaufen ist und Jeremy sich solche Sorgen gemacht hat, bin ich eben ausgeflippt. Ich bin so blöd gewesen.« Die Tränen flossen wieder, und Muriel suchte in ihrer Handtasche nach einem weiteren Papiertaschentuch. »Hier, bitte, Venetia, noch ein sauberes Tuch. Wischen Sie sich die Augen, meine Liebe, und lassen Sie den Kopf nicht so hängen. Jeremy wird sich hoffentlich mit Ihnen versöhnen.«

»O doch, das wird er, im Grunde ist er ja wirklich lieb. Ich könnte den anderen umbringen, weil er mich so gelinkt hat. Er ist ein richtiger Kotzbrocken.«

Muriel zuckte bei dem Wort zusammen. Sie holte tief Luft und sagte: »Hin und wieder machen wir alle Fehler, Sie müssen also aus der Erfahrung lernen und sich vornehmen, denselben Fehler nicht noch einmal zu begehen.«

»Ja, Sie haben Recht, aber er war so bezaubernd und so betucht. Er wird mir fehlen.«

Muriel lächelte sie wehmütig an. »Die Zeit heilt Wunden, wissen Sie.«

Venetia schniefte laut. »Trotzdem, mal ehrlich, im Ernst hätte er doch bestimmt nichts mit einer wie mir angefangen, oder? Nach diesem ganzen Schlamassel und dem Reinfall mit dem Fitnessclub weiß ich überhaupt nicht mehr, was ich machen soll. Wir wissen nicht, wo uns der Kopf steht.«

»Mr. Mayer muss auch ganz außer sich sein, wegen ... na ja, wegen Ihres Problems und wegen des geschäftlichen Fehlschlags. Ach, du liebe Zeit, das ist traurig, so traurig.«

Jetzt tröstete Venetia ihrerseits Muriel. »Bitte, regen Sie sich nicht so auf, ich bin ziemlich zäh, wissen Sie. Ich werd' schon drüber wegkommen, schätz' ich. Wenn mir bloß eine Lösung einfallen würde, wissen Sie, wenn ich einen Käufer finden könnte oder so. Aber worauf kann man in diesen Zeiten schon hoffen? Niemand hat Geld, überhaupt niemand.« Eine Inspiration überkam sie, und ihr Blick hellte sich auf. »Ich nehme nicht an, dass Sir Ralph ...«

»Nein, auf keinen Fall, so viel Geld hat er nicht.«

»Aha. War nur so ein Gedanke.«

»Kommen Sie mit mir nach Hause, dann trinken wir Kaffee und denken gründlich nach.«

Venetia schüttelte den Kopf. »Wissen Sie, das sollte ich lieber bleiben lassen. Außerdem sehe ich fürchterlich aus.«

»Sie können sich waschen und frisch machen, während ich Kaffee koche.«

»Na gut, abgemacht.«

Ralph, der sich im Schlafzimmer alte Sachen angezogen hatte, weil er das Auto waschen wollte, stieß, als er herauskam, auf Venetia, die eben das Bad verließ. Er konnte seinen Schock nicht verhehlen. Dass sie überhaupt in seinem Haus war, überraschte ihn schon, um so mehr, weil es schwierig war, diese ausgebleichte Version der farbenfrohen Venetia zu erkennen.

»Oh, Verzeihung. Sie müssen Sir Ralph sein?«

»Ja, geht schon in Ordnung ... Venetia, stimmt's?«

»Ja, Lady Templeton hat mich eingeladen, bloß auf eine Tasse Kaffee. Leisten Sie uns Gesellschaft?« Sie fuhr sich mit der Hand durchs Haar und rückte das Stirnband zurecht. Trotz ihrer Probleme kam etwas von der alten Venetia zum Vorschein.

Ralph lehnte hastig ab. »Danke, nein. Ich will das Auto waschen. Also überlasse ich die Damen einem angenehmen Plausch unter sich.«

Muriel hatte drei Tassen Kaffee gekocht, von denen sie eine Ralph brachte, der das Auto mit dem Schlauch abspritzte.

Er bedankte sich bei ihr und sagte dann in einem Bühnenflüstern: »Muriel, warum zum Kuckuck hast du diese Schreckschraube eingeladen? Du weißt, dass ich sie nicht mag. Heute Morgen sieht sie entsetzlich aus. Kein schöner Anblick auf dem eigenen Treppenabsatz!«

»Ja, sie sieht tatsächlich entsetzlich aus, aber das liegt daran, dass sie eine Menge Probleme hat und Hilfe braucht.«

»Was auch immer du tust, *biet ihr kein Geld an*!«

»Selbstverständlich nicht. Ich erkläre es dir später. Wenn sie gehen möchte, könntest du sie dann zum Herrenhaus fahren?«

Ralph ließ sich widerstrebend darauf ein. »Na gut, aber du bist viel zu weichherzig, Muriel.«

Nachdem er Venetia nach Hause gefahren hatte, bat Ralph Muriel um eine Erklärung.

»Du siehst doch ein, dass ich sie nicht einfach sich selbst überlassen konnte, Ralph?«, schloss sie.

»Nein, auf Ehre und Gewissen, das konntest du nicht, aber es ist ausgeschlossen, dass wir das Haus zurückkaufen. Es macht mich sehr traurig, wie leichtfertig mit meinem alten Zuhause umgesprungen wird. Ich gehe davon aus, dass es auf alle Zeiten ruiniert ist. Kriege haben Auswirkungen, die man nur ungern in Kauf nimmt. Wenn mein Vater nicht in Malaya gefallen wäre, hätte das Herrenhaus überlebt wie eh und je. Ah, so gern ich dort wohnen möchte, es ist völlig unmöglich, meine Liebe. Trotzdem danke, dass du so nett zu ihr warst. Ich mag die Frau nicht, aber sie brauchte offensichtlich deine Hilfe. So, ich glaube, heute Nachmittag trinken wir Tee in Culworth. Ich habe Lust, meiner Frau, meiner einzigartigen Frau, etwas Besonderes zu schenken, weil sie so ein gütiges Herz hat.«

»Ralph, du verwöhnst mich viel zu sehr.«

»Warum denn nicht? Ich liebe dich. Dass ich hierher zurückgekommen bin und dich gefunden habe, war das Beste, was mir in meinem ganzen Leben widerfahren ist.«

»Danke, mein Lieber. Ich glaube, du kannst mir das Kostüm

schenken, das ich bei Fisk gesehen habe. Es ist furchtbar teuer, aber ich bin ganz verliebt in das Stück, und es ist meine Größe. Fahren wir gleich, Ralph, kaufen das Kostüm und essen dann im George zu Mittag. Ich fürchte, das Kostüm könnte verkauft sein, wenn ich mich nicht beeile.«

Venetia hatte Ralph überschwänglich nachgewinkt, als er den Mercedes wendete und ins Dorf zurückfuhr. Er stellte wirklich etwas dar, trotz seines Alters, und er war so reizend. Sie traf Jeremy an seinem Schreibtisch, den Kopf auf den Armen, war er tief und fest am Schlafen. Offenbar hatte er sich mit Zahlen beschäftigt, denn die Rechenmaschine war noch eingeschaltet, seine Brille lag neben ihm, und zwischen seinen Fingern steckte ein Stift. Seine Wurstfinger, seine dicken Handgelenke, sein kahler Kopf, seine fleischigen Ohren, seine massigen Schultern, sein Anzug mit den Schuppen am Kragen stießen sie ab; was hatte sie früher bloß an ihm angezogen? Hatte es irgendeinen Sinn, bei ihm zu bleiben? Es waren seine Schulden; ihr Name stand nirgends. Er hatte sein ganzes Kapital verloren. Er besaß nur das Haus, das ihm für etliche Kredite als Sicherheit gedient hatte. Es war vermietet, so dass sie nicht darin wohnen konnten. Sollte sie sich einen Job in einem Schönheitssalon oder in einem Freizeitcenter suchen? Das einzige Problem war, dass sie von einem Job nicht so leben konnte, wie sie es gewohnt war, seit sie sich mit Jeremy zusammengetan hatte. Also doch Brandstiftung. Aber wie gefährlich. Wenn es rauskam, würde sie ins Gefängnis wandern. Und so einem wunderschönen alten Haus durfte man so etwas ohnehin nicht antun.

Er regte sich, machte die Augen auf und sah sich unsicher um. Er tastete in dem Durcheinander auf seinem Schreibtisch herum, fand seine Brille und setzte sie auf. »Oh, Venetia, du bist noch da. Ich habe geträumt, du hättest mich verlassen. Es war ein furchtbarer Schock. Ich habe im Traum geweint, wirklich geweint. Du würdest mich doch nicht verlassen, oder? Ich liebe dich, Spatz. Ich weiß, ich kann es nicht so zeigen, aber ich liebe dich.«

»Das weiß ich.«

»Geht's dir besser, altes Mädchen?«

»Besser?« Venetia sah fragend auf. »O ja.«

»Ehrlich gesagt, du siehst nicht so aus, du siehst komisch aus.«

»Danke. Ich habe Kaffee getrunken, mit Lady Temple ...«

»Lady Templeton? Sie hat doch nicht etwa angeboten ...«

»Nein. Er auch nicht.«

»Na ja.« Jeremy zögerte und sagte dann: »Ich habe dich übel enttäuscht.«

Venetia sah einen Moment lang beschämt drein und tätschelte ihm dann die Hand. »Ich habe dich auch übel enttäuscht, und es tut mir Leid. Ich gehe mal zu Jimbo. Vielleicht hat er eine geniale Idee, er ist der einzige Geschäftsmann hier in der Gegend.«

»Das sollte ich übernehmen.«

»Nein, das mach' ich. Jimbo ist sehr anfällig für weiblichen Charme.«

»Das bin ich auch.«

»Ja, aber du hast kein Geld, oder, Schätzchen?«

20. Kapitel

Als Peter nach Little Derehams fuhr, rechnete er nicht damit, eine sonderlich präzise Schilderung der Geschichte zu hören, die hinter der Almosenkasse steckte. Von einer Frau über neunzig konnte man nicht erwarten, dass sie sich an die ganzen Einzelheiten erinnerte. Er hatte jedoch keine andere Wahl. Er war sich nicht sicher, wo sie wohnte, weil die Gotobeds nicht in die Kirche gingen und er noch keine Gelegenheit gehabt hatte, die Familie kennen zu lernen. An der Turnham Road sah er eine junge Frau, die im Garten eines vernachlässigten Cottages mit ein paar Kindern spielte. Ihm fiel auf, dass er sie kannte. Peter stieg aus dem Auto und ging zu ihr.

»Guten Morgen, Mrs. Paradise, wie geht es Ihnen?«

Simone hörte auf, die selbstgebaute Schaukel anzustoßen, und nahm das Kleinkind vom Sitz.

»Lassen Sie die Förmlichkeiten, Peter, sagen Sie einfach Simone zu mir.«

»Gut, Simone. Der kleine Valentine sieht besser aus als beim letzten Mal.«

Simone strich sich das lange braune Haar aus den Augen und gab ihm Recht. »Valentine entwickelt sich jetzt gut, danke, Peter. Die Operation war ein voller Erfolg. Sag dem Herrn Pfarrer guten Tag, Valentine.« Simone nahm seinen molligen braunen Arm und schwenkte ihn auf und ab, dann lächelte sie Peter gewinnend an. »Was machen Ihre beiden?«

»Denen geht's bestens, vielen Dank.«

»Gut. Mrs. Gotobed wohnt im Weavers Cottage, letztes Haus rechts vor der Kreuzung.«

»Woher haben Sie gewusst, dass ich danach fragen wollte?«

»Ich kann Gedanken lesen, wussten Sie das nicht?«

Simone lachte und setzte Valentine wieder auf die Schaukel. Peter verabschiedete sich und ging zum Auto zurück. Er schüttelte ungläubig den Kopf. In dieser Gemeinde konnte man sich wirklich nicht einmal einen Schnupfen holen, ohne dass alle es wussten.

Der Türklopfer am Weavers Cottage bestand aus einem schimmernden Messingkobold, durch jahrelanges Polieren fast konturlos geglättet. Eine rüstige Frau über siebzig machte die Tür auf. Sie hatte auch etwas Koboldhaftes, so winzig war sie, mit leuchtenden braunen Augen und schneeweißem Haar.

»Oh, guten Tag, Herr Pfarrer, wie nett, kommen Sie doch rein.«

Peter reichte ihr die Hand. »Guten Tag, Miss Gotobed.«

»Ich bin Primrose, und das ist meine Schwester Lavender, die eben aus der Küche kommt.«

Obwohl sie ein paar Jahre älter war, ähnelte Miss Lavender Gotobed ihrer Schwester sehr, eine rundliche, pummelige Frau mit Grübchenwangen, funkelnden braunen Augen und einem widerspenstigen, gelockten schneeweißen Haarschopf.

»Mutter trinkt gerade Tee, sie wird sich über Ihren Besuch freuen. Möchten Sie auch eine Tasse?«

»Ja, bitte. Entschuldigen Sie, dass ich unangemeldet vorbeikomme.«

»Das ist schon in Ordnung, wir sind immer auf Besuch eingestellt.«

Das winzige Wohnzimmer im Cottage war so möbliert, wie

es schon vor etwa achtzig Jahren gewesen sein musste. Es war ein einladender Raum, sauber bis in die letzte Ecke, und obwohl es ein warmer Tag war, brannte im Kamin ein Feuer.

Die apfelwangige Mrs. Gotobed sah aus wie die Verkörperung einer hübschen, uralten Frau vom Land. Ihr dünnes weißes Haar war so schütter, dass durch die sauber gewaschenen Strähnen hindurch die Kopfhaut zu sehen war. Sie kam mühsam aus dem Sessel hoch, um Peter zu begrüßen.

»Bitte, bitte, bleiben Sie doch sitzen, Mrs. Gotobed. Stehen Sie meinetwegen nicht auf.«

Sie ignorierte das und gab ihm stehend die Hand. »Zu meiner Zeit war der Pfarrer in dieser Gemeinde eine Respektsperson, und in meinen Augen sind Sie das noch immer, Sir. Ich halte gar nichts davon, den Pfarrer mit dem Vornamen anzureden, das gehört sich nicht. Setzen Sie sich. Ich habe gehört, dass Sie krank waren.«

»Mich hatte irgendetwas übel erwischt, aber jetzt geht es mir wieder besser, vielen Dank.«

»Lavender, wo bleibt die Tasse für den Herrn Pfarrer?«

Mrs. Gotobeds dünne, piepsige Stimme drang in jede Wohnzimmerecke. »Immer noch so langsam wie eh und je. Ich kann wohl kaum mehr damit rechnen, dass sich das noch bessert, es ist viel zu spät. So, Sir, hat Ihr Besuch einen besonderen Grund?«

An ihrer Intonation merkte er, dass sie sehr wohl wusste, was er wollte. Er erklärte den merkwürdigen Zufall, dass das Buch und die Bankunterlagen am selben Tag aufgetaucht waren und dass Sir Ralph gemeint habe, sie könne ihm die ganze Geschichte erzählen.

Mrs. Gotobed unterbrach ihn. »Und sobald Sie das Buch gefunden hatten, ist der Unfall passiert, und dann ist es Ihnen miserabel gegangen. Kein Wunder, dass die Leute so außer sich sind.«

»Können Sie mir erklären, was dahinter steckt?«

»Ja, ich erkläre es Ihnen, weil ich alt bin und es für alle Beteiligten ein Segen wäre, wenn ich morgen den Löffel abgeben würde. Deshalb habe ich keine Angst, verstehen Sie. So, trinken Sie Ihren Tee und essen ein Stück von Lavenders Melassekucben, es ist das einzige Gebäck, das sie ordentlich hinkriegt, und ich erzähle Ihnen, was sich abgespielt hat.

Angefangen hat alles mit den Jungen der Glovers. Die wollten von harter Arbeit nichts wissen. Ein paar Gelegenheitsarbeiten hier und dort, Wildern, beim Karussell aushelfen, wenn der Jahrmarkt kam, Erntehilfe, Saisonarbeit zu Weihnachten in Culworth, alles, was sich ergab, bloß keine vernünftige Arbeit an sechs Tagen in der Woche. Na ja, es war Krieg, der Erste Weltkrieg, wissen Sie, und keiner von denen war bei der Armee. Es hat deshalb eine Menge böses Blut gegeben, aber das war ihnen gleich. Sie hatten es irgendwie geschafft, sich zu drücken, obwohl sie alle so tauglich waren, dass sie vor Kraft kaum laufen konnten.

Und sie sahen so gut aus, diese Jungen. Ich hatte ein Auge auf Cecil geworfen, aber Jonathan Gotobed hatte schon beschlossen, dass ich seine Frau werden sollte. Ich war erst sechzehn, aber er war fest entschlossen. Ich hab' immer darüber gelacht, ich war viel zu jung, um mich zu binden, und diese Jungen der Glovers waren so schneidig, vor allem Cecil.«

Sie hielt einen Moment lang inne und lächelte in sich hinein. Dann erinnerte sie sich an ihre Geschichte und fuhr fort: »Ende 1916 haben sie dann alle den Einberufungsbescheid bekommen. Sie waren immer knapp bei Kasse, und als es Zeit wurde, beim Pfarrer ein Almosen für Weihnachten zu beantragen, haben sie sich gemeldet. Sie haben behauptet, sie bräuchten Geld, um sich Sachen zu kaufen, die sie an der Front brauchten. Natürlich war die Kasse nicht für junge Männer gedacht, die selbst für sich sorgen konnten, und das hat der Pfarrer auch zu ihnen gesagt. Aber eines Abends waren sie im Royal Oak gewesen und hatten mehr getrunken, als sie vertrugen, und da sind sie ins Pfarrhaus gegangen, alle vier, haben dem Pfarrer gedroht und ihn gezwungen, ihnen Geld zu geben. Der Mesner war auch dabei. Was die Jungen der Glovers wussten, da kann ich, genau wie alle anderen im Dorf, nur raten. Aber sie müssen die beiden Männer in der Hand gehabt haben, denn sie haben dem Pfarrer und dem Mesner kein Haar gekrümmt, und trotzdem sind die vier gleich danach aus dem Pfarrrhaus gekommen, jeder mit einem Pfund in der Hand.

Für sich genommen, könnte man das ja für eine Lappalie halten, aber es war, als würden die Folgen ihrer Schlechtigkeit kein Ende nehmen, wie das Wellengekräusel in einem Teich, wenn man einen Stein hineinwirft.

Der Mesner war Witwer, und sein einziges Kind, ein Mädchen, starb in jenem Jahr am ersten Weihnachtsfeiertag an Diphterie. Er sorgte dafür, dass das Kind anständig beerdigt wurde, dann hat er sich in seiner Küche, in dem Haus, wo jetzt Willie Biggs wohnt, mit Gas das Leben genommen. Dann, ist es zu fassen, ist der Pfarrer am Silvesterabend ... wie hieß der Pfarrer gleich noch mal? Mein Gedächtnis lässt ein bisschen nach. Also, der Pfarrer ist von Penny Fawcett nach Hause gekommen. Damals ist er natürlich mit einer Kutsche gefahren, einer kleinen, gerade groß genug für einen Junggesellen. Bei Havers Lake Woods hat sein Pferd wegen ein paar Gewehrschüssen gescheut und ist durchgegangen. Er ist aus der Kutsche geschleudert worden und ums Leben gekommen. Damals hat niemand zwei und zwei zusammengezählt, es sah nach schrecklichen Zufällen aus, und schließlich hatten wir so viele andere Sorgen, den Krieg, die Lebensmittelknappheit und die vielen jungen Männer, die überall gefallen sind. Das Grauen schien kein Ende zu nehmen.« Mrs. Gotobed schwieg eine Weile gedankenverloren.

Peter saß geduldig wartend da, fragte sich, ob sie eingeschlafen sei.

»Wo war ich, o ja, das Schlimmste kommt noch. Im Sommer darauf waren alle vier Jungen der Glovers an der Front. Innerhalb von drei Wochen haben ihre Eltern Telegramme bekommen, eins nach dem anderen, in denen stand, dass alle gefallen waren. Wie die Kegel. Schrecklich. Schrecklich. Fast wäre auch Turnham Malpas gestorben. Monatelang hat keiner von uns so recht die Kraft gehabt, den Kopf zu heben und ins Tageslicht zu schauen. Und als die Leute dann darüber geredet haben, passten die Tragödien auf einmal zusammen, und alle waren überzeugt, die ganzen Todesfälle wären die Folge davon, dass die Jungen der Glovers den Pfarrer gezwungen hatten, ihnen Geld zu geben. Seit jenem Weihnachten 1916 hat keine Menschenseele hier in der Gegend es gewagt, auch nur um einen Penny aus der Almosenkasse zu bitten, aus Angst davor, was geschehen könnte. Ein Fluch liegt darauf, ein Fluch. An Weihnachten 1917 wollte der neue Pfarrer Geld verteilen, aber niemand hat sich gemeldet, und so ist es seither geblieben.«

»Wenn die Jungen der Glovers alle gefallen sind, wer war dann Jimmy Glovers Vater?«

»Ach ja, da waren die vier Jungen, die gefallen sind, das waren die ältesten, dann kamen drei Mädchen und dann Jimmys Dad. Er war erst acht, als das alles passiert ist. Ich kann mir nicht vorstellen, wie die sich alle in das kleine Cottage von Jimmy gequetscht haben.«

»Danke, dass Sie mir das alles erzählt haben. Es ist erstaunlich, wie gut Sie sich daran erinnern. Ich bleibe nicht länger, ich will Sie nicht überanstrengen.«

»Sie werden das Geld doch nicht für die Kirche verwenden, oder? Das Dorf würde es nicht dulden, wissen Sie. Nur der Himmel weiß, was passieren würde, wenn Sie das Geld anrühren. Sie sind ein großartiger junger Mann, der noch viel Gutes tun kann, und wir wollen nicht, dass Ihnen etwas zustößt. Wissen Sie, fast wäre Ihnen etwas zugestoßen, um ein Haar wären Sie daran gestorben.«

Peter, einigermaßen erschüttert über Mrs. Gotobeds Warnung, legte ihr die Hand auf den Kopf und gab ihr seinen Segen. Als er auf ihrer Stirn das Zeichen des Kreuzes vollendete, lächelte sie zu ihm auf und nahm seine Hand. »Und wenn meine Zeit gekommen ist, sorgen Sie dafür, dass meine Beerdigung fröhlich ist. Ich will nicht, dass alle rumsitzen und düster dreinschauen, sie sollen Halleluja singen! Schließlich wird mir dann mein Lohn zuteil.«

»Ich werde es nicht vergessen, versprochen.«

Peter drehte sich an der Tür um und fragte: »Wie kommt es eigentlich, dass die Gotobeds in Little Derehams leben?«

»Mein Jonathan hatte zu große Angst, in Turnham Malpas wohnen zu bleiben, und da sind wir nach unserer Hochzeit hierhergezogen, und seit jenem Tag bin ich nie wieder in Turnham Malpas gewesen. Und ich will auch nie wieder dorthin, Sie werden also meinen Beerdigungsgottesdienst in Culworth halten müssen, und ich will, dass Sie ihn zelebrieren, nicht dieser junge Spund von einem Vikar, den sie dort jetzt haben, ganz verrückt nach Mikrofonen und Gitarren. Und dort werde ich auch begraben, neben meinem Jonathan. Ja!«

»Ja!«

Als Peter zum Mittagessen nach Hause kam, erzählte er Caroline die ganze Geschichte.

»Wenn das so ist, Peter, dann rühr das Geld nicht an.«

»Du bist ja genauso schlimm wie Mrs. Gotobed, drohst mir mit grausigen Folgen, wenn ich die Almosenkasse auch nur erwähne.«

»Hast du heute schon in die Lokalzeitung geschaut?«

»Nein, ich hatte keine Zeit.«

Caroline legte die *Culworth Gazette* auf den Küchentisch.

Sie zeigte auf einen Artikel mit der Überschrift: BANKGESCHÄFTSFÜHRER VERSTORBEN. Peter wurde ganz still. »*Der neue Geschäftsführer der Zweigstelle der County and Provincial Bank in Culworth ist gestern Morgen in seinem Büro zusammengebrochen und an einem Herzinfarkt gestorben …*«, las er.

»Der arme Mann, er war so ein netter Mensch. Aber das ist reiner Zufall, und das weißt du. Es ist völlig absurd, sich da einen Zusammenhang einzubilden. Wie kannst du, die sonst bei klarem Verstand ist und durch und durch vernünftig, dir nur einreden, dass da irgendetwas …«

»Peter! Hör auf mich. Bitte, hör auf mich. Ich *weiß*, es ist Unsinn, aber … wie auch immer, ich mische mich nicht oft in Fragen ein, die nur dich etwas angehen, aber tu ausnahmsweise, worum ich dich bitte, und sei dankbar, dass du verschont geblieben bist. Ich bin jedenfalls dankbar.« Sie beugte sich über den Tisch und küsste ihn.

21. Kapitel

Muriel machte sich immer noch Sorgen um Venetia. Ralph meinte allerdings, Venetias und Jeremys Angelegenheiten gingen sie beide überhaupt nichts an.

»Ich sehe nicht ein, warum du dir Sorgen um sie machst.«

»Ich weiß, Ralph, aber ich habe einfach das Gefühl, dass sie unter dieser ganzen Tünche traurig ist, und es tut mir weh, dass niemand Mitgefühl mit ihr hat.«

»Sie hat Jeremy.«

»Unter den gegebenen Umständen wird er keine große Lust haben, sie zu trösten, oder? Sollte ich es Peter sagen? O nein, das geht nicht, sie will nicht, dass er es erfährt. Wie du siehst, hat sie durchaus Skrupel.«

»Nicht genug!«

»Ralph!« Muriel griff nach ihrem Portemonnaie und der Einkaufstasche von Liberty, die ihr Ralph von seiner letzten Fahrt nach London mitgebracht hatte. »Ich gehe in den Laden, brauchst du etwas?«

»Könntest du mir Zigarren bestellen, meine Liebe? Jimbo weiß, welche Sorte.«

»Gut. Es dauert nicht lange. Du hast gesagt, du würdest heute nach Culworth fahren?«

»Ja. Komm doch mit, Muriel. Ich fahre so ungern allein.«

»Abgemacht, aber nur unter der Bedingung, dass wir zur Feier des Tages im George zu Mittag essen.«

»Zur Feier des Tages?«

»Ja, diese Woche wird es ein ganzes Jahr, seit du nach Turnham Malpas zurückgekommen bist.«

»Ein Jahr? So kommt es mir gar nicht vor, eher wie zw...«

»Zwanzig, ich weiß. Du bist und bleibst ein Schäker, Ralph Templeton.«

Muriel lachte, als sie Ralphs Umarmung auswich und zum Laden aufbrach. Nur ein Jahr, und doch hatte sich ihr Leben völlig verwandelt. Sie konnte nicht fassen, dass es eine Zeit gegeben hatte, in der sie nicht wusste, was Liebe war. Ihr Herz hüpfte vor Freude, als sie die Vögel singen hörte und die sich in der Brise wiegenden Blumen sah; und das Schönste war, dass sie heute mit ihrem Allerliebsten zum Mittagessen ausging.

Jimbos von ihm so geliebte Messingklingel klimperte wichtigtuerisch, als Muriel den Laden betrat. Der Laden war ganz leer, was für diese Morgenstunde sehr ungewöhnlich war. Um diese Zeit nahm Linda immer ihre Kaffeepause. Eine Viertelstunde, und ganz gleich, wie viel Betrieb war, sie nutzte sie sehr zu Jimbos Verdruss immer voll aus. Muriel nahm sich einen Korb und ging ihre Liste durch. Wenn sie nach Culworth fuhren, überlegte sie, hatte sie heute Abend nicht viel Zeit zum Kochen, also ging sie zum Tiefkühler und wählte eine Fischpastete aus und zwei Portionen von Harriets köstlichem Sherrydessert. Als sie außerdem noch Milch und Brot in ihren Korb getan hatte, ging sie zur Kasse. Sie wartete eine Weile, und als niemand kam, ging sie nach hinten und machte sich auf die Suche nach Jimbo, Harriet oder auch Linda, falls sie sich ihrer aus Kaffeepause loseisen ließ.

Muriel stieg die Röte ins Gesicht, so peinlich berührt war sie, als sie einen Blick ins Lager warf. Eng, sehr eng beieinander standen Jimbo und Venetia. Sein Strohhut lag auf einem Regalbrett, er hielt sie fest und drückte sie an sich, und sie umarmte ihn, hatte die Arme um seinen Nacken gelegt und presste ihre Wange an seine. Die beiden bemerkten die entgeisterte Muriel nicht, die sich hastig in den Laden zurückzog. Verwirrt und aufgebracht, ließ Muriel den Drahtkorb an der Kasse stehen, sie wollte nur noch zu Ralph und in Sicherheit. Im Ladeneingang stieß sie mit Bet aus Penny Fawcett zusammen, die eben hereinkam. »Oh, oh, oh, oh«, sagte Muriel, die kein richtiges Wort herausbrachte. »Guten Morgen, Lady Temple …« Den Rest hörte Muriel nicht, sie eilte fliegenden Schritts nach Hause. Die Tür stand offen, um die Sonne einzulassen, und Muriel stürmte in den Flur und rief: »Ralph, Ralph, wo bist du?«

»Im Arbeitszimmer, meine Liebe«, antwortete Ralph. Sie blieb auf der Schwelle zum Arbeitszimmer stehen und fing an zu weinen. Ralph stand auf. »Aber, aber, was ist denn los?«

»Ach, Ralph, ich weiß nicht, was ich machen soll.« Sie nahm ihr Taschentuch heraus und schnäuzte sich weinend.

»Muriel, meine Liebe, bist du etwa überfallen worden? Was ist denn passiert, nun sag doch.«

»Es geht um Jimbo … und … und Venetia.«

»Ja?«

»Sie umarmen sich im Lager.«

»Umarmen? Du musst dich irren.«

»Nein, Ralph. Ich weiß, wie eine Umarmung aussieht.«

»Natürlich weißt du das, meine Liebe, ich zweifle nicht an deinen Worten. Ich bin bloß verblüfft. Es muss einen triftigen Grund dafür geben, obwohl mir nicht so leicht einer einfallen will.«

»Ich konnte nicht mal meine Einkäufe bezahlen, sie stehen also immer noch vor der Kasse. Ich kann nicht noch mal da hin, es ist mir so peinlich.«

»Ich gehe. Mach dir eine Tasse Tee, während ich mir ein Bild von der Lage mache.«

»Du gehst doch sonst nicht einkaufen, Ralph. Das mache immer ich.«

»Dann brechen wir heute eben mit der Tradition. Ich bin gleich wieder da.«

»Nein, ich komme mit.«

Als Ralph und Muriel den Laden betraten, stand Jimbo an der Kasse und wunderte sich über Muriels verlassenen Einkaufskorb. Er lüpfte grüßend den Strohhut.

»Guten Morgen, Muriel, guten Morgen, Ralph. Was kann ich an diesem schönen Tag für Sie tun?«

»Das ist Muriels Korb, sie hat ihn stehen lassen, weil niemand an der Kasse war. Deshalb bin ich mit ihr zurückgekommen, falls hier was nicht stimmen sollte.«

»Nicht stimmen? Nein, ich hatte bloß im Lager zu tun, und Linda hat wegen einer ziemlich üblen Zahnbehandlung den halben Tag frei. Entschuldigen Sie, Muriel, ich kassiere gleich.«

Als er Muriels Einkäufe in eine seiner hübschen grünen Tragetaschen packte, schepperte die Klingel wie verrückt, und Harriet kam hereingestürmt.

»Da komm' ich eben vom Gynäkologen zurück und bin im siebten Himmel, und wer bleibt stehen und will mit mir reden, als ich aus dem Auto steige? Bet Dingsbums aus Penny Fawcett.« Harriet ahmte Bets hohe Stimme nach. »›Oh‹, sagt sie mit einem boshaften Funkeln in den Augen, ›ich glaube, das sollten Sie erfahren, Mrs. Charter-Plackett. Ich wollte mit Ihrem Mann über die Brötchen für das Fest im Gemeindezentrum reden und erwisch' ihn und dieses Flittchen aus dem Fitnessclub beim Knutschen im Lager. Es war so peinlich, wirklich.‹ Ich war so verblüfft über diese pikante Neuigkeit, dass ich mich auch noch bei ihr bedankt hab', obwohl ich nicht die leiseste Ahnung habe, warum. Was zum Teufel wird eigentlich hier gespielt?« Sie funkelte Jimbo wütend an, der geknickt, aber unschuldig dreinblickte.

»Jetzt hör mal, Harriet, das ist total übertrieben. Venetia war völlig durcheinander, und ich hab' sie ins Lager gebracht, damit sie sich beruhigen kann. Du weißt ganz genau, dass ich nicht im Traum auf die Idee käme, mit ihr herumzuknutschen.«

»So? Sie ist nicht die einzige Kundin, zu der du entschieden zu nett bist, Jimbo, das sage ich nicht das erste Mal.«

»Meine liebe Harriet, das ist gut fürs Geschäft. Du weißt genau, dass ich es nur deshalb tue; ein Lächeln hier, ein Kichern dort, hier ein Stups, dort ein Zwinkern. Muriel weiß, dass ich mich nicht in eine kompromittierende Situation bringen würde, das stimmt doch, Muriel?«

Muriel hatte sich im Leben schon oft gewünscht, die Erde möge sich auftun und sie verschlingen; selten jedoch so innig wie jetzt. »Sehen Sie, es ist so, ich ...«

Jimbo unterbrach sie in der Annahme, Muriel werde ihm beipflichten. »Da hast du es, Harriet. Ein besseres Leumundszeugnis als das von Lady Templeton könnte ich gar nicht bekommen.«

Muriel hielt sich an Ralphs Arm fest, als sie erwiderte: »Ich wollte eigentlich etwas anderes sagen.«

»Und zwar was?« Harriet bebte vor Wut und klammerte sich an jeden Strohhalm, der ihren Verdacht bestätigen konnte.

Ralph übernahm das Reden für Muriel. »Das ist alles sehr kompliziert, aber die wahre Sachlage ist folgende ...«

Die Tür ging auf, und Jeremy kam herein. »Guten Tag allerseits.« Er schaute in die Runde und nickte allen der Reihe nach zu. Alle standen in verdutztem Schweigen da. »Ich möchte mit Ihnen sprechen, Jimbo. Venetia ist eben in den Pub gekommen und hat mir alles erzählt, also bin ich gleich hergekommen.«

Muriel wurde totenbleich und packte Ralph am Arm. »Ich

bringe Muriel zum Luftschnappen hinaus, ihr geht's nicht gut«, erklärte er.

Die beiden setzten sich auf die von dem fürsorglichen Jimbo aufgestellte Bank.

»Was soll ich bloß tun?«

»Nichts, meine Liebe, überhaupt nichts. Überlass es ihnen, das zu klären. Jimbo ist durchaus in der Lage, auf sich aufzupassen.«

»Oh, Ralph, ich hab' vergessen, deine Zigarren zu bestellen, und meine Einkäufe habe ich immer noch nicht.«

»Macht nichts. Wir gehen in Culworth einkaufen. Am besten meiden wir den Laden eine Weile.«

»Es wäre so furchtbar, wenn es zwischen Jimbo und Harriet schief gehen würde, vor allem jetzt, wo sie schwanger ist. Ach, du meine Güte, ist das Leben nicht manchmal schwierig?«

»Das ist alles nicht deine Schuld, reg' dich nicht auf.«

»Weißt du, die Ehe von Peter und Caroline ist viel stabiler als die von Jimbo und Harriet. Die beiden hatten eine schwere Krise und haben sie überstanden, aber bei den Charter-Placketts bin ich mir da nicht so sicher. Ich hoffe nur, dass Harriet nicht zu aufgebracht ist.«

»Mach dir keine Sorgen. Sie werden es schon klären.« Ralph tätschelte ihr die Hand und sagte dann: »Du hast wieder etwas mehr Farbe, fühlst du dich in der Lage, langsam nach Hause zu gehen?«

»O ja, ich bin froh, wenn ich heute aus Turnham Malpas herauskomme. Ich gehe mit Pericles ...«

»Nein, ich gehe mit ihm spazieren. Und wenn wir zurückkommen, fahren wir los. Zieh dein neues Kostüm an, Muriel. Darin gefällst du mir besonders gut.«

»Aber wir gehen doch nur zum Mittagessen aus.«

»Ja, aber wir haben etwas zu feiern, oder? Hast du das etwa schon vergessen?«

Als Harriet am Abend im Bett lag, kullerten ihr die Tränen über die Wangen. Jimbo saß neben ihr und trank aus medizinischen Gründen einen Whisky. »Schon gut, Harriet, jetzt kannst du darüber lachen, aber heute Vormittag warst du stinksauer.«

»Stinksauer? Ich hätte dich erwürgen können. Ich kann mich nicht erinnern, dass ich je so wütend war. Das wird sich im ganzen Dorf und darüber hinaus herumsprechen. Das bleibt ewig an dir hängen.«

»Der arme Ralph, er hat nicht gewusst, was er machen soll.« Jimbo hielt sich die Seite, um das Stechen zu lindern, das er von dem vielen Gelächter bekommen hatte.

»Ich habe wirklich geglaubt, Muriel fällt in Ohnmacht. Sie ist totenbleich geworden, als Jeremy reinkam. Dir ist doch klar, dass Muriel euch gesehen hat.«

»O Gott, nein. Wirklich? Bist du sicher?«

»Ziemlich sicher.«

»Na klar, deshalb hat sie auch ihre Einkäufe stehen lassen.«

Jimbo fing wieder an zu lachen. »Und dann sagt er auch noch: ›Sie hat mir alles erzählt, und ich bin gleich hergekommen.‹ O Gott, ich hab' gedacht, gleich bringst du mich mit einem Fleischmesser um.«

»Oder er. Ich war jedenfalls kurz davor.« Auch Harriet lachte wieder. »Morgen gehe ich bei Muriel vorbei und entschuldige mich. Ich wüsste zu gerne, was sie heute zu Abend gegessen haben. Auf keinen Fall Fischpastete und Sherrydessert!« Sie sahen sich an, und Jimbo schüttelte sich vor Lachen.

»Harriet, Liebling, ich liebe dich.« Er beugte sich über sie und gab ihr einen Kuss.

»Gut, denn heute Morgen wäre ich am liebsten mit der Gartenschere auf dich losgegangen, Jimbo. Untreue dulde ich nicht, das weißt du ganz genau. Das ist eine meiner Lebensregeln und eine der Regeln, auf die wir uns bei unserer Heirat geeinigt haben. Ich weiß, viele unserer Freunde in Wimbledon hatten nichts gegen das Fremdgehen, aber das gilt nicht für dich und mich.«

»Ich weiß. Ich genieße weibliche Gesellschaft, Harriet, das kann ich nicht leugnen, aber das ist bloß harmloses Flirten und auf gar keinen Fall mehr. Das kann ich auf die Bibel schwören, bitte, das musst du mir glauben.«

»Inzwischen habe ich mich ja beruhigt, und natürlich glaube ich es dir, Liebling.« Harriet fing an zu kichern. »Venetia muss geglaubt haben, sie hat Geburtstag!«

»Sie war ja so dankbar! Sie hat sich richtig an mich geklammert. Aber wenn stimmt, was sie mir erzählt hat, dann hat sie sich einmal zu oft an einen Mann geklammert.«

Harriet setzte sich auf. »Was hat sie dir erzählt?«

»Sie hat es mir im Vertrauen erzählt, also darf ich es nicht verraten, oder?«

Harriet kitzelte ihn. »Raus damit, raus damit.«

»Hör auf, Harriet! Das ist ja nicht auszuhalten, hör auf, dann erzähl' ich es dir. Wahrscheinlich hat sie nichts dagegen, wenn ich es dir sage. Sie hat mir erzählt«, Jimbo sah sich im Schlafzimmer um, als wollte er sich vergewissern, dass sie nicht belauscht wurden, »sie hat mir erzählt, sie hätte ein stürmisches Verhältnis mit einem Typen namens Nigel gehabt, der bei so einer Gratisveranstaltung im Fitnessclub war. Er ist ein Bekannter von Jeremy.«

»Nein! Was du nicht sagst. Ich habe ihn, als ich mit den Kindern samstags mal dort war, kennen gelernt.«

»Hinzu kommt noch ...«

»Sprich weiter.«

»Sie ist überhaupt nicht mit Jeremy verheiratet. Er hat sie in so einer Art Massagesalon in Soho aufgelesen. Er hat sich Tausende geliehen, wie viel genau, weiß sie nicht. Außerdem haben sie einen stillen Teilhaber, der mit ihnen bankrott geht.«

»Ein Massagesalon? Das ist ja unglaublich! Zum Teufel, was für ein Schlamassel. Und warum hat sie sich bei *dir* ausgeweint?«

»Sie wollte mich um Rat bitten, weil ich, wie sie meinte, der einzige weit und breit bin, der einen Kopf für Geschäftliches hat.«

»Sie hat sich also für deinen Kopf interessiert?« Darüber musste Harriet wieder lachen, bis Jimbo sagte: »Beruhige dich, Harriet, denk dran, dass du schwanger bist, für einen Tag hast du genug Aufregung gehabt. So jung bist du nun auch nicht mehr, und wir wollen doch nicht, dass etwas schief geht, weil du dich übernommen hast.«

Harriet nahm ein Taschenbuch vom Nachttisch und schlug es Jimbo auf den Kopf. »Und wie alt bist du dann erst?«

Sie machten es sich gemütlich und hielten sich in den Armen, und dann sprachen sie über Jimbos Pläne für das Herrenhaus. »Auf diese Idee, Trainingskurse für das Personal fern vom Großstadttrubel zu veranstalten, fahren im Moment viele große Firmen ab. Das Herrenhaus hat den Vorteil, dass die Sport- und Freizeiteinrichtungen schon vorhanden sind. Ich könnte es bei Drew Turnbull versuchen, er ist der Personalchef der Bank, bei der ich gearbeitet habe, vielleicht kann er mir Kontakte vermitteln, oder – ich hab's! Warum bin ich nicht gleich auf Declan O'Rourke gekommen, den Vermögensverwalter bei Reilly, Buckton und Shears. Der könnte die richtigen Verbindungen haben. Er ist ein schreckliches Klatschmaul und kennt alle und jeden. Ich versuch's zuerst bei ihm.«

»Wenn ich so darüber nachdenke, so eine Tagungsstätte für Personaltraining braucht doch sicher nicht das ganze Jahr über Angestellte für die Bewirtung? Im August, zu Weihnachten und an den Wochenenden fallen die Tagungen schon mal flach, da würde das Hauspersonal sowieso Däumchen drehen. Wer ohnehin an Ort und Stelle ist, könnte die Bewirtung nach Bedarf übernehmen.«

»Natürlich, natürlich. Wenn ich A und B zusammengebracht und für den Verkauf gesorgt habe, bin ich in einer starken Verhandlungsposition. Und den Käufern wird klar sein, dass sie es nicht mit einem totalen Landei zu tun haben.«

»Ich hab' immer gewusst, dass ich ein Genie geheiratet habe.«

»Danke, und gute Nacht.«

»Ich frage mich, ob auch ein Job für Venetia dabei abfiele.«

»Das ist jetzt aber wirklich großmütig von dir.«

22. Kapitel

Die Zwillinge machten mit ihrer Mutter Besuche, der Pfarrer war bei einer Tagung in Culworth, und Sylvia nutzte die Gelegenheit, sich ungestört den Hausarbeiten zu widmen. Sie fing mit dem Putzen von Peters und Carolines Bad an. Sie hatte Carolines Fläschchen und Tiegelchen aufgeräumt, die Handtücher gegen frische, hellgrüne ausgewechselt und die Wasserhähne poliert. Als sie zurücktrat, um das funkelnde Bad zu bewundern, fiel Sylvia auf, dass die Vorhänge gewaschen werden mussten; also nahm sie sie ab und machte zum Lüften das Fenster auf. Es war Ende September, aber immer noch recht mild.

Seit Willie sich den Pfarrhausgarten vorgenommen hatte, hatte er sich prächtig gemacht. Dahinter sah Sylvia ein Auto die Pipe and Nook Lane entlangfahren, sie sah ihm nach, bis es hinter Sir Ralphs Hecke verschwand. Sylvias kleines Auto lief auch immer noch tadellos. Ein Jammer, dass Willie keinen Führerschein hatte. Eigentlich war es ihr lieber, wenn der Mann am Steuer saß. Genau das war Willie. Ein MANN. Ein zärtlicher, liebevoller Mann. Der Idiot, den sie in ihrer ersten Jugendblüte geheiratet hatte, hatte am ganzen Leib nicht so viel Zärtlichkeit besessen wie Willie im kleinen Finger.

Sylvia nahm die schmutzigen Handtücher und steckte sie in den Wäschekorb auf dem Treppenabsatz. Seit dem Frühstück schien eine Ewigkeit vergangen zu sein, also ging sie nach unten, um etwas zu trinken. Die Küche war warm und einladend, und als Sylvia Kaffee gekocht hatte, beschloss sie, sich eine Weile zu setzen und Zeitung zu lesen. Sie stützte die Ellbogen auf die Tischplatte und trank aus dem Henkelbecher. Er war mit unbekannten tropischen Blumen verziert, und Sylvia strich mit den Fingern über die rosafarbenen Blütenblätter und dachte an Willie und seinen Garten. Seit sie zu ihm gezogen war, hatte sie entdeckt, dass er lieb, rücksichtsvoll, zärtlich, sensibel, aufmerksam und sehr witzig war, und zu ihrer Überraschung hatte sie festgestellt, dass er auch leidenschaftlich war. Er hatte Sinn für Humor, das war nötig in einer Beziehung. Ein lautes Hämmern an der Tür ließ Sylvia aufspringen, und sie verschüttete Kaffee. Das konnte nur Willie sein.

Sie hörte seine Schritte im Flur, und dann rief er: »Ich bin's, Sylvia, wo steckst du?«

»In der Küche. Ich wische mir Kaffee von der Bluse.«

»Wieso hast du Kaffee verschüttet?«

»Weil du so gegen die Tür gehämmert hast. Brennt's irgendwo?«

»Ob's brennt? Nein.«

»Weißt du, du hättest wirklich warten sollen, bis ich die Tür aufmache.«

»Ich hab' doch gewusst, dass die beiden nicht da sind, und da hab' ich mir gedacht, ich komm' vorbei und schnorr' bei meiner Sylvia eine Tasse Kaffee.«

»Trotzdem, Willie, ich arbeite hier, es ist nicht mein Haus, und du solltest warten. So gehört es sich.«

»Gib mir einen Kuss, dann denk' ich nächstes Mal dran.«

Er fasste sie um die Taille und zog sie an sich. »Heiliger Strohsack, Sylvia, du bist hinreißend. Du schmeckst immer so gut.«

»Willie.« Sylvia machte sich los. »In deinem Alter! Küsse mitten am Vormittag. Wirklich. Man könnte ja glauben, du bist ein Teenager.«

»Bin ich auch. Wo ist der Kaffee, ich bin ein hart arbeitender Mann, der seinen Kaffee braucht.«

Willie saß Sylvia am Tisch gegenüber und rührte seinen Kaffee um. Er musterte sie mit gesenktem Blick und genoss, was er sah. Sylvia spürte den durchdringenden Blick und sah auf. Einen Augenblick sprachen ihre Seelen miteinander, ohne dass ein Wort gefallen wäre. Die Zeit stand still. Dann hörte Sylvia die Küchenuhr wieder ticken, und ihr Herz beruhigte sich. Willies Löffel klapperte gegen den Henkelbecher, weil seine Hand zitterte.

Carolines Stimme durchbrach ihr Schweigen. »Sylvia! Könnten Sie mir bitte Alex abnehmen?« Sylvia sprang schuldbewusst auf. »Willie, du dürftest gar nicht hier sein.« Caroline hatte Alex auf dem Arm und hielt mit einem Fuß die Haustür auf, damit der Wind sie nicht zuschlug. »Nehmen Sie ihn, ich hole Beth. Danke.«

Sylvia schob den Keil unter die Tür und schaute zu, wie Caroline Beth aus dem Autositz hob. Sie würde sich entschuldigen müssen. Sie befühlte ihr Gesicht. Es war immer noch ganz heiß, eine Nachwirkung von Willies Blick.

»Ich hoffe, Sie haben nichts dagegen, Dr. Harris, aber Willie ist auf einen Kaffee vorbeigekommen. Wir haben nicht damit gerechnet, dass Sie so schnell zurückkommen.«

Caroline schaute in Sylvias rot angelaufenes Gesicht und sagte mit einem Zwinkern: »Ich habe Sie hoffentlich nicht gestört?«

»O nein, nein, überhaupt nicht.« Sie brachten die Zwillinge in die Küche. Willie stand auf, als Caroline hereinkam. »Guten Morgen, Dr. Harris.«

»Guten Morgen, Willie. Bei meiner Freundin hing ein Zettel an der Tür. ›Musste leider zu einem Notfall, Piers ist hingefallen, ich glaube, er hat sich den Arm gebrochen.‹ Deshalb bin ich schon wieder da. Ich glaube, die beiden könnten was zu trinken vertragen, bitte, Sylvia, und ich hätte gern den Kaffee, der mir entgangen ist. Nein, nein, Willie, Sie bleiben und trinken aus.«

Willie setzte sich wieder, er war verlegen wegen der stürmischen Gefühle, die ihn bei dem tiefen Blick in Sylvias Augen überkommen hatten, und wegen der Tatsache, dass er in der Pfarrhausküche dabei ertappt worden war, wie er Sylvia den Hof machte.

Als Alex und Beth auf den hohen Stühlen saßen und mit Trinkbechern und einem Keks versorgt waren, nahm Caroline sich die Zeit, mit Willie zu reden. Aber er hatte nicht viel zu sagen, trank so schnell wie möglich aus und verabschiedete sich.

Caroline bückte sich nach dem Keks, den Alex vom Tablett gestoßen hatte, und sagte: »Wissen Sie, Sylvia, als ich hereinkam, war Ihr Gesicht puterrot und die Atmosphäre elektrisch geladen. Sie werden kapitulieren und diesen Mann heiraten müssen.«

»Ich kann mich nicht entschließen.«

»Mir kommt es so vor, als würde die Chemie stimmen, mehr als das. Was lässt Sie zögern?«

»Ich weiß nicht.«

»Ich auch nicht. Brechen Sie ihm nicht das Herz, Sylvia. Er ist ein guter, lieber Mann, und er leidet darunter, dass Sie nicht richtig verheiratet sind, wissen Sie. Manchmal bekomme ich mit, dass er Sie ganz wehmütig ansieht. Er will nicht bloß, dass jemand seine Socken wäscht, ohne dass er zu etwas verpflichtet wäre. Haben Sie Mut.«

»Ich weiß. Ich kann's nicht fassen, dass er sich verliebt hat wie ein junger Mann. Ich habe solche Angst, dass er eines Tages aufwacht und merkt, dass er sich etwas vorgemacht hat.«

»Haben *Sie* sich verliebt? Das ist die zweite Hälfte der Gleichung, wissen Sie. Diese Frage kann nur die Zeit beantworten. Jetzt muss ich mich aber beeilen.« Aber es klingelte an der Tür, und Muriel stand auf der Schwelle.

»Guten Morgen, Caroline, ich bin wegen der Spendenaktion für die Renovierung des kleines Saals im Gemeindehaus gekommen.«

»Kommen Sie doch rein, Muriel. Ist es nicht ein wunderschöner Tag?«

»Und ob.«

Caroline bot Muriel einen Sessel im Wohnzimmer an und setzte sich in den zweiten daneben. »Ich wollte es Ihnen längst erzählen, Muriel. Ich habe Beryl Baxter besucht.«

»Nein! Da bekomme ich ja ein ganz schlechtes Gewissen. Ich habe keinen Gedenken mehr an sie verschwendet. Wie geht es ihr, und wo ist sie überhaupt?«

»In einem geschlossenen psychiatrischen Krankenhaus in Brackley. Ein ziemlich finsteres Gemäuer, aber sie haben sich große Mühe gegeben, es hell und anheimelnd zu gestalten. Anfangs hat Beryl offenbar nur reglos dagesessen, sie mussten ihr alles abnehmen. Füttern, waschen, anziehen, ins Bett bringen. Dann war sie eines Tages aus der Station verschwunden, und sie haben sie nirgends gefunden. Sie hatte sich in den Bereich für Beschäftigungstherapie geschlichen, zu einer Gruppe, die Aquarellmalen lernt. Sie haben ihr einen Pinsel gegeben, aber sie hat nur das Papier angestarrt und nicht gemalt. So ging das tagelang, sie kam hin, hielt den Pinsel in der Hand und starrte auf das Papier. Manchmal saß sie zwei Stunden lang da, ohne sich zu rühren, und ist dann zurück zu ihrem Bett gegangen.«

»Ach, die Arme.«

»Dann, Wunder über Wunder, hat sie eines Tages den Pinsel in die Farbe getaucht und gemalt wie ein kleines Kind, nur fahrige Pinselstriche kreuz und quer über das Papier. Aber das Wichtigste war, dass sie dabei gelächelt hat. Es war die erste Gefühlsregung, die sie gezeigt hat.«

»Wie wunderbar.«

»Jetzt geht sie jeden Tag dorthin und malt. Am Wochenende findet keine Therapie statt, aber weil es ihr so gut tut, und es die einzige Form ist, in der sie sich ausdrücken kann, erlauben sie ihr, am Wochenende unbeaufsichtigt dort zu sitzen. Allmählich ist auf ihren Bildern etwas zu erkennen, und sie hoffen sehr, dass sie sich dadurch selbst heilt. Normalerweise spricht sie mit niemandem, aber wenn sie malt, spricht sie mit sich, es gibt also einen Hoffnungsschimmer. Ist das nicht wundervoll?«

»O ja, das ist es, Caroline. Ich glaube, ich bin nicht so tapfer, dass ich sie besuchen könnte, aber wenn Sie wieder hingehen, sagen Sie mir doch Bescheid, dann gebe ich Ihnen ein Geschenk mit.«

»Natürlich. Ich besuche sie erst nächsten Monat wieder, aber ich sage Ihnen vorher Bescheid.«

»Harriet war bei mir, wissen Sie.« Caroline sah Muriel fragend an, weil deren Stimme so seltsam klang. »Ja, sie wollte sich entschuldigen. Das Ganze war ein Missverständnis.«

»So?« Caroline begriff überhaupt nichts.

»Oh, Sie wissen es gar nicht? Ich habe gedacht, Sie hätten es gehört. Ja, wissen Sie, Venetia war völlig außer sich, weil der Fitnessclub ein Fehlschlag ist, und Jimbo hat sie getröstet.«

»Aha. Woher wissen Sie das alles?«

»Weil ich die beiden im Lager gesehen habe. Es war mir so peinlich, dass ich meine Einkäufe habe stehen lassen und nach Hause zu Ralph geflohen bin.«

»Oh, Muriel.« Caroline bekam einen Lachanfall. »Da saßen

Sie ja schön in der Patsche! Und wie geht es jetzt mit dem Fitnessclub weiter?«

»Das weiß ich nicht. Jimbo versucht, ihn zu retten, aber ich weiß nicht, wie. Venetia ist gar nicht so übel, wenn man sie erst näher kennen lernt. Ich habe inzwischen sogar ein gewisses Faible für sie. Sie hat sich mir eines Tages anvertraut, wissen Sie.«

»Sie haben ja eine Menge erlebt, Muriel.«

»Das stimmt, jede Menge. Sie raten nie, was ich heute Morgen gemacht habe.«

»Nein, verraten Sie es mir.«

»Ich habe im Laden Michael Palmer getroffen, und er hat mich gefragt, ob ich eine Zeitlang in der Schule für ihn Klavier spielen möchte wie vor meiner Ehe. Klingt das nicht wunderbar? ›Vor meiner Ehe.‹ Ich bin ja so froh, dass ich Ihren Rat beherzigt habe. Wo war ich? O ja. Wir sind also ins Gespräch gekommen, er ist so ein reizender Mann und so einsam. Ich habe ihn gefragt, ob er je wieder was von Suzy Meadows gehört hat.« Muriel hatte den Namen kaum ausgesprochen, als sie es auch schon bereute. »Oh, Caroline, entschuldigen Sie bitte, das hatte ich völlig vergessen, wie gedankenlos von mir. Ich gehe jetzt und komme ein andermal wieder. Es tut mir sehr Leid.«

Caroline, die wusste, dass Muriel zu keiner Falschheit fähig war und niemals mit Absicht irgendetwas getan hatte, was sie bekümmert hätte, lächelte schmerzlich. Zwischen ihr und Peter galt die unausgesprochene Regel, Suzys Namen nicht zu erwähnen. Ihn in ihrem Wohnzimmer zu hören war ein Schock für Caroline, und sie hatte mit ihren Gefühlen zu kämpfen. Sie überspielte die Anspannung, indem sie sich die Zeit nahm, ein nicht vorhandenes Stück Faden vom Rocksaum zu zupfen. Dann schaute sie auf und sagte: »Das ist schon in Ordnung, Muriel. Ich kann über sie sprechen und wünsche ihr alles

Gute. Schließlich habe ich ihr in gewisser Hinsicht sehr viel zu verdanken. Aber ich erwähne ihren Namen nie vor den Kindern, so lächerlich das ist, aber es kommt mir fast unanständig vor. Wenn sie älter sind, werden wir ihnen die Wahrheit sagen müssen, das weiß ich, weil Peter es versprochen hat, aber im Augenblick fällt Suzys Name nicht in Gegenwart der Kinder.«

»Ich verstehe, und ich muss mich wirklich entschuldigen, weil ich Ihnen solchen Kummer bereite. Ich habe mir überhaupt nichts dabei gedacht. Ich sage kein Wort mehr darüber.«

»Doch, bitte. Die Kinder sind bei Sylvia und nicht in Hörweite. Ich wünsche ihr nichts Böses, wissen Sie, ich möchte, dass sie glücklich wird.«

Muriel war die Freude an der wunderbaren Neuigkeit vergangen, aber sie wollte auch nicht dumm dastehen, wenn sie jetzt nicht weitererzählte. »Offenbar hat Michael Palmer Kontakt zu Suzys Mutter, der Großmutter der Zwillinge, und zwar, weil Suzys Mutter ihn gebeten hat, sie über die Zwillinge auf dem Laufenden zu halten; schließlich sind es ihre Enkel.«

»Ja, natürlich.«

Muriel räusperte sich. Das war so schwierig, warum hatte sie bloß mit dieser Geschichte angefangen? »Also habe ich zu Michael Palmer gesagt, er wäre doch immer so gut mit Suzy ausgekommen, warum er nicht um Suzy werben würde, wenn ihm danach ist. Er ist ganz rot geworden und hat gesagt, sie würde ihm gelegentlich schreiben, ein paar Zeilen unter den Briefen ihrer Mutter, wissen Sie. Und dann habe ich zu ihm gesagt, packen Sie das Leben am Schopf, Michael. Wir haben nur ein Leben, springen Sie ins kalte Wasser, greifen Sie voll in die Nesseln. Ach, du liebe Zeit, ich scheine alles durcheinander zu werfen, aber Sie wissen sicher, was ich meine?«

»Ja, und vielen Dank, dass Sie es mir erzählt haben. Was hat er denn gesagt?«

»Na ja, er hätte genau das vor, und dabei hat er gezwinkert. Und ja, ich spiele für ihn Klavier, bis er eine neue, feste Lehrkraft hat, die spielen kann, was gleich nach Weihnachten der Fall sein wird, und es sieht danach aus, als ob er ernste Absichten auf … Suzy hätte. Und das wäre doch wunderbar, oder?«

»Ja, das wäre es.«

»Aber was ich Ihnen erzählt habe, ist streng vertraulich, bestimmt würden Sie, so wie die Dinge liegen, sowieso nicht über Suzy reden wollen, nicht wahr? Ach, du meine Güte, entschuldigen Sie, ich habe mich wieder ganz falsch ausgedrückt. Ich bin so durcheinander.«

»Nein, von mir erfährt es keine Menschenseele. Danke, dass Sie es mir erzählt haben. Und jetzt zur Spendenaktion. Ich habe gründlich darüber nachgedacht, und ich frage mich, was Sie …«

»Ich glaube wirklich, dass ich im Moment zu erschöpft bin, darüber nachzudenken, und Sie haben sicher sehr viel zu tun. Kann ich bitte ein andermal wiederkommen?«

»Natürlich. Es ist alles in Ordnung, Muriel, ganz ehrlich.«

»Ja, schon, aber ich glaube trotzdem, ich gehe jetzt lieber. Ralph wird sich fragen, wo ich stecke. Ich komme an einem anderen Tag wieder. Machen Sie sich keine Mühe, ich finde allein hinaus.« Muriel ging, dankbar, dass sie entkam. Wie hatte sie nur so etwas Blödes tun können. So gedankenlos. Sie machte die Haustür zu und trat auf die Straße, wo sie mit Sir Ronald und Lady Bissett zusammenstieß.

»Oh, entschuldigen Sie. Ich habe Sie gar nicht gesehen.«

»Alles in Ordnung, Lady Templeton?« Sir Ronald fasste sie am Ellbogen und stützte sie.

»Aber ja, selbstverständlich. Du meine Güte, Sir Ronald, ich habe den Eindruck, Sie haben abgenommen.«

Lady Bissett antwortete an seiner Stelle: »Hat er auch, ganze acht Kilo, und es kommt noch besser. Wir fliegen demnächst in die Staaten, stimmt's, Ron…ald? Dieses Jahr ist unser vierzigster Hochzeitstag, also sind es gewissermaßen unsere zweiten Flitterwochen.«

Muriel wurde rot. »Oh, wie schön. Jedenfalls steht es Ihnen, dass Sie schlanker sind, Sir Ronald. Wie lange bleiben Sie fort?«

»Vier Wochen, wir reisen von Küste zu Küste.«

»Herrlich. Ich war noch nie in den Vereinigten Staaten. Wäre es eine Hilfe, wenn ich Pom in der Zeit nähme?«

Sheila sah dankbar drein. »Oh, und ob! Mir hat so davor gegraut, ihn ins Tierheim zu geben, er ist nicht daran gewöhnt, wissen Sie, und ich mochte Sie nicht fragen.«

»Natürlich nehme ich ihn. Pericles wird sich freuen.«

Sheila tätschelte Muriel den Arm. »Ich habe mir überlegt, ob Sie uns nicht Ron und Sheila nennen könnten? Schließlich haben wir ja keinen Erbadelstitel, und es wäre doch viel persönlicher, nicht wahr?«

»Sicher, ja, das wäre es, und nennen Sie mich dann bitte Muriel.«

»Sehr gut, abgemacht. Tschüs, Muriel. Auf bald.«

»Tschüs, Sheila, und tschüs … Ron.«

Zu Hause sank Muriel dankbar in ihren Lieblingssessel und tröstete sich mit einer Tasse Tee und einem Keks. Für heute Morgen reichte es ihr. Es gab Zeiten, in denen sie sich wünschte, eine Einsiedlerin zu sein.

23. Kapitel

»Guten Tag, Turnham House Fitnessclub. Venetia am Apparat. Was kann ich für Sie tun?« Venetia klemmte sich den Hörer zwischen Kinn und Schulter und setzte sich auf Jeremys Schreibtisch.

»Hi, Venetia. Hier ist Jimbo Charter-Plackett. Wie geht es Ihnen an diesem wunderschönen Tag?«

»Beschissen.«

»Sie klingen nicht gerade putzmunter.«

»Bin ich auch nicht, und Jeremy ebenfalls nicht. Wir sind total mit den Nerven am Ende.«

»Immer langsam, Venetia, so schlimm kann es doch gar nicht sein.«

»Sie wissen ganz genau, wie schlimm es ist. Wenn ich bloß in Timbuktu wäre, irgendwo, bloß nicht hier.«

»Ich hoffe, dass Sie am Montag nicht in Timbuktu sind.«

»Am Montag? Warum?«

»Weil ich Ihretwegen ein Vermögen vertelefoniert habe.«

»Und?«

»Am Montag, Punkt halb elf, macht ein gewisser Vorstandsvorsitzender aus der City dem Herrenhaus seine Aufwartung.«

»Seine Aufwartung?«

»Venetia, Sie sind heute Morgen ein bisschen schwer von Begriff.«

»Also noch mal von vorn, vielleicht kapier' ich es dann.«

»Ein Mann namens Craddock Fitch kommt her, um sich Turnham House anzuschauen, im Hinblick darauf, es für seine Firma zu kaufen. Er kommt am Montagvormittag um halb elf.« Seine Ankündigung stieß auf Schweigen. »Hallo, hallo, Venetia, sind Sie noch dran?« Es klang, als wäre der Hörer zu Boden gekracht. Einen Moment später hörte Jimbo eine Stimme, die ganz anders klang als sonst Venetias, schreien: »Sid, Sid.« Er hörte Schritte, und dann schwach: »Sid, steh auf und komm runter.« Die Schritte kamen zurück.

»Sind Sie noch dran, Jimbo? O Gott, ich kann's nicht fassen. Endlich ein Käufer. Danke, danke, danke. Ich weiß gar nicht, was ich sagen soll.«

»Immer mit der Ruhe, ich habe nur gesagt, er schaut es sich an. Versprochen hat er noch gar nichts. Ob er es kauft, hängt von seinem Eindruck ab. Darf ich schonungslos offen sein?«

»Natürlich.«

»Er ist ein sehr wichtiger Mann, Venetia, wirklich wichtig. Er kommt her, weil er *ernsthaft* interessiert ist. Ich habe ihn zufällig am richtigen Tag und im richtigen Augenblick erwischt. Er ist zu einer Wochenendgesellschaft hier in der Gegend eingeladen und macht auf dem Rückweg nach London hier Station. Sie müssen ihm unbedingt einen guten Eindruck vermitteln. Tragen Sie auf keinen Fall Ihren knalligen Jogginganzug oder einen Bikini. Ziehen Sie Ihr dunkelstes Kostüm an und Ihre weißeste Bluse, schminken Sie sich dezent, lassen Sie den Goldschmuck in der Schublade und tragen Sie nur ein kleines, sorgfältig ausgewähltes Schmuckstück. Mit anderen Worten, treten Sie auf wie eine Nonne. Alles klar? Staffieren Sie Jeremy piekfein aus, dunkler Anzug, weißes Hemd, gedeckte Krawatte, auf Hochglanz polierte Schuhe. Sorgen Sie dafür, dass es überall blitzsauber ist. Räumen Sie Jeremys Schreibtisch auf und vergewissern Sie sich vor allem, dass keine Snickersriegel herumliegen. Jede Menge Blumen, aufgeschüttelte Kissen und so weiter, schaffen Sie eine Art Landhausatmosphäre. Habe ich mich deutlich ausgedrückt?«

»O ja, o ja. Ich fange gleich mit dem Aufräumen an. Sofort. Wie kann ich Ihnen nur danken! Jeremy ist hier bei mir und macht Luftsprünge.«

Insgeheim fand Jimbo, das sei sicher kein besonders hübscher Anblick. »Schrauben Sie Ihre Hoffnungen nicht zu hoch, gehen Sie es cool an. Und tun Sie vor allem nicht, als hätten Sie noch einen Interessenten. Das würde er sofort durchschauen. Er ist kein Idiot.«

»Sind Sie dabei?«

»Nein, ich bin mir ganz sicher, dass Sie das durchziehen können, ohne dass ich Ihnen das Händchen halte. Datum und Uhrzeit notiert?«

»Eingegraben in meinem Herzen. Danke, Jimbo.«

»Gern geschehen. Der Ball ist in Ihrem Feld, hoffen wir, dass Sie das Match gewinnen. Tschüs.«

Jimbo knallte den Hörer auf. »So, Harriet, ich habe mein Möglichstes getan. Der Rest liegt bei ihnen.«

Am Montag saß Jimbo bei Sadie in ihrem Büro bei einem schnellen Mittagessen, als das Telefon klingelte. Sadie meldete sich. Jimbo hörte sie sagen: »Entschuldigen Sie, ich verstehe kein Wort. Ja. Ja. Oh, Jimbo. Ja, er ist hier. Bleiben Sie dran.« Sadie hielt die Sprechmuschel zu und sagte: »Irgendeine Vollidiotin faselt was von wegen sie will den liebsten, liebsten Jimbo sprechen.«

»Jimbo, sind Sie's?«

»Wie eh und je.«

»Jimbo, hier ist Venetia, er ist eben gegangen, und er ist sehr, sehr scharf auf den Club. Wir haben alles so gemacht, wie Sie gesagt haben, und er ist ganz begeistert. Er sagt uns

Ende der Woche Bescheid. Jeremy und ich sind Ihnen ja so dankbar. Wir stoßen eben an auf unser Glück. Wir sind so aufgeregt.«

»Moment mal, nichts, und ich meine, überhaupt nichts, ist definitiv, bis Sie seine Unterschrift haben, wie Jeremy bestens weiß. Glauben Sie vorher ja nicht, Ihre Sorgen wären vorbei. Bitte. Verstehen Sie?«

»Ja, natürlich, ich bin doch nicht blöd, Jimbo. Oh, er war so süß. Kennen Sie ihn?«

»Nur von Geschäftsempfängen, hab' nicht viel mit ihm gesprochen.«

»Er ist einer dieser älteren Herren, die immer noch das gewisse Etwas haben. Sieht so gut aus, irgendwie aristokratisch. Ich war sehr von ihm angetan.« Jimbo stöhnte. «Das Reden hab' vor allem ich übernommen.« Jimbo stöhnte wieder. »Jeremy ist so am Boden zerstört wegen allem, was passiert ist, dass er kaum den Mund aufbekommt. Also hab' ich's übernommen.«

Jimbo unterbrach sie. »Holen Sie bitte Jeremy ans Telefon.« Er wartete eine Weile, während Venetia ihn suchte, dann hörte er, wie sich Jeremys schwere Schritte dem Telefon näherten.

»Guten Morgen, Jimbo, scheint ja alles bestens zu klappen, oder? Mach' gerade den Champagner auf.«

»Hören Sie, ich weiß, dass sich Frauen heutzutage nicht mehr im Hintergrund halten, und das ist auch richtig so, aber Männer wie Craddock Fitch können sich dieser Meinung noch nicht anschließen. Bitte, in Zukunft müssen Sie die Verhandlungen führen. Sie sind der Geschäftsmann, nicht Venetia. Ich weiß, Sie haben einen Körpertreffer abbekommen, aber stehen Sie bitte auf und lassen sich nicht auszählen. Ich kenne diese Typen und weiß, dass ich Recht habe.«

»Alles klar, ja, alles klar. Wird gemacht. Noch mal vielen Dank.«

»Freut mich jedenfalls, dass die Lage nicht mehr ganz so düster ist. Halten Sie mich auf dem Laufenden. Tschüs.«

Willie, der wusste, dass Peter außer Haus und Caroline beim Zahnarzt war, ging zum Pfarrhaus. Er hämmerte wie immer gegen die Tür, wartete aber pflichtschuldig, bis Sylvia ihm aufmachte.

»Komm rein, ich nehm' an, du möchtest deinen Kaffee?«

»Ja, bitte.« Er folgte ihr in die Küche. Er war noch nicht in vielen Küchen gewesen, hatte also nicht viele Vergleichsmöglichkeiten, aber die Pfarrhausküche verzauberte ihn jedes Mal. Sie strahlte Behaglichkeit aus, ja, das war das richtige Wort, sie strahlte. Heute Morgen spielten die Zwillinge auf einem Läufer auf dem Küchenboden. Ihre bunten Spielsachen machten die Küche noch anheimelnder. In einer cremefarbenen Vase auf dem Fenstersims standen goldene Chrysanthemen, und die Sonne, die warme, herbstliche Sonne schien herein und warf eine wunderschöne Farbe auf seine Sylvia, die am Tisch stand und seinen Kaffee umrührte. Sie hatte so etwas Gesundes, etwas durch und durch Gesundes. Er bückte sich und gab Alex einen Ball zurück, der weggerollt war. Die Sonne fing den rötlichen Schimmer im Kinderhaar ein. Es war Peters Lächeln, mit dem Alex Willie bedachte, als er den Ball bekam. Einen Moment lang machte es Willie traurig, dass er nie das eigene Lächeln in einem Kindergesicht sehen würde. Dafür war es zu spät, aber es war nicht zu spät für Freude.

Er nahm den Henkelbecher von Sylvia, und ihre Finger berührten sich, als sie den Henkel losließ. Da war wieder dieser Stromstoß, dieser schiere körperliche Schock, wenn er sie berührte. Angesichts der Tatsache, dass sie zusammenlebten und in einem Bett schliefen, hätte man meinen mögen, die Erregung durch Sylvias Präsenz hätte sich inzwischen ein bisschen gelegt. Aber für Willie war die Spannung so stark wie eh und je, und er wünschte sich, sie möge ihm erhalten bleiben.

Sylvia räusperte sich. »Ich habe nachgedacht, Willie. Vielleicht wäre es schön, ein paar Tage zu verreisen.«

»Ich hab' noch Urlaub, also könnten wir wegfahren. Wohin möchtest du gern?«

»Ich habe immer eine Schwäche für Cornwall gehabt. Als kleines Mädchen war ich mal dort, mit meiner Großmutter. Wir haben Land's End gesehen, und ich habe gedacht, ja, das muss es wirklich sein.«

»Muss *was* sein?«

»Land's End, natürlich.«

»Aha.«

Willie trank einen Schluck Kaffee und dachte über Cornwall nach. Sie würden Hand in Hand an den Klippen entlanggehen. Was für ein romantischer Ort für einen Heiratsantrag. Sylvia würde einen Schal tragen, der im Wind wehte und sich um sein Gesicht wickelte. Er würde ihn ihr in die Jacke stecken müssen, und sie würde lächeln und ihm über die Wange streichen. Er konnte die Geigen im Hintergrund hören und sah vor seinem geistigen Auge, wie er sie in die Arme nahm, wie der Wind stürmisch wehte und ihre Leidenschaft sich steigerte, wenn sie …

»Willie, hast du gehört, was ich gesagt habe?«

»Wie bitte? Nein.«

»Ich hab' gesagt, eine Freundin von mir ist in den Flitterwochen nach Cornwall gefahren.«

»Hübscher Ort für Flitterwochen, Cornwall.«

»Ja, stimmt.«

Beth fing an zu weinen. Alex wollte ihr das Spielzeug wegnehmen. Sylvia schlichtete den Streit, indem sie Alex auf ihr Knie setzte.

Willie gab Alex lächelnd einen Stups unters Kinn. »Das ist

was, was ich wirklich bedaure, Sylvia, dass wir keine gemeinsamen Kinder haben können. Ich hätte ganz gern so ein paar kleine Stöpsel gehabt.«

»Bisschen spät dafür.«

»Ich hätte natürlich keine Bankerte gewollt.«

»Willie! So was darfst du vor den Kindern nicht sagen. Dr. Harris erlaubt nicht, dass sie schlimme Wörter hören oder Sachen über Schießereien und Gewehre. Bloß gut, dass sie nicht hier ist.«

»Tut mir Leid, aber ich hätt' wirklich gewollt, dass das alles ganz legal ist.«

»Das quält dich, stimmt's? Dass wir nicht verheiratet sind?«

»Ich bin bereit zu warten.« Er senkte den Kopf und musterte die Tischplatte, als hätte er sie noch nie zuvor gesehen. Alex langte nach Willies Henkelbecher und bekam ihn zu fassen, ehe einer von beiden ihn daran hindern konnte. Der Kaffee ergoss sich über den Tisch und auf Willies Schoß. Er sprang auf. Sylvia setzte Alex wieder auf den Läufer und holte eine Rolle Küchenpapier.

Sie riss ein großes Stück ab und reichte es ihm, damit er sich den Pullover und die Hosen abwischen konnte. Er tat es nur halbherzig, und so übernahm Sylvia es und machte sich tatkräftig daran, ihn vom Kaffee zu säubern Er nahm ihre Hand, warf das nasse Papier weg und legte ihr die Arme um die Taille.

»Ich trau' mich kaum, dich zu fragen, weil ich kein Nein hören will. Aber ich sag's trotzdem. Möchtest du mit mir in den Flitterwochen nach Cornwall fahren?«

Sie lachte. »O ja, Willie, das möchte ich.«

»Sylvia, ist das dein Ernst? Bist du dir sicher?«

»O ja, bin ich, bin ich.«

Willie küsste seine kostbare Sylvia. Sein Herz schwoll an vor Freude. »Also Cornwall. Abgemacht? Wir reden später darüber, ich will nicht, dass Dr. Harris mich noch mal hier erwischt. Ich werd' mein Bestes tun, dich glücklich zu machen, Sylvia. Vielleicht heiraten wir spät im Leben, aber die nächsten dreißig Jahre werden die allerbesten, glaub mir.«

»Ich weiß, Willie, und es tut mir Leid, dass ich mich nicht früher entscheiden konnte, aber diesmal musste ich mir ganz sicher sein.« Sylvia küsste ihn auf die Wange und lächelte.

Willie musste weg, er brauchte Zeit, das Geschehene zu verarbeiten. Auf dem Rückweg zum Friedhof wäre er fast gehüpft. Als er durch das Friedhofstor ging, spürte er eine gewaltige Energie; er machte einen Satz und schlug mit der Faust in die Luft. Er würde den Rasenmäher holen und zum letzten Mal in diesem Jahr das Gras stutzen. Wenn er das nächste Mal den Mäher holte, wäre er ein verheirateter Mann. Verheiratet mit seiner Sylvia, dem Licht seines Lebens. Heiliger Strohsack, das Leben war schön, ungelogen.

Genau das dachte auch Jeremy, als er am folgenden Freitag Jimbos Nummer wählte.

»Hallo, Jimbo, sind Sie's? Wir haben's geschafft. Craddock Fitch hat angebissen, er kauft den Club.«

»Glänzend, glänzend. Ich freue mich so für Sie. Stimmt der Preis?«

»O ja, wir haben ein bisschen mit ihm handeln müssen, aber wir sind sehr zufrieden. Er war persönlich hier, wissen Sie. War fast den ganzen Tag hier, was ein bisschen unerwartet kam. Das kleine Frauchen musste nach oben rennen und sich anhübschen und den Männern das Geschäft überlassen. Aber ja, ich muss schon sagen, es ist ein sehr befriedigender Abschluss.«

»Gut, gut.« Jimbos Neugier gewann die Oberhand. »Konnten Sie aushandeln, dass Sie die Geschäftsführung behalten?«

»Das ist noch in der Schwebe, aber ich bin mir ziemlich

sicher, dass ich das zur allseitigen Zufriedenheit regeln kann. Alles in allem war es ein sehr erfolgreicher Arbeitstag.«

Jimbo lächelte gequält. »Freut mich. Jedenfalls hat es Ihnen den Hals gerettet, stimmt's?«

»Na ja, ich war ziemlich zuversichtlich, dass wir es packen.«

»O ja, das war ja überdeutlich.«

»Wenn Sie so lange im Geschäft sind wie ich, ist so ein Abschluss schnell ausgehandelt, stimmt's? Wer alle Trümpfe in der Hand hat, muss sie nur richtig ausspielen. Die Leute geben schnell klein bei, wenn sie merken, dass man nicht nachgibt.«

»Genau. So, ich hab' viel zu tun und muss so langsam mal in die Gänge kommen. Wir bleiben doch in Verbindung, Jeremy?«

»Natürlich.«

Jimbo legte leise den Hörer auf und sagte: »Vielen herzlichen Dank für die viele Arbeit, Jimbo. Wir wissen wirklich zu schätzen, was Sie für uns getan haben. Sie haben uns aus dem Dreck gezogen, der uns schon bis zum Hals stand. Wie wär's mit einem kleinen Abendessen, um es zu feiern?«

Harriet hörte ihn. »Führst du Selbstgespräche, Liebling? Damit fängt es an, weißt du.«

»Kein einziges Danke, es ist nicht zu fassen. Als er damals herkam, war er total am Boden, jetzt ist er wieder hochgesprungen wie ein Gummiball, sitzt auf dem hohen Ross und bildet sich ein, *er* hätte das zustande gebracht.«

»Lass ihn doch, Jimbo, er ist es nicht wert, dass du dich ärgerst.«

»Verdammt noch mal, ich brauch' Aufheiterung. Laden wir doch Ralph und Muriel und Peter und Caroline heute Abend zum Essen ein. Nichts Besonderes, bloß was aus dem Tiefkühler. Was hältst du davon?«

»Was für eine gute Idee. Ich kümmere mich sofort darum.«

Harriet mühte sich noch in der Küche ab, als die ersten Gäste eintrafen. »Jimbo«, rief Harriet. »Geh bitte an die Tür. Flick, schenk den Krug nicht zu voll. Da kann niemand was ausgießen. Fergus! Was fällt denn dir ein? Ab nach oben mit euch Jungen, seht ein bisschen fern. Hier habt ihr ein Tablett mit was Leckerem, und lasst bitte für Flick auch noch was übrig. Punkt halb neun seid ihr im Bett, aber wenn ihr wollt, dürft ihr noch ein bisschen lesen. Keine Widerrede, Finlay, bitte, dazu habe ich zu viel zu tun. Wo ist das Fleischmesser? Oh, hier. Jetzt hör mal, Flick, ich glaube, du hast mir genug gehol...«

Muriel steckte den Kopf durch die Küchentür und sagte: »Guten Abend, entschuldigen Sie, dass wir zu früh dran sind.«

»Hallo, Muriel. Sie kommen gerade rechtzeitig. Ruhe, Kinder. Ab mit euch. Pass auf das Tablett auf, Finlay, ich habe keine Lust, den Läufer auf der Treppe heute Nacht zu reinigen.«

»Hallo, Kinder.«

Flick mochte Muriel und hielt ihre Hand fest, als sie sich begrüßten. »Hallo, Miss Hip... o nein, hallo, Lady Templeton. Mummy hat was Leckeres für Sie gemacht. Wir gehen jetzt nach oben.«

»Hallo, meine liebe Flick. Du bist deiner Mummy bestimmt eine große Hilfe gewesen.«

»Ja. Ich lerne von ihr Kochen, und wenn ich älter bin, trete ich im Fernsehen auf und zeige den Leuten, wie man kocht.«

»Ja, warum nicht? Das klingt nach einem hervorragenden Berufswunsch.« Flick ließ Muriels Hand los und folgte den Jungen nach oben. »Harriet, wir sollten Ihnen wirklich nicht erlauben, dass Sie sich so viel Mühe machen, wo Sie doch ein Kind erwarten.«

»Unsinn, ich bin kerngesund und einsatzfähig. Außerdem braucht Jimbo Aufheiterung.«

»So?«

»Ja, es sieht so aus, als hätte er die Probleme von Jeremy und Venetia gelöst, und er ist ziemlich aufgebracht, weil sie sich nicht einmal bei ihm bedankt haben.«

»Ach, du meine Güte, wahrscheinlich sind sie so aufgeregt, dass sie das ganz vergessen haben. Es bleibt also weiter ein Fitnessclub?«

Harriet legte den Zeigefinger an die Lippen. »Darf nichts verraten, bis alles unterschrieben und besiegelt ist. Jimbo hat ihnen gesagt, nichts ist definitiv, bevor nicht das Geld auf der Bank ist, aber sie sind so erleichtert, einen Käufer gefunden zu haben, dass sie sich benehmen, als wäre es schon unter Dach und Fach. Könnten Sie bitte diese Vorspeisen reinbringen, Muriel?«

»Natürlich. Peter und Caroline verspäten sich wohl.«

»Ja, vielleicht gibt es Probleme mit den Babys.«

Es war zehn nach acht, als sie aus dem Pfarrhaus herüber kamen.

»Entschuldigen Sie, dass wir so spät dran sind«, sagte Peter, als er, zwei Treppenstufen auf einmal nehmend, ins Wohnzimmer kam. »Wir haben gefeiert.«

»Gefeiert?« fragte Muriel.

»Ausnahmsweise weiß ich mal etwas, was sich noch nicht im ganzen Dorf herumgesprochen hat! Willie und Sylvia haben sich heute verlobt.«

Muriel klatschte vor Freude in die Hände. »Oh, wie schön. Ich bin mir sicher, dass sie sehr glücklich werden.«

»Da bin ich mir auch sicher. Das glückliche Paar trinkt eben den Rest vom Champagner, sitzt nebeneinander auf unserem Sofa und sieht aus wie ein Teenagerpärchen.«

Caroline lachte. »Wir werden laut hüsteln, wenn wir zurückkommen, damit wir sie nicht in einer kompromittierenden Situation ertappen!«

»Caroline! Ich muss doch sehr bitten.«

»Ach, Peter, sei doch nicht so spießig, Liebling. Darum dreht sich nun mal alles auf der Welt, was, Jimbo? Und nach dem, was ich gehört habe, sind Sie der Experte.«

Jimbo ächzte. »Bitte, verschonen Sie mich, reden Sie nicht über diesen gewissen Vorfall. Nach dem Gegrinse und den Anspielungen zu urteilen, die ich mir gefallen lassen muss, hat die Geschichte sich im ganzen County herumgesprochen. Wenn bloß jemand was wirklich Verruchtes anstellen würde, dann wäre ich aus dem Rampenlicht verschwunden. Hier, Ralph, Ihr Whisky. Was möchten Sie, Caroline?«

»Orangensaft wie Harriet, bitte.«

Sie sprachen über Pläne für Weihnachten, kirchliche wie private, und Ralph fragte, ob Peter noch etwas über die Almosenkasse erfahren hatte. Caroline zuckte zusammen, als sie die Frage hörte. »Bitte, erzähl es Ralph schnell, und dann reden wir über etwas anderes.«

Peter fasste sie an der Schulter und schüttelte sie sanft. »Lass dich nicht aus der Fassung bringen, Schatz. Ich bin hier, okay?«

»Ich weiß, aber ich bekomme immer eine Gänsehaut, wenn ich daran denke, wie knapp du davongekommen bist. Bitte, erzähl es ihnen, und dann wechseln wir das Thema.«

»Um es kurz zu machen: Die Kirchenwohlfahrt ist einverstanden, dass die Gemeinde den wohltätigen Zweck bestimmt, für den das Geld verwendet werden soll. Ich nehme an, es wäre eine gute Idee gewesen, das Geld an mehrere Organisationen zu verteilen, aber ehrlich gesagt, ich will es schlicht und einfach los sein. Am meisten bedaure ich, dass wir es nicht hier in Turnham Malpcs verwenden können.«

Ralph schüttelte den Kopf. »Auf keinen Fall. Nein.«

»Ich bin ganz Ihrer Meinung«, sagte Jimbo, der Muriel noch einen Sherry anbot. »Diese Dorfmentalität ist so eigenartig. Man sollte glauben, der Einfluss von Fernsehen, Presse, Filmen und Videos hätte solchen seltsamen Kollektivängsten den Garaus gemacht, aber sie existieren noch immer.«

»Das wird auch immer so bleiben. Schauen Sie sich doch an, wie das mit dem Stocks Day gelaufen ist. Wenn Peter sich geweigert hätte, die Rolle zu spielen, wäre ihm überhaupt keine Gemeinde mehr geblieben. Das heißt, Anwesende natürlich ausgenommen.« Während sie sprach, merkte Harriet, dass in der Stocks Row ein seltsamer Lärm herrschte. »Da feiert jemand!« Das Geräusch wurde lauter und klang, als bliese ein Kind Trompete.

Ralph, der dem Fenster am nächsten war, stand auf, um nachzuschauen. Er zog den Vorhang beiseite und sah hinaus. Auf der Straße vor dem Laden standen Jeremy und Venetia. Jeremy trug einen Pullover und Jeans, die so eng waren, dass Ralph sich fragte, wie er darin überhaupt gehen konnte. Auf dem Kopf hatte er einen riesigen Dreispitz aus Papier, so dass er aussah wie ein Operetten-Napoleon, in seinem Mund steckte eine Trompete, wie Kinder sie zum Geburtstag geschenkt bekommen, und er blies mit aller Kraft hinein. Venetia trug ihren Jogginganzug aus lilafarbenem Samt und auf dem Kopf einen riesigen, glänzenden rosafarbenen Papphut mit einer großen lilafarbenen Feder, die ihr bis zum Kinn reichte. Auch sie blies auf einer Spielzeugtrompete und hielt Sachen in den Händen, die nach Geschenken aussahen. Die beiden hatten sich Flaschen unter die Arme geklemmt.

Venetia schaute auf, als sie das Licht aus dem Fenster bemerkte. Sie winkte überschwänglich und rief: »Aufmachen, wir lassen eine Party steigen.« Inzwischen drängten sich alle am Fenster und wollten sehen, wer da war. Jimbo lachte und ließ sie ins Haus.

Sie hörten Venetias leichte Schritte auf der Treppe, und dann platzte sie ins Wohnzimmer. »Wir sind da. Wir sind da. Raus mit den Champagnergläsern, wir wollen die ganze Nacht feiern. Freut mich riesig, dass Sie alle hier sind, hab' gedacht, nur Jimbo und Harriet sind da.« Dann besann sie sich auf ihre Manieren. »Hoffentlich stört es Sie nicht, dass wir unangemeldet vorbeikommen, aber wir mussten es einfach tun, um uns bei unseren guten Freunden für ihre wunderbare Hilfe zu bedanken, stimmt's, Sid?« Jeremy walzte herein, offenbar schon ziemlich angetrunken.

»Und ob wir vorbeikommen mussten, stimmt's, Marge?« Er umarmte Venetia so stürmisch, dass die beiden fast umgekippt wären. »Hicks, 'tschuldigung, altes Mädchen. So, Harriet, jetzt kommt eine förmliche Geschenkübergabe. Wahrscheinlich haben Sie schon eine Uhr, aber wir haben eine ganz besondere für Sie gekauft, als Dankeschön für alles, was Sie für uns getan haben.«

»Ich hab' doch gar nichts gemacht, Jerem... Sid. Das war Jimbo.«

»Auf ihn komme ich gleich.« Er kam ins Wanken und hielt sich an der Tischkante fest. »Hiermit überreiche ich Ihnen diese goldene Uhr, in dankbarer Anerkennung, weil Sie uns vor dem sicheren Ruin gerettet haben.« Er hielt ihr ein Schmuckkästchen hin. Harriet nahm es ihm ab, zögerte und gab ihm dann einen Kuss auf die mollige Wange. Er warf ihre Arme um den Hals und umarmte sie, fast hätte er ihr in seiner Begeisterung die Rippen eingedrückt. Dann gab er Venetia einen Stups. »Jetzt bist du dran, altes Mädchen.«

Sie überreichte Jimbo sein Geschenk, und als er es auspackte, war es ein schöner Goldfüller, in den seine Initialen eingraviert waren, und ehe er sich bei ihr bedanken konnte, gab Venetia ihm einen dicken Kuss direkt auf den Mund. »Sie brauchen sich nicht zu bedanken, Jimbo, was Sie für uns getan haben, lässt sich nicht mit Gold aufwiegen.« Jimbo umarmte sie, nicht ohne sich mit einem Blick aus dem Augenwinkel zu vergewissern, wie Harriet reagierte. Aber sie lachte, während sie beobachtete, wie Jeremy die Runde machte, Ralph und Peter die Hand schüttelte und Caroline und Muriel küsste. Harriet kicherte vor sich hin. Die arme Muriel sah entsetzt und aufgelöst aus. Durch Jeremys Umarmung war ihr Kleid hochgerutscht, und sie war damit beschäftigt, es glatt zu streichen und gleichzeitig ihre Frisur in Ordnung zu bringen, in der sich die Trompete, die Jeremy immer noch in der Hand hielt, verheddert hatte.

Als er mit der Küsserei und dem Händeschütteln fertig war, rief Jeremy: »Her mit den Gläsern, Jimbo. Der Champagner war im Club im Kühlschrank, er hat also die richtige Trinktemperatur.« Er blies mehrmals in die Trompete, während Venetia Luftschlangen entrollte und durchs Zimmer warf. Die Luftschlangen landeten auf Peter und Ralph, so dass die beiden dastanden, umrankt von den bunten Ringelbändern, die ihre Köpfe und Schultern zierten. Muriel entspannte sich, als sie merkte, dass Ralph sich der Stimmung des Abends anpasste und amüsiert dreinblickte. Während Jimbo den Champagner aufmachte, bedankte Harriet sich bei Venetia für die Uhr. Sie nahm sie aus dem Schächtelchen und sagte: »Sie ist einfach hinreißend, es war wirklich nicht nötig, so großzügig zu sein.«

»Aber natürlich, Sie haben uns das Leben gerettet.«

»Hören Sie, Venetia, warum bleiben Sie und Jeremy nicht zum Essen? Es ist nur improvisiert, aber es ist von allen reichlich da. Bleiben Sie doch, zwei weitere Gedecke sind schnell aufgelegt.«

Venetia konnte ihre Freude über die Einladung nicht verhehlen.

»Oh, Harriet, liebend gern, wirklich, vielen herzlichen Dank. Jeremy wird sich riesig freuen.«

Als die Wohnzimmertür aufging, schaute Venetia auf. Auf der Schwelle standen die drei Kinder, die in dem hellen Licht blinzelten und wegen des Lärms und der Aufregung ratlose Gesichter machten. »Ein Schlückchen für die Kinder«, rief sie. Venetia bat Harriet um drei weitere Gläser und schenkte in jedes ein bisschen Champagner. »Hier, Kinder, ihr dürft auch mit anstoßen.« Sie tätschelte Flick den Kopf und küsste die beiden Jungen, die rot wurden und sich heftig die Wangen rieben, wo Venetias Lippen sie berührt hatten.

Venetia stieg auf einen Stuhl und hob das Glas.

»Meine Damen und Herren, liebe Kinder, stoßen Sie an auf die Zukunft von Turnham House und auf alle unsere guten Freunde.« Alle stießen miteinander an und ließen sich den Champagner munden.

Jimbo half Venetia vom Stuhl herunter und sagte dann: »Darf ich einen Trinkspruch ausbringen?«

Alle riefen: »Ja!«

»Auf Venetia und Jeremy! Mögen sie lange bei uns hier in Turnham Malpas bleiben.«

»Hört! Hört!«